马拉松情怀

孙春生　著

时代文艺出版社
SHIDAI WENYI CHUBANSHE

图书在版编目（CIP）数据

马拉松情怀/孙春生著. -- 长春：时代文艺出版
社, 2025. 1. -- ISBN 978-7-5387-7714-7

Ⅰ. I267

中国国家版本馆CIP数据核字第20247JA744号

马拉松情怀
MALASONG QINGHUAI

孙春生　著

出 品 人：吴　刚
责任编辑：杜佳钰
装帧设计：王　贺
排版制作：隋淑凤

出版发行：时代文艺出版社
地　　址：长春市福祉大路5788号　龙腾国际大厦A座15层 （130118）
电　　话：0431-81629751（总编办）　0431-81629758（发行部）
官方微博：weibo.com/tlapress
开　　本：710mm×1000mm　1/16
印　　张：27
字　　数：350千字
印　　刷：长春市华远印务有限公司
版　　次：2025年1月第1版
印　　次：2025年1月第1次印刷
书　　号：ISBN 978-7-5387-7714-7
定　　价：68.00元

图书如有印装错误　请与印厂联系调换　（电话：0431-85678957）

目 录

第二编　跑马感悟

从跑步到跑马是一种什么状态

——孙春生《马拉松情怀》序言

刘桂明

人在高兴时，最愿意帮助他人。

当我在北京密云参加由法律出版社举办的全国法律人马拉松赛中赛暨"好书分享会"之时，当我还沉浸在入选今年巴黎奥运会马拉松赛大众选手的幸福之际，孙春生律师请我为其新作《马拉松情怀》作序。幸福之余，我爽快地答应了。

孙春生律师跑步 8 年，我跑步 10 年。我比他早两年踏上马拉松赛道。由此，以作序的方式摆摆老资格，也算顺理成章。

从 2014 年开始参加 5 公里到 2024 年大大小小的马拉松比赛累计 100 多场，一晃之间，我竟然跑了 10 年。这 10 年 100 多场马拉松的经历，让我收获和感受颇多。最重要的收获是，从 2016 年开始，我发起了"西政杯"全国法律人马拉松赛。去年 4 月 1 日，我与上海靖予霖律师事务所主任徐宗新律师发起成立了"桂客跑团"。为此，结识了许多热爱跑步热爱马拉松的跑友。孙春生律师就是我在马拉松赛道上相识的"跑友"，而且与我一样，也是一位资深跑友。

孙春生，跑步昵称"夏夜风"，吉林市执业律师，吉林仲裁委仲裁员，吉林市人民监督员。曾在检察机关、法律援助部门、政府机关工作。曾任法律援助律师、一级警督、二级调研员等职务。又是中国法学会会员，吉林省诗词学会会员，吉林市作家协会会员，东方文学社理事兼法律顾问。平常爱好游泳、滑雪、马拉松等运动。已有百余篇诗文作品收入作品集，或在各级报刊及知名微信公众号上发表，并在国家、东北三省、绍兴、包头等地诗词大赛和征文活动中获奖。由此可见，孙春生律师是一位热爱工作、热爱生活、热爱文学、热爱运动的人。

最值得一提的是，孙春生律师是一位热爱跑步热爱马拉松的严肃跑者。因为热爱，所以记录；因为记录，所以感悟；因为感悟，所以收获。于是，就有了孙春生律师的这部《马拉松情怀》。用孙春生律师自己的话说，这是他"给自己一个交代"。可以说，这是一位马拉松跑者的总结之作，更是一位法律人马拉松跑者的思考之作。对此，我们必须点赞，表示热烈祝贺。

作为本书的第一批读者，我读到了孙春生律师收入本书的105篇"跑马赛记"，10篇"跑马感悟"。据孙春生律师统计，跑步8年来，他参加的大小马拉松赛事正好是100场，其中全程马拉松赛56场，半程马拉松赛44场。由此可见，这是一位有资格有条件总结自己马拉松经历的资深跑者。正如孙春生律师所说：8年间，自己由起初的对马拉松比赛不明就里到逐渐把跑步变成了日常内容，把规律参加马拉松赛融入日常生活的节奏中。于是，他看到了令自己惊喜的变化：8年来，自己身体从亚健康状态，一个阶段曾惯常"三高"、脂肪肝中度，变成减重 20 斤，体态轻盈的健硕身材。在我看来，这就是马拉松带来的一种变化。这种变化，就是一种从跑步到跑马的人生状态。

那么，这究竟是一种什么样的状态呢？

这是一种正确认识自己、准确了解自己的阅己状态。苏格拉底说，每个人最难的是了解自己、认识自己。为什么有人会自高自大？为什么还有人自暴自弃？这都是因为自己没有正确认识自己。所谓正确认识自己，就是能够理性地评估与把握自己的优点缺点乃至与众不同的特点，尤其是能够全面地了解并梳理自己的追求需求乃至与时俱进的要求。人生是这样，跑步也是这样。每个人对于自己的潜力究竟有多大，往往并不清楚。有的人在大学时代，400 米都跑不下来，现在却成了 330 选手。人到中年，许多人身体不知不觉地进入了一种亚健康状态。孙春生律师是这样，我也是这样。但是，最值得庆幸的是，我们都找到了跑步这样一种能够认识自己、了解自己的最好方式之一。通过跑步，我们的生理达到了一种平衡，我们的心理实现了一种释放。慢慢的，我们踏上了马拉松赛道；渐渐的，我们爱上了马拉松比赛。通过跑马，我们才知道自己的潜力有多大，我们才明白自己的能力有多强，我们才感到自己的魅力有多好。最重要的是，我们由此进入了一种认识自己、把握自己的人生状态。这种状态，就是一种阅己状态。

在孙春生律师的书中，不管是"走笔"还是"漫步"，无论是"感受"还是"印象"，都体现了他从跑步到跑马的阅己状态。这是一种努力超越自己、着力改变自己的状态。弗洛伊德将人格结构分成三个层次：本我、自我、超我。本我是指由先天的本能、欲望所组成的能量系统，包括各种生理需要；自我是指一种一方面调节着本我，另一方面又受制于超我的现实原则；超我则是由社会规范、伦理道德、价值观念内化而来，并致力于追求完善的一种境界。如果说跑步是一种觉醒，那么跑马就是一种超越。我通过跑马 10 年的观察，发现凡是能够踏上马拉松赛道的人，都是已经超越自我的人。跑步是一种健身，但跑着跑着就有了一种冲动，这种冲动，就是一种准备超越自我的意识。我与孙春生律师一样，都曾经认为跑马是一件遥不可及、高不可攀的事情。但是，通过我们自己的努力，经过我们自己的锻炼，透过我们自己的实践，我们竟然都一步一步地超越了 5 公里、10 公里、半马，最后，都愉快地、安全地完成了全马。这就是一种发现本我、调动自我、超越自我的美好境界。

在孙春生律师的笔下，既有跑步的"丈量"，更有跑马的"情醉"。既有娓娓道来的叙述，也有循循善诱的揭秘，展示了自己从跑步到跑马的悦己状态。这是一种欣赏自己、释放自己的悦己状态。正如孙春生律师自己所说，独乐乐不如众乐乐。他是被马拉松赛事感召与被跑友裹挟加入到跑步队伍中的。当他发现跑步竟然能给自己带来这么多好处和乐趣之时，他也开始动员和鼓励同事、邻居、好友参加到规律跑步队伍中来。为此，有关赛事组织也注意到了孙春生律师创造热情和传递友爱的动员力。跑步 8 年间，他多次参加医疗救护培训，先后取得中国红十字会的急救员资格和美国心脏协会的救助员资格。自 2018 年以来，又被 41 个城市马拉松组委会聘为马拉松赛事急救跑者，45 次被城市马拉松组委会选定为官方配速员，3 次被选为马拉松赛事体验官，1 次被确定为赛事代言人。后来，《人民日报》又报道了他的跑步历程，央视新闻还有他的马拉松参赛影像，中国邮政明信片上也展示了他的跑步图片，中国田径协会还确定他为中国田径协会健康步道试跑员。这就是一种超越自我、展示自我、释放自我的状态。

确实如此，每个人到了一定的年纪，就需要开始考虑做一些如何超越自我的事情了。我们不应看到年纪带来的衰老，而应感恩年纪赋予我们的成熟。于是，我们忽然发现，原来生活还有更好的风景，人生还有更好的状态。孙春生律师与我一样，以热爱跑步的方式热爱生活，以热爱跑马的方式热爱人生。我们去想去的地方跑步，去想看的地方跑马。我们看到了美丽的风景，感到了美妙的心境。在孙春生眼里，从跑过的地标建筑到感受的风景名胜，从听过的历史掌故到感怀的风土人情，从踏过的江河湖海到感触的城市街区，都是一种美丽的风景，都有一种美妙的心境。最神奇的是，通过孙春生律师的"赛记"与"随笔"，铺陈了一种从跑步到跑马的悦己状态。在我看来，阅己是一种心态，悦己是一种状态。

　　孙春生律师的《马拉松情怀》告诉我们，人生既要阅己，更要悦己。我一直认为，每一位跑者如果能够做到跑一次写一篇文章或者一个随笔，那就是一种最好的带动和影响。我曾经对跑马拉松的法律人作过一次总结："他们羡慕不嫉妒，他们佩服不攀比，他们鼓励加激励，他们学习又交流，他们共享又分享。"我发现，跑马拉松的法律人最大的一个特点就是喜欢分享。这种分享，既是一种毫无保留的分享，也是幸福开怀的共享。每个人既可以分享跑马的独特经历，也可以分享跑马的经验休会，更可以分享跑马的美妙感觉。孙春生律师正是这样一位经常跑步、坚持分享、善于思考的优秀跑者。每每参加马拉松，他常常是跑着跑着就兴奋了，兴奋之余就开始冒出很多思绪。赛后，在返程的航班或火车上，他将参赛的所见所闻所感所思都记录下来。他的这种随时随地的共享又分享，带动了许多人，也感动了我这样的资深跑者。说来也巧，自打我踏上马拉松赛道以来，马拉松赛事就如雨后春笋般在全国各地喷薄而发。而在众多的马拉松赛事中，法律人马拉松却独具特色。从第一届泰山国际马拉松赛中赛到第四届南京高淳马拉松赛中赛，法律人马拉松始终以"一书、一赛、一论坛"的模式，一年一个台阶，走得扎扎实实，走得稳稳当当。随着越来越多的法律人加入法律人马拉松，我们不禁好奇：法律人马拉松为什么能够吸引这么多的跑友？法马的魅力在哪里？法马的亮点有哪些？法马的精髓是什么？可以说，孙春生律师的《马拉松情怀》为我们提供了一个可看可读可信可靠的答案。翻开本书，答案近在眼前。

春风吹又生，跑马已 8 年。鼓励加激励，幸福到天边。

是以为序。

2024 年 7 月 31 日于北京

刘桂明，1962 年 9 月出生于江西省吉安市永新县，1985 年 5 月加入中国共产党，1985 年 7 月毕业于华东政法学院（现华东政法大学），1997 年 5 月获北京大学法学院研究生学历，编审职称。1985 年 8 月起，历任法律出版社《法律与生活》杂志社常务副主编、《中国律师》杂志社总编、团中央中国预防青少年犯罪研究会副秘书长、中国法学会《民主与法制》杂志总编辑。现任中国民主法制出版社《法治时代》杂志编委会执行主任、桂客学院院长。同时兼任中国法学会法律文书学研究会副会长、北京老龄法律研究会会长、北京律师法学研究会副会长。从业法治媒体 40 年，出版了《法治天下》《律师中国》《正义不会缺席》《谁是律师的朋友》《因为律师》《民主与法治时代》等专著。

你生命中的激情澎湃

王　波

一本厚厚的书放在眼前，反复品读。

近30年相识相交相知，犹如白驹过隙，曾经的一幕幕浮现在眼前。

与春生相识，在松花江畔一个深秋的夜晚。中秋节过后，松花江微波轻摇……我在江南岸"华丹啤酒瓶子广告"做成的冬泳换衣屋内换上泳装。江中畅游近千米，十分舒畅。突然一阵江风吹来，一阵紧似一阵，带来阵阵寒凉。忙擦干身体穿上衣服，准备骑自行车回家。发现我车旁边还有一辆自行车。大片大片的乌云把弯月紧紧抱在怀里，江面上黑乎乎的不见人影，波浪拍岸越来越响，江中真的会有人？

我不由得大声向西面江水喊了起来："起大风要下雨了，快上岸吧！"几声过后，还是无人回应，唯有西北风呼呼作响。

四面黑漆漆的，只有江面的波浪声、风声。我直勾勾地盯着江面，会不会出什么意外？这么想着，我不由得打了一个冷战……

就在我快坚持不住的时候，发现几十米外的江里有个黑影。我忙大喊："要下雨了，快上岸吧。"我连喊三声。等了一会儿，蝶泳的打水声由远而近传来。

一会儿的工夫，江里游上一个一米八多浑身赤条条的大汉。

"这深秋大风黑灯瞎火，你胆量可真大。"

"啊！开会来晚了，不游足兴睡觉不舒服。谢谢啊，这么晚了还等我！"

"都是游友，客气什么？"听他这么一说，我倒不好意思了。

就这样，深秋的夜晚，下班后的江中游泳，不是他等我，就是我等他，成就了30年的莫逆之交。

听朋友说春生兄犟，上学的时候就这样。当时他所在的市麻袋厂子弟学校被人叫"麻秃"。就是1977、1978年恢复高考后，全校没有一个考上的。结果，经过他一番刻苦的努力，1979年高考终于考上大学，一举让"麻秃"长了根毛。

在松花江里游泳也是这样，看到别人游蝶泳潇洒、漂亮，他要学，还一定要学会。我开玩笑说，一手硬、一手软怎么可能——他在当龙潭区团委书记时领着小青年三九天脱了棉大衣清冰雪，一条胳膊染上风湿症。可没想到经过他一段时间苦练，不但蝶泳学成了，把多年风湿那条胳膊也练好了。

春生兄天生爱学习，才华横溢。在市、省、国家级法治报刊上发表过很多大块文章，随笔散文、小说还得了许多大大小小的奖项，只因他为人低调，对这一切十分淡泊。我非常羡慕春生兄，觉得他他是很有才气的作家。

近几年，年岁渐长，春生兄的业余生活丰富起来了。冬泳、骑单车、打乒羽、高山滑雪，跑马拉松都成了圈内外闻名的健将，几十次被选聘为马拉松赛事领跑员，内行话叫"官兔"。生活越来越丰富多彩，弄得我们这些泳友、文友不能望其项背。

爱屋及乌，我注意了一下马拉松的由来。马拉松是一项长跑比赛项目，其距离为42.195公里。这个比赛项目距离的确定要从公元前490年9月12日发生的一场战役讲起。这场战役是波斯人和雅典人在离雅典不远的马拉松海边发生的，史称希波战争，雅典人最终取得了反侵略的胜利。为了让故乡人民尽快知道胜利的喜讯，统帅米勒狄派一个叫裴里庇第斯的士兵回去报信。裴里庇第斯是个有名的"飞毛腿"，为了让故乡人早点儿知道好消息，他一个劲儿地飞奔，跑到雅典时，上气不接下气地喊道："欢……乐吧，雅典人，我们……胜利了！"说完，就倒在地上牺牲了。为了纪念这一事件，1896年举行的第一届奥林匹克运动会上，设立了马拉松赛跑项目，定名为"马拉松"。

春生兄是一位很有思想、很超脱、很有生活品位的人。跑马拉松里有什么"幺蛾子"？欣赏春生兄的马拉松散文随笔集之余，让我颇有一些感悟。

一次小酌，酒过三巡，我醉眼蒙眬地问："马拉松40多公里，我的娘呀！我跑不抽筋，也得累吐血。"

春生兄酒酣微醺，"刚开始时，真像你说的那样。内心确实恐惧，比赛后一段真是特别艰难，刚刚参加马拉松运动的人，赛程中遭遇的几个"撞墙"阶段，对人的意志绝对是个考验。只是心中意念支配，有赛道两侧热情的观战市民的鼓舞，还有赛道上组织者的科学补给，差不多赛道上的人都顽强地走出完赛彩门。一旦双脚踏上完赛线，一瞬间，好像整个人的身心都腾空了，是兴奋？是喜悦？是满足？是自豪？我怎么会完赛马拉松？我怎么会一气跑下几十公里？这是真的吗？仿佛这段时间在仙境中……挑战自我、实现自我、完善自我、升华自我，堪称人生一大喜！这大概就是马拉松的魅力所在吧。"

听了他的话，我忙兴致勃勃，拿出一副人文艺术评论家的姿态说："长长的人生马拉松，在繁华浮躁的世上，只有跑在路上，才能一心一意心无旁骛地奔向终点，这期间在自己思想的王国里，思想随着身体自由奔放着，忘却世间红尘所有的疑虑烦恼，好像是在完成生命澎湃作品的大艺术家。马拉松长路，就是人生感悟生命，找寻心灵精神家园的寻梦之旅……"

春生兄 20 多万字的马拉松散文随笔中，看到他如沐春风、充满生命活力的文采：生命至爱的江城，家乡松花江、长白山人文美景历史文化，小桥流水艳丽诗词的苏杭，岭南闽粤的别样风情，大唐奔放自由的风韵，内蒙古西北汉子的豪气、酒香牛羊……

当然，无论参加马拉松到哪里，作为土生土长的吉林人，我来了，我是来自全国唯一省市同名吉林省吉林市的一分子，宣传家乡、热爱家乡是我的本分。

就在几天前，春生兄跨出国门，参加第 94 届韩国首尔国际马拉松比赛。"我是来自中国吉林省吉林市马拉松选手孙春生。"他把自由、洒脱、身轻如燕的优美奔跑又展现在异国的马拉松大道上……

近朱者赤。我中年后"发福"，也想减肥跑马拉松。经过春生兄的一番指引，勉强跑了 3 公里，还是牛拉车速度，时断时续坚持着，血糖好了一点儿，甘油三酯从 2.4 降到 1.68。终于解决掉脂肪肝这一多年的疾患。"我要向 5 公里马拉松进军！"我高兴地大声喊了出来。不久，脚后跟疼痛，到医院一检查，叫跟腱炎。医生说是运动过量，我听医生的话，休息一段时间，退回到 2 公里马拉松（自称），自己也觉得十分快乐逍遥。春生兄我是学不来了，春生兄也不是我。但 2 公里马拉松不松懈，也让我血糖、血脂、甘油三酯都在合理的状态。

艳羡着身边的健将"官兔"（即官方配速员，身带标识与完赛时间标志，按着固定速度跑，为跑者提供配速参照），从心里为春生兄自豪。是呀，"子非鱼，安知鱼之乐？""子非我，安知我不知鱼之乐？"

百次马拉松中，列子御风而行。春生兄！马拉松，你生命中的激情澎湃着……

2024 年 3 月 28 日

（刊载于《辽河》杂志 2024 年第 7 期）

王波，生于吉林省吉林市，现居北京。中国戏剧家协会会员，中国戏剧文学协会会员。作家，剧作家，文学艺术评论家。《新华书目报》《世界文化》等报刊专栏作家。在《文艺报》《中国青年作家报》《戏剧文学》《安徽文学》《芳草》《满族文学》等报刊发表小说、文评、剧本 200 多万字。剧本《玉碎香消》获第五届中国戏剧文学奖，长篇小说《努尔哈赤后宫秘史》入围首届浩然文学奖。

JUNLEBAO 2021
BAODING MARATHON
赛事医疗保障
唯有跑步
和读书不可辜负
代言人
保马代言人
孙春生
SUN CHUN SHENG

第 一 编

跑 马 赛 记

医疗跑者

孙春生

530 - 600

领略马拉松，完美过人生

YINCHUAN MARATHON

感受首届吉林马拉松

首届吉林市国际马拉松比赛结束已经几个月了，但在吉林人的生活中，吉林市首马仍是个绕不开的话题。街路两旁大幅吉马宣传板仍赫然在目，商家祝吉马举办成功的 LED 展示屏还在不停滚动，网民在微信中的头像相当多的人还是吉马中的景象。

吉马赛后，某省级调查机构通过微信等平台对吉林市民的三千多份有效调查结果显示：95.3% 的市民认为首届吉马赛举办成功，98% 的市民认为赛事提升了吉林市的形象，76% 的市民认为赛事没有不足之处，94% 的市民认为赛事促进了自己对运动和健康的关注，84% 的市民通过电视直播或到现场关注了此次比赛，一点儿没关注的民众只占 2%。可以说吉马赛的成功举办空前地提升了吉林市在国内外的迷人形象和良好声誉，极大地吸引了全市民众的关注度，并博得了众口一词的盛赞。

回想比赛当时，来自全球五大洲 41 国以及国内的跑马顶尖好手同万名吉林人一道奔涌在吉林的大街上。宽阔的街道摩肩接踵，人潮汹涌，裹在人流中，想跑迈不开步，想停后面推拥着，只好随波逐流。

走进马拉松比赛，对我来说纯属偶然，据我的见识，马拉松比赛一次要连续跑下 42.2 公里。我的娘，这是常人能做的吗？几十年前大学期间跑 5 公里越野都累得够呛。5 公里与 40 多公里简直不是一个星球的较量。转折来自学姐魏薇在同学群里无厘头地说夏夜风正为参加马拉松摩拳擦掌。虽然当时嘴上跟同学说多少年没跑步了，再说马拉松比赛的长度超级虐人，不是我辈所承受得了的，但爱好运动而不安分的情绪还是驱使我去关注这个赛事，也在朋友圈中联系并参与了一些跑团的跑步活动。通过意气跑跑团的教练介绍，知道了比赛中体力不支可以转换跑走。即跑累了可以走一段，缓过来再接着跑。在报纸上又看到吉林市马拉松比赛设置迷你 5 公里、10 公里和半程马拉松等短距离项目，接地气的赛会设置促使我下了参赛决心。

决定报名参赛后，又在报名哪个距离上犯了纠结。全程马拉松不敢想，半程也太长，报 5 公里又觉得有些拿不出手。最终确定还是报个 10 公里吧！于是，网上报名吉林市马拉松 10 公里项目，交了 80 元报名费，由于并非抽签制，即报即中。

6 月 25 日，是吉林市马拉松发放参赛用品的日子。下午，来到吉林市欧亚综合体门前。往日曾用作停车场的欧亚综合体广场已被马拉松的宣传栏和参赛物品发放帆布棚占满。凭身份证领取了参赛袋。袋里装了一些参赛物品，里面有：号码布、参赛绿色 T 恤、红色双肩抽绳包。其中 T 恤上面标价 198 元，这个双肩包款式新潮，目测也值六七十。80 元的报名费太值了。

取物过程的一些场景令人难忘。

场景一：15000 名马拉松比赛报名者姓名全部登上矗立在广场上的报名墙。当时找到我的名字足足用了二十几分钟，揉了三次酸酸的眼睛才得逞。当时我突发奇想：以后取名若是四个字甚至五个字，在这样的姓名墙上可就好查找了。

场景二：设置了一套模拟的领奖台，鲜花、奖杯、奖牌一应俱全，还请两名黑人兄弟站在参赛者下方配合照相，以满足站领奖台挂金牌的美好愿望。

比赛中的一些场景也颠覆我的认知。

一是检录。原来在中小学乃至上大学参加运动会，检录都由工作人员读到名字后，去比赛起点准备开赛。而马拉松比赛的检录就是成千上万的参赛者带着号码布通过安检。没有这个经历，多半无法想象和理解人山人海和人潮涌动这类成语的深刻含义。

二是比赛。马拉松开赛发枪一刻，人们并不争先恐后地倾尽全力狂奔，大部分人都是从容不迫缓步徐行。赛事后半段，甚至相当一部分参赛者是在赛道上漫步。此情此景让我茅塞顿开，知道了为何人们对马拉松如此趋之若鹜，北上广举办马拉松一般人根本报不上名，即便是跑马好手也只能是抽签看运气，答案是马拉松比赛对过半数参赛者来说根本就不是典型意义的比赛。那么马拉松赛是什么？对于特邀参赛人员，也就是绝大多数外国人和国内专业运动员而言，他们冲出起点后奋勇争先，从他们身上能看到比赛味道。

对于赛道上更多的大众跑者，马拉松比赛更像一场全民狂欢节。场内与场外，参赛和观赛，有分工有协同，有互动有呼应，共同在花团锦簇、五彩缤纷且整洁宽敞的赛道上盛大联欢。赛场上不分男女老少，大家齐聚一堂。上至七八十多岁的银发老者，下至十几岁的翩翩少年，比肩追逐。场内宣泄体能，场外释放情绪。彼时举办城市万人空巷，人们挤满了赛道两侧，热情为参赛者呐喊。马拉松比赛是狂欢、是展示、是宣泄、是释放、是观光、是自我实现。

毋庸置疑，吉林市首办马拉松比赛获得巨大成功。7月上旬，国内著名体育类杂志《领跑者》推出2016年上半年国内最美马拉松赛道评选，7月下旬，投票结果出炉，在包括厦门、海口、大连等旅游城市在内的15个马拉松比赛候选城市评比中，共收到有效投票82842张。其中吉林市得票达51376张，获得认可度魁首，而厦门、大连、海口等城市获得票数不足万张，被吉林市狠狠地甩在后面。

参与马拉松比赛后，我的显著变化是：人晒黑了，体重掉了差不多5公斤。从没有跑步习惯的我对跑步上瘾了，常常连着每天一次5公里越野跑锻炼。

想跟朋友们说：如果你想强壮，跑步吧！如果你想健美，跑步吧！如果你想聪明，跑步吧！

马拉松进入了生活，马拉松改变了人生。可是想想，人生何尝不是场马拉松。踏平坎坷成大道，斗罢艰险又出发，一路豪歌向天涯。马拉松引导人生，让人向上。对马拉松，别当看客，大胆参与，顺流扬波，乐在其中。

2016年8月14日

吉大七十年校庆校园马拉松比赛参赛记

几十年的人生历程中，每一个命运的转折，离不开不断地学习和摆平不同类型的考试，对母校的眷恋以及对老师和同学的怀念从未随时光流逝而淡忘，反倒历久弥新，挥之不去。

20世纪末，考入吉林大学读了三年硕士，毕业十几年，仍不时收到母校的精美贺卡或是校庆邀请函。虽原因种种既没回复也未回校参加，但心里暖意与愧疚交加。两个月前接到母校七十年校庆马拉松比赛的启事，内心埋藏已久的向往情愫油然而起，看到台历上没有其他安排就不假思索报了名。

9月2日，按通知来母校取参赛包，十几年过去，吉大前卫校区已由当时初建时的略显土气蜕变化蝶：一座大气磅礴的园林式现代化校园展现眼前。

9月4日是吉大校园马拉松的开赛日，只是这天是外甥婚礼举办日。婚礼在吉林市结束已经是中午12点半，开车去火车站买了下午1点02的动车票，抵达长春站时间是1点45，长春火车站到吉大南校还有20多公里。走下动车离比赛发令枪响时间2点15分，仅仅有不到 30 分钟时间。出站后，赶快登上出租车，驶上快速路，下车跑到吉大校园比赛起点时，广播喇叭正在发令倒计时：五、四、三、二、一。令枪响过，急中生智，把刚扒下的衣裤连同背包一把抛上主席台，就随着人流奔向赛道前方。

此番比赛，分为 4 公里体验组（着白衣）和 12 公里竞赛组（着橙色衣）两个组别。

绿树葱茏的校园道路上，光洁的林荫小路上，随着几千名年轻人一块跑，感觉又回到激情勃发的青葱岁月。借机提高自己的配速，揪住青春的尾巴吧！

赛道是沿着吉大南校校园道路绕 3 圈，每圈 4 公里。温煦的阳光透过斑驳的树叶映照在青春的面庞上，看得出人们在跑动时心中的信念在召唤，脸上的汗水伴着脚步在挥洒，运动让人生充满激情，激情让心中的理想不断升华。

快到终点旗门了，10 公里过后，正是跑步动能激发的时候。此时旗门前连过两个年轻人，冲刺终点。

吉大的比赛很是正规，成绩当即公布。在与 1000 多名竞赛组成员的 12 公里角逐中，以 1 小时 1 分 25 秒列所有参赛选手的 182 位。主席台上，同奖牌一同发到手的还有比赛成绩证书，真是神速。主席台对面是大屏幕，每个到场人员都有被现场摄像镜头抓拍的画面。当人们看到自己的特写面部照片投映在赛会舞台两侧的大屏幕上时，现场的少男少女们便会发出阵阵惊喜的欢呼，现场顿时成了欢乐的海洋。

完赛现场，一些商家竞相举办活动展示自身形象魅力。一个商家举办掷飞镖游戏，中镖者可得一双运动鞋，引来众多跑人排队等候一试身手。赛事设置了赛后身体康复拉伸义务服务，来到赛后恢复区，给我拉伸服务的帅哥姓钱，小伙子手法熟练且到位，交谈中，告诉我他毕业于北京体育大学，现就职于北京体育心理研究部门，经帅哥调理，运动过后果真无任何不适感觉。轻松起身，与志愿者帅哥合影告别后又转了校园，再次领略了老一辈吉大学人留下形形色色难以忘怀记忆的梦想家园。相信此番返校参赛会成为日后美好的回忆。

2016 年 9 月 4 日

跑进和龙

有一首歌从 20 世纪 60 年代开始传唱至今，历经 50 年无人不知，长盛不衰，百听不厌，催人振奋。对啦，《红太阳照边疆》。这首歌的词曲作者金凤浩佳作不断，20 世纪 80 年代脍炙人口的歌曲《美丽的心灵》《金梭和银梭》等都出自其手。金凤浩是哪儿的人？他就出生在吉林省延边朝鲜族自治州的和龙，一个全县 20 万人口，县城人口才 3 万，连接朝鲜的边陲小县。汉族在这里是少数民族，然，它是联合国契约城市，世界长寿之乡，世界老人宜居城市。更重要的是，它是连续举办 4 届国际马拉松比赛的县级市，全国唯一举办国际马拉松比赛的县级市，没有之一。

哈，让你猜对了，我已出发啦！现在是 9 月 9 日下午，准备明天参赛和龙半程国际马拉松。

从延边朝鲜族自治州首府延吉市火车站下了动车，坐上延吉市发往和龙的依维柯小巴。半小时后，车子进入和龙境内，车窗外，平坦的路面宽敞平整，道路两侧花草及远处金色稻田在蓝天白云映衬下景致养眼。看着看着，忽而车窗外开始浓云涌动。心里不禁一沉，暗想十几个小时后的马拉松比赛会不会大雨倾盆呢？下车了，好美的小镇啊，远处巍峨的大山，近处整洁的街道，呼吸长白山下海兰江畔小城里的新鲜空气，让人心情顿时开朗许多。

几分钟后，走进和龙文化中心前的红太阳广场。好宽敞的场地，仅有 20 万人口的小县，县城内的这个广场面积有三四个足球场大小，场地中央的红太阳雕塑有二三十米高。如此规模的红太阳广场，内地 200 万人口的城市怕是也没有。广场对面的和龙体育馆与红太阳广场风格一致，门前矗立形形色色的万国旗。体育馆外面，中央电视台实况转播设备已先期到达，比赛开始后，央视五套将全程直播赛事。

进了体育馆内就到达了参赛包领取地，一男一女两位工作人员正在忙碌，事先电话交流中得知，两位都是朝鲜族，男的姓吴，女生叫朴英梅，都供职于和龙文体局，一万余中外参赛人员从报名审核、信息录入到每个人的物品发放，都由二人承担。因为错过了报名交费时间，我得知和龙马拉松消息后冒昧电话联系，热情的小朴通过微信帮助完成交费，又帮我完成信息录入，最终让我在开赛前五天报名成功。

金达莱花是和龙市市花，也是延边州州花，和龙 4 届马拉松比赛服装均与金达莱花颜色一脉相承。体育馆外的道路就是明天开始的 2016 和龙马拉松比赛的起点。取完参赛包，在体育馆前刚布置好的竞赛舞台上秀一下形象。

和龙朋友小朱得知我来参加马拉松后，比我还忙，一天打好几个电话询问。下车后接到我，吃住行包干一条龙，晚上邀集朋友在和龙米村拌饭特色美食相聚。

早上，赛场行进路上，不算宽阔的街道满是鲜艳的金达莱粉色旗帜或是招牌。和龙政府安排志愿者沿街给路人发放金达莱绢花，每个沿街商家都发放彩旗。各商家门前布置别具特色的卫生间导向牌。

当天的和龙体育馆门前道路是欢乐的海洋，第4届和龙马拉松邀请五大洲21国选手参加，国内远至海南共云集万余跑手参赛。昨夜下了一场不算小的雨，天公作美，比赛即将开始时，和龙天气竟然放晴。和马跑手统一由赛会分发金达莱颜色上衣，赛事开始，笔直的赛道上涌动艳丽明快的洋流，和龙热情的市民沿赛道热烈欢迎和鼓舞着远道而来的跑马人。21公里的赛程跑出市区后是笔直的公路，平坦的道路仅有一个折返。赛道的补给也很充分，虽然前期体能储备不太够，跑得难说轻松，但是，受现场气氛感染，刚开始跑得还算舒服。哪知8公里后风云突变，右膝韧带隐痛抗议，最终无奈妥协，2小时06分完成这场中国田协的标牌赛事，和龙半程马拉松成绩载入我的跑马史册。

和龙朋友小朱、小陈早上开始就拉开架势分别候在赛道两侧，企图为我加油鼓劲并拍照，只是苦等到赛程过半也没在金达莱色的人潮中挑出我来。眼见近半跑手接近终点，聪明的小朱跑回到终点线前，终于看到我，只是抢了个后影拍照。

和龙马拉松完赛环节也很圆满，补给我竟然喝到红牛饮料。完赛袋里，除了奖牌，还有一个大白色浴巾，刚好赛后除汗遮风。

赛后被小朱接到自己经营的地板专门店，边休息边观看了央视五套播出的和龙马拉松比赛直播回放。接着，被安排到和龙宾馆与央视及应邀参赛的外籍运动员一同聚餐。

返程车上，透过车窗，我饶有兴致地欣赏一簇簇黑白两色、平顶单层、富有朝鲜族特色的民宅。奇怪的是，这些房屋大致一般高度，不像其他地区有高有低。观察一会，总算从路旁房舍的统一类型中，找到一个突出些的、面积略大、颜色别致的房屋，远看以为是村委会办公地点。可车开近了仔细一看，牌子上写的某某老人协会。或许这就是这个边陲小县屡出新招，令人刮目的原因吧：有眼光，务正业，大手笔，体民情，整洁干净，特色鲜明。

祝福和龙！祝福延边！祝福我的好朋友！咱们吉林见！

2016 年 9 月 11 日

漫步马拉松

自三个月前首次跑进人生中的第一次马拉松比赛——吉林市马拉松——以后,跑步便成了生活中的一部分。当然,关注如火如荼的马拉松赛事自是题中应有之义。囿于有限的时间和跑步水平,吉马赛后,借着按捺不住也无法抑制的跑马瘾,相继选报了金珠花海、吉大校园、和龙以及蛟河红叶等4个吉林周边的马拉松比赛。连续不断加大运动量,且不注重运动规律,运动伤病随之而来,由于重视不够,症状越发加重,以致9月上旬跑完吉大与和马赛后,右膝疼得走路都变了形。眼看离蛟河红叶马拉松开赛还剩下不到10天,心不托底,走进北华附属医院,按骨科马主任意见拍了核磁,拿到片子看到结论,一下子傻了眼。马主任嘱咐如不住院就静养,出门别怕碸碜走路时拄个棍,三个月内绝对不能再跑步了,三个月后看情况再说。蛟马比赛前一天,心里又长草了,来到日常跟随跑步的意气跑跑团团部。平素最支持又谙熟运动健康理论的唐团长看了我的核磁报告,也不建议参加明天开赛的蛟马。下班前又来到开设运动医学科的众联医院,苏主任嘱咐别去这次比赛了,这种情况就是做保护也难免意外,要是大发了,就要手术躺半年,今后跑步的机会都没有了。经过一夜激烈的思想斗争,最终，还是爬上了开往蛟河红叶谷马拉松比赛现场的大客车。心里说，这次跑马的目标是：漫步观景、体验气氛，当然能收包拿牌那就更圆满。然后，挂靴收官，两个月后见分晓。

随跑团大客来到蛟河红叶谷景区，领取参赛物资后，来到广场赛事起点处。

上午8点，等赛会发枪后，全体到会领导整齐起立向陆续跑过主席台的参赛选手不停地挥手致敬，《谢谢你》动听的歌曲旋律回荡在会场上空。此情此景令人心动，此曲听后眼眶竟然发潮了。

赛事分为穿红色运动T恤的半程马拉松和穿绿色服装的迷你跑。先发枪的是半程马拉松，此后，迷你马拉松发枪。时近中秋的山区，金风送爽，各种绿植，婀娜多姿，如此画面在平缓的景区公路跑起来恰似画中游。只是，我的腿伤也只能让我把这次参赛当成一次郊游了。"哈哈，专业的也超过了！"不久，穿绿色衣服的迷你大军赶上来，一不留神漫步赛道身披红色半程马拉松战袍的我成了绿衣5公里马拉松体验者体验成功的靶子。先头的几个人超过红色参赛服的我，兴奋地喊起来。听到此，心里不禁酸酸的感觉，转念一想，权当是哥到此一游吧，盘算一下，起码还省下80元景区门票钱呢，冲这得多照几张照片吧。

经历此次蛟河马拉松，今年的跑马历程告一段落。从上半年6月报名吉马开始，到参加蛟马结束，在为期3个多月的时间里，共参加了省内5场正式马拉松比赛。在跑马和备马过程中，用自己的双脚丈量了近千公里的风景，突破了一个个人生极限，征服了一个又一个目标，也付出了代价。

3个月内，体重掉了10公斤，也体验了伤痛折磨。但跑马过程是精神不断升华、无比充实快乐的过程。终于克服困难，战胜自己，取得胜利，完成既定目标后，有一种满足和成就感。还有跑马结束后，拖着疲惫不堪的身体和沉重的脚步，一步也不想再迈，走到家连楼都累得不想上，但心里充满欣喜，飘飘欲仙的感觉，是无法言状和常人无法体会的。同样重要的是，跑马历程中收获了跑友间真挚的友爱。爱运动的人大都是热情无私的，永远也忘不了跑马中给予我无私帮助的跑团和那些彼此热情鼓励的知名与不知名的跑友和朋友；忘不了给予我精心诊断治疗、热心嘱咐的医生，你们是我跑马路上的精神支柱。这也是我人生道路上的宝贵财富，感激马拉松，感激跑马路上的好朋友！祝好人一生平安！让我们携手体验人生马拉松，向美好的未来，健康快乐地奔跑。

2016 年 9 月 26 日

长春首马　非同凡响

　　长春，作为吉林省省会城市，比起吉林市，建城时间并不长，省会城市也是七十年前从吉林市挪过去，此后长春成为吉林省省会，吉林市成为全国唯一的与省同名的地级城市。

　　从马拉松赛事来说，东北4个副省级城市，大连已完成30马；沈阳已成功举办两届，并开马拉松夜跑先河；哈尔滨的特色马拉松已声名鹊起。国内一年数百场的马拉松比赛，正在席卷神州大地。连省内仅有二十几万人口的边陲小县——延边和龙，都已成功举办4届国际马拉松比赛。在此背景下，省城长春终于厚积薄发，决定举办2017长春国际马拉松比赛。一进3月，即开始网上宣传，以"北国春城，幸福奔跑"为口号，开启长春马拉松比赛首秀。

　　相距不过百公里的省城，首开马拉松赛事，而我恰好参赛马拉松近一年。其间，从家乡吉林市开始，周边的外县蛟河、省内的和龙以及同在长春的母校吉林大学，都已跑过，从层级到区域，只差一场省城赛事，此时举办的长春首马像是为我量身打造一般。

　　抱着满满的期待，早早便在网上报了名。首办的长春马拉松也没有抽签环节，报名缴费之后即在网上被告知入选长马参赛资格。

5月19日下午，去长春办事，结束后已近下午5点，遂直奔长春五环体育馆，这里是首届长春马拉松比赛参赛物资发放地。接近大门，就见三三两两的跑马人背着参赛包迎面走出。院里花坛间，矗立的长春马拉松宣传板图案已略显斑驳，可见长春备马由来已久。体育馆外的广场上，按运动员号码排列着取参赛物棚档。此时，已是傍晚五点半，领取人不是很多。对比其他赛事，这里配发参赛T恤不是放在包里，而是按规格分档领取，并有试衣间，可以试穿，不合适允许更换。试过一件后，又试了一件，旁边志愿者告知：这件合适。的确，跟我的身材吻合了。参赛包里内容也不错：除号码布、参赛手册外，还有一盒康师傅碗面、一袋沙琪玛，另有一袋佐丹力159营养冲剂，哈哈，赛前吃喝够了。值得一提的是，此番长马的参赛T恤很可人：嫩绿的颜色，领口下方是长马的标志，肩上印有蓝色的"真跑者"字样。

5月21日是2017首届长春马拉松比赛开赛日。早上，在下榻的大华宾馆吃过早餐，步行来到长春体育中心门前的街道上，这里是长马开赛起点。仲春的北国春城，此时正是万物勃发的季节，温煦的晨光里，高大的阔叶绿荫下，3万名来自五湖四海，操着各种口音的跑马人把宽阔的大街化作欢乐的世界。检录完毕，赛道上一对小个子四川老俩口跑马人吸引了我的注意，除了白头巾，老头儿手擎大号烟袋锅、老太手摇芭蕉扇，老头儿胸前红布书：银婚，老太胸前红布书：夫妻，让人一看好有喜感。聊起来，老头儿告诉：夫姓辛，妻姓潘，二人都年已花甲，大江南北，长城内外，已一块跑了40多场马拉松。

7点半一到，应是开赛时间，只是，我所在半马集结区，没有任何感觉，又过了十几分钟，前段人流开始缓慢移动。随着队伍向前挪了五六分钟，才看到起点拱门，迈过拱门，属于我的比赛才算正式开始。

　　长春的街道太好了，既宽阔，又平直，弯道折返也少，后来知道长马全程后段有立交桥和坡路，但是半程则是梦幻赛道。赛道上，各种装束、各类形态的跑马人释放着激情和创造意识，各类戏曲古装人物造型，随处可见；各类音乐歌曲，也伴随着流动的人潮奏响。赛道两侧不时出现的补给点、医疗点的志愿者热情地招徕匆匆掠过的跑马人。栅栏外侧，热情市民的加油鼓劲声更是让人心潮澎湃。不觉间，终点拱门出现在眼前。奇怪的是，去年秋天严重的腿伤，在这场比赛中，竟毫无察觉了。

　　还有一个让我欣慰的是，儿子和女友，此次也在我的鼓动下报名完赛了5公里情侣跑，父子赛和情侣跑套办联跑，加上腿伤痊愈，让这场省城首马有了非同凡响的意义。

2017 年 5 月 22 日

2017 长春净月潭森林马拉松比赛走笔

本来已报名 6 月 25 日的吉林市马拉松半程项目，准备中，又看到百公里之隔的省城长春净月森林马拉松启动报名，恰在吉马开赛的一周前，想着权当为吉马热身，抱此想法报名并中选。

6 月 18 日是 2017 长春净月潭森林马拉松比赛日。早上 7 点 30，在入住的八一宾馆就餐后，赴赛之前，与同行儒雅帅气的跑友陈建华，连同赛前被我动员来的儿子的女友一同在宾馆大堂照了相。

赛事出发点是长春净月潭公园女神广场。春光明媚的广场上，绿树环绕，彩旗飘飘。广场中，到处是身着各色运动服饰，兴高采烈的跑马人。此番净月潭森林马拉松，设全程、半程和迷你三个项目。看到一些高鼻碧眼的老外还挂着迷你赛的号码布，有些颠覆认知：也许他们只是重在参与吧。

森林广场上，净月马赛会开幕式的主持人高亢声调助推着人们的亢奋情绪，现场的跑马人群情激奋。醒目的招贴指示牌、随处可见笑容可掬的志愿者，让人感觉净月潭森林马拉松的组织精细、细节暖心。这方面体验感觉甚至超过刚刚过去的长春马拉松。其特色牌、国际范与声名远播的吉林市马拉松有一拼。

2017长春净月潭森林马拉松采取了当今世界最为时尚的森林越野马拉松形式，包括男、女全程（42.195公里）、半程（21.0975公里）森林马拉松及7公里迷你马拉松等项目。赛道全程由山地坡道13公里、森林沙土绿道13公里、环潭公路16公里三部分组成。累计爬坡750米。全程马拉松赛道，从净月潭景区女神广场出发，途经净月潭东门、净月潭二环路、森林高尔夫训练场、瓦萨博物馆、东北虎园北门、净月潭西门、森林区、环潭公路等；半程马拉松赛道由14公里环潭公路、2公里森林沙土绿道、5公里山地坡道组成；7公里迷你马拉松赛道由5公里环潭公路、2公里山地坡道组成。

早上8点半，枪响开赛，近6000名来自32个国家的运动员开始鱼贯涌向负氧离子充沛的森林赛道中。只是森林步道相比城市道路，很是狭窄，以致全马队伍已跑了好一会儿，半马大队还候在广场没动窝呢。 进入园区，仍旧路窄，跑马人只能人前人后龟速前行。不过恰好可以利用这个阶段欣赏景致。美丽的净月湖畔，微风拂面。 林间小道，曲径通幽。间或出现的土路昭示人们：这里只适合漫步或休闲。跑至3公里处，开始微微见汗，只是跑在林间水畔，沐浴凉风习习，让人很觉舒服。

赛前，天气预报称有阵雨，好在比赛期间浓云蔽日，太阳更是未曾谋面，舒适的天气是跑马人难得的福气。

10公里后，赛道出现和缓的坡路，看到摄影师"埋伏"路旁，向着迎面而来的跑马人不停地"咔嚓"。赛后，爱云动网站提供了大量跑道照片。

16公里坡路再现，此时体力略显不支，但想到终点迫近，不由得再提振精神，咬牙攥拳，一路冲向终点。终于迈过完赛旗门，尽管腿脚灌铅般沉重，心情仍是一如既往地轻松。

净月潭森林马拉松比赛总参赛人数不足6000，但随处可见的外籍人士达200多名，休闲赛事，却国际范满满。

整个参赛过程，接触到的志愿者均是在长大学生。交流中给人感觉暖心、周到，服务充分及时。

儿子的女友在此之前仅参加过5公里迷你跑。原想4个半小时关门前跑下来就行，不想今次两小时五十分拿下森林半马。从成绩单上看，在全部444名正赛女选手中位居第139，战绩骄人，表情却轻松自如。看来应是基础条件与科学指导共同创造赛事黑马。

终点的广场上，吸引眼球的俄罗斯歌舞和敬业的艺人活动正在热演，活泼的俄罗斯小朋友很是惹人喜爱。

只是，对比300元的报名费，净月潭马拉松的完赛包略显简约：纸袋包内，一根香蕉、一块沙琪玛、一瓶矿泉水，另有一条毛巾。不像县城马拉松都给一条浴巾，但是对参赛者来说，一条毛巾也还算够用，浴巾在这样的赛事毕竟作用不大，吃喝赛后当即消化，毛巾揩汗足矣。

打开毛巾，内有一张提示条，告知马拉松赛前和赛后注意事项，这个暖心细节值得称道。还有一个细节：把救援电话号码打印在号码布上，这样对于跑马人来说可算是简捷实用。

再有就是赛会奖牌别具一格，这也是我不惜在吉马即将开赛之际，花300元参加净月潭森林半马的部分诱因。

此次参赛小结：组织上乘、节目丰富、环境怡人、气温可心、坡道和缓、土路平顺，跑马里程轻松自在、颠覆认知、可期可待。

2017 年 6 月 19 日

用奔跑的脚步丈量人生乐趣

——2017吉林市国际马拉松比赛参赛记

同样是6月，同样是6月下旬，第二届吉林市马拉松举办，举办地是我的家乡，又是我开始马拉松的地方，报名参赛是必须的，尽早报名，入选也就顺理成章了。

6月25日，2017吉林市国际马拉松比赛正式开赛。吉林市区本不大，家离开赛起点一公里的距离，让我很从容地赴赛。早餐后，简单整理，7点40，到达赛会检录通道。

本次赛事除马拉松、半程马拉松、8公里跑等经典项目外，还设立了迷你马拉松、特色跑项目，来自中国、肯尼亚、埃塞俄比亚、美国、法国等17个国家和地区的3万名身披红色战衣的参赛选手在这座雾凇之都、京剧故里、历史名城，在垂柳依依的松花江畔"悦马江城，怀抱山水"。如画的景致让今日的吉林市成了世界瞩目的焦点。

上午8点钟，中国田径协会主办的"奔跑中国 红色之旅"第四站，吉林市马拉松正式开赛。灿烂的阳光下，晶莹如练的松花江畔绿树掩映的街道上，涌动着滚滚红色人潮，构成了难得的壮丽景致。

20 度上下的气温对逛街是适宜的，但对马拉松比赛的选手来说不算太好。随着赛事的进程，身体热量上来了，太阳也越升越高，开始了热汗淋漓阶段，路过补给站，看到最多的是怡宝饮品贯穿赛会始终。此次二届吉马，整个半马赛程除饮品饮料外，没见有其他补给。为解不断蒸腾的热度，遇上补给站，启开一瓶水浇到头上。不想，腰包里的手机被水浸湿，由于赛会也未安排拍照合作团队，想自己留几张赛道照片的想法无法实现了。

　　2 小时 7 分 30 秒完赛 21 公里半程马拉松比赛，赛后，组委会发来成绩短信。觉得自己正常半程水平应该在两小时内，只是缘于冲动没把握住，一周前连续参加萨拉蒙松花湖越野赛和净月潭森林半程马拉松比赛。身体还没完全恢复，以致跑过两公里大腿开始肌肉紧张，不得不放慢速度。比赛中我从 8 公里到 16 公里先后补充了盐丸和能量棒各两颗，这让我避免了像以往比赛中抽筋的情况，还算顺利地完成了比赛。

　　此次吉马奖牌设计得不错：通体金色牌面镂刻吉马标志，显得大气脱俗。只是完赛包让人诧异：绿色的塑料袋里，仅有一瓶饮品和一只香蕉。

　　赛后恢复区里，接受吉林市众联医院赛后拉伸按摩服务，专业的技术和精到的手法让人叹服。接受拉伸服务时，恰与跑友夕菲偶遇。急忙借其手机留影，略补了一下赛道上的缺憾。

　　首届吉马曾经办得很完美，借助美轮美奂的江景资源，加上精心组织，给人们留下良好的印象，以致声名远播，获选 2016 年前半年国内马拉松比赛最美赛道。吉林因之被央视列入"红色奔跑"系列马拉松赛事。

今年的吉林二马比较去年的首马，从自身感觉上，经过一年的历练，心态上沉稳了许多。

　　从去年的吉马首次跑马，至今跑过省内多场大型马拉松赛事，跑程上千公里。充实了生活，愉悦了精神，健塑了形体，收获了友情。跑步和训练成了生活必备的内容，参加马拉松比赛成了平日向往和精神动力。让我欣慰的是曾经的膝伤未再发作，运动的潜质和内心的欲望驱使我奔向下一个目标：那就是等待下次赛机，去完成人生中的第一个全程马拉松比赛。

　　跑马的路上，让我难忘的，有义气跑团唐团长和各位跑友的热心培训和教导，临江门冬泳队泳哥泳姐持续地关注和支持。还有生活中的老师、同学、朋友都给了我家一样的温暖和亲人的温情。是你们让我在跑马路上意气风发，脚步铿锵。借此，也向各位深表感谢！善来善往，祝好人一生平安，幸福吉祥！也希望下一次我们共同踏上跑马赛道，用自己的脚步去丈量人生的乐趣，让奔跑的目光去领略身边不一样的美丽。

2017 年 6 月 26 日

哈马，想跟你谈一场永不分别的恋爱

跑马一年多，正式的大型马拉松赛事已完赛6场，美中不足的是完赛的都是半程马拉松，跑一场全程马拉松成了我今年迫切的期待。挨过了马拉松赛事蛰伏的夏季，网上看到了哈尔滨马拉松启动报名的信息。哈马在跑友中声誉满满，距离又不太远，让我倍加神往报了名。不久，幸运地得到了哈马参赛资格。

8月26日是2017哈尔滨国际马拉松比赛开赛的日子。

早在10天前，热情的哈尔滨跑友"东北虎"就帮忙安排了宾馆。25日晚5点，抵达哈市。宾馆入住后，通过欧风古韵的哈尔滨中央大街，走到松花江边的道里区秋林公司旧址，身后的江沿小学是竞赛物品发放处。可能是来得比较晚的缘故，江沿小学院子里的人不算多。靠墙处，摆放几块比赛宣传板，凭身份证到领物处领取了参赛包，志愿者帮忙戴上了红领巾，看着胸前飘荡的一抹红色，这是让我不忘初心，永葆童真啊！心中的激动之情油然而生。

晚上入住道外区大元宾馆505室。26日早上，寝室内早餐后，运动行头装扮完毕。出发前让同室跑友——来自大连海事大学的大三学生文卿帮忙拍照后踏上征程。半小时后，在尚志大街存包完毕，跟着人流踏上哈尔滨防洪纪念塔附近的赛道起点。

7点30，随着一声枪响，2017哈尔滨国际马拉松拉开帷幕，3万参赛者在热情市民的欢呼加油声中，跑过防洪纪念塔，沿着江畔一路向前。

初秋的哈尔滨，清风阵阵，江风徐徐，松花江边的友谊路上，身着淡蓝色T恤的运动人潮，伴着路边的加油鼓劲声，向前奔涌。

两公里后，路旁出现歌舞加油站，热情的观众加油声连绵不绝，此起彼伏。5公里里程牌前，是一位彩色衣裙的俄罗斯美女在与跑过的运动员互动交流。

此后每过5公里都有各式衣着的异国美女站台助力，而赛道上铺陈罗列各种民族风情歌舞节目，更是精彩纷呈，姿态万千。

哈尔滨被称音乐之都，从热闹的赛道部署到目不暇接的节目都让人心服口服，果然名不虚传。

8公里后，赛道拐上阳明滩大桥，墨绿色钢架结构的悬梁凌空横亘，好气派的样子。这是国内长江以北迄今最大的桥，全长7.5公里，足足一个迷你马拉松赛道的距离。

跑过10公里后，一个坐轮椅的运动员驶过身旁。赶过去交流，这位参赛者告诉我，他参加的是全马，这次PB（Personal Best缩写，意思是个人最好成绩）目标是400（指4小时）。

哈马的补给是最为豪气的，赛道上差不多每两公里一处补给站。香蕉、哈密瓜、西瓜等水果，蛋糕、小面包、鲜花饼等食品，盐丸等专业补给，以及红肠、雪糕、格瓦斯等冰城特色美食摆满了长长的补给台面。

随着时间推移，气温也在不断攀升，赛道上不断有消防车客串喷雾车在人工降雨，大致数了一下，赛道上共出现8处。

"老铁，牛！"半程过后，一处音乐加油站的小伙子向赛道上的跑马人竖起大拇指。

"再来一块吧！"补给台前，吃过一块小蛋糕后，志愿者又递过一块来。

"来包榨菜，补点盐呀！""整包的吃不了呀！""整包吃不了就吃半包！"各个补给点热情得让人难为情。

"舒兰大米，一路有你"，一队足有20多人的跑马人背后的广告吸引了我。看到赛道上家乡的广告让人倍感亲切。

"黄瓜打好皮了，吃吧！"

各种巧克力：黑的、奶油、白的，还有黄的、粉的。

酒心巧克力、大列巴、哈红肠，太多了。

半程过后，看到这儿是饮料站，过道是补给站。

吃了喝，喝了吃。

哈马，就想问你到底让不让人跑了！

24公里，让人眼睛一亮的是哈尔滨大剧院，恢宏的布局、雅致的造型足以比肩国家大剧院，媲美悉尼大剧院。

转过大剧院，看到一老者在众多年轻跑马人中很是另类，问起才知老汉70岁，1948年生人。老者自称1997年因病已被医院诊断为不治之症，是中医挽救了他，跑马拉松强壮了他。这次PB目标要达到500以内。

跑马拉松真正困难是在30公里后，这话不虚。随着时间的推移，太阳眷顾，这时汗早就出透了，双腿越来越僵硬，不得不跑走交替。

最困难的阶段，也就是离目标更近的时候。终于，远远地看到太阳岛标志了。

"美丽的太阳岛，多么令人神往！"这耳熟能详的歌词所描绘的，现在是我最恰当的心愿表达。

哈马终点就在太阳岛公园的太阳石，望着远处的终点旗门，不知从哪儿来的一股力气，终点前 200 米，我竟然又能跑起来了，大步冲进终点龙门架，我完成了人生第一个全程马拉松比赛。

刚过终点线，组委会发来的短信告诉我，用时 5 小时 30 分完赛。

晚上，到家时脱下鞋子，看到脚上磨出三个晶莹的大水泡。虽然疲惫无比，但是心中得意满满。亲身领略了零差评哈尔滨马拉松赛，确立了人生新坐标。

让跑马人心心念念的还有马拉松完赛奖牌。上届哈马被评为 2016年最美奖牌，网上以每枚 400 元出售，今年的奖牌外形和图案继续延续上届风格。完赛奖牌本就是马拉松完赛最美好的证明，红色烫金的奖牌荷包里，立体造型呈现哈尔滨地标和赛事起点的防洪纪念塔，连同松花江波浪的装饰，大气的奖牌让人爱不释手。

每每回想到参赛过的哈马，每个阶段、每个环节细腻贴心到让人想哭！

哈马，只想跟你谈一场永不分别的恋爱！

2017 年 8 月 28 日

盘锦红海滩马拉松比赛参赛记录

在完成哈尔滨马拉松全程赛之后，我感受到了挑战极限的魅力。如今盘锦红海滩马拉松成为我的新目标，通过网上跑团微信群报名并获得成功。没承想此次比赛与自己人生第一场全程马拉松赛——哈尔滨马拉松仅隔一周。

9月2日是2017盘锦红海滩马拉松比赛开赛日。9月1日，乘火车来到盘锦，入住宾馆后，奔向盘锦市内的辽河美术馆，这里是领取参赛包地点。

路过盘锦市区，城区不大，但是干净、规整，城如公园，幽静淡雅。

盘锦市辽河美术馆前面的广场宽阔平坦，周围已被飘扬的红旗和赛事宣传板布置得庄重而热烈。

盘锦红海滩马拉松比赛至今已举办三次，该市与世界马拉松发祥地希腊雅典结成马拉松比赛姐妹城市。两城互相承认马拉松参赛人员的资格和成绩。

走了不算远的距离，到达参赛包领取处。领取参赛包的人不算多，领取后，有一个赠书环节，每人赠送一本希腊人写的《马拉松精神》传记书籍。近十次参赛，在美术馆内领取参赛包还是第一次。领取完毕，又在美术馆内参观了马拉松历史文化展。这里展出了世界马拉松运动诞生的历史介绍、世界著名马拉松比赛奖牌和中国马拉松的发展历程史话。这番操作在过往的马拉松赛事里独树一帜，让参观的人体会了马拉松精神的源远流长，认识到这是一项源于历史事件和一座城市的一项运动。

此番来盘锦，当地跑友凯铄热情安排住宿和往来交通，入住后，深夜还来微信问询关怀，让远道而来的我心里暖暖的。标间同室的是跑友鲁天福，这是个 20 岁的云南大三学生，此前半马跑出 113 。谈话中，小伙豪言要拿大学生马拉松比赛业余组冠军。

次日早餐后，与鲁天福乘大客车前往赛场。9 月初，吉林已是秋风初起，而盘锦却是 20 度气温。感觉吉林的夏末来这里串门了。

一到赛事起点，看到广场上有好多外国人。新鲜感让我邀一老者合影，这位外国人照相时一再请我帮他展开他的罗马尼亚国旗。据介绍，此番盘马有来自美、英、俄、日、韩等十几个国家的 90 余名外籍选手参赛，仅希腊雅典就组队 20 余人前来。

上午 8 点，盘马开赛。带着尚未恢复的体能，我开启了人生第二次全程马拉松征程。由于一周前刚艰难跑下人生首个全程马拉松，对 7 天再赛全程马拉松根本准备不足，料定自己无法正常完赛。所以，比赛中，反而心态坦然，多数时间都以观景徒步来安排行动。赛道补给点进补也从容。

盘锦的赛道因为是沿海滩设置，突出红海滩主题，赛道两边因无树木遮荫而异常燥热。跑得慢，则更是煎熬。只是由于我心态平稳，进补充分，最终取得与一周前那场全程马拉松接近的成绩。让自己觉得还不算难看。

　　优美的自然生态，满满的国际范赛事，让这次人生第二次全程马拉松，以收获颇丰的成果载入我的跑马史册。

2017 年 9 月 3 日

沈马参赛记

跑过两场全程马拉松后，对冲击全程马拉松有了更多的期待。因而，报名成功的沈阳马拉松成了我的第三场冲击目标。

9月24日是2017沈阳马拉松比赛日，23日乘火车抵达沈阳北站。

沈阳，作为东北的区域中心城市，已多次乘车经过，但深度停留下来，这是第一次。

通过了解，知道沈阳是厚重历史与高度现代文明交织的现代化都市，这一点上有些北京的味道，其城市规模和恢宏建筑在东北首屈一指。

为备赛入住宾馆毗邻沈阳南塔，邻近南塔北侧道观蓬瀛宫。

沈阳奥体中心，是沈马参赛包领取处。门口即2017沈马开赛的主席台，参赛包领取完，在2万名运动员姓名墙上找到了自己。

奥体中心广场内，赞助商的据点争奇斗艳，在赞助商的宣传台前展示了本次自己的完赛目标：430。

盘马时遇一对年逾花甲的鞍山跑马夫妇，交谈中问参加几次马拉松赛，回答是30多个。再问是半马吗，被反问半马是马拉松吗？细思一下有点儿道理。

所以，这次沈马策划兜底目标是借鉴之前跑过的哈马、盘马两个全马都530以后下来，规划保守点吧。

盘马结识鲅鱼圈凯铄跑团团长，这次沈马又蒙其热情相助，精心安排舒适的宾馆。说好的 AA 晚餐，跑友刘营抢着买单，红包发去又被退回。跑友庞宝君还送来矿泉水。如此激动不一而足。谢之，一笑莞尔回答：天下跑友是一家！

这次同寝室的帅哥跑友是姚恩光，一位礼貌周到的 32 岁的现役消防警官。

沈马开赛前，突出的感觉是浩大的候厕队伍排在卫生间外。

"奔跑在公园里。"赛后观看电视里沈马直播重放，央视解说恰如其分。

比赛当天，秋风轻拂，浓云稠密。赛道是沈阳市政府刚刚建设的沈阳慢行路，沿浑河延展，绿树掩映，平展的柏油路面每公里都有里程标识，并把沈阳的地标建筑涂画在路面，还配有英语欢迎词。这样的环境里奔跑，跑友们惊呼，今天不 PB，要对不起这么好的赛道了！

前半程感觉还好，后半程渐渐掉速，32 公里遭遇艰难。平时跑量不足，晚上喝酒吃肉影响睡眠，种种因素使得此时小腿紧绷，膝盖发僵，不得不走起来。

熬过 38 公里后，看到 500 兔子从后面扑上来，不知哪来的劲，一鼓气追过去，忽然有如神助，最后一公里配速又回到 5 分钟多，结果居然一直跑到终点。第三次全马，取得 450 成绩，刷新自己的全程马拉松 PB。

最美赛道　沈马亮点　政府作为　人民受益
跑马识城　人生印记　上升空间　指日可期

2017 年 9 月 25 日

科右前旗半马参赛记

轰轰烈烈的马拉松赛这几个月突然中止了，让人有些不适应了。看到网上有科右前旗马拉松即将开跑的帖子，吸引了我的注意。地图上看，虽然是内蒙古地界，但离家乡吉林不算远。于是，就在网上报了名，由于是小赛事，不出意料地中了选。因为 10 月 15 日是内蒙古兴安盟科尔沁右翼前旗半程马拉松比赛日，坐了一天火车后，14 日晚抵达科右前旗。在旗政府所在地附近，找到一家小旅馆，刚好看到一个也是远道来参加比赛的年轻人。聊起来知道，这位跑友李占山今年41 岁，是包头人，近一米七的个头，体重才 108 斤，原是内蒙古体工队长跑运动员，全马 PB230，半程 109，曾经在国内马拉松大赛创国内冠军，小李热情地邀我与他住到一个房间里。

晚饭后，沿着旅馆前的公路，走了不到一公里，来到科右前旗政府大楼前。远远看去，广场深处，楼形灯环绕下的政府大楼恢宏而庄严，让人想起人民大会堂。广场对面，已搭起赛会主席台，但是没有亮灯。

赛会主席台和起终点均设在科右前旗政府广场前，比赛日早上，赛前一小时，参赛人员刚刚领到参赛包。问为何如此，忙碌中的工作人员说准备太匆忙，运送参赛物品的航班误点，所以只能开赛前发服装。

早上8点多，约有200名左右参加比赛运动员集中到科右前旗政府门前广场上。半小时后，枪响开赛。

内蒙古草原的赛道特点就是平坦，整个赛程，道路起伏不大。深秋的气温凉爽宜人，因此，很适合跑步运动。

也许是准备有限，也许是科右前旗本来人就不多，见到的志愿者很少，赛道补给也少见，跑完赛事后，领到的奖牌发现图案竟然是用纸粘上去的。

赛会物资中没有运动芯片，成绩是人工计时。自己跑完赛程后，看了计时表显示156，刨去延宕时间，实际应该在155左右。

赛会也没见发照片的介绍，所以这次半程马拉松比赛成为唯一无法发布跑程中照片的赛事。

科右前旗隶属兴安盟，返程从科右前旗坐大客车到乌兰浩特，由乌兰浩特火车站乘火车到长春。候车中，看到乌兰浩特火车站，蓝白配色的站内背景、蒙古特色的造型、整洁的面貌让人印象深刻。

2017年10月16日

参赛丹东山地马拉松

受辽宁营口凯铄跑团团长凯铄的推荐，报名了丹东山地越野半程马拉松。10月29日是丹东山地越野半程马拉松比赛开赛日，提前一天乘火车抵达丹东。走出丹东火车站，10月底的丹东街头，满目杏黄，满街银杏树的叶片为人们铺就了金色的视野。凯铄团长早在赛前就通过丹东跑步协会金会长安排好了招待所，招待所位置紧邻火车站和鸭绿江公园，独立卫生间的标间，价格美丽又舒适方便。招待所放下背包后，耐不住大好景致的撩拨，就出门逛街了。

丹东市区面积不大，街道多以经纬命名。来到街头，海鲜3斤10元，还不见有人问津。不到一公里，眼前就是鸭绿江公园，又看到了电影中早已熟悉的鸭绿江断桥，这是几代中国人魂牵梦绕之处，参观断桥需30元购票才得走近。桥对面就是朝鲜的第二大城市新义州，远远看去仍然陈旧破败景象。隔江两岸比较，好像差了一个时代。丹东的10月是看树的季节，鸭绿江畔，百种树木争奇斗艳，姿态万千，而漫步丹东街道，则有忽如一夜至，满街尽带黄金甲的畅快。

比赛当天，千名来自全国各地的跑步爱好者齐聚丹东市元宝山公园广场，简单的起跑仪式在公园现场举行。上午8点，比赛开始。丹马赛事主要在丹东"锦元道"大众健身步道布置。这个步道起于丹东市中心的锦江山,终于元宝山。因面向丹东主城区,环抱爱民沟、七道沟、八道沟,背望金山镇,大部分路线蜿蜒于山脊之上,南北视野开阔而得名。整个赛程充分体现山地特色,千人跑在山地步道上,不算拥挤,步道也较平缓。山林间奔跑,负氧离子充沛,感觉很舒服,只是在终点前出了点儿意外状况。临近终点是个长长的大下坡,彼时满心想着冲刺,以致没收住脚步,离终点线十几米时,整个人摔了出去,幸亏戴了薄手套,手拄地时,手套舍身救主,使我免去皮开肉绽之苦。

赛后,临回程前,受邀参加了凯铄跑团的庆功宴。凯铄跑团是鲅鱼圈地区最大的跑团,靠团长的人格魅力和跑友互助,300多成员以团为荣,在辽宁省很有名气。

因乘火车返程,与凯铄跑团的"冬日暖阳"同车,谈话中得知这位跑友一年前曾患前庭功能障碍被医院宣布不治,万念俱灰之际加入跑团坚持跑步从未间断。一年之后,竟然身心巨变,恋上跑步的同时,忘了疾病,上月刚跑完大连50公里越野,现在的口头禅是:不跑步要犯病,是跑步救了我。

此次丹马,长了见识,收获跑友情谊,但也有一点儿遗憾,就是想去抗美援朝纪念馆参观,因扩建维修而闭馆谢客。只盼望着它下次开放时再来弥补此次的失落。

2017 年 10 月 30 日

2017 青岛马拉松参赛记

11 月的家乡东北吉林，已开始雪花飘飘。而地处胶东半岛，濒临黄海的青岛，却是绿意盎然，一派生机。

2017 年 11 月 5 日是 2017 青岛国际马拉松比赛开赛日，这是我平生参加的第四场全程马拉松。

青岛被誉为艺术之都，位于市南区沿黄海岸边的东海西路一线更是精华所在。从风光旖旎的青岛五四广场，经过北京奥运会举办地青岛奥帆基地，以及五线谱地面等景点，让人见证了青春的热土和海滩的浪漫。

距离五四广场一公里的青岛汇泉广场，是青马参赛物品发放地。赛前一天，到此地领取了备赛青岛马拉松的参赛物品。发放现场，参加了赞助商的互动活动。通过现场问答，获得了海尔发的互动奖品礼包，包内的 T 恤衫、跑步头带，另有一只电子手环表，见证了大品牌的豪气。

当晚是在五四广场旁的民宿住宿的。第二天早上，与同寝的另外五名参赛跑友一同来到开赛起点。此次青马参赛规模是 2 万人，赛前简单热身后，在主持人的引导下，赛道上2万人同唱国歌。宏大的场景让人心潮澎湃。8点一到，枪响开赛。

青岛的赛道沿海而设，八大关、老火车站、海水浴场、五四广场、奥帆中心、歌剧院等青岛的标志性景致尽列赛道两旁，一个马拉松赛，简直就是岛城的精华之游和浪漫之旅。

"海风你轻轻地吹，海浪你轻轻地摇"，这熟悉得不能再熟悉的歌声、这浸入骨子里的旋律时时飘荡在赛道，让人内心溢起阵阵无法自已的冲动。

"假右儿！假右儿！假右儿抛！"热情的青岛市民在赛道两侧不停地用鲜明特色口音为赛道中的跑马人加油鼓励。

赛事进入中段，赛道进入了爬坡模式。长长的小慢坡虽然影响了速度的发挥，但是在飒飒的秋风中，跑起来也还算不太吃力。

一周前，丹东山地越野赛时腿部拉伤。开赛前臀部开始酸胀不已。比赛半程过后，身体就不断抗议。以致每跑一步胯部都疼得厉害。找一赛道医疗站就医，有经验的医务志愿者告诉：你这是抻着了，不能再跑了，溜达下来吧！闻听此言，我好泄气，虽然心里不服，但身体还是开了小差。无奈，只好试探性地蹽开步子，开始不正规地漫步起来。只是在终点前，在赛道边众人的加油声中，还是象征性地小跑起来。

505，赛后，组委会发来成绩短信。未破PB，让我很是心有不甘。

也许跟温度不高有关，对比其他城市，青马赛后跑马人不多，显得略冷清。所以在恢复区，免去了等待的烦恼。冷水泡脚区，看到有些空位。在按摩拉伸区，为我服务的是个帅气的小伙，手法到位，态度严谨。问起来，小伙子告诉我，名叫赵延浩，是青岛健身馆教练，帅气的样子，看起来像个早期日本男影星。

走出按摩拉伸棚，迎面有两个记者模样的人叫住我，称是电视台的，拿话筒的女生问可否采访一下我。

说点啥呀？我问。"就是讲讲感受！"扛摄像机的小伙子回答好爽快。

接受完采访，在恢复区附近，又接到海尔发给运动员的一盒蔬菜沙拉。

此番比赛，青岛歌剧院是青岛马拉松的比赛终点。新建的青岛歌剧院离市区几十公里，赛会没安排接驳车。跑马人40多公里跑下来早已筋疲力尽，此时也得四处找寻公交车返回。

青岛的景致太美了，青岛啤酒口味不错。城市真是好城市，赛道也是好赛道。

再见青岛，盼望看到更美的青岛马拉松。

2017 年 11 月 6 日

南宁马赛记

进入 12 月，家乡吉林已是千里冰封的隆冬季节，之前的两个双休日，分别在吉林的北大壶滑雪场和松花湖滑雪场进行了新雪季的首滑。

12 月 3 日，是 2017 南宁马拉松比赛日，幸得最酷网给予的体验名额，我取得了参赛南马的资格。原来抱定信念要去广州马拉松，所以南马报了个半程，原想是为广马热身，岂料广马抽签未中，南马半程便成了我 2017 年底最重要的赛事。

12 月 1 日，冒着纷纷扬扬的雪花，我登上了飞往 3000 公里外南国的航班。经过两段航行加上中间在合肥机场的停顿，12 月 2 日中午，抵达南宁。

从一片茫茫白雪瞬间变成满眼绿色，真有恍如隔世的感觉，机场大巴经过的道路两旁，高大的热带乔木披挂着郁郁葱葱的绿叶，树下错落展示着各式花木，气温舒适宜人。这个感觉就是现实版的心旷神怡。

火车站附近，下了机场大巴走上大街，感觉好特别，相比北上广等城市，南宁的街道不算太宽，但是骑单车的太多了，马路上小轿车很少，等红绿灯时，虽然人很多，但我能看得很远，南宁人个头比北方人矮这么多吗？

街边店吃完饭，把行囊放到旅店，就踏上去往南宁国际会展中心的地铁。出了会展中心地铁站后，展现在眼前的是一座气势恢宏的建筑。拾级而上，宽广的广场上矗立着一座象牙白色的花瓣圆形建筑，这就是曾获得"新中国成立60周年百项经典暨精品工程"，也是中国与东盟博览会的永久举办地的南宁国际会展中心。

奇怪的是，一路上并没有看到马拉松比赛的宣传栏目，以致我以为走错了地方。经询问才得知，原来这是主报告厅，参赛物品领取在东侧的一号展厅。

直到一号展厅门前也没看到大型宣传标志，只是在门前路上，看到三三两两的人流或背或拎着统一制式的红色布包，这时我才确定没走错地方。

进入展厅，看到一个中等规模的影剧院，可能是临近比赛的前一天吧，取参赛物品的人不多，赞助商家的展台也只有3家，这让我心生疑惑：这就是国内金标的南马吗？

参赛物品的领取倒是顺利，也中规中矩：除了T恤、号码布、参赛须知外，还有一份南宁旅游地图、印有赛道的明信片，另外还有一枚刻有吉祥物的金属纪念章。

领取完参赛包，按照导向指示标走进另一个展厅，宣传栏上展示的是马拉松运动博览会，走进展区，实际上就是南宁市及周边县区的旅游推介。但是，对我这个从未来过南宁的东北人来说不失为恰如其分。

12月3日，早5点半起床，南宁的天还漆黑一片，周围一片寂静。前一天晚上问了旅店老板，说周围街上 6 点以前没有开门的早点摊位。所以起来后喝了两袋奶，吃了个面包。接着惯例排空后，就奔向开赛地——南宁民族广场。接近早 7 点，在东北老家此时早已天色大亮，到处是熙熙攘攘的人流充塞街上。而眼前的南宁，虽天色渐亮却难觅人踪。

民族广场宽阔平坦的大街上，2 万多名运动员铺陈其中，葱绿色的参赛服组成汹涌的洪流。8 点整，随着彩雾升腾，令枪响过，绿色的人流开始向前奔涌。

天上阴云密布，耳畔轻风微拂，路旁绿树鲜花，脚下宽阔平坦。出发后，近 10 公里都是在笔直的民族大道上奔跑，难得的好天气，难得的好赛道。只是很少看到有围观群众，道路两旁也没有围栏，更不见宣传标语，好个低调沉稳的南马。

由于参赛前有场没发作的感冒，特别是 3 天前曾跑了个线上半程马拉松，所以，整个赛程未敢用足力量，对照手上的佳明手表，自己掐算着时间，由出发时把目标定在 140，到 10 公里的 150，到 15 公里后出现一段坡路，心想两小时完赛吧，结果跑到最后，感觉赛道与佳明手表的差距好大，最后一两公里怎么总也跑不到头呢？ 21 公里过去怎么看不到彩门呢？渐渐赛道两旁出现围栏，前方人头攒动，怎么？这就是终点？低头看表，两小时零二分。鼓舞人心、提振最后一丝动力的终点彩门呢？奇了怪了，没有终点彩门，这个金标赛事减配得太过了。

南宁马拉松半马及全程终点均设在南宁体育中心，场地宽敞空旷，缺少指示牌和引导员，询问恢复区或摆渡车等问题，清一色要靠打听。完赛包还算中规中矩，完赛奖牌、毛巾、一根香蕉、一块沙琪玛，还有一盒南宁出产的巧二娘螺蛳粉，只是我包中的螺蛳粉已挤压成了饼，好在志愿者同学又给换了一盒。

来到恢复区，广西医大的志愿者给施行了按摩拉伸。接着，又去冰敷泡脚。最后，乘摆渡车回到市区，就算正式结束了南马之旅。

走在南宁市中心的大街上，看着浓郁的南国风情，路两旁高高的椰树、茂盛的棕榈、争芳斗艳的木槿，以及映衬在绿树洋楼中的大街上的人流，都让人感到舒展。忽然发现，南宁的街路上多是单人电动车，而汽车相较其他城市却很少，根本看不到汽车堵塞现象。

晚上，来到旅店旁的中山路上，人流熙熙攘攘，两旁排满琳琅满目的小吃摊床。央视推出的《舌尖上的中国》来到眼前。价格都不贵，10块、20块，甚至七八块钱都能买来一份。这当口，只恨自己的胃口太小。

吃饱了肚子，端详一下灯火后的店家房舍，就是一些低矮的旧时房屋。再看看南宁主要街路名牌：民乐路、民生路、共和路、民族路……，要面子，更重里子，重民情，聚民心，或许是这个有270万城市居民的多民族地区首府城市的魅力所在吧。

绿色南宁，跑过难宁。

2017 年 12 月 8 日

泰州溱湖马拉松参赛记

　　位于泰州姜堰的溱湖是国家湿地公园，这里 2017 年 12 月 10 日举办了首届半程马拉松比赛。因与苏州马拉松毗邻、顺路，且将此次半马算作为即将启程的苏马的预热，半月前，网上报名并取得参赛资格。

　　开赛前半小时，乘车抵达溱湖湿地公园广场，这里是溱湖半程马拉松赛事起、终点。

　　上午 8 点半，随着发令枪响，比赛在溱湖畔展开，比赛线路前 14 公里设置在溱湖大道上，后 7 公里涵盖了溱湖、药师佛、水岸别墅区等溱湖风景区特色景点，跑友可以在奔跑中一览溱湖美景。赛道沿途，汇聚着观众热切的目光，此起彼伏的加油助威声响彻溱湖风景区。

　　赛事规模是一万人，虽然是中小赛事，但却是中国田协的 A1 类赛事，有多个国家的运动员前来参赛。

　　开赛时，当地的气温仅七八度的样子。瑟瑟冷风中，人们跑得还算顺利，直到赛事结束，气温仍然不高。只是景区道路略显狭窄，弯路及折返路也不少。所以，很难打开速度。最终，自己取得 1 小时 58 分 24 秒的成绩。2016 年跑马以来，两年跑了 10 个半马，此次成绩列十中第三。

赛会安排运动员免费游览溱湖国家湿地公园。半程马拉松跑下来还算轻松，因此，游览景区饶有兴致。

　　溱湖的水面一眼望不到边，茂密的绿植中，偶尔可以看到一群群黑天鹅和孔雀在悠闲地嬉戏。远处望去，溱湖畔 78 米高的药师塔和千年古寺矗立其间。乌篷船上，摇橹大妈献唱苏州小调载着一众跑马人饱览了大美湖光山色。

2017 年 12 月 11 日

苏州太湖马拉松参赛记

2017 年 12 月 16 日是苏州太湖马拉松比赛开赛日，参赛全程苏州马拉松，是年内我的第五场全程马拉松，也是人生第五场参赛的全马。

苏州高新区金鹰商场是苏马参赛包领取处。商场内发参赛包，一楼取号码布，五楼凭号码布取参赛包，基本上让人们对这个商场有个最初的印象了。

开赛前几天选了苏州一家民宿入住，有时间逛逛苏州火车站附近著名的山塘小镇。

烟雨迷蒙中，七里山塘白墙黛瓦。古香古色单层房屋间，小桥流水、评弹悠远，真乃是名不虚传的中国历史文化名镇。

比赛日前几天，苏州连续下雨。开赛当天，雨停转阴。只是气温仅五六度样子。

苏马此赛功课做得很足，由央视对赛事进行全程直播，央视名嘴李小萌现场主持开赛仪式。

瑟瑟寒风中，苏马开赛，不算太多的跑友在不多观众的赛道上奔跑。气温低迷，感觉赛事气氛减分不少。十几公里后，赛道延伸到太湖畔。这时岸边风力可达五六级，3 万人奔跑在太湖大道上，给平静的太湖带来一股勃勃生气。

天气阴凉，对跑马拉松来说，是个容易出成绩的好条件。

苏马此次的赛务准备很充分。赛道边大约几百米一位志愿者，坚守在瑟瑟寒风中，不断地给疲惫不堪的跑者暖心的鼓励。赛会补给也不错：饮用水、能量饮料、香蕉、小柿子、葡萄干、沙琪玛、能量棒，还有盒装面，供应充足而且方便取用。跑动中，我经过每个补给站都接连不断地吃喝进补，仅香蕉就消灭 5 根，及时地进补支持身体后半程还算没有太大的掉速。

全程马拉松，30 到 38 公里是最艰苦阶段。半程过后，逐渐出现各种不适，膝盖出现僵直，不是身体没劲，只是关节不灵活。降速调整后，觉得又有些许力量，就重新开始跑起来。是信念？是欲望？还是毅力呢？最后冲刺跑过旗门，短信成绩告知：438，我取得了 PB 成绩。3 个多月跑完 5 个全程马拉松比赛，成绩从 530 冲进 430。

迈过旗门，苏马志愿者为完赛跑马人挂上奖牌。组委会组织的赛后恢复，安排赛后运动员在苏州体育中心室内休息按摩。一王姓教练对我进行腿部拉伸，做得很认真，很有效果。按摩拉伸结束，又去喝了赛后服务区供应的姜糖水。苏马的暖心安排可谓亮点频频。

返程经过恢宏壮观的苏州火车站，从地铁下车可以直接到达火车站，是我迄今见过最为气派和方便之场所。苏州火车站候车厅布置大气、整洁。人流众多，但是看得出是繁忙而有序，紧张而不凌乱，诠释现代文明的可人成就。

爱云动网站的摄像师很给力，赛后当天晚上就取得上传照片六十多张。让跑友疲惫之余翻看这些场景，不断地给自己和亲友带来暖心的回味。

自 2016 年 6 月 26 日，吉林市首届马拉松首次开跑，至今一年半了。跑马以来，跑完 10 个半马，5 个全马。半马 PB155，全马 PB438。跑马岁月，苦乐年华，健体修身，沉醉其中。今年挂靴，滑雪养性，元月厦马，再接再厉。

2017 年 12 月 17 日

雨历厦马

元月7日，是国内双金赛事厦门马拉松开赛日。厦门是我向往已久的心仪目的地，厦门马拉松也是跑友中的热门赛事。意外的是初次报名，竟然幸运得中。

开赛前两日，临近中午，航班抵达厦门高琦机场。想不到印象中风光旖旎的厦门，一揭开面纱会是浓云密布。走进机场大厅，让人眼前一亮：目力所及，五颜六色的各种艺术造型错落有致地布置在大厅周边。机场大巴驶向厦门市区沿途，高大椰树下面是鲜花绿植环绕道路两旁。"海上花园"美称名不虚传。

环海路边的厦门国际会议中心，这里曾是金砖五国会议会址，也是厦门马拉松参赛包领取处。厦门国际会议中心真大，仅一个展馆就可以承担几万名参赛者的物品发放。

领取了厦马参赛包，又乘公交来到几公里远的一个海边民宿，事先在网上订好的。这是一家很文艺的青年旅店，屋里摆放着时尚书籍、吉他和一些怀旧的老物件。开办这家海景小屋的小老板是山东菏泽人，一向待人和善热情，对来客关照细致入微，还经常在微信里与客人互动交流。

晚餐在下榻处附近小店品尝了厦门小吃沙茶面。饭后，沿着滨海路来到黄厝夜市，像是走进了央视播放《舌尖上的中国》的场景中。灯火通明中，街道两侧商家布满了各式各样诱人的餐点和海鲜，让人身不由己地流连其间。

赛前一天抽闲逛景，踏上赴鼓浪屿之旅。几十分钟的渡轮航程，从远眺跨海大桥的雄姿，到小岛上的移步即景，一楼一文，再到日光岩上俯瞰全景厦门，像是浏览了浓缩的厦门。沉浸其中，竟然忘记了明天的 42 公里赛程。

厦门马拉松组委会每天发两次短信，投送相关信息和问候，让人折服于厦马贴心的服务。

厦马开赛的头天开始下雨，及至赛前，雨势愈加猛烈。此次厦马，首次按报名成绩把参赛选手分成三个区，目的是避免人多互相干扰。7 点半钟，第一赛区枪响开赛。20 分钟后，我所在的 B 区枪响出发。

厦马的赛道是环绕海滨大道设计，从国际会议中心出发，不到一公里就来到椰风海韵、花团锦簇的滨海大道上。宽阔平缓的花园般道路，很让跑马人享受。

只是小雨一直不离不弃地伴随着赛事，10 公里后，竟然越来越大。

开始还想挑挑路，跑着跑着，已无路可挑。赛道上，跑马人的脚步听起来很有节奏，每个人鞋里都早已灌包，以致整个赛道，都是噗嗤噗嗤的共鸣。

厦马组织得不错，赛道上的志愿者兢兢业业。多处看到摄影师，冒着大雨，不间断地给运动员拍照。赛道上的补给点、医疗点服务热情周到。

也许是自己准备不足，连续劳顿，没有热身；也许是头天贪玩逛鼓浪屿，自己赛程后段腿伤复发，勉强完赛。完成自己跑马史上第6个全马，比半月前的苏马足足多费时一个小时多。

　　厦马的赛后恢复在恢宏的会展中心展厅。会展中心的每个展厅面积足够大，仅按摩拉伸就分两个区。为我按摩的是健美教练小林，教练做得很用心，手法功课也到位。拉伸按摩中，他自己都出汗了。

　　厦马的应急工作做得也充分，选手的存衣包在运动员返回前已转移到会展中心的展厅中。由此，让跑马人可以在赛后恢复完直接取包，避免雨淋。

　　体验完赛后恢复，走出会展中心，天空放晴，太阳也露脸了。这雨怎么像为马拉松比赛安排的，难道龙王是为厦马护驾吗？

　　徜徉在厦门街道花园般的道路上，沉醉在滨海城市的旖旎风光中，好像又忘记了周身的疲惫。人生该来一趟厦门，给游遍中国找个理由，让这种眷恋具体可感；给爱自己也找个理由，让体贴关怀真实可见。

　　再见，厦门！

2018 年 1 月 8 日

我为北京跑

随着春季的到来，各城市的马拉松赛事又不断铺陈开来。4月15日，全国各地共有50多场大型马拉松赛事展开。被网友戏称马拉松春运。为参加2018北京长跑节暨北京半程国际马拉松比赛，4月13日晚，我登上了吉林去北京的列车。

卧铺车上一觉醒来，拉开车窗帘，春意盎然的北京早晨展现眼前。

在景山公园后面旅店安顿好住宿，就来到赛会物资发放地——北京奥林匹克公园。

远远地看到巍峨大气的鸟巢，这里是2008年北京奥运会开、闭幕式举办地，也是本届北京长跑节半程马拉松比赛的终点和赛会物资发放地。

北京今天风好大，连赛会指示牌都立不住，好几家商家展台被劲风吹得七零八落。只有2万多名参赛运动员名字的榜单墙还屹立在狂风中。

晚上品尝京城名吃庆丰包子。包子铺内，店堂果然不同凡响，左首墙上滚动播放灶间操作台实况。自己随意点了二两素三鲜包子、一碗鲜虾馄饨。很快，叫号取货：馄饨爽滑鲜美，包子皮薄馅香。美美的一顿晚餐才花 19 元。

晚饭后，沿着南池子大街来到祖国心脏，站在全世界最壮观的广场上，让每个徜徉其间中国人的民族自豪陡然澎湃。

15 日早上，出发前去赛事起点天安门广场。路上，遇上同去赴赛的德国跑友遇罗科，德国大众公司驻华机构的这个外国友人，带我骑共享单车奔赴赛场。

4 月的北京鲜花绿草，如诗如画，和风拂面，气温宜人。北半马赛前秩序由志愿者引导，规范有序。运动员的参赛存包直接用一辆辆京东物流的厢式货车运送。

赛前热身由领操员带领，听着熟悉的运动员进行曲，顿感亲切许多。7 点半一到，枪响开赛。此次北京半程马拉松比赛部分路段只是在主街辅路上展开。万把人上来奔跑，除去跑在前面的精英跑者外，大部分时间人们都是拥挤不堪地穿行在人缝中。PB 是妄想了，只能当成健身跑了。亦练亦赛，无关成败。

清爽的早晨，清凉的晨风，清洁的赛道，成就了轻松的北京半马，最终成绩 205。

完赛包内，毛巾图案设计很别致，白色背景，北京半程马拉松字样格外醒目。蓝色的完赛包与同样蓝色的参赛服也很搭调。

赛后按摩通常千百人排队，找空闲按摩师是个难题。此番北半马一些中年女志愿者，举着"空位"牌子，让排队等候的完赛跑马人一下子就可以找到刚刚腾出手的康复志愿者。这个引导员设置有新意，如此设置，效率倍增。

早几年调来北京工作的好友作家王波，朋友圈里看到我来京撒丫子，联系朋友黄丹和在京的吉林省诗友董喜阳、葛晓波盛邀我到北京金百万烤鸭店摆酒祝捷，让我在北京体验了回家的感觉。

这次北京跑是 2018 首个半马，也是跑马两年来的第十一个半马，成绩比自己的最佳成绩慢了 10 分钟。

2018 年 4 月 16 日

烟花三月跑扬马

扬州鉴真半程马拉松到 2018 年已举办 13 届，是国内半程马拉松赛事唯一获得国际田径联合会认证的金标赛事，至今已经连续 6 年持续认证。

跑马以后，就想对如此双金赛事一探究竟。今年春节后，网上报名扬州马拉松，幸运中签。

4 月 15 日，北京长跑节后，由于未及时保护和休息，一场感冒加身。距离扬马开赛仅有几天时间，走路还发晃。犹豫再三，忍不住还是踏上南下的列车。

4 月 21 日，抵达扬州火车站。扬州车站依山而建，站前景致旖旎，火车站与公交汽车站连成一体，旅客换乘无缝对接。

扬州城市规模不算太大，但人文历史积淀厚重，城市声誉远播。

到扬州后，第一要务是去领取参赛物品。按照扬马网站指示的路线下了公交，刚要打听路人，看到地面上画着醒目的指路大脚丫，鲜明的指示贴一览无余。顺着大脚丫走了大约一公里半，来到扬马参赛包发放地——气派的扬州体育公园体育馆。事先早已收到了扬马组委会的通知，告知我的参赛号 B4715 及对应的 14 领取台。领取了参赛包，离找旅店还有些时候，又逛逛赞助商家展位。

扬州马拉松赴赛 3 万多跑马人已经住满了扬州大小旅馆。只好找了间民宿入住，晚上住得还好。第二天早上，房东大姐给煮了稀饭、鸡蛋，并用自家三轮车送我们几个跑马人到达扬马赛会安检处。

免费的饮料补给在安检口外就开始布置，足见扬马组织功力。

此次扬马，按参赛者报名成绩把运动员分成 ABCDE 五个组别，三枪发令，分别起跑。赛事开始前，头上为央视服务的直升机开始盘旋，央视体育频道直播开始。8 点一到，扬马开赛。

扬马起点设在广陵新城马拉松公园，经过滨水路、文昌东路、文昌中路、泰州路、高桥路、万福西路、瘦西湖路、平山堂东路、扬子江路、文昌西路，最终到达半程终点——扬州体育公园；迷你马拉松终点设在东关古渡。一路上，参赛选手"唐宋元明清、从古跑到今"，烟花三月的醉人美景通过央视航拍镜头诗意呈现。大运河、东关古渡、个园、东关街、瘦西湖、宋夹城、平山堂等历史遗存彰显着城市的深厚文化底蕴；市民中心、文昌大桥、明月湖等市标建筑或景点则让国内外观众感受到扬州城市的现代文明精华。赛道上，比选手更多的是热情的"围观群众"。沿途市民热情为跑者加油，各区还组织开展了具有扬州文化特色的群众性体育和文化表演活动。

马拉松比赛对于绝大多数参赛者更像一场狂欢，烟花三月下扬州，诗情画意的环境中，宽敞的赛道，舒适的气温，让 35000 跑马人充分享受参赛乐趣。

开赛一小时许，下起一阵轻雨，不过对跑步影响不大，降低了温度，有利于跑出更好的成绩。

扬马赛道将五 A 景区划入，增加了参赛魅力。如此美景，我掏出手机正想拍照，路旁观赛的扬州美女说我帮你吧。

由于感冒未愈，加之昨天晚上睡觉浅度，开赛后，跑出几公里就感到体力不支。于是，果断放弃 PB 努力，以完赛为目标。十几公里后，身体状态有所回升，渐渐又找回些许感觉，只是已无伤大雅了，最终，取得成绩 223。

这是两年来跑过的 12 个半马中排在第十的成绩。

2018 年 4 月 22 日

首届锦州世博园半马参赛记

最早知道锦州是因为锦州小吃。在物资匮乏年代，那是一道唇齿留香的美味。上学后知道在辽沈战役中，锦州因其处于咽喉要地，解放军占领锦州，成为战役转折乃至国共双方力量对比转换的标志。

此次锦州半马是由锦州市跑客跑团承办的首届马拉松比赛。因为距离不是太远，比赛时间迫近"五一"放假，又处在秦马、长马、吉马不远不近的时间，还有就是锦州还未造访过，于是通过营口凯铄跑团报了名。

比赛前一天到锦，转转市容啦。参观辽沈战役纪念馆时，我最感兴趣的是看到了当年攻破锦州城的功勋坦克和机关枪，还发现当年的长春战略图跟现在的长春核心区基本一致。

广济寺塔，锦州城内的辽代千年古塔，总高 75 米，所在区称为古塔区。锦州市政府，对比老城区的略显陈旧，这里殿堂巍峨，广场壮观，街道笔直。

晚上来到米兰飘香的凌西夜市，街路华灯绽放，大气华丽，只是商家不多，稍显惨淡。

锦马比赛 8 点半发枪，载着跑团成员的大客车 7 点前就抵达赛道，花团锦簇的锦州世博园是赛事起、终点。这里曾是 2013 年世界园艺博览会举办地。

简单准备后，赛事开始。由于近日感冒，身子有些虚弱，所以只能以平时配速起步，尽力稳健前行，不敢造次。配速 6 分，安全第一为要。赛程进行中，前 10 公里感觉良好，一直在超越和领跑。13 公里后髋关节有些不适，渐渐掉速。前行中，感觉关节发僵，只能用核心力量带动行进。过了一段，略有缓解，终点前还有余力进行冲刺。

起终点在一起的好处就是减少了陌生感，最终，以 211 结束征战。这个成绩，在我 13 个半程马拉松赛事中，列第十位。

再见，锦州！

2018 年 4 月 30 日

秦皇岛马拉松赛记

5月13日又是一个全国马拉松比赛的撞脸日，大连马拉松与秦皇岛马拉松同一天举办，因秦马报名日在先，经抽签报中了秦皇岛马拉松，并被选中秦马500官兔，这也是我的首个官方配速员经历。

为参加配速员培训会，5月12日早上，乘火车抵达秦皇岛火车站。宾馆入住后，来到秦皇岛奥体中心网球场，领取参赛包在此。秦马的参赛包内容很丰富，黄色抽绳包里除了参赛T恤、号码布、参赛手册、雨衣这些常规用品，还送了两片创可贴，圆胶贴，另有一个纪念章。秦马领包处，还另辟一个摊档——生日礼品发放处，为5月13日比赛当日过生日的运动员，秦马专门统计并安排了礼品。5月13日是母亲节，秦马又给赴赛女跑者献花一束。

与参赛包领取处仅距几百米的地方是秦皇岛体育局，配速员培训会将在这里召开。

"兔子们好！"下午3点半，秦皇岛马拉松官方配速员培训会准时开始，长发披肩的秦皇岛马拉松协会主席赵东利教练亲切和蔼地向几十位选定的官方配速员交代了具体要求，言简意赅的方式很让人接受。

培训会的下半段，是组织全体秦马官兔拍摄定妆照。身着秦马T

恤，背负艳色配速刀旗的兔友们在秦马起点拱门前，与摄影师各种互动，现场一片欢声笑语。

让心情生出翅膀，

有生活的地方就有舞台。

只要心情美丽，

笑容就止不住灿烂。

甚至就连飞翔，

都无关体重。

5月13日，是秦马开赛日。赴赛路上，背上的兔子刀旗背带突然开线，离开赛还有20分钟，紧急联系官兔召集人柴老师，幸得柴老师送来新刀旗背包。

"我跟住你，完赛500！"

开赛后，配速员背上的配速刀旗格外醒目。赛道上不断有跑友邀约跟随。临海大道上的秦马赛道，气氛、温度均堪称完美，500组同组官兔行进中相互问候、互相提醒，让人心里阵阵生暖。

哪知，赛程30公里后，赛道出现坡道，气温陡升至26度。此时，自己身体开始不适，肚子开始翻腾。32公里小腿开始抽筋，以致不得不依赖赛道医务的药物消炎喷雾才让紧张的肌肉稍有缓解。不想刚过不到一公里，另一条小腿开始抽筋，坚持着挪到下一个服务点，被告知消炎药物已经用光，志愿者帮助做了简单按摩，勉强可以活动了，如此坚持着，不断地走跑结合才终于盼到终点。

535，庆幸的是终于完赛。这个成绩刷新了不到两年来7个全马的最差战绩。遗憾的是未竟职责，出师未捷身先伤。

"大雨落幽燕，白浪滔天，秦皇岛外打鱼船，一片汪洋都不见，知向谁边？"返程中，望着车窗外的秦皇岛海滨，耳熟能详的诗篇浮上脑海，只是由于时光匆匆，诗情画意只能继续脑补了。

跑马两年，历赛二十，被选中官兔，让我兴奋好一阵，从跑马小白、大众跑渣到被秦马组委会认可，背上刀旗，招摇赛道。自己的满足感爆棚，内心也掂量着责任，心里说可别负了秦马组委会和众多跑友的信任，一定尽力把任务漂亮地完成。哪知30公里后自己已不是之前的自己，闹肚子不说，腿又抽筋，一条腿抽筋不说，另一条也跟着抽，跑出来的成绩还不如第一次，我怎么丢人也不分地方呢？

总结原因，有网友说都是中暑的典型症状。诚然，当天气温临近中午的确相当高，赛道中段有些起伏坡道，出现抽筋、闹肚子的跑友比其他赛事也多。赛道上不时救护车鸣叫，几辆收容车也近乎满员。但是我觉得自己的原因是临来秦皇岛参赛的头天下午参加了吉林市直机关的春季登山比赛，海拔800多米的朱雀山让争强好胜的我耗去了一部分体力，马拉松是公平的，你不尊重它，它也不迁就你。所以赛程过半难堪就躲不过了。

秦马作为国内金标赛事和中国田协确定的16场"我要上奥运"马拉松精品赛事之一，其亮点频频。如赛道上每公里都设电子计时牌，为比赛当天过生日的跑友送礼物，为女跑友送母亲节花束，赛后为运动员安排淋浴等等。但赛事也难以面面俱到，网上有些网友吐槽，有的中肯，也有偏颇的。如有网友说运动服颜色难看，那么试问什么颜色好看？如果有统一标准，全国每年一千场马拉松比赛都用一种好看颜色发服装，你意如何？

秦马组委会的工作也是尽心尽力，如此大规模的盛大活动居然没委托赛事运营商，其工作量之巨可想而知，能够接触到的赵东利主席在仅仅半个小时的兔子培训会上，讲话自始至终不断被电话铃声打断。但传递给在场兔子们的是满满的信任和责任，换来的是一片激情和自律。而负责具体工作的柴老师则是春风化雨、润物无声般细腻。通过一个微信群把长城内外、四面八方的形形色色跑界大咖聚拢起来，为赛会增色，为跑者助力。

想到我们这个500兔子组，我忍不住笑出声来。唐山兄弟吴大兴说咱们组搭配最好，三男三女。太原小美女郭建丽说我怎么看就咱们组的人好看呢？可不，吴兴华已当过三场官兔，她在组里像定海神针，看到她大家就有主心骨。朱常兢稳定的脚步、刚毅的神态让人的信任油然而生。锦州人刘坤思维敏锐又热情周到。郭小丽像个小燕子在各个公里时段都通报标准时间。最难忘的是吴大兴，跑到最后，兔子组看不到我，竟和众人商量回去接我一起冲线。听到这儿我真想哭，真要是回头接我，别说兔子任务完成不了，我要跑拉稀了，难道兄弟要背着我跑完全马不成。秦马500兔子们，咱们说好啦，下次一定要再搭兔子组，一块儿拉起手举过头顶，共同欢呼着迈过完赛门！

首次官兔经历，让我难忘的不仅仅是赛道上冲着500刀旗，跟随我向前跑的跑弟跑妹们，更难忘的是30多公里后背着刀旗步履艰难的时期，从开始一直跟随的小眼镜问："哥还能500了吗？"听到否定回答后，"哥，没事的，需要帮助吗？"一浅色旗袍妹再次超过我，特地回头莞尔，"看见你我就有信心！"数不清的人当听到我告诉他们我不行了，有能力就往前跑的回答后，纷纷说："谁都有这样的时候，完赛就好！"一位大姐还停下跑步陪我走一段，"我快60了，大姐告诉你能背刀旗跑就是好样的，能挺住完赛就是英雄！"

39公里处，一个黄衣小弟跑过我身边特地折回来塞给我一瓶麝香舒活喷剂。没等我回话，小伙子早已跑出视野。从跑崩开始，一个小时间，侧畔经过千百跑马人，除了问候、安慰和鼓励，听不到一句嘲笑或冷语。

"往事越千年，魏武挥鞭，东临碣石有遗篇，萧瑟秋风今又是，换了人间。"

曾经这萦绕在耳畔的诗篇让我对秦皇岛这个千古圣地无限向往。今次，在这片土地上，苦辣酸甜又刻骨铭心地奔跑了42公里，留给我的，必将是长久无尽的思恋。

秦马，祝福你，再见！

亲爱的跑友，想你，再见！

2018 年 5 月 14 日

长春第二届马拉松印象

5月27日，是长春第二届马拉松比赛日。省城比赛，近在咫尺的百公里距离，没犹豫，第一时间报了名。

由于参加朋友婚宴，赛前一天晚上8点半，离取包关闭前不到半小时，来到参赛包发放地长春五环体育场。虽然发放物资已接近尾声，兢兢业业的大学生志愿者仍在热情坚守着，暖心的问候、周到的服务让人动容。领取的参赛包内，蓝色T恤上的毛体"红旗"二字看着大气而亲切，两桶康师傅方便面对马拉松赛很实用。领包现场，3万人运动员姓名墙按拼音字母排列，找到自己名字太容易了。

在起点附近一家旅店休息一宿，第二天起来竟然大雨倾盆。整个春天也没个正经雨，一周前吉林市还搞人工降雨，缓解旱情。长马竟然遇上这么旺的豪雨，而且是在开赛前骤然下大，大雨噼啪几分钟，已成落汤鸡。整个赛程，近两小时是在雨中奔波、雨中跑马。比赛中，鞋中已灌水，袜子把脚磨起小指长的大水泡。15公里处，赛道医务给包扎后，继续前行。凡事都有两面，下雨的好处是温度不高，出汗不多，便于提高成绩，最终自己用5小时完赛。

此次长马组织功课做得较足，运动员过旗门后，志愿者给挂上奖牌，又给披上好看的大浴巾让跑马人身心俱暖。只是赛后发一次性雨衣创了先例。

暖心桶面是赛会亮点。康师傅方便面展台，几十位女大学生志愿者已将开水泡好的桶面摆放好，饥肠辘辘的跑马人拿起来就喝，大呼过瘾。

赛后穿着号码布 T 恤往旅店走，路人问马拉松跑第几呀？

"第四。"如此回答不算蒙人，今天的成绩在我的 8 个全马中成绩居中。此次全程比赛，基本上全跑下来，半程以后掉速不算大，自己略感欣慰，提振信心。

长春二马，整体来说，赛事宣传、赛会补给、奖牌设计比较上次提升明显。志愿者服务周到，特别是在赛后，看到跑马人一句"您辛苦了！"让人温暖周身。

市民热情。赛道两旁市民冒雨鼓励加油。32 公里正值跑马最困难阶段，此时正路过一汽厂区，路两侧此时也是群众最集中之处。"运动员加油！""中国队加油！"此起彼伏，让跑马人都不好意思偷懒。大雨中跑马，很多跑友成绩不错，相信此项因素不无干系。

长马，你能让来自全国乃至世界各地的跑友为你而来，可以把他们的心留下吗？据说长春已连续被评为国内最有人情味的城市，再有长马美誉加持，省城可以起飞啦。

马拉松对参与者是一场减压和放松。积两年 22 场大型马拉松比赛经历，自己觉得对绝大多数跑马人来说，双休日跑场马拉松，不是去比赛。如果是，也是比自己，不是竞技。是为平日的繁忙减压，让心情放松，去狂欢，去过节，去健身。每场赛事，黑皮肤选手或大神们比例极小，几万人当中不过二三十个，他们为名次和奖金而战，对这些人来说有比赛的味道，而对于其他绝大多数人而言，比赛更多是为了放松与享受。

所以，马拉松比赛不同于其他竞技比赛，两小时出头完赛的，在赛道上狂奔自不待言。3小时到五六小时完赛的跑者，赛道上或争先恐后或不疾不徐，他实际上是按心里的目标去跑，比的是心里的自己。这就是6小时马拉松比赛即将关门，旗门前的人还兢兢业业地努力争先的原因。

看到我跑马拉松，朋友们都在关注、关心，原谅对各亲的鼓励溢美未及一一回复。长马前一周，感冒没好利索，有点儿咳嗽。一医疗界朋友还特地带我去请医院主任看诊。赛前两天检查结果无大碍，还嘱咐带好药参赛，不行就赶快下来。感谢感谢！一场马拉松比赛下来，身体感觉更轻松。记得哈马赛道遇一古稀老者称20年前已被医院确诊不治之症，万般无奈，参加长跑，结果跑程渐长、跑能提高，身体壮了，病也跑丢了。从此跑马，一发不可收。营口女跑友"冬日暖阳"患过敏头疼，四方求医，甚至中国医科大学也无计可施，她万念俱灰之下开始出门跑步。奇怪的是一跑病症就见好，不跑就又犯病，原来曾弱不禁风，现在跑马两年多，全马破四了。

这也许是马拉松魅力所在吧！

2018年5月28日

在家乡的马拉松赛道上奔跑

6月10日，是第三届吉林市马拉松比赛开赛日。作为土生土长的吉林市人，2016首届吉林市马拉松比赛是我参加的第一个半程马拉松比赛。第二届吉马，我再次跑下了半程马拉松。此次比赛，我如愿成功报名全程马拉松。

家住吉林北山风景区门前，离比赛起点直线距离不足一公里，开赛前半小时，抵达起点。

今年的吉林市马拉松也是全国马拉松锦标赛，还是央视《奔跑中国·美丽中国》系列赛其中的一站，赛事汇集了国内顶尖高手参赛。本届赛事共设立了4个组别，分别是全程马拉松、半程马拉松、迷你马拉松、特色跑，参赛总规模是3万人。

7点半钟，第三届吉林市马拉松开赛。比赛当天，正值北方春末夏初，气温20度，浓云蔽日，和风拂面，是马拉松比赛最适合的自然条件。跑友们在风光旖旎的北国江城松花江畔赛道上，尽情享受跑步的乐趣，感受着吉林人民营造的热烈气氛。

家乡比赛，亲友注目。亲友们关注赛事，更关心赛道上每个熟悉的身影。东方文学社张老师和王老师现场追踪，等在赛道上为我加油拍照。临江门冬泳队泳友岳德海、田丰都到现场抓拍，发来的照片展现了高超的摄影水平。

本想在家乡的赛道上展现一下功夫，弄个PB。哪想，30公里折返后，体力不支，状态进入困难期。随着天气逐渐热起来，身体大量出汗，后来不得不改跑为走，最终以504艰难完赛。

吉马此次赛事组织缜密，赛道两侧志愿者密织，补给也充分。赛后还分发煮玉米，特别是现场切西瓜，跑者大呼过瘾！

临江门冬泳队为参赛马拉松准备了庆功宴，比赛前一天，冬泳群里开始接龙：祝临江门跑马人：一路顺风，马到成功！比赛结束后，泳友们举行盛大宴会，为两个泳友参赛吉林马拉松取得成功开怀畅饮。

今天的成绩在我的8个全程马拉松中仅居中游，家乡的赛道、适宜的温度、充分的预期，没能PB，感觉一手好牌让我打烂了。

2018 年 6 月 11 日

延吉马历赛记

6月17日，是个周日，延边朝鲜族自治州首府延吉马拉松比赛开赛日。由于先前报名长春净月潭森林马拉松，所以对未曾参赛过的延吉马拉松虽有期待，但未报名。开赛前5天，意气跑跑团发布三星公司赞助名额，所以决定尝鲜参赛。

赛前两天，云动力跑团创建了"延马吃住行一条龙"微信群，团长木棉热心联系了舒适的宾馆，并安排了接站和送参赛的客车。

5个小时的车程，大客车抵达延吉火车站。下榻的瑞欣宾馆位于站前广场西北角。

奇怪的是延吉的市中心街道竟然看不到马拉松宣传画面。

站前一饭店解决中饭，汤、泡菜、两份炒菜、米饭，自助餐共收10元，这个价位在外县也吃不下来呀，原来曾听说延吉物价高企，此景却令人颇感意外。亮点还在于店堂标语靠谱：趋势比优势重要，选择比努力重要。

延吉人民体育场是此次延马的参赛包领取地。原定三星赞助名额去体检店领取，但体检店迟迟得不到领取通知。组织者阿张多次联系，比赛日前一天下午告诉我直接去发包地领取。到达现场后找到一间屋子，参赛包堆放在房间内，左侧是半程包，右边是全马包，而志愿者不足，参赛包发不下去。一些跑友临时客串，自发到现场维持秩序。

一位红衣女士，据称是赛会运营华奥星空樊老总，现场答复："大家放心，你们的成绩我们标记，赛后短信通知你，记下我电话，以后免费比赛就找我。"

比赛起点在建筑面积 2 万平方米的延吉市人民体育场内，这里曾是延边富德足球队的主场。比赛在淅沥小雨中发枪开战。

此次延马，看到外国人很多。后来网上传说埃塞俄比亚人塔德萨在跑错路，多跑 4 公里的情况下仍拿此赛头筹。

赛道仅看到两位摄影师，幸得跑友"君莫笑"赛道抢拍，才使我的延马留有了蛛丝马迹。小雨凉爽，加之延吉赛道总体平缓，赛道极少转折，取得 154 半马成绩。比之上年 156 实际和 158 的田径协会纪录，取得小幅提升。

比赛结束，摆渡车把跑马人从终点送到金达莱广场，此地离市区还有几公里路程，天空又下起雨，偏僻地方，车辆很少。正踌躇间，一跑友喊：谁去车站？喜出望外地和同寝跑友晨枫坐上轿车，30 岁的驻延军人跑友说这地方不好打车，刚好顺道能捎我们。站前宾馆附近，匆匆下车，未及询好心跑友姓氏，心存感激！

延吉车站候车大厅和站台的朝鲜族舞蹈雕塑造型很有特点，文艺的延吉让人对这个边陲小城心生留恋。

2018 年 6 月 18 日

难忘霍林郭勒

　　7月8日，是霍林郭勒半程马拉松比赛日。半月前，通过吉林市云动力跑团组织集体报名获取参赛资格。7月7日，早上4点半，云动力跑团全体参赛人员乘车踏上近10小时的赴霍之旅。

　　"跟住夏夜风，跑马就成功！"这是我的官兔宣言。赛前报名霍林郭勒马拉松官兔，荣幸获选，霍马组委会550运营公司负责老师微信告诉我："你是经过广泛筛选，实力中选。"由此，开始了我的第二次官兔经历。

　　下午2点，经历8个多小时车程，大客车抵达霍林郭勒市，在该市一家健身中心领取了参赛装备。参赛包里，除了T恤衫、号码布和程序册外，还有奶茶、奶片、牛肉干等草原特色食品。

　　跑团入住的是一处蒙古包，坐落在可汗山脚下的一片大草原上。

　　可汗山上，远远看去，山顶是巍峨的成吉思汗与忽必烈雕像直参云天。成吉思汗雕像高50米，是中国境内最大的人物雕像。坐落在霍林郭勒市浑迪罕乌拉山麓的"可汗山"，是由以蒙古文化为灵魂的原创雕塑群构成的文化景观带。从可汗山的山门行至可汗山蒙元帝王群，需经一条"苍狼之路"。"苍狼之路"由26根石人柱连接，石人柱上雕刻着自成吉思汗起，上溯 25 代祖先的肖像。肖像群身后是石人兵阵一角。

16 号蒙古包是今晚我的下榻处。蒙古特色晚餐后，草原上升起双彩虹，可汗山上连接着草原火烧云。红彤彤的太阳慢慢地被远山吞没，形成了壮观的可汗山夕照。

第二天早晨，不到 5 点，就着草原上升腾起的淡淡雾气，蒙古包里的跑马人就起铺洗漱。早餐后，乘上大客车奔赴赛场。随着可汗山上巨型雕像渐渐远去，跑团队伍来到霍马赛事起点——霍林郭勒市政府门前的蒙古风广场。

此番云动力跑团除我之外，还有美女"字母"担任官兔。而我所在的 215 配速组的另一官兔"君铭"，是一名资深法官。

7 点半钟，霍马开枪起跑了。此次竞赛的赛道以展示霍林郭勒市城市风貌为核心，途经珠斯花大街、河西一路、珠斯花公铁立交桥、友谊路和热木特大街、迎宾大道、创业路、源源大街、人民广场等标志性建筑和代表性景点。

"兔宝宝，加油！"从怀抱中的奶声到惊奇的众人，兔子装束更能赢得赛道边上热情观众的多方助威加油声。

霍马的赛道均是平缓的柏油路面，凉爽的清风吹拂着奔跑的运动员，很是舒服。只是草原的风好大，3 公里后，头上的配速气球竟被吹跑。

赛道上不时有跑马人跟随，兔子们每公里互相核对时间，踩着稳定的配速时间前行。最终，从容不迫地携手踏过旗门，215 兔子组比标准时间提前 20 秒，完美到达。

草原凉爽的温度，轻松的心态，平缓的赛道，重要的是，身为官方配速员不能撒欢快跑，时时看表，压着速度，霍马之旅像是一次休闲跑，有充足时间满赛道吃喝及观赏。寻常心态，整个跑程绝大部分都是平稳健康心率。感觉出汗和耗力不如平时登次山，好比逛街了，结果就是半马过后，感觉像没跑一样。

霍林郭勒马拉松比赛是我经历 20 多个马拉松比赛最轻松的一次，草原真美，健康跑真舒适，当官兔的感觉更好，感谢霍马组委会给了我体会与寻常不同的跑步机会！感谢跑友给了我更多的正能量！

2018 年 7 月 9 日

（2018 年 7 月 12 日刊载于《550 体育》公众号）

兴凯湖全国警官马拉松参赛记

7月15日，是2018兴凯湖全国警察马拉松邀请赛暨中俄友谊兴凯湖国际马拉松赛的开赛日。7月14日晚，抵达北国边陲小城密山市。

此次邀请赛的东道主密山市警队将接待全国各地警马队员的场所安排在皮革城大酒店。

晚上5点，来自全国各地的警马队员在大酒店餐厅齐聚一堂，交流跑步感受和经验。

"跑马过程中，每个补给站都要饮水，但别超过两口。起跑时加速的只有两类人，一是精英，二是傻蛋。"作为全国警官马拉松运动俱乐部理事长及发起人，"酷哥"率先发表的祝词干货满满。

介绍了密山的概况，表达了对全国各地战友的祝愿，黑龙江警队理事长张鹏程欢迎辞热情洋溢。

"你就是夏夜风吧？"同一桌的跑友，虽未曾谋面，未及互相介绍完，但在长春警马喊出名字时，仍让自己心情有了小小激动。

白鱼麻鲢鲜湖虾，兴凯湖美食顶呱呱，丰盛的晚宴和热情的祝福语，让赛前这场交流会高潮不断。

此次比赛人员由来自中国、俄罗斯、韩国、日本等国家的运动员组成，仅俄罗斯来的跑马人就达 200 多人。早上 8 点半，密山马拉松正式开赛。赛道沿着浩瀚的兴凯湖延展，道路平缓，只是因为是边境跑道，基本上大部分赛道看不到观众，仅有跑马人在跋涉。

兴马赛道，是在笔直的湖岗道路上 21 公里折返，由此全马赛中每个跑马人都有机会谋面。赛道上，每每遇到身披警马战袍的战友，必然双双热情加油鼓励或报折返点剩余距离。连赛道边上充当安保的当地警友见到也连连高喊："同行，加油！"跑马人中，高手不少，开始跑的兴奋随着时间渐渐让位于疲累。16 公里，"酷哥"从后跟上并超过我，回过头嘱咐："慢些，慢些，实力留到后半程。"

兴马赛道，是由陆地伸向兴凯湖浩瀚湖面的一条笔直的湖岗林荫路。由于前一天下过雨，赛道上空气清新，气温凉爽。头顶林荫蔽日，两旁湖面白浪翻卷、涛声阵阵。如此条件，确该 PB，奈何前日舟车劳顿，比赛当日，后半夜 2 点多起床，3 点开饭，仅睡 4 个小时。如此背景传导到赛道中就是跑起来感觉像脚踩棉花，头重脚轻。半程过后挥汗如雨，由此势必先兆抽筋或是虚脱，以致终点前 10 公里只好降速自保。此次跑马，是平生完成的第十个全程马拉松，最终以 453 的成绩完赛，这个成绩位列已完成的 10 个全程马拉松成绩的第三位。

密山警队林队长，在整个警马邀请赛从策划到每个环节，面面俱到且严谨细致。从接待安排到赛后的奖牌发放，哪怕是因故缺席的战友也安排快递寄送参赛包和奖牌。周到热情、温馨备至的服务让远道而来的警马战友感激不已。

兴马规模不算大，但服务项目还算齐全，补给也实用且充分。略有缺憾的是，赛道中，摄影师拍照图片无从获取，以致本篇无一张赛道中照片留存。

兴马赛事，虽然由于自己准备不足，成绩平平，PB 未逞。但是，此行领略了北国边陲兴凯湖大美景致，参加全国警马邀请赛，与"酷哥"及来自全国的警马战友手足相亲，并肩奔跑，感受了血浓于水的战友情、兄弟情；体验了黑龙江警队以及密山警队特别是以林队为首的亲力亲为，周到热情的照顾与关爱，所有这些都让人感触至深，也必将为人生经历留下浓墨重彩的一笔。

感谢亲爱的战友！警马，再见！

2018 年 7 月 16 日

抚松长白山马拉松赛记

长白山是让人神往的，主峰上的天池是东北大地母亲河松花江、鸭绿江和图们江的源头。炎炎夏季，连绵群山、葱茏林海、绿荫蔽日、清风习习，这美丽景象想想都让人心醉。

8月19日，长白山区的吉林抚松举办首届长白山国际半程马拉松比赛。一个月前，早早地报了名，并向赛事组委会报名官兔。开赛半月前，收到组委会小陈老师通知，让我加入官兔微信群，这是我今年5月以来第三次获得官方配速员资格，也是参赛马拉松以来的第三任官兔。

8月18日晚，抵达抚松县松江河镇站前社区参赛包发放处。

参赛包里的参赛服是蓝色的T恤，印着赛事的文字，图案中设计了一圈白色花边。个人感觉好别致，很文艺的参赛服，好有特色的设计。

早上6点，组委会开来大客车，全体配速员乘车奔赴20多公里外的赛场。一下车，嗅着沁人心肺的清新空气，茂密的原始森林间，刚刚铺就的林间柏油路，一平如砥，映衬浓密的林荫，跑友惊呼："有进新房的感觉。这么好的赛道，当兔子可惜了。"

一众兔友们行进在通往存包处的道路上，女兔友牵着艳红的气球兴奋地说："怎么好像是要结婚了的感觉啊！"

赛前存包要翻过两公里多的山路，真是太有特色啦。

"呀，夏夜风，合个影吧！"

因为有漫长的参赛包送存路程。一路上，招摇的兔子装扮圈粉无数，经历认识和更多不认识的跑友的招呼和约照。终于走到参赛包存放处，与赛事冠名相一致，商业化正在推动马拉松运动不断加速。

回到起点旗门前，等待开赛中，一皓首老者特地从对面跑来，给我的脸上粘了国旗和红五星图标，让我好兴奋。

开赛前半小时，赛事主持开始讲话。开赛前几分钟，不知什么原因，主持广播突然断档无声。激动中的跑友按捺不住情绪，全场竟自发同声唱起《义勇军进行曲》。9点一到，发枪开赛。

此次我被确定为赛事的230配速员，也就是两个半小时完赛21公里的半程马拉松，配速7分多。这对平时跑步5分多配速的我，基本上是去赛道上轻松地郊游。所以跑起来很从容，很镇定地履行自己的配速职责。

赛道上见到十几个老外，只是觉得像装饰。一个黑皮肤参赛者身高足有两米二上下，四公里后就要求救护。还有一个黑皮肤参赛者一直在230组前后缠绵环绕。

由于配速决定不能跑快，赛道上做什么都觉得时间充裕。

"夏哥，回下头！"赛道11公里折返，半路上磐石跑友钟天玲抢拍照片，赛后微信传来。

"请问，能跟您合个影吗？"赛后，去存包处取包的路上，身上的警马服装及兔装束引起了跑马人的注意，被两个女孩儿叫住。"我是中国人民公安大学的学生，再过两年就跟您做一样的工作啦。"右边高个女孩儿说，左侧女孩儿告诉我，她是沈阳药科大学的在校生。

下午2点，抵达松江河火车站，准备返程。此次参赛抚松半马，是跑马两年来的第28个马拉松，第18个半程。

作为一个规模不算太大的首办赛事，组织工作做得中规中矩，赛会气氛、赛道补给都可圈可点，特别是志愿者在补给站站成两排夹道将饮料送向跑马人，让跑友动容。

还有就是做慢速的配速员跑马对于跑马人，感觉就是轻松加愉快。赛前不热身，赛后不拉伸，完赛后，冲个澡，感觉像今天没做作业，却收获感满满。

美丽的长白山，亲爱的跑友，盼望着再次相聚！

2018 年 8 月 20 日

这样的沈马　不火才怪

2017 年的沈阳马拉松，是我人生当中参赛的第二场全程马拉松。

9 月的沈阳秋风习习，繁花似锦。蓝天白云背景下，新铺就的沈阳慢行路在两侧绿树的荫护下，沿着舒缓澄澈的浑河向前延展。全程赛道，除了一个上桥稍有缓坡，整个赛程都平整如砥。脚下的柏油路面则是用白色的油漆写满了中英双语"沈阳欢迎你"，每个时段，都标注公里数，间或还标示沈阳的地标名胜图案。

优雅的环境、舒适的温度、律动的人流以及不断变幻的脚下图文驱使着你不断前行。40 多公里的赛程，简直让你来不及体味枯燥与疲乏。虽然是刚刚开始我的马拉松全程之旅，2017 沈阳马拉松仍然是我跑下的 10 个全程马拉松中成绩第二好的。

2018 沈阳马拉松报名一开始，我果断地报名了全程项目，这将是我人生中第十一场全程马拉松，也是唯一在同一城市第二次参赛的马拉松。虽然我的跑马理念是：跑马识城，一城一马，但是沈阳马拉松让我感触至深，无法割舍。

离比赛还有一周的时间，手机里就不断传来沈马组委会宣传介绍沈阳马拉松的各种信息，2018 沈马的公众号更是每天传递沈马的准备情况和沈阳的天气。

9月8日，比赛的前一天，就在跑友微信群里看到志愿者在火车站大厅高举"沈马欢迎你"标语牌的照片。在通往奥体中心的地铁上，显示屏在滚动播出2018沈马宣传片。

恢宏大气的沈阳奥体中心，正门外是沈马开赛起点。南门内广场是参赛物品发放地。参赛包发放、赞助商展台等设施在广场内依次排开，既相对独立又互相连贯。我作为组委会选定的官方配速员，还参加了由赞助商特步组织的与跑友见面会。

9月9日，是沈马开赛的日子。早上6点，我们沈马官兔在特步工作人员的组织下乘车来到赛场。7点刚过，穿过重重跑马人流，被引导到2万名沈马参赛运动员队伍的最前端。

赛会起点旗门下，招展的兔了头饰和头上飘动的红色时段气球，让30多个官方配速员成了一道赛会风景。赛前，著名羽毛球运动员和教练员李永波到场高歌一曲《奔跑吧梦想》，沈阳市市长等领导到会，增加了赛会的隆重气氛。

毫无拖泥带水，8点一到，准时发枪。一样的秋阳和煦、一样的轻风习习、一样的河畔绿荫、一样的赛道文化，正如央视评论：两万名身披艳色服饰的跑友涌动在马拉松赛道上，热情的市民欢呼，阵阵激昂的鼓乐伴随着轻快的脚步。这哪里有所谓艰难困苦，分明是流动的图画，是律动的音符，是灵魂在跳舞，是梦想在浮现。

不觉间，绿荫尽头展现出宽阔的马路，又拐过一个弯儿，终点旗门在召唤了，伴着赛道边尽责摄影师们的咔嚓声，双脚已迈过旗门下的计时板，人生中的第十一个马拉松完赛，5小时29分23秒，作为沈马530时段官方配速员，圆满地完成了我的第四个官兔使命。

脖子上挂着沈马哑金色的精致奖牌，手捧着组委会授予的官方配速员《荣誉证书》，心情畅快而轻松。此次沈马，从赛前准备到赛中落实，每个细节都能感受到组织者的良苦用心：宣传方面的深入人心，赛道布置的庄重合理，补给的丰富充分，特别是对跑友的体贴关爱。如：沈阳主要景点可凭沈马号码布免费参观、市内公交对参赛人员免费两天，组织者还设计了供参赛者使用十次的专属地铁卡，完赛包里装满了沈阳的特产及印有沈阳风貌的纪念毛巾。所有这些，都让跑马人称赞不已。

沈马结束快两天了，又多次收到沈马组委会的短信，有的告知成绩单下载地址，有的告诉参赛照片下载方式，还有一条短信告知《沈阳晚报》已将全部沈马全程和半程选手的名字和成绩登载在报纸上。

沈马，跑马人想到的，你都做到了。跑马人离开了赛道，但心还在沈阳。沈马，明年我还来！

2018 年 9 月 11 日

靠谱雄安　惊喜雄马

　　开发建设雄安新区，疏解北京非首都功能重大决策的实施，吸引了人们的眼球。雄安在哪儿？一年来，雄安建设成什么样了？

　　带着这些疑问，今年雄安举办第二届半程马拉松比赛的报名信息一发布，就引起了我的注意，7月份又看到全国警马俱乐部组织雄安马拉松护跑团，就通过省警马俱乐部报了名。

　　按照提供的雄马地址，从北京坐高铁1小时20分到达白洋淀站，这里也是容城县城。一走出高铁站，简直不敢相信自己的眼睛，周边没有高大上建筑，除了横在站前的一条还算宽阔的马路，没有店铺，没有居民，没有花草，眼前就是一片待开发的荒芜之地。沿着一条不算平整的公路走了一公里后，华北农村常见的院套渐渐多起来，连成一片，就进城了。容城县老城区也净是低矮破旧的简陋房舍，街道两旁停满了等活计的农用车、三轮车，灰头土脸的现状跟想象中的那个雄安怎么也对不上号！

　　组织此次警马护跑，保定市公安局的战友做了大量工作，特别是具体组织者王兴会长和郑俊星兄弟耗费了大量个人时间，将来自河北省内以及全国各地一百多名警马跑友的装备及吃住都一应安排到位。

一直到开赛前夜仍有战友陆续匆匆赶来，保定战友的工作量可想而知。

9月15日，是2018雄安马拉松正式开赛的日子。当天早上，阴云蔽日，秋风习习，是跑马拉松的绝佳天气。赛会起点就设在白洋淀高铁站站前广场上，赛道两旁安保人员和志愿者把赛场组织得秩序井然而场面热烈，只是比较其他赛事，独独看不到赞助商的大张旗鼓。

7点半一到，令枪响起，5000名跑马人奔涌在雄安新区新铺就的津海大街以及连接容城和安新两县的白洋淀大道上。道路笔直宽阔，耳畔秋风丝丝，头顶浮云遮日，身旁间或听到带着乡音的加油鼓劲欢呼声。置身其中，脚步轻松而畅快，不觉间，终点旗门出现。不出所料，1小时52分55秒，比我此前最好的半马成绩提前4分钟，这还是在6天前的沈马刚跑下全程马拉松，尚在恢复期状态下跑下的（此役刚3公里时小腿肚就发紧，直到终点前仍不敢大意）。

终点后的雄马仍然是赛后补给中规中矩，组织也一丝不苟。仍然是看不到商家的各显其能。感觉是刚迈过旗门，志愿者把奖牌挂在胸前，组委会就把成绩短信发到手机上，跑友们纷纷表示成绩都PB了。同寝跑友褚汉不住地叹气，"跑道上不去排队上厕所就好了，不然也PB了！"

返程的车上，看到微信公众号上报道此次雄马，男女纪录均被刷新，而且均为国人夺冠。

低调的雄安，淳朴的雄安人，透过靠谱的雄马和雄马跑马人卓著的成绩，让人看到：福地雄马，福地雄安。如此雄安，日后定会有更多奇迹发生！

祝福雄安！祝福雄马！感谢亲爱的战友！

2018年9月16日

体验家门口的"乡村马拉松"

9月23日,是长春九台区庙香山乡村马拉松开赛日。

由于近在咫尺,离家不足百里。时逢秋高气爽,又值大赛间隙,没有理由不报名参赛。

早上5点50,楼下粥铺早点完毕,与永吉跑团4位跑友驱车一小时来到庙香山景区。当日正值秋分,早上浓云密布,路上时而淋雨。到了山上,风雨大作。好在运动员集结区设在庙香山滑雪大厅,参赛队员仅有几千人,出发前尚能免得大雨洗礼。

早上8点35,雨势渐小,令枪响起。千把人奔涌在泥泞狭窄的山路,深一脚浅一脚,加上一跐一滑。心里暗暗叫苦:赶上这个天、这样的路,无伤完赛就是烧高香了。

不想,跑下山后,就都是较平缓的乡村道路。此时雨也停了,太阳仍然躲在浓云后睡大觉。略有起伏的路面,加上凉丝丝的秋风,正是舒服的跑步环境。而每隔几公里就出现村庄,路旁父老乡亲的欢呼声、加油声更激起了跑马人的斗志。

迈着激越的脚步,速度真没比跑公路慢,那就奔向PB吧。终点前拐弯进了山嘴,脚下又踏上泥泞山路。不管了,咬着牙一口气冲进旗门，再一看表：1 小时 52 分 51 秒，平了我的半马最好成绩。

赛后补给有特点：烀玉米、烀土豆、烀地瓜、烀面瓜、勇闯天涯啤酒。完赛奖牌也是绿叶环绕金色玉米的造型，再看赛会的宣传主题：跑出贫困，奔向小康，百姓的马拉松！

嗯！靠谱的思想，实在的跑马！

2018 年 9 月 24 日

我的历史有衡马　衡马的历史有我

衡马，全称衡水湖国际马拉松赛暨全国马拉松锦标赛，赛道环绕号称华北最美湿地的衡水湖。由于环境优美、赛道规范，加之组织细致，服务水平也得到国内外跑友的热捧，2012年首办即被中国田协授予银牌赛事。此后5年，连续被授金牌赛事。2017年被国际田联授予铜标赛事，及至2018年又被授银标赛事。

进入今年秋季，马拉松赛事进入井喷期，众多赛事之中，我并没报名衡水马拉松。一个月前，看到衡马招聘官方配速员，有一搭没一搭地填写了招募表，没想到不出10天就看到自己的名字和照片被登录在衡马官兔录用的微信公众号上。

按照微信公告要求，加了衡马配速员微信群。微信群里，兔子头Yolanda细致入微地布置兔子们的每步行动且热情有加、要言不烦，隔着屏幕也会感受她的亲和。没有开会，没有培训，没有见面会，仅仅是开赛前54名官兔集体照了个合影。

到底是国内老字号金牌赛，又新晋国际银标，衡马赛会组织缜密。光是运动员接驳车就110辆。宽阔的大道上，新型大客车一字排开，浩浩荡荡。开赛前国家体育总局、中国田协及河北省委主要领导到场，现场主持人自报曾主持过北京马拉松。如此阵势，一切问题都不是问题。果不其然，令枪响过，宽阔的赛道展现面前，赛道两侧绿荫和鲜花随秋风摇曳。"假右！假右！"带着浓重乡音，热情的欢迎加油声不绝于耳。赛道旁，一队队衡水中小学生真挚热诚的鼓劲声更让人动容。跑过旗门后，并非径直领完赛包，而是由清一色黄衣志愿者站成两排长长的人墙，迎接英雄般地高高举起双臂迎接完赛的你。走过长长人墙后，才有志愿者将奖牌挂在你的脖子上。

整个赛道大多环衡水湖延展，宽阔平坦，仅仅是三十几公里处有一段缓坡。二十一二度的气温，加上秋风徐徐，湖光秀色，众跑友享受了一个美美的赛事。

500 兔子组注定是团结的整体、协作的典范。每个成员都胸怀责任，互相协作、互相关心。卢宇、于春生每公里都向大家报时间和配速，刘坤、郭嘉不断提醒压住速度，冯立明则老成持重地告诫要留有余地。与跑友交流着，兔子们勉励着，盯着里程，盘算着速度，交流着想法和趣事，淡化了渐渐增长的疲惫。旗门接近了，兔子们不约而同地拉起手，高高地举过头顶，欢呼着迈过旗门，4 小时 59 分 49 秒，枪声成绩离标准时间仅差 11 秒。跑友看到这个成绩都惊呼：太准了！赛后看到组委会发布的配速组阶段配速全部与标准配速不差一分。再次圆满地完成了组委会交给的任务，也让自己收获了喜悦和满足！

不出所料，比赛一结束，衡水湖马拉松的报道就在各家马拉松微信公众号刷屏。其中提到衡马今年为冲"双金"，再上水平，历史上首次招募一批专业官方配速员，为赛事和广大跑者提供专业精准的引领，并配发了官兔们的合影照。哈，一不小心自己参与成就了衡马的历史。

临上车前，去站前小超市买饮料，小老板听说是远道而来的跑马人，热情地送出门，并嘱：明年再来啊！

　　不上头的老白干、响当当的衡水中学、冲双金的马拉松还有厚道的衡水人，衡马，你的历史有我；衡水，我的历史也有你！

　　　　　　　　　　　　　　　　　　　　　2018 年 9 月 30 日

临沂马拉松　收获好丰盛

临沂马拉松是我跑马两年多来经历的第 33 场马拉松赛事，也是完赛的第 13 场全程马拉松，本年内第六次完成官兔任务。

临沂城市的名气不算响亮，但是对我有特殊意义。这个城市是我的祖籍地，在这里诞生过书圣王羲之、智圣诸葛亮，《孙子兵法》在这里出土，孔子 72 贤徒中的 13 人是临沂籍。"蒙山高，沂水长"，当年唱遍全国的《沂蒙颂》讲的就是这里的故事。

跑马识城愉身交友是马拉松人的理念。回到祖籍，用脚步开启寻根之旅，让我对首届临沂马拉松充满期待。报名后看到临马官兔招聘启事，更调动起我的热情。呈上报名表格后，不久就收到了组委会的官兔入选聘书，临马公众号也刊发了官兔的靓照，既顺利又有仪式感的官兔入选让人很是惊喜。

10 月 20 日，丌赛前一天来到组委会安排的位于临沂市委党校的沂景假日宾馆，风光旖旎的祊河岸边，绿荫环绕的四星级宾馆。从院里的告示上得知，我们是与中央党校第 45 期中青干部培训班住在一起。下午 3 点，组委会安排官兔们拍定妆照，刘洋摄影师为官兔集体及每个兔子拍下了精美绝伦的照片。晚上，临沂跑友徐凯安排晚宴，热情款待了外地来沂的兔子们。另一位临沂跑友密长林已安排了登临电视塔赏月，由于考虑次日赛事，兔友们婉谢了。

10月21日，清晨6点，组委会大客车按时把官兔们送到赛事起点五洲湖广场。7点10分，赛道卫生间排空后回到旗门下，现场热身后，正待准备起跑。扭身一看，身旁的蓝衣跑友竟然是中国马拉松一哥李子成。李大神目前已获得中国和亚洲马拉松大满贯双料冠军，一周前在日照马拉松刚刚斩获满场冠军，作为山东人，此番是背靠背作战。与李谈起吉林马拉松经历，大神说那是前年了，当时比赛多状态不好，不然不会拿亚军。问他这次目标，回答没有目标，尽心跑吧。结果两小时后，此兄毫无悬念又率先撞线，把第二名的黑皮肤参赛者远远地甩在身后。

令枪响过，2万名跑马人欢呼着奔跑在绿树掩映的滨河大道上。宽阔整洁的街道、现代化的建筑与热情淳朴的临沂乡音融合在一起，让人不由自主地加快脚步，兔子组的两位美女李娜和杜娜每公里准时提醒，与同组帅哥陈维哲密切配合，我们的配速严格合规靠谱。

"恶跑！恶跑！"浓重的临沂乡音加油声，尽管外地人很难听懂，但场内外热情互动，不停不歇。

值得一提的是，赛事后段补给充分：饮料、水、小面包、香蕉、榨菜、能量胶等不一而足，特别是37公里处的哈密瓜让同组美女们大呼过瘾。

5小时30分11秒，几乎一迈过旗门，成绩短信就发过来。捧着组委会李佳玉送来的精制木框官方配速员证，脖子上挂着临马富有创意的奖牌，满足感油然而生。大美临沂，多彩金秋，完满临马，志得意丰，收获人生的又一个新坐标。

2018 年 10 月 23 日

泰兴马拉松小记

泰兴首届半程马拉松结束两天，离开泰兴也两天，但是脑中泰兴马拉松和泰兴城仍在久久萦绕。

先是几个月前网上看到泰兴首届马拉松消息，折服于其富有文化内涵的宣传声势，率先报了名。开赛前一个月，又被组委会选定为急救跑者。

赛前一周，组委会就对急救跑者进行了一次集中培训。赛前一天，50名急救员再一次被召集到泰兴市公共卫生服务中心接受红十字会教员的专业指导。带着急救员教材、急救培训包、急救包，披着黄色急救披肩，急救员们入住泰兴银光大酒店，一座四星级宾馆。

28日早上5点半，酒店内开餐完毕。急救员们踏上大客车，来到两公里外的泰兴市政府门前广场，也是赛道起点。

泰兴的道路状况太好了，宽阔平直，绿化小品错落有致，由于道路过于宽阔，马拉松旗门居然设计成双门连缀。现场彩旗招展，彩台错落。7点50，炫彩烟雾升腾，蓝天白云背景中缤纷气球绚烂飘飞。8点一过，随着令枪，万名跑马人欢呼着冲过旗门。伴随着徐徐秋风，掩映着斑驳树荫，踏着一平如砥的宽敞道路，迎着道路两旁热情加油的市民人流，由于急救员的配速限制，21 公里的半马赛事成了休闲郊游和体能释放。眼看着旗门上的时钟显示刚过 2 小时，脚步随之迈过计时板，1 小时 58 分 50 秒。一场轻松的半马，也是我正式跑过的第 21 场半程马拉松赛事。

赛后，走在返回宾馆的路上，看到我的参赛装束，一位同样刚完赛的当地跑友跟上热情地同我聊起来。知道我是外地人后，说泰兴是好地方，人勤劳，经济发展好，女儿在南通上大学，自己告诉女儿先别找对象，等毕业了回泰兴找本地人成家。快分手时，跑友一再要开车送我回酒店。

泰兴是县级市，人不算多，但是街路宽敞，建筑别致，市容整洁，人的精神面貌轻松自然而谦和有礼，公共设施设计大气合理而秩序井然。据介绍该城连续十七年被列为全国百强县，2017 年是第 43 位。以我一天多的切身感受，这里称得上是一座美丽之城、和谐之城、幸福之城，可谓小康典范啦。不用说，在这里跑一场马拉松理应是一段愉悦身心之旅。从赛事组织的精细、补给的充分，再到充分的完赛礼品和跑友们的如潮好评，首届举办的泰兴半程马拉松跻身金牌赛事，当在意料之中。

2018 年 10 月 30 日

宜昌环江跑马　情醉何止三峡

　　原本并未计划参加宜昌马拉松，宜马报名时跑友煽动：可以不跑马拉松，但三峡不可不去。是呀，长江是中华文化的象征，长江三峡是中国十大自然景观之首，身为国人怎可错此良机？

　　报名后，又被组委会选为赛会急救跑者，月内已被三家城市赛事组委会选定为急救跑者，令人大喜过望。

　　宜昌是著名的历史文化名城，这里是三国鏖战故地，诗祖屈原故乡，落雁美女王昭君故里。其自然景观长江三峡是中华古文化的发源地，这里历朝历代文人墨客笔下诞生了数不清的瑰丽诗篇。三峡大坝是世界上规模最大的水利枢纽工程。夷陵大桥单索面三塔斜拉桥，其2×348米的主跨居世界首位。如此环境，跑一场马拉松，自有不同寻常的意味。

　　开赛前一天下午，爱救团召集宜马急救跑者在三峡学院进行了培训和团员逐一考核，高规格宜马由此可见一斑。

　　11月4日，是宜昌马拉松的开赛日，早上6点，宜昌的天还没亮，爱救跑团成员早餐后集体从宾馆出发，来到长江的赛道起点。一万余跑者，宜马的规模虽不算大，但现场秩序井然，隆重热烈。宜昌已经第三次举办马拉松赛事，加之此番赛事被列为全国锦标赛和"我要上奥运"系列赛，因而组织缜密，部署周详，经赛道路每隔几十米就有着制服安保人员或志愿者值守。

7点半钟，准时发枪。类比我的家乡吉林市环松花江设赛道的马拉松，宜马的赛道也是环绕长江而设，夷陵大桥出发，至喜大桥返回，宜昌的自然景观、人文风貌，一一展现在跑马人眼前。两座世界著名的大桥让人感叹现代科技的壮美，脚下清澈的中华第一大河——长江则更让人浮想联翩。热情的围观群众、激昂的处处音乐歌舞加油站、赛道旁的大学生欢呼喝彩此起彼伏，简直不容你偷闲缓步。让人称道的还有宜马的赛道补给，饮料、饮水5公里开始充分供应，饮食补给则是从17.5公里就开始，能量胶、盐丸、巧克力、香蕉、葡萄干、小面包、绿豆糕等取之不尽。

比赛当日，天气也给力，中午时气温20度，恰是最适合跑马的自然条件，因而虽然宜马有几段上桥坡路，还是有大部分跑友跑出了理想的成绩。

由于担任急救跑者，赛前爱救跑团叮嘱宁慢勿快，以致明明眼看着能跑出最好成绩，也不能造次撒欢，只能在赛道两旁热情的加油声中，缓缓迈过旗门。与其他高水平赛事一样，完赛后第一时间就收到了成绩短信，虽然平了自己的最佳战绩，把创造PB的悬念留给下一场赛事，但宜马一赛足以让我乘兴而来，满意而归。

宜昌，一个创造历史，产生英雄的地方。宜马，注定会是跑友向往的赛事和心中的丰碑。

2018 年 11 月 5 日

（2018 年 11 月 24 日刊载于"宜昌马拉松"公众号）

跑南昌马　品英雄城

11 月 11 日，是南昌马拉松开赛日。

前一天南昌持续下雨，直到当天早上仍未停止，开赛前居然雨霁。为了办好本届赛事，南昌马组委会做足了功课。赛前一周，手机里几乎每天都能收到提示短信。赛前两天连同赛后一天，南昌范围内的几十个旅游景点凭号码布就可以免费参观。开赛当天，南昌的公交车连同地铁都免费供运动员乘坐。配合赛会的马拉松博览会上，赞助商也很给力，参展花样繁多。冠名的汽车厂家抽签的大奖居然是未上市的新能源汽车。

7 点 30，准时发枪。

南昌本次赛事比较上届，扩大了参赛规模，把原来的 2 万跑者数量扩充到 2.5 万名。热闹倒是热闹，只是南昌的街路对比其他城市显得狭窄些。密密匝匝的人丛中，偶有阻滞情况出现。一直持续到 10 公里，全程与半程分路跑时，才逐渐缓解。

雨后气温较低，赛道坡路不算多。自己事先料想本该 PB，但由于赛道上人挤人而影响了节奏，加之左脚趾莫名地疼痛，坚持跑下来后，成绩是 1 小时 55 小时 08 秒，比最佳成绩慢了两分多钟。由于整个赛程都比较放松，所以跑得很轻松。

　　本次赛事的收获主要来自赛会的福利。南昌马拉松组委会把"跑马品城"作为此次赛事的主题，意在向跑友彰显南昌作为历史名城的非凡之处。赛后当天，就游览了号称江南三大名楼之一的滕王阁，实地领略了"秋水共长天一色，落霞与孤鹜齐飞"的壮美景致，让我的英雄城跑马增添了别样的光彩。

　　跑马冲佳绩，游城涨阅历，运动强筋骨，见识壮豪气。

2018 年 11 月 13 日

雨战苏马

　　因为已跑过 2017 苏州马拉松，开始并未报名今年的苏马。看到官兔招聘启事，有一搭无一搭地报了应聘。很快，一过十一黄金周，组委会李老师就告知我入选苏马官兔的消息，并将我拉进微信群。

　　11 月 17 日，早晨，下了火车，来到位于苏州高新区的全季酒店，赛事起点旁边的一家宾馆，入住 608 房。

　　18 日早 7 点，宾馆早餐后，戴好兔子头饰和气球等候在苏马旗门下。天气预报说比赛当天有小雨到中午转中雨。果然，比赛伴随着雨声拉开帷幕。官兔 530 配速组有三人，一位 30 岁帅哥施兵，杜克大学行政老师；另一位是李金生，50 多岁的中学教师。瑟瑟寒风夹着细雨，追随着跑马人的脚步。心里盼着早点结束这 40 公里赛程，不由自主地加快速度，"又快了，再慢一分钟。"小施在旁，每公里都提醒着。

　　寒风细雨又加上赛道平缓，是跑马拉松 PB 的好条件，只是苦于官兔配速任务在身，只能匀速前进。此次苏马的补给不错，不出 10 公里就开始供应，除了水和功能饮料，香蕉、巧克力派、葡萄干、榨菜、虾米、盐丸等充分不断档。志愿者把香蕉、巧克力派和盐丸的外皮剥开举到跑马人嘴边，场景暖人。

几乎成例，开始跑时腿肚发紧，3公里后缓解，十几公里兴奋，半马过后疲惫，30公里后苦熬，35公里硬撑，终点前又有余勇。本来拘着官兔任务，应踩着时间节点，可是雨水和寒冷，让我松懈了斗志，5小时29分18秒，算是比较理想地完成了官兔使命。

迁居苏州的吉林冬泳大姐知道我来跑苏马，不顾远途劳顿，驱车40余公里特地赶来看望，一直送我到火车站。临别时，又推送一打德国啤酒，温暖了寂寞的归途。

2018年11月20日

怀古思悠　奔跑越马

　　绍兴，因其悠久的历史，更因名人辈出、星光熠熠而长久以来一直是我向往的地方。而参赛绍兴马拉松则是我亲近这个城市去领略其风貌、探寻其文化根脉的恰当切入点。绍兴，因是 2500 年前越国都城所在，后世曾名越州，故绍兴马拉松被称"越马"。

　　2017 年曾幸得最酷网站的绍兴马拉松免费参赛名额，但因工作原因与其失之交臂。2018 年又获得了新浪跑步的免费名额，真是天降好事。开赛前一路又得好友相助，听说我抵达苏州，迁居苏州的冬泳大姐不辞刚刚两天百公里骑行劳顿，冒雨驱车 40 余公里送站，因赶车未吃送行饭，临别把一打德国啤酒塞到我手里。到南京，好友接到家里住宿，并把朋友送来的大闸蟹拿出款待。住在绍兴的吴威大哥看到越马宣传，就在微信上问询，一到绍兴，吴大哥就赶来迎接，从上午到晚上，从东湖到沈园，陪游并招待足足一天。

　　绍兴城市，城内及周边河汉纵横，小桥流水遍及全城。古典建筑的白墙黛瓦、挑檐画栋随处可见，但是道路宽阔且平直，广厦摩天，生活及出行极其方便，马拉松宣传扎实而热烈。

　　11 月 25 日，是越马开赛日，由于前一天晚上与吴大哥喝了两瓶绍兴会稽山酒，早上醒来已是 6 点，距发枪仅余一个半小时，问题是所住客房距奥体中心马拉松起点还有 4.5 公里。床上爬起，嘴里塞了两根香蕉，冲到公路边，还好，越马接驳车正在等候。

7 点 30，越马准时发枪，央视五套同步直播。看天气十七八度气温，宽阔的道路，头上直升飞机盘旋。赛道两旁，市民热情加油鼓劲，越马跑程很是舒服。

只是不知何方缘由，跑起来时腿肚发紧，5 公里后渐渐缓解。15 公里后赛道步入绍兴古城，脚下的油漆马路变为青石板。观察一下很多人不太适应，加之弯道也多起来，相信越马不是理想的 PB 赛道。这时左脚趾疼痛又出现了，只好放慢脚步。直到距半马终点还余两公里，疼痛渐趋缓解。跑上一段上坡后，远远看到，终点旗门前都是下坡。大步冲吧，疾步过后，旗门过了。赛后组委会短信发来，成绩是1 小时 58 分 04 秒，一个兴奋不起来的成绩。

越马参赛，最大的收获是赛前游览了鲁迅故里，又与吴大哥游览了东湖和沈园。半马下来后，又冒雨抢着看了兰亭，把跑马和文化勾连，把头脑中的知识印象同现实形象融合起来，陶冶性情，愉悦身心。绍兴令人难忘，越马让人充实。

2018 年 11 月 26 日

（该文在 2019 年 11 月 9 日绍兴国际马拉松组委会"我的越马故事"征文比赛中获评三等奖）

平马不平 一鸣惊人

作为一个远道而来的东北人，没报名平马之前，不知道中国有个叫平舆的地方，一个月前看到网上有招聘平舆国际马拉松官方配速员启事，又看到有中国田协牵头，就填写了官方应聘表。此间，了解到河南的平舆县，是周文王母亲太任的老家，因其回家省亲，回书中有"平舆"抵达（坐车平安回到娘家）字样而得名。

开赛前夕，兔子组驻马店跑友姚明双微信加友，告知我已入选平马215官兔。12月1日，经小姚热情接待并引导，乘坐接驳大客车，从驻马店抵达平舆，进入上河城景区，这里是参赛包领取处。景区广场边，高大的太任教子塑像矗立在一湾湖面上，参赛物领取处依次摆放三块赛事展示板，最外侧是官方配速员展示墙。看到自己的照片展示在几千公里外的场地中，喜悦之情油然而生。入住旭海迎宾酒店休息后，晚6点参加了组委会为赛事人员安排的欢迎晚宴。

12月1日夜里，平舆开始下雨，早上渐小。此次平舆马拉松是第一次开办，但是赛事组织精细，环节紧凑，从组委会到志愿者给参赛者的感觉很体贴，措施也具体实在。淅沥细雨中，开幕式简短进行，10秒倒计时后，准时发枪，外籍选手和头顶艳红时段气球的30余只兔子率先冲过旗门。在冒雨前来加油助威的群众欢呼声中，浩浩荡荡的跑马人奔跑在平舆宽阔的道路上。是的，平舆的赛道真是宽阔，无论在县城还是郊外，就是一个平坦，21公里的赛程没有明显的坡路。开赛后雨居然停了，丝丝凉风吹拂着跑马人的欢笑和赛道上的音乐，更有赛道外此起彼伏的助威鼓劲声一浪高过一浪。215兔子们带着一堆跑马人一路撒欢，有人说这么好的赛道碰上这么好的天，当兔子不PB可惜了，马上有人接茬说咱们可得勒着点，别给人家带崩了。谈笑中，眼看着到终点了，兔友秦小云提议：咱们一块过旗门吧？大伙附和：对，咱们要给组委会增点彩！言毕，215兔子组5个人互相拉手高举过头顶，欢呼着共同迈过终点旗门。

2小时15分00秒，是钟表吗？不是，是我们215兔子们跑出来的成绩，我们与跑友肩并肩、心连心，与钟表同频共振，我们与赛会共荣同欢。

迈过旗门，走过热情秩序的志愿者，迎接我们的是赛事运营负责官兔的张保胜，一个清秀而略腼腆的帅小伙儿，小伙子代表组委会给兔子们颁发了荣誉证书，又一一颁发了精美的透明奖杯。神态轻松的兔子们得到的是满满的收获感。志愿者给完赛跑马人挂上奖牌又发了完赛包。完赛包内：面包、饮料、香蕉、大纪念毛巾，平马的赛后补给经典而充实。再往前走，几位女志愿者把热腾腾的小米粥端到面前，解饥、解渴又暖心，真是跑马人赛后的及时雨，接连喝了三杯，直到喝不下了，才婉谢了第四杯。

走在回宾馆的路上，经过赛道终点，远远听到赛会广播中主持人动情的加油鼓劲声，赛道中看到最后一名参赛者，一个足有200多斤的胖小伙儿正蹒跚迈向旗门，身旁身后簇拥着蓝衣医疗志愿者，再看计时器，已超过 3 小时 15 分了。

在返程车上，看到群里跑友们已开始晒刚下载的平马照片，对于第一次举办的平舆马拉松，跑友出奇地一致赞扬，直至刷屏。

跑马两年半，大型国际马拉松跑过 30 多场，参加过双金厦马，经历过跑友零差评的哈马，一个不知名的县，又是第一次办赛，让全国乃至全球的老马们挑不出任何毛病，一致称道，真个出人意料，闻所未闻。

平舆平语，平时不名，一赛成名，一鸣惊人！

2018 年 12 月 3 日

（2018 年 12 月 5 日刊载于"云上平舆"公众号）

感受广马

还是在 8 月份，2018 广州马拉松就启动了报名程序，已经经历北马两年不中，上马两年不中，锡马两年不中，哈马两年不中，广马上一年不中的我又以坚韧不拔的毅力再报广马。许是天感其诚，9.9 万余人取不足 3 万人的概率下，居然中签。

赛前几天，南方一直阴云密布，天气预报说此赛当日有小到中雨。赛前一天，抵达广州的唐山跑友吴大兴邀去一同游览了广州地标小蛮腰——广州塔，晚上潮汕美食加茅台醇及珠江啤后，顶着淅沥小雨回去下榻，已近深夜 11 点。

12 月 9 日是比赛日，早上 5 点，起床排空，碗面进补。6 点半钟，广州的天色微青，背上参赛包，擎起雨伞奔向天河体育中心——广马起点。气势恢宏的天河体育场外环路上，3 万名运动员依次按 A、B、C、D、E、F，分为 6 个区排开，场面浩大而秩序井然。7 点半钟，国歌唱罢，准时发枪，处于 C 区的我迈过旗门已是发枪 10 分钟过后。

广州的道路宽阔而平坦，是我所经历的 30 多场马拉松比赛（包括北京半程）道路状况最好的，道路两旁，花城广州的鲜花绿树争奇斗艳，各具特色的现代化建筑鳞次栉比。珠江两岸，长桥卧波，美不胜收。正应了赛前我同跑友的调侃：没准跑起来这雨会停吧！开赛不久，雨竟然停了。如此优美的跑道，路边富有特色的加油鼓劲声，撼人心魄、悠扬婉转的音乐节奏加上雨后丝丝缕缕的凉风，让跑马人好不舒爽。广马的补给也相当给力，水和饮料、香蕉、蛋糕、盐、能量胶足量且适时，长长的补给台足以让进补跑者从容拿出而匀速奔跑。41公里后，赛道左侧居然出现一望无际的花海，让人好不兴奋。冲啊！花海尽处就是旗门。4小时30分57秒，我PB了，把一年前的全马个人纪录提高了8分钟。

赛后，吴大兴微信问候并传来唐山一行跑友全部PB的短信截图。哈！何止PB，都是大幅度进步了。

漫步在广州街头，黄花岗七十二烈士陵园、孙中山大元帅府、沙基惨案纪念碑、中共三大会址纪念馆、十九路军淞沪抗日将士陵园，一处处保存完好的遗址或是纪念场地仿佛在向人们讲述那些或不堪回首，或可歌可泣的往事；而徜徉在绿荫花丛环绕的街路，抬头望见珠江岸边高大壮美的会展中心、猎德大桥以及仰到脖颈发酸才能看到顶的中国骄傲——广州塔，又会让我们不由自主地慨叹改革开放给我们带来的沧桑巨变。

离开广州前，接到广州塔客服的电话，告知我去领取差价退款。原来，广马为参赛运动员提供了七天免费或半费参观广州市内景点待遇，赛前参观广州塔时由于没带号码布而买了全价票，事后经电话告知，客服请示领导后特地电话通知。坐地铁到达广州塔，客服得知我又忘记了带票据，便安慰说："你都来了就先把钱领回去，票据用邮件传来吧！"

管中窥豹，滴水映光，一个年接待游客数百万人的观光景点，把一件细小的事做得如此暖心，让人不能不对广州肃然起敬，联想到每每问路都得到耐心的指点，广州人的热肠古道让人难以忘怀。

广州，作为中国民主革命的策源地，作为改革开放的排头兵，作为经济创新的开拓者，也作为安居乐享的人间天堂，让人向往，让人留恋，促人思考，催人向上。

广马，作为中国的金牌赛事和国内第八个国际田协金标赛事，在众多国内赛事中的确是木秀于林，风景独好，实至名归。在广州这片富有优良传统和进取精神的土地上，广马的今天已经让人欣喜不已，广马的未来会更令人期待。

2018 年 12 月 11 日

身心兼修　领跑土楼

　　了解水果滋味最好的办法就是亲口品尝，知晓一地的风土人情最恰当的方式莫过于实地去踏查，用双脚丈量，用双眼去领略和品鉴。

　　550为梦想奔跑系列马拉松活动除了倡导每天 5∶50 跑步的健康运动文化，自 2014 年发起了"550 乡村马拉松——跑遍中国最美的100 个乡村"系列赛事活动，已成功开展近 20 场乡村马拉松赛事。让人们卸下繁重的工作压力，远离都市的尘霾和喧嚣，在乡间田野美丽的景致里去自由呼吸，尽情奔跑，然后再精神饱满地投入新的生活。550 的理念成功地推动了百万国人马拉松运动的蓬勃开展。

　　今年夏初，有幸报名参加并成功入选 550 霍林郭勒国际马拉松比赛的官方配速员。赛事独特的风格、精细的组织以及贴心和周到的跑者体验，都给我留下深刻的印象，特别是组委会人员活力精干、工作高效、热情坦诚更让人难以忘怀。无疑，550 赛事是我 3 年来参加的近 40 场马拉松比赛中印象深刻的一站赛事，以致完赛以来微信头像始终是参赛霍马的官兔照。

　　进入 11 月，福建永定土楼马拉松进入赛事宣传推广期，热心的550 组委会黄老师和李老师相继发来官方配速员招聘启事。网上报名后，月前，550公众号上荣幸地看到了入选半程200官方配速员的照片和简介。

12月14日，是土马赛事装备发放日。一大早，下火车就直奔永定体育馆——土马装备发放地。由于时间尚早，工作人员正在搬运和摆放赛事物品，5000人规模的赛事，现场不足10个人在忙活，组委会仅有张文欣——一个二十几岁的小女生一员战将。但领物环节的审核查验一点儿不含糊，而贴心的问候和指点又让人有回家的感觉。

组委会为土马参赛者安排了参观景区的福利，12月15日，游览了世界文化遗产地——土楼客家民俗文化村，游历了湖坑和高头两处十几个有代表性的土楼。高高的土楼，错落有致，或圆或方，或"四菜一汤"，远观雄浑质朴，内部精巧实用，取材当地土木，自力人工夯筑，家族数百人生活起居其中，经地震，避火灾，矗立数百年不废，面对现代建筑也不逊色，令人深深地为几百年前中华民族高超的建筑技术和艺术才能折服。而这样的感受，不身历其间，没有现场体验，没有强烈的视觉冲击，是无法从书本和图片中感觉到的。

16日，土马开赛日。早上，永定的天飘起了零星细雨，披上雨衣备好雨伞，跑友们集中到土楼游客服务区——赛事起点，组委会为兔友们配发了彩色配速气球，不得不说组织的精细，配速气球竟然依据配速不同而颜色各异，我们200配速组是粉色气球，刚好跟戴的头饰相协调。

开幕式热烈而庄重，领操员带领跑马人热舞后，地方领导致简短欢迎辞，550总裁热情洋溢地简述了活动宗旨，倒计时10秒后，令枪响起，世界各地的数千跑马人冲出旗门，奔跑在永定的田野、乡村道路上。许是被赛事的热烈所感染，稀疏的小雨早已停止，变成缕缕清风，间或村庄出现，间或穿行土楼之间，接续着一拨又一拨带着浓重乡音的加油鼓劲声。跑马人身上似乎看不到上坡爬岭的疲惫，官兔们更是遵从"移动计时"的宗旨，不时地告诫或鼓劲身边的跑友。

土马的赛道设计很人性化，终点前五六公里感觉都在下坡，轻松跑过后，终点靛蓝色的旗门在招手了。

1小时59分43秒，200配速员们手拉手准时迈过旗门时，博得了赛会主持人的赞誉和终点线观众的热烈掌声。

脖子上挂着亮晶晶的奖牌，手里捧着550土马组委会颁发的措辞热情洋溢的官方配速员证书，赛后的官兔们志得意满，跑马拉松同领略人文风貌结合，让人愉悦身心；锻炼自己同时带动众人平安完赛，让人充满成就感；得到跑友，特别是组委会的认可，更激发热情，留给未来的也将是愉悦的回味和期盼。

2018 年 12 月 17 日

（2018 年 12 月 18 日刊载于"550 体育"公众号）

护跑横琴　迎接新年

横琴，位居经济特区珠海南端，紧邻澳门的一座三倍于澳门面积的岛屿，2009 年获批第三个国家级新区，刚刚建成通车的"世界第七大奇迹"港珠澳大桥更是给珠海和横琴增添了向往和魅力。以此为噱头，网上热炒了一阵港珠澳大桥马拉松，直到今年四季度，横琴马拉松才揭开面纱，正式发布竞赛规则决定年底开赛。

感召于其浓烈的宣传气场，报名时填报了官兔、医跑和警察护跑三个应聘申请表，开赛前一个月，组委会电话告知我入选警察护跑员。

年终岁尾，天气交九，进入一年中的严寒阶段，东北最低气温达零下 20 多度，南国珠海虽然也是寒流降临，但仍是绿荫葱茏，鲜花盛开。

12 月 30 日，是横马开赛日。早上 5 点 50，南国的天还是漆黑一片，来自全国各地的 38 名警马队员搭乘大巴从珠海南屏驶向横琴岛上的网球中心，即横马的起、终点。

半小时车程后，抵达网球中心。此时天色渐明，警马队员在五号馆更衣、存包、集体照相后走向起点旗门。由于近日寒流南下，当天珠海温度仅 10 度上下，是近期最冷的一天，这时赛前参赛包里的一次性雨衣派上了用场，披上它防寒又暖身。

毕竟是与中国田协合办，虽然是横琴首办马拉松赛事，却也规范有序。赛前照例是主持人与跑友互动，大功率音响烘托气氛，领操员带动热舞，万人齐唱国歌，接着倒计时后鸣枪起跑。

横琴的赛道宽阔平整，除了前半程有几个弯路，其余的基本上抬眼可望出几公里，加之阴凉适宜的温度，清爽的海风吹拂，此境此景着实让跑马人兴奋。相对于不算大的参赛规模，赛道补给丰富而充足：饮料饮水自不待言，香蕉、巧克力、榨菜、葡萄糖和盐水不一而足。赛道旁的志愿者充足而尽责。

也许是过于兴奋，也许是休息不充分，也许是因冬季训练缩水，25公里后掉速严重，35公里前后已是举步维艰，以致不得不走跑并用，半程前曾想PB破4，半程中仍想追平PB430，最后经过脑袋和双腿激烈斗争，以453达成妥协。平生第十六个全马，以自己完赛成绩排位第四的战果交卷。

北国的冰雪以及南国的风光，都将随着汗水留在即将过去的一年。新的一年已在招手，春天的脚步正在走近，新的希望还在升腾，新的目标也在孕育。信念不变，追逐理想，砥砺前行，相信一年更比一年好。

2018 年 12 月 31 日

我的厦马 Way

厦门，缘其旖旎的滨海景致、中西交融的城市风情、宜人的气候温度，吸引人们憧憬和向往、驻足和流连。

自 2003 年起首次举办马拉松，厦门迄今已举办 16 届。厦门马拉松以其细致的赛事组织、规范的赛道、广泛的社会影响、良好的跑友体验连年被中国田协和国际路跑协会评定为金牌和金标赛事。而依据运动员成绩分段集结、分区发枪等措施开创了国内马拉松赛事先河。厦马年初开赛，赛前配套召开中国马拉松博览会已成惯例。由于厦门浓郁充分的马拉松氛围，2018 年厦门被授予国内马拉松城市称号，这也是国内首个，迄今唯一的国内马拉松城市。

近年来，国内马拉松热不断升温，几个大牌马拉松赛事早已一签难求。经历过北上等城市马拉松赛事的逢签不中后，本以为厦马也会与我擦肩而过，一是路途遥远，二是去年曾有过雨战厦马的经历，本想抱着试试看的心态参与抽签，没想到居然再报又中。

开赛前由于有去年淋雨跑马的狼狈经历，注意到比赛日天气情况还不错。果不其然，比赛日当天凌晨下了一阵不算小的雨，到了开赛前两小时，雨停了。宏伟宽阔的厦门国际会议中心，四周的道路上，涌动着各色衣着的跑马人。赛道以英文字母 A 到 J 顺序，按运动员报名的跑马成绩从快到慢编号，并按号设赛道候赛区，全部运动员分三枪发令。自 7 时 30 分首枪发令起，每枪间隔 15 分钟。

赛道上，激越昂扬的马拉松歌曲回荡，主持人通报说本届厦马报名人数达 36826 人，分别来自全世界 38 个国家。中国田协主席、国际田联代表以及福建省及厦门市的相关领导悉数到场，国内顶尖的马拉松选手也都云集厦马。

国歌唱罢，7 点半一到，令枪响起，A、B、C 区万余人涌出赛道，遍布赛道各角落的大屏幕播映着人们关注的比赛画面。接续这首枪运动员腾空的旗门前赛道，后续各区的跑马人相继涌到旗门前，15 分钟一到，第二枪又发了。每枪 1 万余人的规模，堪比国内其他城市的大中型马拉松赛事。

小雨初霁，赛道偶有积水，但厦门的道路宽阔平整，十五六度的温度夹杂着丝丝海风，正是跑马拉松绝佳的好条件。赛道补给也给力，提前 150 米有告示牌提示服务或是补给内容以及补给台延续多长距离，饮水、饮料、蛋糕、香蕉、葡萄干、小柿子、盐丸、能量胶等丰富而充分。所有的条件都预示着 PB 的可能，以致前 30 公里跑程对刷新 PB 充满期待。可是 32 公里后疲惫感袭来，不得不以放慢脚步应对，随之大腿内侧酸楚，且渐趋渐紧。更不妙的是左脚板外侧莫名疼痛，以致只能改跑为走，直到最后一公里多，面对终点前的"长枪短炮"才勉强小跑一段。

4 小时 42 分 53 秒，这个成绩在我的 17 场全程马拉松参赛经历中列第四位。也许是此赛前夜突然失眠，夜 12 点多睡，晨 3 点多醒；也许是一周前跑了横琴全马，身体状态尚未恢复，才取得了这个不甚满意的成绩。

　　赛后，土楼马拉松结识的厦门跑友田勇，班上请假早早赶来，等候三个多小时，本想要带我逛逛厦门大学。奈何归程时间有限，会面后客家酒菜招待。送我上返程车时，又塞一袋厦门特产让我带回。

　　自 2016 吉林市马拉松开始，迄今跑马近三年，历赛 40。苦辣酸甜，兴致不改，充实了时光，历练了意志，领略了风土，体会了友情。猪年初开，赛季轮回，期盼经年，再接再厉，跃马征程，找回真我。

2019 年 1 月 7 日

每个不奔跑的日子都是对生命的辜负

——成都双遗马拉松赛记

"每个不奔跑的日子都是对生命的辜负。"双遗马拉松结束，比赛照片刚在朋友圈晒出，圈友们的点赞和评论即在手机上刷屏，朋友小钺发来上述感慨。静心品味，于我还真贴切。报名成都双遗马拉松是缘于其极具特色的宣传，四川成都本属神州天府，其境内都江堰—青城山是世界文化遗产，而其大熊猫栖息地是世界自然资源遗产，能在这样的环境下跑一场马拉松，对于中国跑马人意义非比寻常。自2016年6月起，不足三载已参赛40余场大型马拉松赛事，但是还没跑过四川境内的比赛。自2018年5月起，我已担任9场马拉松赛事的官方配速员，能在成都双遗马拉松比赛中担当官兔，对于我而言，既是检验也是个交代。带着这个愿望，同双遗马拉松组委会联系，并报名500配速组。刚过腊月二十三，双遗马拉松组委会在微信公众号进行推送，64名配速"熊猫"在1072名报名人选中产生，我遂愿中选，由此开启了第十次官方配速员生涯。

赴赛之旅，一踏上成都地铁就可以感受到双遗马拉松的浓烈氛围，车厢展示屏滚动播出双遗马拉松的欢迎画面。

从成都犀浦踏上开往都江堰的城轨列车，约半小时到达都江堰。都江堰好像是熊猫的世界，街上随处可见熊猫的造型，连出租车都扮上熊猫的形状。走进城区，醒目的马拉松宣传画触目皆是。凤凰体育场是参赛包领取处，宏大的广场分布两列领包台，一列是全程马拉松，另一列是半程，目测每列应有50个志愿者站台服务，跑马人领参赛包基本上无须排队。

出了领包区，远远地看到赛事展示区，一排高高的展示板排列在路旁，其中第一块版面是官方配速员照片墙，每幅官兔的照片都加上了熊猫外套，看起来憨态可掬的样子。上数第三行中间是我的照片，照片下面是兔子宣言："跟着夏夜风，乐享马拉松。"

16日下午，组委会举办了官兔见面会，组委会官兔负责人小洲哥向全体官方配速员简单地介绍了双遗马拉松，强调了对官兔的纪律要求，并耐心听取了兔子们的建议和要求。

17日早6点半，都江堰天还没亮，官兔们集中到位于双遗马拉松起点附近的都江堰中学门前，领取官兔背包旗，集体合照。

7点半，官兔们集体被引导到起点旗门下的赛道中，激昂的《五星红旗迎风飘扬》乐曲回荡在赛道，随着领操员的号子和示范，跑友们在热烈气氛中拉伸和跳操。随着倒计时，8点一到，令枪响起，上万人次序涌过旗门，双遗马拉松比赛正式开始。

由于夜里小雨初霁，都江堰气候湿润，温度宜人。市区街路两旁站满身穿民族服饰的群众。热情的加油声、激越的音乐声，鼓舞着赛道上跑马人的脚步。10公里后，跑向郊外景区，路两旁是一望无际的黄冠绿身的油菜花，远处则是郁郁葱葱的山峦衬托，一条赛道涌动着五颜六色的人流，好一幅鲜灵的动画。出发点是都江堰附近的城区，赛道十几公里处是熊猫谷，二十几公里处是青城山山门，双遗马拉松赛道把几个著名的世界遗产景区连接起来，让跑马人体验了在画中游历，在景中奔跑的意境。不觉间，里程碑提示终点即将到达，终点旗门百米许，500兔子组手拉着手，高举过顶，欢呼着奔向旗门，会场主持人适时播报："500官方配速员按时到达，他们乐于助人，牺牲PB，让我们感谢他们，感谢夏夜风，还有……"

一过终点线，志愿者给挂上精美的奖牌，组委会还制作了官方配速员荣誉证书送来，再看手机短信，4小时59分16秒，圆满完成官方配速任务且取得比较满意的成绩。

今年的第二个全程马拉松，平生第十八个全马，第十次官兔任务完美结局，新的跑马赛季也在春天的气息中正式开启。

2019年3月19日

陪跑浦口女子马拉松

进入 3 月份，开始进入马拉松比赛旺季，由于马拉松赛事多，看到招募南京浦口女子半程马拉松陪跑员，心想权当是免费练腿的机会吧，就报了名。

3 月 23 日，来到浦口澳林购物广场，一个商业综合体，领取了参赛包。

3 月 24 日，是浦口女马的开赛日，早上 6 点 50，登上下榻宾馆过道江浦客运站的接驳车，奔赴 4 公里外的康居公园赛事主会场。

浦口女马的赛事规格号称国内女子马拉松顶级赛事，由中国田协和南京市政府以及浦口区政府合办，浦口女马至今已连续举办 4 年，去年该赛事被中国田协授予金牌赛事称号。

走近主会场，好像走进粉色世界。组委会把该赛事定调为"甜蜜跑"，现场及赛道两侧精心布置粉红色为基调的各种展示牌和展台，安排了各类互动以及亲情活动，力求把这个赛事打造成有特色有魅力又重亲情的招牌赛事。身临其境，不由自主地为现场气氛感染，饶有兴趣地照了些场景照片。

离开赛还有半小时，随同领操员热身后进入赛道。毕竟是女马，满眼都是各年龄段的美女。不同于普通马拉松，赛道上的女跑友没有大声喧哗和吹牛扯淡，代之以随处可闻的胭脂香粉气味和各种造型、各种照相。

8 点半一到，枪响起跑。3000 人的规模，宽阔的赛道上毫不拥挤，10 度的气温好像专门为马拉松赛事打造，道路始终是宽阔平展，让跑马人跑得舒心又兴奋。

跑出一公里后，腿肚子又感紧张，只好放慢速度，5 公里后紧张感消失，10 公里后越跑越舒服，咕咚报时报出的配速预示着今天是 PB 的好时机。15 公里后，是一个上桥大长坡，盘算着到终点的剩余路程，脚下不由自主地开始撒欢。此时听到身后一个轮椅跑友求助带上坡，没说的，转身跑回去推起轮椅妹向桥上跑起来，路上又动员一个陪跑员，一左一右拉着轮椅跑友在上桥坡上狂奔一公里多，博得路旁跑马人的不断赞喝。而路边医疗点的志愿者则报以热烈掌声，并纷纷拿出手机拍下让他们赞叹的场景。下桥放坡，轮椅女跑友借势自己疾驰，我也继续加快步伐，到终点前竟有余力冲刺，1 小时 51 分 25 秒，冲过旗门定格成绩。还好，这个成绩比之前 PB 提高一分半多，如果不回头去带跑轮椅女一公里多，破掉 150 应是很有希望，但是履职忠诚又小幅 PB，也算两得，心有所安了。

跑步不足三年，现已官兔 10 次、急救跑两次、护跑 4 次，把跑步同助人联系起来，让跑步更有意义，让健身更有动力。

2019 年 3 月 24 日

跑过衡阳首马

衡阳古称衡城，因大雁北来至此驻足而雅称雁城，南岳衡山踞城北50公里。衡阳是具有2300年历史的文化名城，远古大禹治水曾在此留下足迹，中国四大发明之一造纸术的"纸圣"蔡伦，东汉时期也生活在衡阳。而苏轼、朱熹、周敦颐、王船山、曾国藩等众多文人雅士的衡阳传经布道都让这座古城熠熠生辉。

阳春三月，正是衡阳这个中南名城百花吐艳、生机盎然的季节，首届衡阳马拉松比赛日就在这个月的最后一天。折服于衡马富有号召力的宣传，出于对古城文化的向往，春节一过，就报名首届衡马。

3月31日，衡马开赛日。前一天曾了解到当天衡阳有小雨，6点30分，带好雨具，来到衡马起点衡阳体育中心门前的衡州大道上。首届衡马规模不算大，全马、半马连同欢乐跑总共15000人的规模，宽阔的道路毫不拥挤，没有主持人煽情，没有领操员热舞，没有齐唱国歌，由于首届衡马央视直播的缘故，倒是有直升机不断在头上盘旋。

7点30分，发枪开跑。头上浓云密布，脚下道路宽阔平展，路两旁市民密布且热情激昂，很多路段文艺表演异彩纷呈，让数千跑马人好不舒爽。随着时间推移，凉风渐渐吹来淅沥细雨，十几公里后，赛道转入乡村和景区，坡路逐渐多起来。常言说真正的马拉松是在30公里以后，身体极限透支加之连绵不绝的上坡再上坡考验着跑马人的机能和意志。首届衡马的能量补给很是不错，香蕉、小面包、巧克力、圣女果、盐丸、能量胶等数十种补给食品也为跑者顺利完赛起到了关键作用。32公里后平时很少进补的我竟然接连服用两支能量胶。接近38公里，雨势加大，凄风苦雨反倒刺激起跑马人的斗志，大家纷纷加快脚步，奔向终点。衡马的路程牌很可人，每半公里就有提示，终点前更是在500米、300米和100米处分别醒目标示，加之终点返回到宽阔平直的衡州大道，路旁布满了摄影师的长枪短炮，恰似给跑马人搭建了释放激情的平台，一鼓作气，脚下生风，待歇住脚时，身体已在旗门以里回望终点计时表了。

由于春节前后跑步没停顿，月跑量在200公里以上，特别是注意了长距离训练，本次完赛成绩达到422，PB提高了8分钟，算是跑马的小确幸吧！

2019 年 3 月 31 日

享受东马　祝福 500

　　囿于自己的孤陋，作为东北人，不曾知道东台，出于对 550 赛事的热衷，也为了给下一轮全马赛事预热，我报名了 550 在位于长三角北部滨黄海的东台举办的半程马拉松赛事。

　　百度中了解到：东台，古称西溪。距今已有 2100 年历史，自古以产盐出名，是著名的鱼米之乡。中国民间耳熟能详的董永与七仙女故事肇始于东台西溪。北宋时期，在古城西溪担任盐官的晏殊、吕夷简、范仲淹先后入朝拜相。

　　4 月初的东北，寒风中还飘着雪花，而此时的东台，早已是春光明媚，景色撩人，田野中是一望无际的葱绿和鹅黄。迈出东台车站，宽阔的广场和平展的大街映入眼帘，街路旁五色杂陈的植物错落有致，一丛丛夺目绽放的桃花不由得让人沉迷其间。

　　西溪文化景区接待中心，门外矗立着大幅东马赛道宣传展板。顺着浅绿色引导标志，来到参赛包领取处，接待人员分为几组分发物资。人虽不多却有序高效，热情有加却严谨负责，远道而来都有回家见亲人的感觉，这就是 550 的风格。

　　下午 3 点，位于东台郊外的仁达天丽酒店 6 楼会议室，由 550 与东台长跑协会联合举办的"跑咖论坛"准时开始。东台长跑协会周建华会长主持论坛并致热情洋溢的欢迎词，550创始人Helen女士介绍了550的发展历程和近期的赛事安排。接着，东台红十字救援队的急救专家给与会人员进行了人工救护的专业讲解和示范，各地跑团大咖们也一一陈述自身情况。散会后，Helen女士找到我，"咱们是吉林老乡啊！"

经介绍得知，在全国马拉松领域做得风生水起的550，发起者是站在面前的这位文质彬彬的小女生，而曾从事企业管理的Helen，也仅仅是2013年在上海交大安泰经管学院当学员时坚持每天早上5点50分在世纪公园进行跑步运动，由此提出550跑步概念，得到全国MBA商学院群起响应，进而叫响"为梦想奔跑"的550标志口号，在神州大地掀起狂潮，助推了百万国人的马拉松运动。

4月7日，是东马开赛日。早上6点，作为东马选定的300配速段官兔，我骑着共享单车来到东台市民广场，东马赛事起点。作为全国百强的东台，此时的赛道早已布置周全，警护人员、志愿者就位肃立，喧闹的参赛者把宽阔的广场变成欢乐的海洋，赛会主持人则简要而热情地介绍了赛事盛况和要求，一位连续4届参赛东马的外国选手上台谈了她对东台和东马的感受。没有烦琐的嘉宾介绍，没有冗长沉闷的繁文缛节，7点25分过后，开始倒计时，时间一到，准时开跑。宽阔的赛道，热情的市民，浓云的天色都给第四届东马增添了气氛和魅力，而西瓜、香蕉等赛道边充分的补给，更让跑马人助力生风。半马300官兔，因配速恰好与赛事结束时间重合，人称关门兔，同组还有紫燕和冰雪两位美女，从出发起就有两男一女三个跑友紧紧跟随。"编筐编篓，全在收口"，由于配速低，兔子们不时互相提醒控制住不时涌起的跑步激情，还要不时地给身边掉队的跑友适时的鼓励和叮嘱。头顶飘荡着艳红色配速时段气球，路两旁是葱郁的绿树和花卉，间或有志愿者或观赛者的加油鼓劲，脚下的路一如既往地平坦，东马的体验让人沉醉。转眼间，接近终点，三只官兔后面，紧跟着收尾警车和三辆收容大客车，还有一些骑单车的急救志愿者。离终点还有10米，差一分钟到三小时，三个官兔拉起手来，在摄影师的长枪短炮和群众的欢呼中迈过旗门。

赛会工作人员上前问候，领取完赛品，终点更衣室整理，纪念墙拍照留念，此番赛事就告结束。550赛事虽小，但是各环节毫无疏漏，温馨自然，水到渠成，回味悠长。整个赛事干净利落，没落入马拉松庙会的俗套；比赛就是比赛，没有更多的奢华作秀。而从效果上，不仅东台抑或盐城人，就连国际友人也4届连赛，乐此不疲。作为官兔看得真切，本次东马最闲的是收容车，三台大客车空空如也。而看得最多的，无论当地还是外来的跑马人，都是一张张洋溢着幸福和满足的笑脸，一如参加个大聚会，享受着节日般的兴奋。

跑马近三年，历赛40余，两次参加双金厦马，参加过零差评的哈马、广马，领跑过金牌沈马、苏马、成都双遗和衡水马，550固然是小赛事，相比而言参赛规模小、参赛地域偏、赛事场面窄，但是550赛事紧贴跑友，紧贴草根，面向基层，面对大众，接地气，懂民意，赛事办得特色鲜明，当地政府响应，当地群众解渴，参赛跑友贴心，如果说北马上马类的大型赛事是雍容华贵、万众仰慕的大家闺秀，550系列赛事可算得上是典雅贤淑、温婉可人的邻家小妹了。而在那些身处繁华、高居庙堂的大牌赛事一签难求的时候，国人更需要的，不就是像550这样立足草根、深耕民间、立志要"跑遍中国最美的 100 个乡村"的体育生态链吗!

祝福东台,鱼米之乡和悠久文化催生先进的体育文化!

祝福 550,辉煌的 5 年造福国人,创造了奇迹,跑马人期待着你的新赛事和新体验!

2019 年 4 月 8 日

跑马东营　不虚此行

现今，中国境内的马拉松运动已呈井喷式增长态势，大规模的马拉松赛事，2011年仅有22场，到2018年已达到1581场。然而，毕竟是新兴国度，截至2017年底，被国际路跑协会认可并授予金标赛事的众多国内的马拉松赛事中仅有北京、上海、厦门、重庆、兰州，还有一个，我卖卖关子，你能猜出吗？

是的，除了深耕跑马赛的老鸟，料你真猜不出。山东的东营，这个坐落黄河入海口上的地级城市，古代军事家孙武子的诞生地，至今举办马拉松赛事已11年，其中连续7年被中国田协授予金牌赛事，连续3年被国际田联授予金标赛事。

带着浓厚的好奇心，一进猪年，我开始关注东营马拉松，报名窗口打开伊始，就在网上填写了资料，好在东马是国内的国际标牌赛事唯一不需要抽签的比赛，大约两个月前，东马组委会就把参赛号码短信告知了我。

开赛前一天，乘坐高速大客到达东营还是天亮前的暗夜，导航一下到达参赛包领取处不足10公里。三年来的跑马历练，10公里上下的路程，借不上公交便利，基本上是"撒腿就跑"。东营的道路太好了，10 公里的路途，满眼是平展展的路面，宽阔而平直，从高速口到市中心的东营宾馆，仅拐了两个弯，途经三条大道。到了宾馆天还没亮，宾馆接待员看到我是远道而来，安排到会客区休息，并端来开水拿来东营简介和地图。

4 月 20 日，东马开赛日。5 点起床，洗漱排空，楼下小馆俩包子一碗粥进补完毕，步行 10 分钟到达新世纪广场——东马开赛起点。头上央视直播直升机环绕盘旋，现场领操员热舞后，主持人介绍嘉宾，国家田协和东营市主要领导悉数到场，国内马拉松一哥李子成和一姐何引丽等大牌跑星助阵东马。国歌唱罢，令枪响过，3 万跑马人欢呼着鱼贯涌过起点旗门。

东营的赛道太好了，宽阔笔直，平坦如砥，整个赛程经历的换道折返加起来也仅仅 18 个转弯，最长的直道超过 10 公里，通常是刚跑过一个里程碑又看到下一个里程在召唤了，以我跑过的 50 场马拉松的经历，东营的赛道在国内应该算数一数二的了。东营的观赛市民很有素质，比较其他城市，观赛者算不上太多，但是每个加油点都有新意，就连加油鼓劲口号都不雷同："勇士，你是最棒的！""为国争光""中国，加油！""坚持就是胜利！"

从耄耋老者到稚嫩幼童，你会感觉这些声音都发自心底而绝无敷衍。东马的天气也给力，天气预报说当天最高气温是 23 度，但夜里下了一场小雨，到天亮时只看到地面淋湿而无积水。开赛后，薄云笼罩，海面吹来略带咸味的轻风，让跑马人好不舒爽。以致赛后，路上听到跑友纷纷面带喜悦地交流 PB 的感受。值得一提的是赛事的志愿者们，满是尽职尽责的场面，摄影师们为了抓取跑马人精彩的姿态，有的卧在马路上抓拍，有的站在高处俯摄，赛后被跑友"生擒"后还不厌其烦地满足众多跑友"拍摄欲",热情有加的场景令人动容。

客观地说,东马作为国际和国内的"双金"赛事,并非尽善尽美,如赛道5公里后的折返并无计时板,且隔离墙多处缝隙;赛道上的补给虽然还算充足但对比国内口碑赛事过于单调;现场竟看不到赛后恢复志愿者服务,等等。

但论及参赛感受,严肃跑者更关心的是赛事体验,那些现场形形色色拼凑的"马拉松庙会",赛道上琳琅满目的"马拉松自助餐",固然会赢得跑者称赞而加分,但这些不会是马拉松运动的本质内核,而东马恰恰是在赛事硬件和组织上深耕细作,因而国内外跑马人趋之若鹜,赛事质量节节攀升。

赛后返回宾馆,与一天津一河南两跑友同乘一辆出租车,两跑友均为第二次参赛全马,谈到此次东马参赛,都赞赏有加。出租司机把跑马乘车人一一送至宾馆楼下,跑友们以"明年东马见"互相道别。

"额的娘呀!"冲澡整理后,从宾馆打车去高速路口,出租司机是个不到30岁的清秀帅哥,听到我大老远来东营跑了40多公里,发出东营式的惊叹!我问起为何古城东营看到的房舍没有老旧都是现代化建筑,这位姓赵的帅哥说你看到的这只是东营新城,是近20年在荒芜的盐碱滩上建立起来的。转眼车到目的地,下车后不久,猛然想起随身提包忘在出租车上,记起刚才是微信付车费,抱着试试看的想法微信留言,结果马上接到东营手机号来电,不到10分钟,小赵开车返回,接到失而复得的提包,感谢并要付油费,"不用。"帅哥莞尔一笑,油门一踏,淡蓝色出租车消失在车流中。

赛后东马组委会旋即短信告知成绩:4小时28分47秒,这个成绩是近三年参赛20场全程马拉松中仅次于上个月衡阳马422的第二位成绩，对比今天的绝佳天气和绝美赛道，应是遗憾之作，但收获是无伤完赛，脚无水泡，腿无酸紧，全程除了喝水补给走了几步，都是连续跑下。特别是享受双金东马完美的赛道及成熟的赛事组织，感觉是不虚此行，收获满满。

"君不见黄河之水天上来，奔流到海不复还"，浪漫诗仙李白面对入海的黄河，激发豪情，留下千古名篇。"白日依山尽，黄河入海流"，边塞诗人王之涣面对黄河入海口则慷慨有大略，倜傥有异才。"知己知彼，百战不殆"，生在东营的古代军事家孙武留下了影响世界的兵家宝典。守护着孕育炎黄子孙的母亲河，秉承华夏文化的精华，古老的东营给中华民族乃至全人类留下数不尽的瑰宝。现今的东营正在呈现改天换地的奇迹，令世人惊艳的东马已经并将继续引领跑马人奔跑的脚步。

再见，东营！
东马，再见！

2019 年 4 月 20 日

句容马拉松　兴奋且激动

　　跑马三年，历赛 50，国内大型马拉松赛事已属平常，仅江苏赛事，一年多时间内，领跑苏州和东台，护跑和急救跑泰州，陪跑蒲口，赛跑泰兴溱湖，已五跑江苏。许是有缘，4 月 1 日，网上看到 2019 句容马拉松招聘官兔，就填报了自己的资料。10 天后，就见自己的照片宣言出现在容马的录用官兔序列中。由此，半个月后，我的江苏第六马即将启程。

　　波音 737 从桃花初绽的东北大平原腾空越过长白山，跨过黄海到达苏北盐城时，赶上降温，体感上似乎东北更暖和些。乘大巴车跨过长江到达句容已是 26 日午后。按照组委会宋玲玲老师在微信群里推送的地址，来到下榻地句容格林豪泰酒店。大厅人不多，只有写字台旁有一人正低头伏案忙碌，服务台那边有两人接待，按服务员的引导入住房间，给宋老师打电话问参赛包如何领取。接通电话才知大厅里忙碌的就是宋老师。打开参赛物品，兔子装备竟有彩色裙子，惊问男生也有吗？宋老师笑答是每个兔子标配，是借鉴其他赛事后建议配发的。宾馆晚餐后，兔子们在酒店大厅领取配速气球进行了简短的培训，内容是由资深兔友张帆和黄开军结合自己的官兔经历与兔子们交流体会，二三十兔子齐聚一堂，彼此互动。

27 日是比赛日，早上 6 点半，兔友们简短早餐后，乘坐大巴来到赛道起点，兔耳头饰上飘荡艳红的配速气球，身着五彩条裙，官兔群在赛道上成了惹眼的风景线。容马的规模不算大，但是现场场面隆重而热烈。起点旗门前，主席台庄重大气，多个无人机头上盘旋。旗门下，光鲜亮丽的一排官兔站在等候发令运动员的前列迎接着一拨又一拨摄影和摄像的巡礼。倒计时开始前，句容市委书记和常务副市长站在官兔行列中。8 点一到，令枪乒乓，兔子们引领参赛队伍向前涌出，无数台摄录设备分分秒秒地记录了这一时刻，从官方推文照片中看到，开赛两秒时，我竟然冲在队伍最前面。

当天句容的天空是个假阴天，10 度上下的温度恰似为马拉松定制，容马的道路也可人，几乎感觉不到的上坡连着缓缓的下坡，赛道两旁绿树鲜花和赛道上跑马人的欢声疾步，恰似和谐的交响。笔直赛道上，每隔一段路，鲜亮的配速红气球下面聚集着一簇簇官兔和追随者组成的梯队。春光里，五彩斑斓的人流把句容变成了流动的图画。容马的补给相当给力，每个补给点长长的台面，饮水、饮料、果汁，加上香蕉、葡萄干、蛋糕，还有许多叫不上名的当地小食品。虽然天气宜人，但容马还是安排多处赛道喷淋点。赛道医护点充分，还有多人单车医护巡游。谈笑间，作为 215 半马配速员，我们配速组两男两女到终点了，2 小时 15 分 02 秒，赛后不久，组委会准时发来短信，精准的成绩预示我们圆满地完成了容马官兔使命。

终点后摄像师拍照，志愿者把漂亮的奖牌挂在胸前，领取赛后物品，赛会纪念墙挂牌拍照留影，志愿者恢复按摩拉伸。然后，乘摆渡车返回市区。整个过程，看似马拉松赛的程式化模式，但容马的每个环节缜密、顺畅又让人暖心。比如赛会摄影，容马虽仅万人参赛规模，就有"跑步维生素"和"爱云动"两大主流专业团队介入。再如赛后补给，参赛包里除了毛巾、香蕉、面包、饮水和饮料这些常规标配，竟还发给鸡腿、冰棍、米糕，现场还能吃到林林总总说不出名的小食品。此外，赛后恢复不但志愿者精心认真，分布也充分，每个按摩师前排队仅四五人。赛后摆渡车也随满随走。总之，容马让跑者感到是顺心的赛事、贴心的服务、舒心的场面和热心的面孔，而这仅仅是一般全程赛事不太重视的半马跑者体验到的。

摆渡车下来，返回酒店的路上，看到漂亮的句容大街上的福字造型，联想一天来容马参赛的体会，收获感满满，作为全国百强县市之一的句容，举办马拉松赛仅两年就夺得中国田协的银牌赛事和特色赛事两项殊荣，实属不俗，从今天体验来看也是实至名归。正像星级宾馆与特色小吃，北上厦等大牌赛事恰如前者，对普通跑马人可望而难即；而容马虽名气规模均不比前者，但是温馨可人接地气，跑步要件周全而服帖，跑友一致称赞有加而未闻吐槽。联想此赛从官兔组织到工作安排，组委会仅有宋玲玲老师一己之力，见到时就闷头忙碌直到后半夜2点未曾合眼。再想到今天赛事，句容主要领导跻身官兔队伍，亲身领跑。容马成功绝非偶然，赛事成功，跑友尽兴，离不开组织者的精心部署和带头打样，更离不开每位实施人和志愿者的呕心沥血和默默付出。

容马，你像跑马人胸前的奖牌一样熠熠生辉，从赛后跑马人抑制不住的兴奋和交谈赞誉上，已经达到你赛前定下进入金牌赛事的目标，因为正像你把跑马人装进心中一样，经历过容马的跑马人把金色的你也牢牢地装进了心中。

2019 年 4 月 28 日

沙漠看海　乌海跑马

怎么，到月球了吗

从银川乘火车行进，睡意迷蒙中，透过车窗，土黄色的山脉逶迤连绵，横亘在天边，在此背景下，满目黄沙一直延展到眼前，没有黑土，没有青山，没有绿色，视野中，只有蓝天和蓝天下无边无际的黄色山峦和平原，这不是月球吗？

平生从没到过大西北，更没见过沙漠的我头脑中瞬时竟有了时空挪移的感觉，"青山依旧在""青山遮不住"，山怎么会没有树，怎么会草也没有？

跟我自己合个影

银川到乌海时间大约两个半小时，乌海城市不算大，城区马路宽阔，建筑都是近几十年的样式，打车来到乌海市政府对面的文体中心乒羽馆，一座半圆形建筑。远远望去，体育馆门前相对矗立4块展示板，左侧第一块就是乌海马拉松官方配速员照片墙，几千公里外，看到自己的照片陈列其中，一股温情涌上心头。

又是花裙子

乌马的领物资环节很有科技感，由志愿者引导，在机器上刷身份证后打印出小票，凭小票去指定的档口取来参赛物品和官兔装备。乌马的官兔装备也很充分，除了头饰、空顶帽、配速气球、背心外，还有条亮丽的彩条短裙。

这是第二次穿裙子跑马，一周前，刚刚在句容马拉松赛上穿着花裙子完成了官兔任务。

老夫聊发少年狂

下午 4 点，按组委会杨署云老师要求，全体乌马官兔来到懿峰国际酒店进行了简短培训，培训老师竟然是国家队马拉松教练胡荣老师。

下午 5 点，全体官兔分乘两辆大巴去乌海景点，由"跑步维生素"的专业摄影师进行外景拍照。第一站是乌海大桥，大巴下车，眼前一片茫茫无际的波光粼粼，这里是乌海湖，是黄河内蒙古段唯一一段调节控制性工程——海勃湾水利枢纽蓄水而形成，水域面积 118 平方公里，等于 20 个杭州西湖大。百来个着装艳丽的兔友在此合拍官兔全家福。第二站来到吉奥尼葡萄酒庄园，按照摄影师们的要求，兔子们各出奇招，留下萌萌的一瞬，身着花裙兔耳头饰高高跃起的抓拍，让人尽显少年癫狂。第三站来到乌海湖畔，河水竟然是深黄色，河水与河岸都是黄色，连同远处山顶塑有成吉思汗巨型雕塑的甘德尔山，都是一片黄色的世界。"不到黄河心不死"，顿时想起耳熟能详的一句俗语。

中国田径协会主席段世杰

5月5日早上6点，宾馆早点后与同住的另两个跑友福建漳州的黄龙生及包头的王文通一同步行3公里，来到2019乌马起点——乌海职业学院门前，离开赛还有两小时，赛场早已盛装待发，志愿者布置合理有序，赞助商家帐篷的饮品排列在存包通道两侧，参赛跑友和表演团体各就其位，主持人与众人不断互动。看得出，乌海虽然不大，但是功课做得足，办赛经验成熟。

7点50，主持人引领并介绍到会嘉宾，中国田协、内蒙古体育局和乌海市主要领导到会。相较而言，如此小城小赛，竟然有中国田协主席段世杰到会。

谢谢你带领我PB

7点55，齐唱国歌，8点一到，枪响开赛。

10度出头温度，应该是适合马拉松的天气，只是不算小的东北风吹得黄尘蔽日，景物迷蒙，庆幸的是喘气还没受太大影响。乌马的赛道真好，平坦而宽阔，整个半程没遇到过像样的坡路，沿途的观赛群众虽不算多，但是很热情，简单粗放的加油声让人感受到西北人的质朴厚道。

乌马的兔子绝对是赛道上的风景线，艳丽夸张的装束本已吸睛，加上每个兔子组少则五六，多则十数，不但引来赛道边群众的惊奇叫好，赛道上则更有影响力和号召力。身边身后，不断有跑友来问配速和到达时间。一年来，已当了十几次兔子的我则根据观察到身边跑友的情况提示或是鼓励，更多的应该是劝诫。

5公里时，一个后生上前告诉：我一定要跟上你，虽然第一次跑，215也要拿下。我告诉他先跟下试试，到10公里，看到太勉强，就劝其减速随时听从身体召唤，实在不行就改跑为走。

10公里后，两个女跑友跟上来，其中一人告诉我原来跑过230，这次能PB吗？跑步中，看其呼吸均匀，节奏协调，就边跑边聊，并适时告知到站补给，谈话间，20公里过了，我告诉身边追随众人：有余力的话不用跟我了，自己往前跑吧！2小时15分02秒，赛后组委会短信通知，我完成了自己的第十三个官方配速员使命。

"下次见！"跟随并完成自己新纪录的跑友真诚地道谢并共同照相后道别。

想起了白杨礼赞

由于急着返程，领取完赛包后，打车直奔火车站，来时旅人寥寥的车站已是人满为患，幸亏网上提前买了返程车票。

列车奔驰在黄色的世界，偶尔可以看到黄河。心思也随着车厢流淌：没有黄河的流经，没有人们沿河而作，怕是不会出现这个城市。想起乌海宽阔而看不到一点儿垃圾的街面，短短数十年就从一片荒芜沙滩变换成现代都市；想起乌马在乌海小城市中诞生却在全国跑圈声名鹊起，田协授予银牌，田协主席亲临，虽然看到仅是皮毛，感觉也是一己之见，但其背后必有其坚韧不拔、感召天地的洪荒伟力在作用。想起乌海市抬头可见的甘德尔山顶的成吉思汗巨像，又看到车窗旁掠过的一排排白杨树，"参天耸立，不折不挠，对抗着西北风"，茅盾大师当年笔下描述的场景莫非在这里吗？

2019 年 5 月 6 日

浪漫大连　激情跑马

　　作为国内资格最老的一批马拉松赛事，大连马拉松赛自 1987 年起，至今已举办 32 届。早期曾与北京、厦门、杭州三城并称国内四大马拉松，由于同处东北地域，大马自然成为我向往的赛事。

　　作为未曾跑过的必报赛事，开赛两月前报名，4 月中旬告知参赛号码。开赛前两周，接到大马组委会入选赛事急救跑者的通知。继青岛、泰州、宜昌后，大连成为我第四个被选为马拉松赛会急救跑者的城市。

　　5 月 11 日凌晨，走出大连火车站。晨光微曦，宽阔的站前广场行人寥寥，老式有轨电车在广场边咣当驶过。乘坐公交大巴来到大连港医院，上午 9 点在康复中心 4 楼会议室，2019 大连马拉松 AHA（美国心脏协会）培训准时开始。国际搜救教练联盟教练、中国国家应急救援员等级认证教官傅广辉讲师为 30 多位来自全国各地的赛会急救跑者进行了由内科到外科，由头到脚各部位病状的急救知识培训。直到晚上夜幕降临，学员们又进行了严格的实践考核和笔试答卷。

　　5 月 12 日，早上 6 点，急救兔子们来到大连海滨的东港国际会议中心——此次大马的起、终点，简单的餐食后，集体合了影。

　　7 点半，令枪响，分区起跑的 25000 名跑马人奔涌出大马开赛旗门。终究是著名的旅游城市，大连宽阔的马路给激情迸发的跑马人提供了最佳的赛道。路两侧的鲜花、绿地、小品造型，加之或洋气或现代，美轮美奂的建筑让人目不暇接。夜里曾小雨初霁，十四五度的气温，又夹杂丝丝海风吹拂，大马占尽了天缘。大连本是山城，但是大马的赛道巧妙地把沿海平坦景观带、恢宏的星海广场以及西洋风格的市区道路串联起来，让跑马人体验了画中跑步、花园穿行的美妙感受。

毕竟有了30多年马拉松比赛的历练，大连人对马拉松比赛的热情自不待言。随处可见的风景，随地出现的文艺表演队伍，赛道两侧富有特色的加油鼓劲声，让倾力奔跑的跑马人不好意思缓步偷闲。大马的补给太棒了，赛前、赛中、赛后饮水饮料随用随取，除了赛会充足的补给点，赛道边还有多处市民自发的西瓜等食品补给。此外，值得一提的是，赛道上志愿者充分，仅急救志愿者竟达200人。每500米一位固定急救员，间隔10分钟就有一批急救跑者，发现赛道出现跑者异常，第一时间实施救护，确保了此次大马赛事零事故。

自己身披赛道急救标志马甲，头戴兔子耳朵头饰，体会大马高标准赛事，肩负急救任务，忠实地按赛前要求赛道左侧巡行。一路上不时解答身边跑友提出的各种疑问，把运动自己和救护他人联系起来，把自己愉悦同赛会整体绑在一起，一种升华的满足感充盈心间。

赛道看到一起跑者救护现场，但已人手足够，便一路向前，中午12点，按要求准时到达终点旗门，4小时30分31秒，赛后短信发来成绩。这也是我的第21个全程马拉松成绩。

风光旖旎，景致浪漫，胜地大连，名不虚传。

美式培训，激情跑马，联通赛会，收获满满。

2019 年 5 月 14 日

三赛长春马拉松

　　作为北国的一个区域中心和全国15个副省级城市之一，长春的重要性和影响力不言而喻。然而，作为彰显城市魅力、促进消费和提振精神面貌的马拉松运动，长春自2017年才开办了首届马拉松比赛。

　　今年初，长春人代会上把办好第三届长春国际马拉松比赛作为年内的23件大事之一提出，喊出要对标"国际金标、国内金牌"赛事的口号，于4月29日招标选出厦门文广和江苏体育两家国内著名的马拉松赛事运营单位担纲今年长马赛事，并定5月26日为第三届长春马拉松开赛日。

　　由于是本省省会，仅一个小时的车程，让我没有理由不报名，无须抽签的报名付费确定了我的第三度参赛长春马拉松。

　　5月25日，下午4点半乘动车自吉林出发，40分钟抵达长春，公交88路到达参赛包领取地长春体育中心时已近6点。五环体育馆东侧搭建的参赛物品领取棚，此时人已不多，由此，顺畅地领取了长马参赛包。

　　跑友高松赛前在网上精心挑选了酒店，距起点仅几百米之遥。晚上与跑友李海国，三人同宿相安。

26 日早 6 点半，步行来到长马起点长春体育中心门外的自由大路上。毕竟是省会城市，宽阔的大街此时汇聚了不同城市、不同肤色的大批参赛人员，却也不显拥挤。参赛旗门高大而别致，主舞台、领操台、摄像台错落有致，用于央视直播的直升机头上环绕盘旋，7 点 53 分，万人齐唱国歌，8 点一到，枪响开赛。

天气预报说当天有阵雨，赛前曾雨点淅沥，跑出一公里后，逐渐滂沱，路面迅速汇集大量水坑，万把人跑上去，躲得了水坑也躲不过脚步溅起的雨水。5 公里后，鞋面湿透，鞋里灌包。长春的市民有打伞的，有穿雨衣的，热情地在马路两侧为运动员加油鼓劲。到底还是阵雨，开赛一小时后，跑过硅谷大街，雨渐停，但是云层厚重，没有阳光，习习凉风从道路两侧的绿树丛中袭来，恰似为跑马人注入强心剂，这是马拉松赛难得的天气。

长马的补给经典而充足，饮料和水从始至终不断档，香蕉、小柿子、黄瓜、盐丸也充分，中间还有能量胶供应。

长马赛道的虐人程度可以说国内罕见，整个长春连个山都没有，可长马赛道却选得坡连坡，螺旋上升，马拉松比赛堪比攻占山头。特别是全马后程，经历 20 多公里跋涉狂奔，这时的跑马人身体能量已挥洒将尽，25 公里后进入东风大街就是长长的小慢坡，出了东风大街，31 公里，跑马拉松的人都知道，这时的运动员正面临人体极限的"撞墙"期，仰望眼前，是高耸而漫长的西部快速路，爬上西部快速路一公里是更高的立交桥。咬着牙，七八百米的立交桥爬上后，居然不是下坡，眼前横亘着更高一层的立交桥。虽然此时我身边都是 5 分多配速的严肃跑者，但跑到此处，一部分人也由于目标渺茫而改跑为走，其中还有外国参赛者也在漫步中。爬上第二"高峰"后该下坡了吗？

你又想错了，长马肯定是想让跑马人领略长春三层立交桥的宏伟巍峨，让你抒发征服新高度的凌云壮志豪情，前面又有长长的慢坡直通与天际相接的桥顶，噫吁嚱，危乎高哉！这时，我看到有年轻跑友因抽筋在路旁被三四位跑友帮助拉伸。

35公里，赛道转向西安大路，过了翔运街小桥，到人民广场是两公里半小缓坡。绕过苏军纪念塔到儿童公园，接近39公里，是几百米下坡，胜利在望了，只是眼前又展现一眼望不到头的慢坡，可怜的跑马人不得不心怀宏愿，脚下踌躇。从儿童公园到自由大路口，挨过去两公里爬坡，你以为登高完了吗？转过自由大路，离终点旗门仅剩一公里多一点儿，然而，这段路程是更高的坡路，望旗门兴叹，是此时跑马众生的真实写照。

应该说，对于跑马，骤雨轻风远远好过丽日艳阳，十几度阴凉的温度有利于体能的释放和成绩发挥。三年来，我已跑下22场全程马拉松。长马一赛，整个过程于己而言跑得还算顺利。30公里后，虽然掉速，但途中除进水站走几步外，全程都在跑，连续大坡也不废，终点前竟然蹚起大步冲刺终点，4小时27分14秒，这个成绩在我的全马赛中居次好，跟跑界大神不可同日而语，与跑渣自己，还算聊以自慰。

2019 年 5 月 27 日

感受兰州马拉松

兰州很吉林。走出火车站，兰州市区内，开门见山，耸立的峰峦连接着天际线，像城墙一样，拱卫着城市；低头见河，银雁黄河大桥上面三环橘红拱形钢梁造型简直让人误以为是吉林市区松花江上的江湾彩虹桥。滚滚的河水从城市中心穿城而过，像极了一根扁担，用厚重的肩和坚实的脚把城市挑起，荡悠悠地奔向远方。

兰州很兰州。初夏的天气，白天背心裤头阴凉地儿里摇扇子，晚上还得盖上厚被子。凡是有中国人的地方都能找到兰州拉面馆，只有一个城市例外，那就是兰州。满街的牛肉面馆，王胖子、马有布、萨里尔、周小六、哈立德，如此等等，只是没有一家称兰州拉面的。大桥下面不算太宽的河水是浓重的暗黄色，见了竟不敢走近，有些怕把身上浅色的衣裳弄污了的感觉，不像松花江清澈透亮，见了就让人内心忍不住涌起捧起尝上一口或是脱下衣服痛痛快快地游上一程的冲动。

兰州马拉松很国际。自 2011 年首办起，至今已连办 9 届，当年获中国马拉松最佳赛事荣誉，次年起，连年获国内金牌赛事称号。其中，2013 年获国际路跑协会铜标赛事，2017 年获国际金标，成为国内七大金标赛事之一，2018 年再次蝉联国际金标。今年 5 月底，2019 国际田联路跑会议在兰州举行，这是国际田联该项会议首次落户中国。兰州的马拉松主题公园，以及公园内镌刻各国参赛运动员名字和成绩的展示墙，都在彰显这个城市深远的眼光和宽广博大的包容性。

朋友说怎么有个马拉松你就去呢？这话有点儿言过其实了。跑马三年，历赛 50，现在主要想跑的是赛事级别高、声誉好的赛事，国内几大金标当然是心驰神往的，只是这类赛事国内外关注度高，抽签之难如同刮奖。作为抽签绝缘体的我，不出所料地经历了兰马三年抽签不中。幸运的是，2019 兰马报名结束后，一个网站办了个兰马名额抽奖，心灰意冷的我有一搭无一搭地参与，不想第二轮竟幸运得中一个兰马半程名额，后与群主协商，调换成了全马。

6 月 1 日上午，走出兰州火车站，放眼望去，怎么有回到吉林的感觉？抬头不远，就是连绵巍峨的群山环抱，山下是延续到眼前的街路和一些不算太高的楼群。走到市区，一条长河横贯城区，几座造型和年代都类比吉林市区松花江上大桥的视觉观感，更让人有了时空挪移的错觉。只是高原阳光的灼热，以及由远及近的黄尘迷蒙在提醒你，这里是大西北的古丝绸之路重镇。

6 月 2 日，是兰马开赛日。早上 6 点，起床后，将前一天领取的参赛包里的康师傅碗面消灭，算是吃罢早点。从与开赛起点甘肃国际会议中心直线距离 1.6 公里的下榻酒店出发，走过早已封闭的雁滩黄河大桥，经过北滨河路来到赛事起点。

毕竟是双金赛事，40000 人参赛，仅马拉松参赛选手就达 13000 余人，以致排在后程的我，迈过旗门计时板时，已是开赛令枪响过 7 分多了。

场面宏大，声势隆重，是到达现场的突出感觉，由于兰马赛事实况在包括央视五套在内的全球 100 多个国家和地区实时全程直播，现场周围大屏幕随处可见，举着长枪短炮的摄影摄像师密布。赛道两侧指示标志醒目且细致，经常可以看到半公里指示标牌，约每 5 公里设一个加油台，上有红衣白裙青春靓丽美女面对跑马人摇手呐喊。

由于前一周刚刚经历长马全程，加之网上热议兰州的高原及高温，本次参赛兰马，重在参与。许是重视不足赛事过频，也许赛前准备不足热身不够，开赛跑出后，右脚屡有不适，开始以为鞋带过紧，5 公里及 7 公里半，补给台后两次调整鞋带，然而，并未奏效，10 公里后右腿前部隐隐作痛，不由得暗暗叫苦，后悔抽奖半程名额为何去做工作换了全程名额，但是心里想自己得来参赛资格不容易，又几千里之遥赴约，就是走也要完成 30 公里路程。挨过了半程，疼痛加剧，右小腿又有了明显的肿胀感，25 公里赛道医疗点，志愿者医生给按了摩，问之原因，说是热身不足加之紧张所致，近 10 分钟后重返赛道，本以为缓解后能跑起来，哪知，刚跑几步，疼痛依旧，且愈演愈烈，过了一个计时折返后，不得不改跑为走。

开赛伊始，兰州上空，阴云蔽日，十几度的气温还算适宜，近两小时后，太阳露头，兰州随即转入烧烤模式，接近中午，赛道上的柏油路面已晒得发软。这时的我，头顶骄阳，腿疼钻心，汗水早已浸透衣裳，问题是还有 20 公里的后半程，心里开始盘算时间：照现在这样狼狈的脚步，怕是到终点也要被关门。恰好身边一个后生也踮着一条腿往前忙活，问之，这个郑州 22 岁大学生答膝关节疼痛，相比身为老马，我告诫他不能硬撑，防止严重了对身体更大损伤。两个人开始边聊边走，不时还有身边跑马人加入讨论，由此，对疼痛的注意力竟得以转移。走到 35 公里，前面路两旁出现伏在路畔、头顶遮阳围帘的摄影师，不由心生感激，"辛苦啦!"一声问候，"跑起来呀!"端着长焦相机的摄影师喊道。是呀，戴着号码布在赛道上里倒外斜地走也不好看呀。感动于摄影师的奉献精神，打起劲头又小跑起来。没承想，小步跑起来，疼痛虽照常，却没比走步更剧，索性跑吧。毕竟体能储备充分，加上此后接近终点，赛道两侧兰州市民及志愿者加油鼓劲始终热情高涨，摄影师也更密集，终点前7公里竟然配速6分多跑下来。赛后组委会发来成绩短信：5小时31分09秒，这个成绩在三年来参赛的23个全程马拉松中，居倒数第四位。

走出终点旗门，志愿者们顶着烈日，把金灿灿的奖牌挂在胸前，赛后恢复区，甘肃中医药大学的学生志愿者给我做了拉伸按摩，又到马博会展台领取了露露饮料、青岛啤酒和一桶泡好的康师傅方便面。吃喝完毕，已近下午4点，兰州的阳光依然灼热刺眼，黄河尽处光秃的远山又见黄尘弥漫，北沿河路上，随着滚滚东去的黄河，拖着肿胀得发亮的右小腿，走上蹒跚返程路。

雁滩桥上，两侧桥栏边，一簇簇姹紫嫣红的鲜花开得正艳，映衬着远山近水，装点着高楼大厦组成的现代化建筑群落。兰州，客观地说，相比之下自然禀赋并无所长，与东南沿海、江南水乡相形见绌，人文资源也乏善可陈，与周边的敦煌、青海湖等景观相比，兰州仅算个过站。然而，如此条件，却能在马拉松赛事上弯道超车，后来居上，得到世界路跑联合会的认可，中国第一次国际路跑年会落地兰州，中国第六家国际金标马拉松赛事得中。参赛规模40000人，报名人数达138000人，更说明国人对兰马的高度认可。以此为发端，拉动了兰州以旅游为突破的各项事业的发展，据权威部门2018年马拉松年度报告的统计显示，中国国内目前有530万人经常参加马拉松赛事，每人每年马拉松赛事人均消费 12287 元。2018 年，兰州的 GDP 排名以 2582 亿元排名全国的 96 位，其旅游事业以及马拉松赛事所产生的积极效应功不可没。"蚓无爪牙之利，筋骨之强，上食埃土，下饮黄泉，用心一也。"两千年前荀子的这番言论，或许是对凝心聚力、发奋图强新兰州的诠释吧！

2019 年 6 月 4 日

乐享贵马　平安到达

　　贵阳好像重庆，整个城区除了山，就是坡，虽然街道还算宽阔，只是几乎没见到平展展的道路。

　　贵阳好像香港，出了贵阳北站，进入观山湖区，整齐而宽阔的街道，鳞次栉比的摩天大厦直插云天，缕缕浮云在楼顶缭绕。夜幕渐垂，华灯初上，幢幢楼面异彩竞放，争奇斗艳。

　　贵阳美食好诱人，街头抬眼可见"贵阳牛肉粉""贵阳肠旺面"等各种特色小吃，品来鲜香中杂融酸，酸中还有辣，但是这种酸和辣是画龙点睛，点缀得恰到好处，而绝不强人所难。走在一眼望不到头的"二七小吃一条街"上，是眼睛、味蕾与大脑激烈斗争的过程，只恨自己不多带几个肚子。

　　贵阳话听起来像四川，但不像四川话偶尔能懂一点儿，这一点更像两广地方话，让北方人听成一锅烂粥，还不如英日外语能对付着明白几个单词。有点儿像贵阳菜，贵阳人大多没有强烈的冲击感，待人接物不温不火，质朴热情，做事执着细致。

　　贵州此前从未去过，对东北人来说地处偏远，交通不便。5月下旬，看到网上对贵阳马拉松的推介，"爽爽贵阳，生态领跑"的办赛理念，让夏天这个马拉松赛事的淡季多出一分期待，中国田协协办的省会金牌赛事也让人生出向往，于是，网上填报了贵马官兔和急救跑者自荐表。一周后，接贵马承办方中体体育岑老师从云南打来电话，告知入选贵马急救员，让进急救兔子群。

2019 贵马的声势很大，赛前通往贵阳北的动车上，从装扮和言谈中看得出，周围好多人都是赴赛的跑马人。下了动车，公交车显示屏、车窗外街路及楼宇大屏幕都在滚动播放马拉松宣传片。离参赛物资发放处——贵阳国际会议中心一公里多，周围随处可见醒目的贵马领取物资和参赛指示标志。人脸识别确认选手，凭身份证打印凭证，主会场按功能分隔出领取号码布、参赛包以及贵马展示区。现代科技的运用、大型会场功能的充分利用让几万跑马人集中领取参赛品过程顺畅又舒适。贵马赛事展示区，宏伟的会议中心大厅，中间是 2019 贵阳马拉松以及"爽爽贵阳"巨幅框架造型，两侧则对称矗立着参赛选手姓名墙、官兔照片墙、医疗跑者照片墙、护跑员姓名墙。置身其中，来参赛的跑马人仪式感和荣誉感爆棚，纷纷掏出手机，各种姿态拍照，好一副兴高采烈的景象。

距离贵马起点一公里，闹中取静位置的恺悦酒店是组委会为医疗跑者安排的下榻处。离会展中心不远，挂着"中国名菜大典"的江龙饭店，是组委会安排的晚宴处，一道道色香味俱佳、造型叫绝，可又叫不出名的贵阳名食，让兔子们大饱口腹之欲。紧挨着江龙饭店，一家规模很大的火锅店挂出"凭完赛号码布菜品免单"的横幅，据贵阳跑友说，这不光是商家宣传，这家店已连续几年让贵马完赛选手免费享用火锅。

晚上 8 点，赛会急救培训在会展中心登陆大厅准时进行，明确岗位和责任，急救技能复训是培训的任务。这些组委会精心挑选的急救员，基本上都是久经沙场的老鸟，加之兔子头岑老师事先已在群里下发《急救跑者行动述要》，急救员对组委会的具体部署已了然于心。响鼓不用重锤敲，培训过程上下呼应，台上提纲挈要，台下信心满满。

6月16日，贵马开赛日，恰逢父亲节，夜半贵阳开始下雨。早上打开手机，同学和亲友父亲节祝福刷屏，儿子还发了红包。宾馆餐厅贵阳特色早餐吃罢。此时，小雨渐稀，步行前往贵马赛会起点也无须雨具。贵马赛会组织精密周全，围绕贵阳国际会议中心，参赛选手分区入场，分区存包，分区起跑。马拉松赛最容易遭到诟病的赛前如厕环节，在此处却得以妥善解决。主办方在选手通道旁搭建了大棚围挡，内部设置便于多人方便的小便槽，以解跑马人内急之需。其他城市马拉松赛事的赛前如厕长龙在本届贵马不复存在，这一点在我经历的50多场马拉松赛事中实属罕见。

贵马赛道起点环绕会展中心道路设计，分区起跑，我所在C区距起点旗门差不多半公里之遥，因赛道随弯就弯无法对赛道一览全貌。但现场多处设置大屏幕，通过对现场实况滚动播放，会场各处可一览无余，齐唱国歌、嘉宾介绍、时间倒计乃至最后鸣枪发令都如临身前。鸣枪过后，C区的我跑到旗门处已是开赛7分钟后。真是无愧贵马"爽爽贵阳"的宣传，浓云下十几度的气温是马拉松赛的梦幻温度。斜风微雨让跑马人兴奋不已，平展宽阔的赛道、赛道边各种民族特色的演出宣传、富有节奏的加油鼓劲都让贵马在跑者眼里生光出彩。值得一提的是赛会的补给，饮水、饮料由始至终充足，且补给点设置合理，香蕉、蛋糕、小柿子、黄瓜等补给品从不断档，15公里开始多处供应盐丸和能量胶。赛道边，商家和企事业单位的形形色色补给也层出不穷。饮料、牛奶还有冰棍，对，是冰棍，蒙牛冰棍，我严重认为这是马拉松赛事最佳伴侣，解渴提神且立竿见影。

山城贵阳特点显而易见，赛道坡路是一大特色。半程前偶见漫长缓坡，半程后，随着体力再衰三竭，坡路也多起来。终点前6公里处的一个长坡差不多一公里长。到了40公里的一个弯道，目测倾斜度达到25度。视野中，绝大多数人都不得不改跑为走。41公里过去，眼前路标指示距终点还有800米。哪知，拐弯过来，仍然是个小慢坡，眼望旗门，跑马人快要哭出来了。由于我先报的是430时段，开赛前组委会临时调整人员，征得同意，把我安排到510时段，真是救了我，较平常速度富余半小时，这样我可以从容地分配体力，终点前竟能像模像样地冲刺在摄影师的镜头中。505，赛后组委会发来成绩，作为赛事急救兔，还算中规中矩留有余地的成绩。

如果一个完美的赛事，赛前预热是虎头，赛事开始是熊腰，贵马的赛后安排堪称令人惊艳的豹尾了。不说赛道及结束安排"跑步维生素""爱云动"及"马拉松照片"等主流摄影团队上场为每个参赛者奉献上百幅精彩的瞬间，也不说贵马训练有素的志愿者迎接英雄般为完赛的跑马人挂上特色鲜明的奖牌。让人称道的是贵马的完赛补给，厚厚的大毛巾、酱鸭脖、巧克力、鸡蛋、雪饼、矿泉水、饮料、香蕉，还有一包纸巾，丰厚而实用的完赛补给品把大红的完赛包撑得鼓鼓。赛后恢复区，大片的按摩垫子竟然近半空着，冰水泡脚池子也是人迹寥寥。更让人想不到的是，贵马为每个参赛者安排免费肉丸米粉，并有三种口味，另有葱段和调料自取自用，还有十大桶贵阳酸汤摆放在靠墙一角，由跑马人按口味随意舀取。

对于完成任务的官兔和医跑兔，组委会为每个人颁发精美的有机玻璃纪念奖牌，另外又赠送盒装透明立式纪念奖牌。贵马此番赛事的每个环节，都让人无可挑剔，赛事涉及的企业商家、贵阳警队为保贵马顺利进行，都尽心竭力，做足了功课。

赛后返程，跑友交流中听到很多跑马人在贵马坡连坡的赛道上"跑崩"，却听不到哪个跑马人在贵马实现了 PB。尽管如此，也没听到一个人抱怨赛事和吐槽主办方，看到和听到的，都是对贵阳市及主办方中体体育毫不保留的赞誉，纷纷称道组织的精心和赛事的完美，相约有机会再战中体的赛事。

无疑，2019 贵阳马拉松注定又是一个零差评的口碑赛事，贵马的诚意换来参赛人的满意，由此必然带来深远的良性反弹。料想贵马由国内金牌迈向国际金标，夺得双金闪耀光辉之日应为期不远。

2019 年 6 月 18 日

（2019 年 6 月 29 日刊载于"贵阳马拉松"公众号）

四届吉马亲体验

自 2016 年发端的吉林市马拉松比赛，每年一届，到今年已经开始第四届征程。

首届吉马开始初涉跑马，伴随着吉马的成长，我已完赛 50 余场大型马拉松赛事。此番吉马，赛前报名顺利中签，一路入选吉马赛事急救跑者。标志自己人生第 25 个 42.195 公里和第五度急救跑者整装待发。

6 月 22 日下午 6 点，吉马急救跑者赛前培训准时在金茂翡翠大酒店 4 楼会议室开始。主持过 170 余场大型马拉松赛事急救工作的美国心脏协会培训主任导师李永生，结合大量现场视频资料，生动形象地讲述了马拉松赛道常见人身伤亡事故的预防和相关的急救知识与技能。

6 月 23 日，是第四届吉马正式开赛日。初夏的吉林，早上晴空万里，轻风吹拂。赛道周围，街道早已清理干净，并用高高的围栏与行人隔开。警察和志愿者在路旁守护，武装警察站成一排在比赛起点肃立。选手中，全程 5000 人加上半程 5000 人，除去不计成绩的 20000 名迷你和特色跑者，纯粹竞赛的 10000 人半程以上跑者。规模不算大，但是吉马把检录路线设计得弯子很大，甚至让全马与迷你在一同检录。

由于起点赛道呈全封闭形式，现场没有场内外的互动，开赛前没有激越的音乐烘托，没有主持人的气氛带动，也没有青春少年的热舞领操。7点30分，枪响开赛，由于现场道路严格封闭，此届吉马，特别是起点附近的观众是历届最少的一次。赛道边安排的群众文娱活动特色突出，两公里处学生志愿者的动能操表演，10公里处的吹奏乐团队都很有气势。赛道边的补给仍显单调，好在尚未断档，25公里见到有能量胶供应。

此番吉马最避不开的话题，也是最虐人的要数高温了，赛事前晚组委会短信告知赛事当天气温最高26度，但当天实际感觉应达30度。赛道上刚过半程，晴空中的骄阳开始发威，接近中午，柏油路面的补漆已被晒得变软，30公里前后，路面融化的漆面已开始粘鞋底，身边的跑友抽筋和中暑的屡见不鲜。35公里以后，沿江的赛道上竟然看不到观众和行人，只有拖着沉重步履前行的跑马人和烈日下坚守的志愿者，间或有急救车刺耳的尖叫掠过身边。

同大多数身边的跑友一样，如此条件，此赛自己也找不到状态，不到半程，早已汗透衣裤。责任在身，还不断观察身边跑友，并告诫异常者和新手听从身体语言，减速或去医疗点。感谢天地，整个赛程，自己和自己身边除了偶见抽筋、关节疼痛者外，没有晕倒等紧急情况发生。5小时09分30秒，迈过旗门后接到成绩短信。领取奖牌和完赛包，忽然觉得有些空落。定睛看去，终点现场除了少量赛事志愿者，其他人早无踪影，赛道上的广播也已哑火。赛后志愿者给了一小瓶酸奶，看到一个大棚补给台上空空如也，地上扔了一片西瓜皮。康师傅方便面商家展台前，等了10分钟取了碗面，志愿者又给做了拉伸。起身出了拉伸棚，接近3点时，看到恢复区有电动按摩服务，问志愿者是否还能参与，被告知排队等候可以。等待约莫七八分钟后，志愿者苦笑着告知没办法了，总电源给关了。

四届吉马，让人印象深刻的，首先是吉林沿江而设、四跨大桥、起伏平展、风景秀丽的优美赛道，国内罕有，这一点博得众口一词的好评。吉马的摄影团队，"跑步维生素""爱云动""跑团邦""马拉松照片"等，国内主要马拉松摄影团队全部披挂上阵，上传照片应接不暇，堪比国内大牌顶级赛事。吉林马拉松志愿者们烈日下热情周到地加油鼓劲，敬业精神令人动容。吉林地方业余跑团的赛事组织乃至赛中补给都有声有色。四届吉马奖牌设计上档次，有特色。

个人想，吉马作为家乡吉林市的赛事，在调动当地跑者热情，如在吉马设立吉林籍跑者名次及奖励，设立当地跑团竞赛等方面增加创意，在驻吉企事业单位参与和赞助赛事的热情上做足文章，加之吉林山水赛道得天独厚优势，假以时日，吉马声名鹊起，身披双金，应不在远。

2019 年 6 月 29 日

漠河马拉松　感觉诚不同

漠河，位于祖国版图最北端，属于鸡冠之顶。也是冬季最寒冷之地，当地人说极端气温曾达零下 50 多度。儿时至今，常常驻足地图前，凝望着这个天鹅之顶、雄鸡之冠、发源祖国第三大河——黑龙江、毗邻俄罗斯的地方，遐想她的样子。

　　　　如果黑龙江会说话

　　　　如果风爱上那片白桦

　　　　如果对最初的那些执念

　　　　遗忘在某个长假……

进入 4 月，"中国北极漠河极昼马拉松"的宣传广告开始不断在网上刷屏，黑底亮绿的画面不断搅动我的欲念。半月前，网上又看到漠马招"兔子"，祖国最北端的兴安岭上，带领一群跑马人完成极昼马拉松之旅演化成了我的愿望。"吉马"开赛前，漠马组委会大羊羊老师将我拉进漠马兔子群，标志着我正式成为漠马的 600 "关门兔"。

6 月 28 日下午，乘上 K5185 次漠河马拉松专列，自哈尔滨向漠河进发。晚餐时，卧铺车厢内，邻铺位一伙儿牡丹江跑友正兴高采烈地喝酒进餐，朝鲜族小伙子朴哲勇热情邀请参加。29 日，8 点 30 分，列车到达漠河站。下车后，直接坐上小朴在漠河朋友吴宝春接站的车，来到漠河市区。先是住进万福宾馆，又来到漠河初心广场，领取参赛包。按吴宝春的建议，与三位牡丹江跑友又一同驱车一小时沿着大兴安岭的森林之路前往祖国最北端——北极村。行车路上，大羊羊在群里说，组委会已为兔子们购买了北极村景点的门票。

湛蓝的天空，洁白的云朵，茂盛的林木，纯天然的原生态景观让我们一小时的车程充满了新鲜感。北极村里的金鸡之冠雕塑、138 国境界碑以及连倒影都是"北"的造型，让我们一行旅人因为"找到北"而喜不自禁。

下午 4 点，初心广场外的振兴路上，漠马准时发枪。全马和半程各 1000 人，加上迷你跑 2000 人，总共 4000 人的规模不算大，但对于仅有 20000 常住人口的漠河县城（去年刚改为市）来说，可算上轰轰烈烈了。

600 关门兔子组仅有我和来自江苏兴化的帅哥鸿雁两人，全马关门兔意味着跑在马拉松行列的最后，为竞赛队伍扫尾。漠河的天气很给力，当天逛北极村还是一片艳阳，漠马开赛则浓云蔽日。此番漠马，是漠河首次夏日办赛，赛道两侧，漠河市民带着新奇热情地为跑马人鼓劲加油。5 公里后，赛道转到郊外，则是长长的慢坡，两个关门兔不断地鼓励或告诫身边的跑马人，或是合理分配体力，或是降速改跑为走。临近终点，则刻意压住速度跟在精疲力竭的跑友后鼓励加油，为的是避免跑过增加其冲关压力乃至丧失信心。

终点前一公里，离关门时间还有 6 分钟，夜色中，"双臂摆起来，幅度再大些!"赛道边一位大姐焦急地朝赛道上一位蹒跚大哥不住地喊。

"您能慢点儿吗?"终点前一小妹恳切道。"加油啊!还有十秒了!"

5小时59分58秒,两只兔子和赛道上最后两个跑友紧贴着关门时间顺利通关。

"兄弟,我是沈阳的,刚才那个是我老公,我跑过终点好半天,他还没出来,急死我了!谢谢你的鼓励。"夜色中,感激的大姐一定要留下电话号。

志愿者给挂上奖牌,领取完赛包,随着我返回宾馆,漠马也宣告结束。这也意味着我已完赛人生第26个全程马拉松,完成了第14个官方配速员任务。

宾馆楼下小卖部,奔跑6小时后,焦渴的我,连吃4根加格达奇雪糕。店主大姐看到我的跑步装束和兔子头饰,连连说,你为漠河做贡献,雪糕免费。

30日早,吴宝春把我连同牡丹江跑友送上漠马组委会安排的专列,临近中午,相邻铺位的七台河宝清县跑友热情邀来把盏共叙跑马情谊。

伴随着滚滚车轮,车窗外,几百里不见人迹,纯净剔透的山川河流、草原绿树构成一幅幅优美画卷,与车厢里的欢声笑语、开怀畅饮和谐交融,隽永悠长。

2019年7月1日

跑过包头首马

　　"毛巾做帽子"，儿时最常说的这条谜语早早地让包头这座城市在头脑中留下了烙印。跑马识城，是跑马拉松人认识和亲近一个城市的动力和方式。一看到包头秋季举办首届马拉松的推文，让我对包马产生期待，打开坤宝体育招募包马官兔的启事，不假思索地填报了自己的信息。差不多开赛前20天，自己精美的官兔照片就被包马公众号推送出来。

　　8月16日晚，登上前往包头的火车，第二天上午北京换车，出发时匆忙，充电宝遗忘。离开手机导航，这对于夜间到包头这个陌生城市寻找十几公里外宾馆的我来说将是难以想象的。听到我的情况，火车上，邻座的一对母女与对座的大学生纷纷拿出自己的充电宝，解了我的燃眉之急。晚9点半下车后，夜色中，大学生又把我送上出租车。包头奥休中心领取参赛包截止时间是晚9点，但是我到达已经晚上10点多了，工作人员热心地为我配齐了参赛装备由同寝兔子代领。临近夜半，又远在郊外，只能寻一共享单车，到达官兔下榻宾馆已是午夜，同寝的兔友张建芳从被窝里爬起来把装备交给我，并详细讲解兔子见面会上提出的各项要求。

18 日凌晨，不到 5 点，起床洗漱排空，餐厅自助，整理装备。不到 6 点，宾馆门外原来约定的接驳大客车未见踪影，此时由于赛事封路，到赛事起点近 5 公里路程除了步行别无他法，只是若花近一小时步行耗费体力不说，赛前的兔子活动及热身都要泡汤了。还是北京兔友贾榜先机灵，经上前求助和层层请示，路旁的警车载着 4 个官兔穿出道道关卡，开赛前一小时直接抵达赛事起点旗门。

首届包头马拉松筹备工作足工足料，堪称完美，赛前宣传有声有色，公众号在赛事当天的赛道地图上竟然标注了每个时段的气温。开幕现场更是气氛热烈，距离很远就能听到主持人的倾情鼓动，领操员的规范引领调动着跑马人的情绪，主席台上一众音乐人的马头琴齐奏《万马奔腾》，通过现场音箱推送，更是把气氛推向高潮。

临近 7 点半，万人唱罢国歌，众人随主持人倒计时，三、二、一，众多令枪齐响，15000 跑马人从奥体中心滚滚涌出。

包头的赛道太好了，既宽阔又平展，全程感觉不到有坡路，且树荫掩蔽。沿途两侧，热情的包头市民呐喊加油，从头至尾，由始至终，都能感受到真诚的助威。

赛事补给充分，5 公里开始就有饮料供应，香蕉、蛋糕、榨菜、小柿子、西瓜、能量胶等等，我作为 530 兔子，在每个补给点都没见断档。

赛事计时点繁多，每个折返点都有计时踏板。

由于组委会赛前兔子见面会特殊要求，530 配速组 5 只兔子严格按既定配速行进，每个时段，大家都互相核对时间，赛后成绩显示，包马官兔跑出的时间与标准时间相差无几。

二十几度初秋天气，对享受假日的人们是难得的好天，但对于马拉松比赛，有些差强人意，特别是中午前后，已达28度，对奔跑40多公里的人是个考验。临近终点，530配速组5兔子只剩三只，在主持人及观众的加油鼓励中，三只兔子牵手高举，迈过旗门，完成使命。

由于买好了晚5点50由呼和浩特返程的机票，所以必须坐上下午2点30由包头出发的火车。只是马拉松全程下来就一点半了，领取完赛包，收拾妥当，距火车开车仅一小时多点。十几公里路程，道路仍在封闭状态，成事只能在天了。万般无奈之际见一小摩托在路旁，上前询问，方知是跑友弟弟来接跑完马拉松赛的哥哥，忙上前求助，戴着号码布的哥哥告诉弟弟：赶快先把哥送去吧！临走又叮嘱弟弟：不许收人家钱啊！这个叫钱玉磊的弟弟按哥哥钱玉明的要求，载着我一路行驶在封闭道路的人行道上，一直把我送上包头师范学院门前的出租车。

提前半小时到达包头站，这时才得以舒坦地吃喝雪糕和饮料。经历了25场全程马拉松比赛，完成了15场马拉松官兔使命，虽然很多场景已经见怪不怪，但是包头首届马拉松还是让我印象深刻。尽管不能把话说满，但是我要说包马是堪称完美、不一样的马拉松。特色包头和淳朴的民风是值得一去再去的城市。

2019 年 8 月 19 日

（该文于 2020 年 1 月 20 日在包头首届国际马拉松赛美文摄影大赛中获美文类作品三等奖）

再战哈马

哈马是个梦，2016年哈马首届初办，立即在网上和跑友口中掀起如潮好评，被誉为国内马拉松"零差评赛事"和"小东京马拉松"。2017年有幸参赛二届哈马，从领取参赛包时，志愿者帮助系上红领巾，到参赛时规范的秩序、英姿飒爽的警花、环绕整个赛道热情而特别的音乐歌舞加油站，更有整个赛程连绵不绝、琳琅满目看不完、吃不尽的各色吃喝补给，赛事组织细致程度、暖心的人文关怀，让人感动得直想哭。一个数万人参加的业余体育竞赛居然可以办到如此令人刻骨铭心的程度，不是置身其中确定会出乎意料。

虽然是初次涉足全程马拉松，头顶是滚热的大太阳，半程过后就已经举步维艰，腿如灌铅，花了5小时36分钟，艰难熬到终点后，脚上磨出晶莹剔透6个水泡，人已半瘫，但是心情畅快无比，为的是在这美丽的赛事环境中突破了自我，感受到了更好的人生历练。

首次哈马难忘的经历，促使我对马拉松产生了梦幻般的全新体验，激发了我倾心跑马的内在动力。以此发端，此后两年，我连续跑下全国各地举办的全程马拉松比赛24场。在我的心目中，哈马仍然具有不可撼动的崇高地位，通过各地参赛的体验和比较，我觉得在赛事组织、赛事补给和跑友感受上，哈马独树一帜，精工细作，少有匹敌，各大赛事无出其右。由于哈马声名鹊起，全国热捧，次年抽签不中，今年又报，幸运得中。

只是今年以来，网上爆料，哈马组委会与运营商尚无着落，开春以来，两家南方运营商均未谈妥，开赛前两个月才确定由当地城投体育公司担纲运营此番哈马。

8月24日，随同吉林云动力跑团的大客车，与同车跑友驱车5小时来到哈尔滨国际会展中心，通过哈尔滨马拉松博览会领取了参赛物资，入住丽枫酒店，跑友聚餐后，又逛了防洪纪念塔附近的松花江夜景。

8月25日早5点，安睡一夜后被同寝跑友李海国叫醒，洗漱进补后乘79路公交抵达赛事起点中央大街北口，"看，人家这才专业呢。"随着李海国的眼光望去，一个身材颀长、甩着马尾辫的姑娘正在赛道边跑动热身。"安静!"待姑娘转过身来，我一下认出这就是3万哈马运动员参赛包画片上的跑马女神焦安静。听到有人大喊她的名字，小姑娘停下了脚步。

"这次比赛有啥目标?"话一出口我自己都感多余，在国内赛场上，近年来只要焦安静一出场，国内女子冠军就轮不到别人了。不想小姑娘倒腼腆了，"也没啥目标，就是跑呗。"小姑娘扑闪着双眼喃喃道。赛后，不出所料，虽然状态不佳，这位24岁的大学生还是又将哈马国内女子冠军收入囊中。

近7点20，赛道旁宾馆如厕后，进入赛道，此时只能排在万人马拉松参赛队伍的尾部，距开赛旗门有近200米，主席台情况和主持人声音完全隔绝，现场只能看到周边跑友在交流以及头顶上用于央视直播的直升飞机嗡嗡地盘旋。

7点半一过，赛道前方人流开始蠕动，等移动到旗门口时，时间已是7点36了。

哈尔滨号称音乐之都，哈马赛道边的音乐加油站很是给力，耳熟能详的传统吹奏乐曲很是提气。哈马的补给仍是一如既往地丰富多彩，哈尔滨特产哈红肠、大礼包、格瓦斯再加上传统的饼干、蛋糕、香蕉、黄瓜、葡萄干、榨菜丝、能量胶、西瓜等不一而足。20公里阳明滩大桥还专设一台俄罗斯美女向跑马人招手加油，引来人们或驻足拍照或挥手回应。

今年哈马的天气太虐了，开赛伊始，晴空朗日。接近中午，迫近30度的温度让人很吃不消，接连看到几个跑友倒地，急救车呼啸忙碌。更不妙的是赛道后程几个补给点的饮水饮料断供，医疗点消炎喷雾剂也告罄。赛道上越来越多的跑友加入漫步大军。

原来曾梦想创造PB的我，碍于头顶热度和因7天前跑下包头马拉松而变得不争气的双腿，不得不在35公里改跑为走，只是进入太阳岛终点前才又跑了一公里。4小时43分19秒，最终以在我26场全程马拉松之中第五的成绩结束二战哈马之旅。

走出旗门后，享受了组委会安排的冷水泡脚，领取了赞助商的马迭尔冰棍和西瓜，本想再去品尝现场锅煮的绿山川水饺，只是天不逢时下起大雨，完赛跑友挤进去避雨，把煮饺子挤黄摊了。

二跑哈马，以我3年来50多场马拉松参赛体会看，哈马仍然是有其特色，精力和财力也很给力，赞助商热情高。加上得天独厚的环松花江赛道，以及热情的冰城人，在跑马界仍是一杆难以撼动的大旗。

2019年8月26日

长白山马拉松医疗志愿者小记

初秋的长白山，澄澈碧蓝的天空、晶莹飘浮的白云，下面是层峦叠嶂翠绿鲜明的连绵群山。想想这样的景致就让人激动。

2018年，抚松长白山马拉松首办，我曾经担任该赛事215配速的官兔，美好的景致、舒适的赛道以及温馨的赛事组织都让我难以忘怀。今年看到该赛事的报名消息，毫不迟疑地报了名。开赛前十几天，经跑友联系，我又入选赛事医疗志愿者，入群后，王世成老师告诉我，这次是固定岗位，不能参赛跑步了，我答复：没关系，参加就好。

8月30日，王世成带着11名志愿者乘面包车从吉林市火车站出发，沿高速公路驱车5小时，晚5点半抵达抚松县城，入住一家小宾馆。晚饭后，王老师给志愿者们进行了简短的培训。第二天一早，早饭后，全体志愿者乘车来到长白山上的鲁能圣地庹假村，这里是抚松长白山马拉松的起、终点，志愿者们在旗门前集体拍照后，分别骑山地自行车奔赴各自责任区值守，到岗后，用步话机报告。

9点一到，步话机传来消息，令枪响起，此后每个值守点分别报告赛事进展及运动员通过情况。我负责的是赛道6公里及折返17.5公里，此处恰好邻近一处补给、医疗点，旁边还有一救护车守候。开赛

20 分钟过后，赛事前导车引导前三名运动员通过我所在值守点，由于是小赛事，没有大牌运动员，所以运动员的奔跑速度不算快，竞争不太激烈。半程马拉松限报 1000 人，参赛 600 多人。等跑过 100 多人后，竟有十几人有抽筋或肌肉拉伤情况，我紧张地用云南白药气雾剂为这些运动员进行了喷淋治疗，半小时后，有一个年轻运动员摇晃着身体被医疗点救护人员扶上担架，该人称胸闷头晕，经诊疗观察并服下葡萄糖等补给品后，又感腿部紧张，我给其喷淋云南白药后，稍有缓解，又向前跑去，后来据了解被前方志愿者劝下。原因是该跑者未曾有过半程马拉松历赛经历，并对自身能力估计不足，对身体情况也不了解，易发意外。

中午 12 点，三个小时的赛事关门，整个赛事由于长白山区阴云笼罩，阵雨频频，加之赛道平缓，所以，无论跑马人还是志愿者都度过了惬意的小半天。我也是跑马 3 年来首次以赛事维护者的身份在赛道边，为跑马人加油或是劝诫或是点拨，真诚地付出了热诚。虽然没有热汗滚滚和肌肉酸楚，没有征服后的快乐，但是看到跑马的兴奋和满足，自己也收获了充实，体会了参会不参赛的成就，又结识了一批跑友，收获了新的友情。如此，不虚此行，不枉一赛！

2019 年 9 月 1 日

双金太马热太原

　　太原马拉松，孤陋寡闻的我原来了解得不多。年初跑厦门马拉松时，逛马拉松博览会，恰值太马展台发优惠票。看到周围的人都在买，我也跟风花 80 元买了 2019 太马的参赛名额。后来看到网上宣传说今年已是国内金牌赛事的太马诞生整十年，新近又被评为国际金标赛事，成为国内第十个国际金标马拉松赛事。太马今年的宣传口号是：双金太马，十全十美。由此，我对今年的太马充满了期待，也暗暗庆幸厦马博览会优惠买了其参赛名额，省去了抽签不中之忧。

　　近来适值多事之秋，琐事繁多，所以订了开赛前一天的机票，只是几个小时后，直到飞机落地，抵达太原，但下榻的旅店仍没着落。

　　乘坐动车到达太原南站已是晚上近 6 点，公交车到达太马参赛包领取处——太原长风商务区国际展览中心，已是夕阳西去。展览中心门前马路打听一位小伙，恰巧他也来领参赛包，小伙子告诉我他是晋中榆次人，叫苏鑫，这次来太原是他的第二场马拉松赛，我就势问起住宿，苏鑫告知住朋友处，知道我住处还没着落，小伙子说朋友是开旅店的，电话联系后，刚好可以安排住，问多少钱，小伙子说住他上铺不用钱。

9月8日，早上5点50，苏鑫喊我一同吃饭后，共享单车骑行4公里，来到赛会集结点。

太原国际会展中心场地很宽阔，存衣点由几十个围着会展中心场馆的帆布棚组成。一进会展中心，院里是一排简易厕所，场馆南门外的公路就是2019太马起、终点旗门。

我于开赛前20分钟到达起点，现场听不到主持人互动，没有喧闹的音乐和领操员热舞，感觉有些冷清。热闹的是简易厕所外长长的队伍，开赛前10分钟，每个厕所外仍旧有三四十人排队。7点半一到，赛道前段人流开始涌动。此次太马实行分区站位，位于C区的我走到旗门，已是发枪后的7分半钟。

太马的赛道是全程环绕汾河环河大路设置，赛道宽阔平坦，除上下桥略有坡路，整体平缓，包括起点出发没有拥堵现象。由于太马赛道环河大道远离中心城区，因此，观众稀少，赛道两边也无节目表演和宣传站，除了一家饮水商家，再无赛道上的商家补给站。赛道补给仅见香蕉、榨菜、小柿子和一处能量胶，此外始终未见其他。

今天太马唱主角的是高温天气。早上出发不到20度的温度还好，两个小时后，太阳公公发威，及至中午，气温已超30度。正像前一天组委会短信告诫参赛者的那样，绝大多数跑马人被炙烤得都放弃了PB，长长赛道上，涌动着红色漫步大军，与此对应的是饮水饮料的大量消耗。为了抵御酷热，跑马人不仅大量饮水，而且不断用整瓶饮用水浇在头上来降温，以致27公里补给点的饮水出现断供。

面对酷热"考验"，坚持25公里跑动后，我尝试走走缓解。哪知思想一放松，就一泻千里了，两条灌铅的腿再也跑不起来了，415、430、445、500，一拨又一拨兔子在我身边跑过也不为所动。直到最后，41 公里处，530 兔子跑过，这回我才跟着跑起来，最后超过兔子以 525 完赛。此次跑马在经历的 27 个全程马拉松赛事中，是最累的一次，走的竟比此前历次马拉松跑的还累。

2019 年 9 月 8 日

再赛双金衡水湖马拉松

衡水湖马拉松自 2012 年首办，当年就被中国田协评为银牌赛事，此后连年被评为金牌赛事。2017 年被国际路跑协会评为金标赛事，此后一年一个台阶，次年被评国际银标，今年又被评为国际金标。

衡水城市不大，也不算发达，主城区路边竟然可以看到平房。但是这是个不甘平庸的地方，早年是通过闻名遐迩的衡水老白干高度美酒驰誉全国，此后则是名震海内的衡水高考奇迹让人对其刮目，而后来居上的衡水湖马拉松近年则让国内外跑马人对其趋之若鹜。

好像与衡水湖马拉松有缘，2018 年衡马为争取国际金标首次招募赛事官方配速员，我就被聘为当年衡马的 500 官兔，衡水马拉松给我留下了美好的回忆。出于跑马识城、一地一赛的跑马理念，2019 年我并未报名衡马，看到衡马组委会招募启事，抱着试试看想法，报名急救跑者，不想又意外得中。

开赛前一天，乘火车抵达衡水，自衡水站乘公交车来到衡水市体育馆领取了参赛物品，当晚出席了衡马组委会的急救培训。

9 月 22 日，是衡马开赛日，早上 4 点半起床，洗漱进补后，与同寝北京跑友徐庆水一同打车到站前乘上赛事安排的接驳大巴。衡马组织工作很精细，五六十辆接驳大巴在站前马路上两列排开，等待前去参赛的跑者。5点45分，警车开路，大巴驱车半小时来到赛事起点衡水湖马拉松广场。

马拉松广场是衡马的起点和终点，衡马多年的锤炼，赛事设施布局合理，现场主持人通过大功率音响设备激情介绍赛况并不断与跑者互动，据介绍包括中国田协主席等要员莅临现场，由于是国际锦标赛，吸引了国外高水平运动员，国内马拉松顶尖好手也大部到场。现场用于央视直播的直升机嗡嗡盘旋在上空，7点20分钟，全场两万跑马人国歌唱罢，倒计时过后，准时发枪。

衡马的赛道太好了，围绕衡水湖设计，全程宽阔平坦，无一处拥堵，无一处明显坡路。当天衡水的天气也给力，开赛之初曾雾气腾腾，随着赛事展开浓雾散去，但兴许是星期天原因吧，太阳公公始终被厚厚云层包裹着睡懒觉，直到开赛两个小时后才偶尔露峥嵘，湖畔的树荫和凉风不时给跑马人送来丝丝惬意，赛道上大约每5公里一处喷淋点也发挥了作用。虽然赛道不经过主城区，观众略显稀少，但是经过衡水中学等院校，道路旁学生们的卖力加油让跑马人动容，几处路旁吹奏乐队的《运动员进行曲》等气势磅礴的音乐鼓动则更催人奋进。衡马的补给很充分，供应点间距合理，还能看到有补给车在给供应点补充饮品，这与其他赛事补给站因物资储备不足、补给不及时，导致备品短缺的情况形成了鲜明对比。

赛后通过旗门后，志愿者发给完赛跑马人的赠品异常丰富，饮料、饮水、牛奶、面包、香肠、榨菜、黄瓜，还有干果、能量棒、浴巾、纸巾，另外有一个精美首饰盒里面装个小瓶瓶，恕我眼拙不知何用。

为了不误第二天上班，所以为赶火车，我没去服务区设置的完赛按摩和冰浴，但是在返程车上，听到的，都是衡马参赛者对本届赛事满满的赞誉，包括精英选手以及身边的跑马人，很多人都 PB 了自己的成绩，我取得了 434 的全马成绩，虽然这个成绩在自己完成的 28 个全程马拉松赛事中，排在五名之外，但是基于自己跑量见拙又赛事频频也算可以接受，此外，虽然后程掉速，但自己全程跑下，也可欣慰一下。

　　一个人做点儿好事不难，难的是一辈子做好事。一个赛事冒了个高，惊艳世人也属寻常，但年年有新意，届届都提高确是不易。衡马，作为一名跑友，我乐见你不断前行，为全国马拉松事业树起标杆，在给衡水增色，为地方发展提供动能的同时，像衡水中学培养英才那样为跑友提供更贴心的舞台和更惊艳的运动感受！

　　加油，衡水！

　　衡马，再见！

2019 年 9 月 23 日

感受郑州马拉松

郑州马拉松跑过快一周了，时光流逝，睡去醒来，身体早已恢复常态，但郑马的体验仍不禁久久回味。

中华腹地，九州之中，十省通衢。优越的地理环境让郑州成为当仁不让的国内中心城市。2018 年，郑州首办马拉松，就在网上和跑圈引起轰动，当年就被中国田协评为铜牌赛事和"特色赛道"。由于郑州是尚未到过的城市，郑马也是我最为向往的赛事，网上 2019 郑州马拉松报名伊始，我就报了名。8 月下旬，收到郑马组委会的中签通知短信。

毕竟是中心城市，10 月 12 日，开赛前一天，从郑州新郑机场乘上地铁，仅换一次地铁，一小时车程就抵达中心商务区，也就是郑州国际会展中心，郑马参赛包领取处。出了地铁站，宽阔的街道及两侧现代化建筑群展现在眼前，其中，一个浑圆形建筑突兀矗立，在众多建筑的拱卫中独树一帜，"大玉米"，几乎不用介绍就可以猜到这个郑州的新地标。

领取完参赛包，入住在网上订好的旅店。可喜的是，旅店就在开赛起点的过道。窗外楼下就是赛道和国际会展中心。

开赛当天，早上醒来，从容充分地做好准备工作，离开赛30分钟，下楼来到赛道。郑马是国内少有的央视"奔跑中国"系列赛之一，赛道上直升机在天空盘旋，来自40多个国家的26000名运动员按项目和配速段聚集赛道各自位置，或热身或交流，郑马红色的运动员服装让宽阔的赛道涌起鲜艳的洋流。

7点半一到，随着令枪响起，跑马人流通过旗门涌出计时毯，郑州城市道路宽阔平展，道路两侧建筑不算高大，但是厚重沉稳。当天十几度的气温很宜人。赛道边的补给充分不论，标识醒目又温馨，遇到折返，每隔100米就有提示牌。半程过后，赛道转进老城区，让人领略了郑州城市的传统风貌。古建筑、二七纪念塔似乎向跑马人讲述这座古城沧桑的往昔岁月；现代化的立交桥和过河桥则昭示着现实的变革与腾飞。随着时间的流逝，气温渐高，双腿越发沉重，跑到立交桥上坡，似乎双腿有抽筋前兆，不得不改慢跑变快走。观察一下，身旁的跑者抽筋减速以至赛道上漫步的也多了起来。

430后，总算接近终点了，腿部紧张似乎缓解，余力尚存，于是蹽开步冲过旗门。随即收到短信，告知成绩451。郑马的赛后物资较充分，奖牌设计也奇巧。郑马把百家姓运用得巧妙：赛道上有背着印有各门姓氏的刀旗，终点后的路边陈列着姓氏大鼓，连奖牌也独具匠心，为每个完赛人员配发姓氏金属贴片，可供其粘帖在奖牌之上。

取了完赛包，脖子上挂着金灿灿的奖牌，两列男女大学生志愿者夹道欢迎每个完赛的跑马人，让疲惫不堪的跑者重新燃起了动力。

下午4点多在旅馆洗漱整理完毕，返程路上，郑州地铁全天免费对持有号码布的跑马人开放。地铁站设置了专门通道，让赛后的跑马人享受英雄般的尊敬。

匆匆忙忙跑郑马，蜻蜓点水识郑州。大气城市、热情市民、温馨赛事、震撼感受，让我难忘郑州，难舍郑马。零差评的郑马，2020 年，咱们再会！

2019 年 10 月 18 日

六安短马兔子记

金秋十月，收获季节，近年来国内风头正劲的马拉松竞赛也正多点开花。10月20日，是个周日，据介绍国内当天有30多个城市同时举办马拉松。本来在网上评论获奖唐山马拉松免费参赛名额，可又接到安徽六安马拉松入选10公里短程马拉松官方配速员的通知，纠结了一阵，最终确定去六安当官兔。

跑马4年来，历赛56，官兔18次，但10公里还未正式参赛过，况且又是短程配速员，冲这个新鲜劲，也值得到六安这座陌生的城市来体验一番。

10月19日，火车到达六安已是下午，没赶上兔子培训会，网上让同一配速组还未谋面的孙颖代领参赛包。来到组委会安排的伯爵宾馆317房，同寝跑友边新春告诉我：刚才培训老师专门介绍你了，大家还报以热烈掌声呢。

六安城市不算大，六安马拉松赛事上万人规模。其中全程2000人，短程10公里5000人，而我就是10公里60分钟的配速员。10公里短程项目设官兔领跑配速，这在全国马拉松赛中实属罕见。

20日早6点，接驳大客载着兔子们来到位于河西广场的赛事起点，现场主办方为每个兔友分发了配速气球。几十只身着醒目头饰，头顶飘荡艳红气球的官兔成了赛道上亮丽的风景。兔子们集体照相、热身后与特邀的黑皮肤兄弟姐妹们站到参赛队伍最前面的旗门下。没有煽情的主持，没有冗长的嘉宾介绍，甚至连齐唱国歌也省去，8点一到，准时发枪。

六马的赛道是沿着淠河延展，道路虽不宽阔但还算平坦，早上的气温凉爽舒适，6分钟的配速正是舒缓的跑步节奏。短程60组配速员4人，除了我之外，另三位是当地的美女，分别是谢娟、孙颖和张云芝。虽然没赶上赛前培训会，但是想到伙伴们告诉过我被任命为小组主配速，心头不时涌起一种莫名的责任感。小组长谢娟也同大家说：要做就做好啊！4只兔子互相照应着向前奔跑。进入市区段，围观市民阵阵热情洋溢的鼓励呐喊声，让姑娘们不由自主地加快脚步，我则适时嘱咐身边兴奋起来的兔友们：别受场外加油的影响，压住速度，大步改碎步，靠近标准时间来跑。不觉间，赛道跨过新安大桥转入景观大道，抬眼就看到终点旗门了，刚刚热身就到终点，汗还没出透就完赛了，这个比赛还不如平常家里跑步过瘾。旗门后拍照时，过来个小伙子告诉我，一过5公里开始跟着我，一直到结束才松劲。担任官兔，看重的除了主办方的食宿安排、行头加身及形象展示，更重要的是施展自身影响，带动身边跑者愉快平稳地完成目标，同组委会一同保证赛事的圆满完成。

返回路上，配速伙伴为我介绍六安的风景名胜，凡是有代表性的风光展示板前都为我照相。临分别时张云芝盛情邀请吃饭想为我饯行，只是因赶路时间太紧而婉谢。

跑一次马，识一座城，换一种心境，交一批朋友，丰富见识，紧致身形，这大概就是四年不懈，历久弥新，让我痴迷参赛马拉松的内心动因吧，经历过的事物大都有从新鲜到渐渐冷落的体验过程，唯有跑马参赛像初心初恋一样让人苦中寻甘，乐此不疲，赛道虽有终点，参赛却无尽头。

2019 年 10 月 21 日

体验舞钢马拉松

对于舞钢马拉松，原来不知晓，对河南舞钢也是一无所知，入秋后在网上看到舞马招募官方配速员就报了名，十一长假接到舞马全程600配速官兔入选通知。

10月26日，2019舞钢马拉松开赛前一天乘机抵达新郑机场，下机前电话询问组委会张君宝老师如何乘车，张老师告诉在机场休息室稍等下，会有接站车来。大约过一小时，接到电话让出门上车，乘上舞马组委会派来的商务车。车上除了我之外，还有一位外国小哥，英语问候，得知他叫马克，来自肯尼亚。

驱车两小时后，抵达距郑州200多公里的舞钢，入住大浪淘沙商务会馆。晚上7点，舞钢大酒店二楼宴会厅举办欢迎晚宴，舞钢市市长代表舞钢市领导热烈欢迎到会嘉宾并逐一敬酒致谢。

10月27日，是舞钢马拉松开赛日，由于开赛时间是早8点，起点又在下榻宾馆楼下，所以可以从容淡定地做赛前准备。舞马的规模不算大，全程、半程加上欢乐跑，总共7000人的规模，而站在赛道前段旗门下的全马跑者，连同特邀外国小哥、兔子目测不过几十人。没有大赛事的繁文缛节，也没有共唱国歌，市长致罢开幕词，主裁判枪令响起，运动员在记者们的长枪短炮下涌过起点旗门，站在前排的我竟第一个迈出计时板。

虽然是县级城市，但是舞钢市区的道路宽阔平坦。赛道两旁，人员也不密集，人们足够热情，特别是一群群孩子，或列成一排用稚嫩的声音加油鼓劲，或端上一杯杯水送到跑马人手里。赛道边，赛事官方补给站规模不大，但是路旁企事业单位的补给数量多，补给品也更充分。28公里处，我在赛道一侧跑过，另一侧补给处的几位志愿者拿着饮料和蛋糕跑过对面几十米的公路往手里送，告知已吃不下了，回复说那就拿着吧！

更让人动容的是赛道穿过尹集、武功两个乡镇，村庄里的乡亲在家门前赛道边摆上包子、绿豆汤以及家里的西瓜、鲜桃和梨子等吃喝热情招待跑过的运动员。村庄里的乡亲从皓首老者到蹦跳童子都对跑马人报以亲切的鼓励。值得一提的是，舞马赛道旁40多个里程碑是水泥铁柱永久固定的，可见舞钢马拉松的专注和用心。

出发伊始，一哥们儿跑过来，自报是福建人，在郑州工程结束后，特来跑个全马，看到我的关门兔气球，要跟着我跑下来。这个兄弟知识面宽广，从跑步减重说到风土人情，再聊经济国情，跑过半马仍谈兴不减，看到此兄精力充沛，而自己配速职责在身，便放任其加速前行，自己则"前不见古人后不见来者"地独行在空旷的赛道中。

28公里许，见一跑友一路跑一路掉速，被在最后面的我赶上，问之，称第一次参赛全马，已没劲了。问及趾间关节疼或抽筋否，回答否。告之跟住我吧，这个35岁的平顶山人硬撑着跟跑了十几公里，其间反复问能否关门前完赛，告诉他只要跟住包你完赛拿牌并超过一人。终点前3公里赛道大坡过后，该跑友将要泄气，问他3公里多远？不过是操场七圈，迈一步离终点近一米。还有一公里半了，告诉他仅操场三圈距离，抬头看着旗门跑，最后，此哥振奋精神，在旗门下超过我迈过计时板。赛后，这个叫肖彦超的跑友感激再三，称要不是您的带领，我的人生首马肯定不会关门前完赛戴牌，并要求合影留念。

大有大的声势，小有小的特色，大大小小的马拉松竞赛带动着马拉松运动，在彰显城市魅力形象、助推国人投身健康向上生活方式的同时，也是一张鲜明的地标文化名片，它在有形有式、有声有色地向世人宣示着当地宝贵的人文风貌，传递着人间大爱和淳朴乡情。也正因此，让千千万万的跑友跑马不辍，痴迷其中。

2019 年 10 月 29 日

北京马拉松初体验

北京马拉松，中国大陆上的第一个马拉松赛事，自 1981 年肇始，至今已连续举办 39 届。从人民大会堂前天安门广场出发，沿着长安街跑过新华门、军事博物馆，跑过海淀大学城，最后到达奥体中心"鸟巢"终点。首都赛事加之见证中华民族文明发端走向辉煌的路线，北马，是每个跑马人心中的圣殿，能够跑一次北马，也是千万跑马人魂牵梦绕挥之不去的梦想。然而，现实又何其残酷，2019 年的北马报名，除去赞助名额等"跑、冒、滴、漏"，剩余不足 3 万参赛名额，几天内，等待抽签的报名人数已达 16.5 万多。不出所料，自 2016 年起，我连续第四年收到开头文字"很遗憾"的未中签北马的短信。

幸运的是，中国马拉松大满贯确有公信，年初参加活动取得的名额，在李小强老师的关注下让我取得了此番北马的参赛资格。

11 月 1 日晚，登上吉林去北京的火车，卧铺车厢内，从穿着和谈吐看，大部分都是奔着参赛北马的跑马人。次日早下车后，竟有三四十位吉林跑友自发在北京站前广场集结合影。中饭后，乘地铁一个多小时，抵达国展站，去中国展览中心 W4 馆领取了参赛物资。

3 日早上 6 点，宾馆起床洗漱排空，消灭了参赛包里的康师傅碗面后，乘地铁去往前门站。此时的地铁车厢，成了北马专列，满满的都是跑马人，下车后黑压压的人群漫过地下过街通道。由黑渐明的天空飘着淅沥细雨，由于经过层层安检，人们一拨一拨地行进在正阳门下进入天安门广场。广场的宽阔自不待言，但北马的安检通道却狭窄拥堵，存包和如厕的人流都很拥挤，通往分区检录通道竟停放一台大客车，以致相当数量的 A、B 区跑马人直到枪响也未走到对应的候赛区。

起点赛道宽阔，拱门前赛道左侧竟有联排厕所，再次如厕排空后移到计时表前已是开赛 13 分半以后。迈过计时板后踏上赛程，不远处的赛道内侧竟停了一排小轿车，跑过 500 米，天安门城楼展现在眼前，人们纷纷驻足停留拍照，表情轻松地大摆姿势，让人不禁怀疑这还是马拉松比赛吗？有感于此，不由自主地掏出手机背对天安门按了两个自拍。而由东向西跑过天安门，道路左侧则是大批摄影师的长枪短炮对着跑者咔嚓不停，相信每个北马跑人都会在这里留下数十张以天安门为背景的影像。两公里后，跑马大军好像才缓过神来正式开始竞赛模式，宽广的单幅六车道长安街在轧面一样滚滚的跑马人流中也是满满当当。此时的北京人好像深藏在云层中的太阳一样还没醒来，长安街上，除了喧嚣涌动的跑马队伍，赛道两侧竟然很难看到观战的路人。5 公里许，补给点出现，饮水饮料沿赛道边排开约有百米长。此后每两公里半一处补给点，饮水饮料外，尚有香蕉、小面包、盐丸等食品，27 公里后还有两处康比特能量胶补给站。与国内其他赛事相比，足额足量，取之不尽是其特点。对比其他赛事赛程后段消炎喷剂早早断档，此次北马 26 公里处，身着黄色志愿者服饰的少女少男，手持喷剂瓶，赛道旁迎候运动员的队伍，目测有近百米长。赛道经过海淀大学城，赛事又逢周日，只是国内中小赛事标配的大批学生啦啦队，在北京马拉松却难觅其踪。中小赛事常见的音乐加油站北马也仅见一处。除了华夏幸福赞助商设置的啦啦队在赛道上多处展现外，未见其他加油助威队伍。

沿赛道连绵不绝每几十米一位戎装武警战士背对肃立，另一侧则是警服人员守卫，这倒是北马的另一独门特色。

北马当天是斜风细雨伴着10度上下的温度，像人们期盼的那样，淅沥小雨10公里后渐行渐远，半程过后已然放晴，只是太阳仍旧休假在浓云中。难得的气温、北马平坦的赛道加上充分完备的赛事保障服务，来自全国乃至世界的跑友们兴奋地享受着这美妙的比赛感受。

虽然出发时蹉跎些时光，又因天凉中途如厕一次，但经历过30个全马的我在北马赛事整个过程都很兴奋，30公里困难期也没有明显疲惫感。许是新中国成立70年庆典余韵未尽，北马由始至终充满仪式感和正能量，开幕式改齐唱国歌为共唱《我和我的祖国》，赛道上除了《歌唱祖国》《我和我的祖国》再有《志愿军赞歌》外，听不到其他乐曲。

35公里，来到最艰难时段，"雄纠纠，气昂昂，跨过鸭绿江"，雄壮昂扬而又熟悉亲切的音乐耳畔飘荡，身旁一列黑色装束的华为企业跑队高喊"华为华为，中华有为!"整齐划一地向前跑去。此曲此情，禁不住内心深处振奋起力量，脚步不由自主地加快了，跟跑5公里后，终点前一公里超过华为战队，还算轻松地完成了首次北马。4小时28分15秒，这个成绩在我4年来的30个全马中列第三位，如此天赐良缘，未能PB，心存小憾。

北马的赛事装备颇为大家风范，完赛包里仅饮料就有特仑苏奶、露露奶、能量饮料和两瓶水，包装精美、金碧辉煌的雕龙奖牌更是高大上，应该是平生见过最为精美的奖牌。

回宾馆时间尚早，就在完赛恢复区长长的补给台前喝了五六杯暖暖的姜汤。接着，又排队去做了冷敷和拉伸。赞助商华厦幸福的服务热情又周到，排队中有志愿者推车把面包和八宝粥送到手里，排到门口又递来香蕉和一罐水果盒让你在等候席食用，拉伸冷敷结束门口处再送一罐热乎乎的八宝粥。

回程路上，跑友们兴高采烈地议论刚刚的北马经历，得益于良好的天气、平缓的赛道和完善的服务，多数跑友都大幅 PB 了自己的成绩，而未闻伤病现象。

诞生帝都，领风气之先，荟萃精英，立潮头之最，北马虽不尽美，然非国马莫属。身为国人，心向北京，脚恋赛道，跑一次北马，方无愧跑者，无憾余生。

2019 年 11 月 4 日

马拉松赛事的小家碧玉

如果把北上广城市的大牌马拉松比作雍容华贵的大家闺秀，那么，550系列乡村马拉松则是特色鲜明、清纯可人的小家碧玉。这是我自2018年6月以来，四度参赛550系列乡村马拉松不同地区赛事的突出感受。经典的赛事体验、细致周到的人文关怀让人回味不尽，以致两年来微信头像始终是首次550霍林郭勒赛事的兔子照片。

10月下旬，网上看到2019年550浙沪半程马拉松官方配速员招募信息，一赛跑两省的新颖形式和550赛事的良好美誉令我不假思索地填报了自己的信息。一周后，接到赛事组委会吴永龙老师电话，告知已被录入为215配速兔子，并选定为兔子大队长，自己猜想许是因我4次参赛550马拉松，4次担任该系列赛事兔子的缘故吧。

11月16日，晚6点，经一天一夜火车及公交颠簸，抵达浙沪赛事起点所在地平湖市广陈镇。街路笔直平坦，两侧华灯璀璨、楼房错落有致，幽静而淡雅的镇容街貌，舒缓了一天多的旅途疲惫感。镇子东侧，殿堂级的农业服务中心广场处，从等候在那里的尹天老师手中完成了兔子装备和参赛包领取。

17日早7点，按与尹老师的约定，来到赛会起点附近，配合组委会进行了兔子团队气球分配、集中照相和带队入场。站在起点拱门排头，黑色空顶帽和白色长耳饰，头上飘着鲜红色气球，十几位兔友成了一道受媒体和跑友追逐的移动风景线。经过赛会主舞台上靓女热舞、男女教练员领操、全体人员共唱国歌等经典环节，三秒倒计时后，8点30分，令枪响过，来自8个国家的2500多名运动员涌出拱门，踏上赛程。

一出拱门，500米处，路边相继出现展示当地经济发展成果以及人文地标乃至浙沪马拉松历程的彩色造型，在阡陌纵横金色稻浪的映衬下，让人耳目一新。跑过的乡村和居民区，人们用喧天锣鼓、花伞秀以及旗袍队列等新颖形式增添赛事气氛。

从浙江平湖的广陈镇出发，跑到上海金山的廊下镇折返，浙沪乡间路面太好了，虽不及大赛宽阔，但清一色的新鲜柏油路平展整齐。路中间是红黄蓝三条延展线，路两旁是绿树掩映下的鲜花招展，再外面则是成片黄澄澄的成熟稻浪在跑者眼前掠过。十几度的"假阴天"天气，缕缕秋风送来田野的芳香，真有人在画中游的感觉。赛事的补给也做得到位，饮水饮料充足，香蕉、面包等吃食充分，学生志愿者密集排列且个个主动热情。

215兔子组4位兔友赛事过程中始终严格配速行进，对周围及追随的跑友，时时观其行听其言，叮嘱听从身体召唤，合理分配体力。作为兔子队长，我不时嘱咐兔友：要互相照应，彼此提醒，为赛事负责也给自己立标。最后到达终点，4只兔子携手冲过拱门，2小时15分00秒，这是赛后组委会发来的最终净成绩，与组委会安排的配速标准分秒不差，并且21公里的赛程，每公里均在6分半上下，完美地达到"赛道上移动计时器"的配速效果。

赛事完赛补给，特色毛巾、饮水饮料、香蕉、三明治，充分而经典。大气完赛奖牌，中间镂空圆环内套可翻转小牌，两面各刻有广陈和廊下浙沪两镇的画面，还配了带有微笑玩偶底部红色流苏的奖牌封套，这一口碑赛事才有的配置让本届浙沪半马堪称完美。完赛恢复区，设有冰敷和拉伸项目。拉伸的志愿者，手法娴熟细致且尽心尽力，为我操作约10分钟，两次擦去额上汗珠。

美丽乡村与特色赛道交织，三农文化与跑马运动相融，传统乡愁与现代艺术辉映，淳朴村镇与摩登都市无缝衔接，马拉松的节庆与狂欢何止于城市，在广袤的农村更有独特韵味和无尽的发展空间，为全民健康立标，为马拉松运动向乡下延伸探路，为全民小康助力，550马拉松系列赛做出了积极有益的开拓，也让如我之流的国内千百万马拉松小白、赛道跑渣、跑友有了挥洒激情、积极向上的广阔天地，这就是从冰天雪地的东北前来参赛浙沪半程马拉松的又一层感受。

2019 年 11 月 18 日

（2019 年 11 月 20 日刊载于"550 体育"公众号）

红色井冈山马拉松官兔参赛观感

　　跑马 4 年，历赛 60，已经过了凡赛必报阶段，中小赛事除非省内附近举办，其余路途稍远，一般已激不起兴趣去报名。北马之后，网上看到井冈山红色国际马拉松兔子招募和急救跑者招募两则启事，井冈山作为中国革命的摇篮，其名气在我们这代人中已不单耳熟能详，更是早已入脑入心渗骨入髓了。共和国七十周岁之际，在其成长的红色土地上参与并领跑一场马拉松该是挺牛的事吧。想到这儿，也没管招募条件是要在报名成功选手中选拔，就把自己的信息分别传了过去。一周后，接到井马组委会魏老师电话，问是否确定参加井马并担任官兔兼急救跑者，听到肯定回答后，魏老师让我加了微信并拉入井马兔子群。

　　11 月 30 日，飞到南昌转火车抵达井冈山站已是晚 6 点，到达组委会安排的红井冈大酒店入住后，来到井冈山市政府广场前的参赛包领取处取出了参赛包和官兔装备。

　　12 月 1 日，早 6 点 20 起床，酒店餐厅就餐后，步行来到百米之遥的红军大道赛事起点。兔子集体照全家福后，站在赛事起点拱门下，参赛队员前排。井马的规模不算大，全程、半程加上欢乐 5 公里的跑者总共一万人，现场没有直升机、无人机头顶盘旋，媒体的长枪短炮也见者寥寥，连主舞台旁的音响都很低调。7点50分，礼仪引领十数嘉宾上台，共唱国歌后，领导致辞。接着倒计时，8点01分，枪响开赛。

井冈山是江西吉安下辖的县级市，城区人口17万，放眼望去，城区被一圈苍翠的高山环绕，城区内市民不多，但街道宽阔，路旁绿色植被繁茂有序，红色元素小品随处可见。井马当天，天气阴凉、浓云密布、寒风阵阵，10度上下的气温，开赛时曾细雨霏霏，如此气象恰是跑马的上好天时，只是井马全程赛道半程过后，在城外部分，布满长长的慢坡，对跑马人的意志是个考验，当然也不是追求PB的理想选择。井马的补给，饮水饮料充分，半程过后竟有热姜汤供应，香蕉、圣女果、面包等吃食10公里后从不断档，17.5公里以后，能量胶、盐丸开始供应，且几乎每个供应点都能看到，如此补给即使国内大型赛事也罕有，堪称豪华配置。

由于下一站官兔选拔要求提交配速精准数据，所以自己在赛道上每公里均按标准配速衡量，同组兔友也都相互提醒，赛后看到兔子群大家上传的数据都很合规。

赛道38公里后，又转入市区段，路旁除了志愿者和安保人员，基本上没有市民观战加油，但是赛道宽阔平展，顺利跑下后，短信报告配速误差不超半分钟。

冲过终点拱门后，志愿者给挂上井马奖牌，领取了完赛包，待去找寻赛后恢复区，只见瑟瑟寒风中，整个现场除了存包处尚有几个志愿者孑然等候，其余赛后服务均人去棚空。

井马印象：

兔友们的热情让人难忘。出发匆匆，开赛日早上更衣，发现凡士林忘带，打开微信，兔友马绍辉在群里发来并配图提供凡士林帮助，由此救急让我免受磨皮之苦。兔友嘉禧一路为遇到的兔友拍照发到群里，让远道而来、素昧平生的我陡生温暖。听说我初到井冈山，500组朱志华给联系了好友导游。如此等等，赛事结束了，可兔友们热情的交流却刚开始。

井马完赛，酒店冲澡毕，同寝福建跑友林建如问：累吧？回答：能不累吗？这么冷的天，又这么远地跑来图个啥呢？回答：是哈！又问：下次还跑吗？回答：当然。两人不约而同哈哈大笑，挥手作别！

跑马识城，健身交友。通过马拉松涉足每个名称熟悉却未识风貌的城市，去见识情感相通的人不同的面孔和乡音，循着梦境去印证现实，又通过跑过的现实去填补或修正头脑中固有的印象。由此让平淡生动，让生活丰富。这或许是同我一样的众多跑马不辍、甘之如饴的痴心跑人除了健身塑形、调剂情绪而投身马拉松赛事的又一内心动因吧。

2019 年 12 月 2 日

跑马救援 莞窥识城

东莞，作为改革开放成效最显著的南方发达城市之一，曾因身边不断有人前去淘金而熟知。近年来又因其影响深远的新闻宣传而不断撩拨内心的探知欲念。临近年底，网上东莞马拉松套办亚洲马拉松锦标赛的消息吸引了我的注意，4年来几乎跑尽国内的双金赛事，能去跑一场洲际赛同时一睹东莞市井风情，该是不菲的收获吧！网上填报信息一周，爱救团李艳老师加了微信，征询意见后拉我进了莞马急救跑者群并确定为445配速组急救跑者。

12月21日，下午2点，爱救团在东莞市文化广电旅游体育局会议室对入选莞马的急救跑者进行了培训和心肺复苏操作考核，考核通过，再去东莞市中心广场附近的市图书馆领取了莞马参赛包。

12月22日，时值冬至节令，东莞气温早上约有十几度，6点半钟，天还没亮，酒店房间简单吃食后，步行前往东莞市政府门前的中心广场，也是赛事起点。随着人流绕过亚洲第一大的东莞市政府广场，来到赛道马拉松集结点。只是到了现场发现找不到存包处，咨询志愿者告知在一公里外的体育馆，此时离发枪时间仅余二十几分钟。跑到体育馆拦住已启动的存包车丢下参赛包，再跑回集结点，已听到主持人正引导进入齐唱国歌环节。

令枪响后，人流开始涌动，待我移动到起点拱门已开赛 3 分多钟。东莞的赛道很宽阔，赛事从始至终，基本是单幅四车道，路标和里程碑也都很醒目。赛事补给充分，除了常规的饮水和饮料供应充分有序，小面包、香蕉等不在话下，能量胶和盐丸也多处足量供应。应急医疗保障、音乐加油站、校区学生啦啦队等赛事组织都布置得当且有声有色。作为亚洲范围规模较大的马拉松赛事，此番莞马吸引了来自亚洲 28 个国家和地区的 600 余外籍跑者前来参赛。与其他国内大型赛事不同的是，莞马赛道上，虽然身前身后外国人明显出镜率高，却没看到有黑人选手。折返赛道看到领先的都是黄肤黑发跑者，曾以为是中国人，只是赛后的赛事报道才得知是朝鲜和日本人在领跑。

莞马当天，阴云密布，温度不高，加上道路宽阔，开始跑得很顺，曾一度盘算要 PB 成绩。哪知，半程以后，赛道不断出现长坡路，气温也节节上升，30 公里后，小腿肌肉紧张，到了 32.5 公里补给点后竟然跑不起来了，再次经历"跑崩"，不得不启动赛走模式，直到 40 公里折返，沿公路边匍匐了大批摄影师，面对长枪短炮装装样子吧，这才开始跑走结合，到终点前一公里，靠着近几年积累的身体基础和余勇跑个冲刺，4 小时 50 分，艰难完赛。作为急救跑者，整个赛程除了看到有一人抽筋，已有急救跑者为其拉伸外，未见其他需要救助的情况，倒是见到大批人同我一样 30 多公里后状态不佳，问其原因，多数称是气温增高，只是我知道我的原因很大程度是休息不充分，舟车劳顿加之前晚仅睡 4 个多小时。底气不足致后程崩溃应属难免。

莞马印象：

赛道宽阔，贯彻始终。赛事氛围营造得力，大型宣传板醒目且繁多。补给到位，能量胶、盐丸充分。外国人众多，目测盖过北马，却不见黑人选手。赛事保障齐全，医疗点、喷淋点足够多。赛后秩序好，志愿者引导明了管用，接驳车候车由志愿者引导按拨留置，满一车发一车。赛后恢复的冰水泡脚和按摩拉伸也组织得秩序井然。还有一个鲜明特色是摄影师众多，赛前博览会及赛后恢复区都见挂着赛事摄影胸牌举着相机殷勤热情的身影，赛道上更不用说，折返处、终点前成阵排列地或半蹲或匍匐地咔咔着。赛后在"跑团邦""跑步维生素""爱云动"三大主流马拉松照片应用程序中，每家都可以提取近百张赛事照片。

东莞印象：

小孩子多，年轻人多。坐一趟地铁，车厢里全都是年轻人和小孩子，以个人经历，全国少见。

城市包容性好。主街区高楼大厦堪比广深，街边低矮房子也不少，但看得出跟贫富无关。商家路人，普遍和蔼热情。

生活方便。东莞交通出行顺畅，道路宽阔，公交多得数不清，东莞车站两侧都有公交站，仅一侧就有两幅巨大指示牌标示各路公交，还有地铁运行。东莞的饮食等服务业更是便捷发达。

创业环境好，就业机会多。在土塘市场候车，站牌下就有两伙招工咨询。接驳车上，身为互联网行业小老板的跑友周思杰告诉我，200多万常住人口的东莞有大小70万家企业，其中外企就达10万家。

物价不高。原以为经济发达地区，财富流通热土，理应物价高企。东莞东站下车后，早上去土塘市场吃早点，街边小摊点肠粉一份，端上来，看到粉里还有鸡蛋和新鲜蔬菜，滴上小老板送来的醋搅拌，好看美味又好吃。吃完结账，"5块钱。"我不相信耳朵了，又问才踏实了。香蕉5元3斤、砂糖橘10元4斤。晚上，在鸿福路附近中心大街一间规模大些的餐馆，一桶饭、一盘烧茄子、一碟青菜又一小碗猪骨汤，微信付款17元。从东莞东的土塘市场坐公交一个多小时，过36站，车费3元。

宜居、宜业、宜游、秩序、向上，人际关系和谐顺畅。这就是东莞这块热土牢牢地吸引内地及海外人士奔赴投身其中，并加速其运转向前的奥妙所在吧！这也不难理解亚洲马拉松锦标赛在中国大陆除了北京就仅授予东莞一个地级城市承办的原因了。

2019年12月23日

普洱马拉松　赛小情意浓

把汗水和遗憾留在身后，带着梦想和希望奔向新年，这是热衷于跑马的我年终之际报名参赛的心愿。

进入 11 月，趣悦动体育等网站别具特色的普洱马拉松宣传吸引了我，七彩云南的绮丽风光让身处东北冰天雪地的我久久向往，而定档 12 月 29 日，新年前两天作为比赛日，又赋予赛事辞旧迎新的特殊含义。于是，看到普洱马拉松招募官兔的启事，网上申请后，普洱马拉松成为第 21 个确定我为赛事官方领跑员的城市马拉松。

原想确定官兔后，就是等待到时间去参赛了，哪知负责招募的李鹏飞老师把三十几个官兔入选人拉进一个普洱马拉松官兔候选群，由网名叫汤司令的教练老师负责考核，汤司令给候选兔子列出大榜，除了对官兔的理论测试外，每周还布置不同距离的路跑考试项目，要求队员上传每公里误差近乎苛刻的配速数据，并在榜上作出"标准""合格""过关"以及"不合格"的评判，一个月下来，经过层层筛选仅有十几人得以进入普马全程兔子行列。

12 月 28 日早，抵达天气凉爽、绿草如茵的昆明，昆明兔友高建平听说我首次来滇，召集同行人陪同我逛了附近风光旖旎、海鸥翩翩的洛龙公园。随后经高建平引荐，搭上赛事摄影师"一路向东"的私家车沿着高速公路奔赴300公里以外的普洱。

普洱的城市规模不大，却是特色鲜明，不宽的街路、不算高大的建筑，但是路旁热带乔木宽大叶脉映衬着傣族风情画面，以及大象造型比比皆是。

晚上5点，下榻的明朗酒店五楼会议室，汤司令为30多只普马全程和半程兔子进行了赛前培训，作为榜单排在前列的我再次被任命为配速组长。会后为兔子们分别照相并安排了自助晚宴。

29日早6点，兔子们酒店起床后早餐，6点半乘大客车来到赛事起点。正值早7点，在东北天已大亮，而普洱仍然是漆黑一片，仅靠赛事旗门照明及附近景区的彩灯引导人们的行动。兔子们在旗门下及主席台集体合影后，经过如厕、热身，开赛前集中在赛事起点旗门下，运动员队伍最前端。7点55，进入倒计时，全体共唱国歌，随着天色渐亮，8点一到，枪响开赛。

此番普马，是普洱第三届马拉松赛事，5000人的参赛规模，中国田协B类赛事。但是，赛事虽小，特色独到。一是赛事宣传，其画面从紫色基调到多彩多姿的云南民族特色造型让人过目难忘。二是少数民族歌舞表演、时装秀在赛道沿途布置，让人耳目一新。三是组织缜密，虽是小赛事，但是赛事保障由"爱救团"医疗跑者团队介入；赛事摄影由当下主流团队"跑步维生素"担纲；而官兔团队则是我被选21次官兔经历中，培训最严格的一次。赛事暖心亮点频频：赛事主持人从赛前互动到赛程当中始终精神饱满，慷慨激昂。特别是后半段，经历爬山越岭赛道折磨，早已体力透支的跑马人临近终点前，主持人在广播中喊着每个赛道上兔友的号码加油，听到此，精疲力竭的跑马人又振奋精神调动仅有的余力奔向旗门。当赛事行将结束，赛道上已见不到普通跑者，仅余一拨头上飘荡配速红气球的配速员向终点跑来时，主持人高喊：看啊！我们的600关门兔回来了，感谢你们为赛事、为跑友做出无私奉献，你们的到来为普洱马拉松画上圆满的句号！接着，组委会人员又把4位关门兔请上领奖台，为官兔颁发由礼仪小姐端来的荣誉证书，又特别为关门兔子分别披挂一条大红毛巾。

接到丰厚完赛包，打开后，除了吃喝物件外，还有一个精美的彩色包装袋，里面则是精致的普洱马拉松纪念徽章。这一细节，是极少数大型金标金牌赛事才能做到的。

正如汤司令在考核中所言，普洱马拉松的赛道确是虐人，15公里后，要翻过一座仰头才看得到坡度的山岭，30公里前都是长长的坡路，艰难跑下后，感觉从大腿到脚心随时随处都要抽筋。但是在赛道广播的鼓励中迈过终点计时板后，李鹏飞热情引导兔子组接受颁发的兔子证书，还关切地问候：坡路太多，今天辛苦啦！特别是志愿者给拉伸时，一跑友找到我称：在赛道上一直跟着你终于跑下来了，可以借你的气球照个相吗？当然！作为官方配速员遇到这些暖心的细节，身上的不舒服乃至疼痛此时都置之脑后了。

虽然是小赛事，虽然赛道艰难，赛后又没有回程摆渡车，骑共享单车返回，但所见跑友、兔友，疲惫中都是一脸喜气、一身满足。交流感受中，对普马赞扬有加而未曾听闻吐槽。

赛后，昆明兔友建议我到毗邻普洱的西双版纳看看。恰好，看到兔子群刘林邀请。于是，30日与刘林以及另两位同是贵阳人的兔友小曹、小黄，又约了顺风车主沧州人小霍的车一同在曼听公园、望天树景区及告庄夜市的游历中，迎来了2020年的到来。

今天已是赛后第三天，汤司令还在上传普马兔子在赛前集合的全家福。而赛事刚结束，"跑步维生素"马拉松摄影网站就已上传数万张跑友的赛道照片，此次照片的精彩程度是我4年跑马，60余赛事中最为出色的。因此，恰值新年伊始，选了一张一路向东拍摄的照片换下了已两年未换的微信头像。

感谢普洱马拉松组委会，让普洱惊艳登场，为跑马人带来满满的收获！感谢李鹏飞、汤司令二位兔子头对兔子的选择和培训，让兔子们既有提高又有成就！感谢各位兔友、跑友和志愿者，在各位的无私帮助和支持下，完满地体验了普洱马拉松，并带着美好的感受一同迈进新年！

2020 年 1 月 2 日

二〇厦门马　开年第一跑

周身疲惫，旅途劳顿，去一次沐浴桑拿，会让你身心舒爽，容光焕发。而工作繁重，生活琐碎，压力山大，那么，来厦门吧。

踏上高崎机场或是走出厦门站，你就走进梦中，走进画里。目之所及，高大婆娑的热带乔木、清新浪漫的宣传画、舒适可人又设置得当的便民设施让你目不暇接。环岛路上，或是随便你走到厦门岛的任意一处主要街路，道路笔直宽阔，主街两侧绿树鲜花隔着的是非机动车路，再外侧则是一排排高大棕色树干托举着黛绿的树伞向人们招手欢迎。厦门海滨，远处碧海氤氲，近处黄沙绵绵，三五游人彩衣缤纷点缀其间，繁花绿树的环岛路上，椰干树影里，温暖阳光下，吹拂着和煦微风。此情此景，画在眼前，人在画中，相信此时的你定会放空思想，宠辱皆忘，舍我其谁，飘然若仙。再看厦门街里，地下地铁通达，地上，宽阔平展的街道上，公交、小巴，一辆接一辆掠过，而路旁的共享自行车，黄的是美团，绿的是青桔，蓝的是哈啰，还有黑的公交（也是自行车），方便到伸手可及，舒适得让人始料未及。

许是与厦门有缘，近乎是抽签绝缘体的我，跑马4年，几大跑友必跑赛事，曾经北马4年不中，上马3年不中，独独厦马连中两年。

本次厦马，抽签首轮，本已落空，不想居然候补中签，让我平淡之心再起波澜。

自 2003 年首办起，此番 2020 厦马，已是第十八届。作为中国田协最早的金牌赛事和国际路跑协会在国内最早的金标赛事，厦门马拉松是业内公认代表着国内马拉松最高水平的几大赛事之一，而每年的开年第一赛又套办中国马拉松博览会，则让厦马又兼具中国马拉松赛事风向标的特殊意义。厦门优美旖旎的滨海风光、宽阔平直的环岛赛道、形象生动的马拉松小品点缀连同沿途特有的人文掌故都让厦马充满了让人寤寐求之的魅力。

元月 4 日，厦马开赛前一天，来到厦门，住进了井马兔友钟明良帮忙联系、距开赛起点 1.5 公里之遥的家庭旅店。午间小憩，下午来到厦门国际会展中心，领取参赛物品并顺路逛了第四届中国马博会。

5 日清晨 6 点 10 分，钟明良喊起熟睡的我，下楼用早点，骑青桔单车抵达会展中心厦马起点。厦马就是厦马，每次都有新变化，给人新感受。继一年前，运动员如厕设置男士小便大棚，此次起点附近除设间隔不远两处男小便棚外，又见两处女士小便棚，由此，常见的马拉松赛前顽症——候厕长龙——在此番厦马彻底寿终。作为国内参赛人数最多的马拉松赛，来自 41 个国家的 35000 名运动员，上一年厦马为提高赛事品质曾首创了三枪起跑先例，此番厦马更是根据跑者来源及报名速度从 A 到 K，分 5 枪发令，由此缓解了赛道拥堵、不同水平跑友互相干扰以及赛道补给补充的压力。此番厦马，再次引起了行业内外的重视，组委会按照国际路跑协会马拉松最高标准白金标水平打造，国内外高水平运动员云集、赛道完美、补给充分、赛事标识鲜明而具体。央视对赛事现场直播，厦马赛道边还设置多处大屏幕播放赛事精彩场景，让途经的跑马人心潮澎湃。

厦马当天，阴云重重，欲雨还休，太阳开启周末休假模式，始终懒在帷幕后与云朵缠绵。十几度的气温伴有台湾海峡吹来的缕缕微风，恰是最适宜的跑马天气。如此适宜温度，如诗如画的赛道环境，再加上此起彼伏的赛道加油鼓劲声让如醉如痴的五湖四海乃至全世界的跑马人体验了一场近乎完美的马拉松大餐。

许是近期赛事过于集中，身体尚未完全恢复，特别是上周日普洱马拉松的山路考验后缺乏休整，35 公里前后，速度渐趋放缓，甚至走了一段路，只是 41 公里后才象征性地跑了起来，最终，以 4 小时 43 分 38 秒的成绩迈过终点旗门，这个成绩在我 4 年来跑过的 30 余场全马赛事中仅及中上。

依据中国出协的数据，现今中国上规模的大型马拉松赛事已逾千余场，而要在此林林总总的赛事中卓尔不群、风头独劲，则要求硬件坚实突出，软件细致而周到。厦马正是如此，宏大的会展中心展厅，随处可见的引导志愿者举着英汉双语"向我咨询"标语牌，场内则是用透明围栏区分开参赛包领取、拉伸恢复、冰水泡脚三个功能区，万把人有序出入，毫无拥挤之虞。厦马各家赞助商豪气尽展：会展中心同一展厅内，康师傅展台把一碗碗泡好的方便面端给赛后的跑马人；青岛啤酒展台，一瓶瓶开盖的青啤让跑马人尽情畅饮。奖牌刻字、号码布塑封、厦马造型留影等赞助商服务更让人应接不暇。

无疑，18 岁的厦马以其不断进取的创新精神和对标国际最高标准的眼界，以及务实而接地气的作风，为自己赢得了广泛的赞誉，为慕名而来的全世界跑马人奉献了一道精美的马拉松大餐，也为 20 年代中国马拉松事业开了个好头。刚刚，又收到厦马组委会发来的短信：尊敬的厦马跑者，2020 建发厦门马拉松赛已于今日圆满结束。组委会感谢您对厦门马拉松赛的关注与热爱，后续成绩查询等相关事宜请持续关注公众号"厦门马拉松赛"。我们明年见！

是的，厦马，因为缘分彼此热爱，我们明年不见不散！

2020 年 1 月 6 日

珲春杨泡乡村马拉松赛后记

时至深秋，天气转凉，放在往年，这个时候正是国内各城市扎堆举办马拉松赛事的旺季，只是今年，自年初厦门马拉松以来，已足足大半年无大型赛事可参加。9 月下旬，北马线上马拉松系列活动开始报名，由于参加这项活动能获得抽取北马线下赛名额资格，故不假思索地报了名。北马活动要求 10 月 18 日报名者完成一场全马距离的跑步，恰巧看到网上有吉林省珲春杨泡乡的乡村马拉松比赛启事，于是顺理成章地参加了这场赛事。

10 月 17 日，与跑友李海国坐上通往珲春的动车，两个半小时的车程，抵达这个中国东北与俄罗斯相邻的边境小城。

崭新的珲春高铁站很有规模，站前广场规整且气派。出了高铁站，坐上 102 路公交。目之所及，宽敞的大街两侧都是整齐而有特色的新型建筑。公交下车，就到了网上订好的酒店——莱茵河时尚宾馆。宾馆办理入住 702 房。放下背包后，就去隔着几个街区的参赛包领取处——珲春宾馆。

珲春宾馆不算大，4 层楼的样子，在街边矗立着。宾馆没有院子，大门前立着一个展示板，几个跑友模样的人在摆着造型留影。宾馆大堂里，放着七八张桌子，志愿者们正在给三三两两的报到者分发参赛物品。领到参赛包，包内有一件红色 T 恤和一方号码布，再无他物。芯片检测完，领取参赛物就算结束。回首参赛历程，这是我 4 年来参加 64 场大型马拉松赛事中，唯一的乡村级别的赛事。

10 月 18 日，早上 5 点半起床，宾馆里吃了一碗泡面和一根香蕉，6 点半抵达珲春宾馆，乘摆渡车半小时来到珲春城外 15 公里的杨泡乡，乡政府门前公路便是赛道起点。此时，面向公路赛道的乡政府大院搭起的会场主席台下，披红挂彩的村民正在热热闹闹地齐声擂鼓，接下来便是各类歌舞表演。

赛事规模不大，按竞赛规程，全马 200 人、半马 400 人、迷你跑 2000 人，但从实际参赛人数看是大大少于预计数。比赛开幕仪式极为简单，主席台除了赞助商珲春工商银行一位女领导在讲话，后面仅站了三个人。女领导讲话后，按规程还不到开赛时间，约莫 8 点 20 分，就听一声枪响，人流开始涌出旗门。

整个赛道都是围绕杨泡乡的乡道设计的，沿途串联起全乡 7 个村子，道路多为平整的柏油路，除了十几公里处有一段不长的山坡外，都是平展展的田间公路。秋收的诱人景色以及斑驳烂漫的山景稀释了跑友的劳顿，特别是十几度的气温，温煦的阳光轻吻着面庞，飒爽的秋风恰到好处地给跑马拉松人送来阵阵清凉，真是跑马拉松难得的好天、好景和好赛道。

赛道上的志愿者都是身穿红马甲、臂戴红袖标的大爷大妈，半路上曾问一银发飘飘老妪年龄，老人答：83 了，在家也没啥事，出来站吧！赛道整个围绕森林保护区行进，自始至终总能看到"东北虎豹国家公园"标志，还有几处设有"野生动物出没，请缓行"的行车提示牌。联想前不久网络上报道有东北虎大白天在公路上遛弯,不知组委会是否考虑这一因素。

按赛前看到的竞赛规则,此赛每 5 公里有补水站,每 10 公里设补给食品站,只是落实并不好。10 公里处除了水和饮料无其他补给,20 公里以后,仅有少量小块苹果梨或香蕉段,整个赛道全程也未见到面包或蛋糕类的食品,更别说能量胶和盐丸了。赛前几天自己曾有伤风未愈,比赛当天早上还涕泗涟涟,为此,特意把卫生间的手纸带上一卷塞进腰包,只是跑起来微微出汗,竟没有鼻涕了。也许是感冒作怪,也许是赛前休息不足,过了半程后,小腿开始发紧,跑马的经历告诉我这是要抽筋,于是开始改跑为走。直到 35 公里后,小腿逐渐缓解,才又尝试着跑起来,进入跑走结合模式,最终以 530 艰难完赛。赛后志愿者给挂上一块奖牌,又领取一袋完赛物品,内有一瓶水、一个小面包、一个苹果、一小段香肠和一袋榨菜。

一天的跑马结束,回程的大客车上,跑友们对这次比赛谈论中竟然无人吐槽赛事的组织和补给,更多的是交流跑步的感觉。我也忽然觉得,这场朴素的赛事不正是为跑步而设,少了很多附加在马拉松比赛中的商业气息,而对健身跑步的回归吗?跑步中途的抽筋再次警醒自己:每次参加马拉松都不能马虎,不充分休息、不备足给养,很大可能会影响比赛状态与成绩。可喜的是,伤风感冒竟然随着汗水流走了。更何况这是场蛰伏了大半年首个回归的马拉松赛事,为此,应算是新赛季的开始吧!

2020 年 10 月 20 日

盐马明年见

　　看来，我真是太孤陋寡闻了。大半年没坐火车了，此次来盐城，从进出站到乘务员验票，身份证包办，竟然不用车票了，这让我惊呆了。上一次惊到是两年前去南方，从买飞机票、订宾馆到街头小吃，清一色扫微信和支付宝，包里带出 1000 多元钞票又如数带回来。更让我吃惊的是盐城印象，观念中苏北是落后欠发达地区，大概率跟我们东北中型城市相当吧！哪知，一趟盐马，让我眼前一亮。

　　进入 9 月，网上看到盐城马拉松启动的消息，如没记错，这应该是今年国内外首个过万人规模的大型赛事了。持续关注后，应聘了盐马急救跑者。

　　十一长假一过，接到盐城马拉松组委会电话，确认我可以参赛后计我加了王伟老师微信，进入了盐马 50 人急救跑者群。

　　10 月 24 日，坐了一夜火车后，上午 9 点前抵达盐城火车站，一踏上站台，整洁舒适的环境瞬间缓解了舟车劳顿，走出闸口，进入旅客进出的二层站内大型广场，层与层间都有自动扶梯串连，沿着鲜明的导向指示拐两个弯，踏上站前广场的 51 线公交。整洁舒适的新能源车里，司机师傅听到我去往盐南体育中心，便问是来参加盐马的吧，得到肯定后告诉我不用付车费了，一番话让远道而来的我登时暖到心里。火车站到盐南体育中心，10公里的样子，二十几站，车窗外，整洁宽敞的街道，新颖的现代建筑，绿植花草环绕，只是很少看到路边行人。看得出，这是开发不久的新区。

盐南体育中心是个可以容纳近4万观众的封闭体育馆，偌大个场馆，盐马物品发放连同赞助商展台全放在一起还没用上一半场地。盐马领物品增加了扫码环节，跑友们都积极配合，好在扫码过程也很简单便捷。盐马领物品过程顺畅，参赛包内容充分，除了参赛服、芯片号码布等常规配置，另有筋膜贴、能量胶、能量棒和医用口罩，还给每个参赛者发了一片用于奖牌刻写名字的金属片。现场设三个专台用电脑为每个跑友刻字，刻上字的金属片由跑者带回，待完赛领回奖牌自行将金属刻字条粘上，每个盐马完赛者便拥有了特制的专属奖牌。翻开盐马参赛手册，50名急救跑者照片赫然其上，再次在手册中看到自己的肖像，心头油然发暖。

临出发时，相约一同拼房住的南京跑友小耿单位有事而退房。领完参赛包，便在美团上找酒店，按距离搜竟搜出离赛道起点1.4公里的宾馆，网上付款不足百元。手机导航寻到地方，三楼独间，自有卫浴及空调，心里暗暗庆幸。晚饭在楼下饭店点了一份水煮鱼，吃过好生满足。7点半，夜色朦胧中，信步遛弯，又转到盐南体育中心。体育馆外面北侧，是另一片空旷塑胶体育场，灯火通明的场地，仅见两个小伙在跑圈。体育馆内，9点光景，虽然看不到有跑者前来，但志愿者仍在值守。

25日是重阳节，不到5点宾馆起床，前晚临睡前已将参赛行头置备妥当，排空洗漱，楼下早点，二次上楼，6点40，拔腿赴赛。

盐马起点规范有序，现场指示本已明了，志愿者随时待命于任何需要的地方。通往赛道入口路旁，每隔 5 米便设一名制服保安。过了防疫及检测两道关口，宽敞的道路两侧分别按数序排列全程和半马存衣车，跑马人按号码布上标明的号码找到对应车号存包，秩序井然。存包过后，再往前走，进入按运动员成绩及迷你跑分别设的 ABC 三个集结区。每个集结区右侧道路都设有大约 20 间联排厕所。毫不拥挤的情况下从容如厕后，各集结区的领操员在赛场主席台广播的统一主持下引导全体运动员热身。接着，是介绍嘉宾环节。中国田协主席、副秘书长及竞赛部门官员，盐城市委书记、市长等领导悉数在场。没有冗长的领导致辞，国歌唱罢，7 点半钟，枪响开赛。

10 度出头的气温，轻风拂面，太阳始终躲在薄云后面羞于见人，六车道主路笔直宽阔平坦的赛道，喷淋车刚刚留下淡淡湿意，盐马占尽天时地利。赛事补给充分不说，补给点和医疗点密集，赛事后半段，竟然每间隔两公里一设服务点；沿赛道还有连绵不绝的各色舞蹈及助威加油队伍。

开赛以来，自始至终都在老天作美又领受人文关爱鼓舞的气氛中挥洒激情。作为赛事半马两小时时段急救跑者，使命在肩，责任在心，观察周围跑友，适时告诫直至出手相助本是不时之需。可喜的是，经历时段整个赛事过程，身旁跑友都在尽情享受，"唰唰"快乐舒畅的脚步声萦绕耳畔，抽筋晕厥等异常情况从未出现。

盐马全马与半程终点分设，半马终点设在大洋湾风景区。半程过后，志愿者为每个完赛跑友挂上奖牌，又递过浴巾和丰厚的完赛吃喝包。赛后按摩拉伸及冰浴席位充裕，经常空位等人。赛后恢复区外，还有领操美女教练引导一拨拨走出终点线的跑马人操练身体拉伸扭转。

由于要赶火车返程，在造型台前拍照几张就匆匆走向场外。大洋湾景区道路上，三组女学生模样的志愿者分别举着三块指向三个摆渡车目的地的指导牌。按照志愿者的引导，来到大客车前。眼前景象让人诧异，怎么没人排队？问司机师傅，确认没走错，上车后问啥时候发车，回答10分钟。结果不到10分钟，车开了，送到目的地高铁站，崭新的新能源大客车仅运送三个跑友。

　　坐在气势恢宏的高铁候车大厅里，翻看群里跑友的议论，与其他赛事的赛后吐槽一片截然不同，跑友们出奇一致地称道盐城人的热情好客，对刚刚的盐马更是盛赞有加。

　　盐城在经济热土的长三角旁也许算不上出类拔萃，记得有资料说盐城奋斗的目标是进入江苏前十名，但是两天来感受的盐城，城市建设规整大气，环境优美，生活方便，城市周边高架桥林立，在我有限的出行印象中，绝对可以毫无愧色地比肩宁、苏等一流长三角城市群；盐马则是在全国已有两百多地级以上城市举办马拉松赛事后刚起步，今年仅仅是第二届。然而，以我4年跑马，参赛66场大型赛事的经历看，今天的盐马，以其组织的精细、动员的广泛、细节的严谨、志愿者的热情，把赛事已经做成了极致，让祖国各地的跑马人乃至全体盐城市民领略了盐城令人刮目相看的外在精华和博大精深的文化底蕴，痛快淋漓地享受了一场堪称完美的马拉松大餐。从自身体验来说，今天的盐马在细节上无可挑剔。整体感受不输国内一流的北马、广马和厦马。

　　差不多自赛事开始前一周，每天都能收到盐马组委会的提示问候短信，赛后，刚迈过终点线，收到组委会的成绩短信，详细告知成绩，提示取包、拉伸按摩及饮食进补等，短信最后感谢对盐马的支持，并嘱明年见！

是的，盐马，你的精诚所至、你的体贴入微，已经让盐城成为来盐人挥不去的向往！盐马也已经留在跑马人的梦里，盐马，明年见！

2020 年 10 月 26 日

（2020 年 10 月 26 日刊载于"盐城马拉松"公众号）

长春伊通河半程马拉松赛后记

　　熬过了夏天，随着天气转凉，又到了适宜跑步的时节。虽然大型赛事还无音讯，但一些中小赛事已经开始慢慢恢复。9月底，网上看到长春伊通河半程马拉松的赛事消息，不足百公里的距离，让我不假思索地报了名。

　　10月底，按照网上提供的组委会电话号联系了工作人员，允许赛前领取参赛包，由此，我可以当天从容赴赛。

　　11月1日是比赛日，早上6点出门，给车加满汽油，驶上长吉高速公路，车上刚听完新闻联播，就过了长春高速路口，按照手机导航，在东部快速路跑了20分钟，来到叫万科缤纷里的购物综合体商场建筑楼下。先在综合体一楼东侧的肯德基门店吃了一份套餐。出门拐进缤纷里内部的中心广场。

　　广场中央是个主舞台，大屏幕背景赫然写着"2021长春冰雪马拉松热身赛暨长春伊通河半程马拉松赛"。来自全省以及长春市内共六七百人聚集在广场大厅，经过更衣、存包以及照相和热身后，9点钟一过，主持人宣布全体运动员向赛道进发。

　　大队人马出了综合体后，步行不到一公里来到伊通河边搭建的比赛旗门下。运动员脚下是沿着伊通河铺设的木制步道，步道约5米宽，沿着伊通河两岸延展，左侧是清澈的伊通河，右边是绿色植物，别具特色的比赛环境让人耳目一新。

没有领导致辞，没有齐唱国歌，甚至没有赛道广播，9点半一到，人流涌过旗门。没有赛道旁的观众，赛道既不喧嚣也不拥挤，一队跑马人从容地按自己舒服的配速轻松地前行，整个场景一如平日的江畔晨练。

当日的天气是零上五六度，比赛开始后太阳暖暖地辉映着河水，泛起粼粼秋波，微风轻拂人们的面庞。在北国吉林，11月的天气如此宜人，绝对是难得的。赛道上的志愿者部署得当，饮水和食品补给也较适宜。终点下来，看到所有人都跑得很舒爽。整个赛事设三个层次，其中，5公里组、10公里组无芯片，不计成绩；半马号码布贴芯片，有成绩，但是小赛事与中国田协数据库不联网，仅对跑者本人有参考作用。所以，赛事热烈有余而精彩不足，基本上成为人们休假消闲的一项活动。

由于此前两周，连续参加两场马拉松赛事，刚刚跑起来，左侧臀部肌肉疼痛发作，以致不得不跑跑停停，时而观景拍照，好在伊通河两岸木栈道走起来很舒服，印象中的浅薄近乎干涸的伊通河变得秋水盈盈，在远处绿树高楼的衬托下煞是耐看，由此让我的赛程转化成了一次郊游。

接近中午，赛事结束，志愿者发给我一块小奖牌、一小瓶水和一个小面包。与这个小赛事恰好匹配。小赛事、小远游、小运动量，让这个周末有了小收获！

2020 年 11 月 3 日

逐梦西安马拉松

　　西安马拉松，在国内属于举办比较晚的省会城市马拉松赛事，算上今年才开办第四届。然而得益于城市的天然禀赋加之办赛人的精心打造，赛事品质一度得到跑圈的广泛认可，曾有介绍称之为"零差评赛事"。以往曾两报西马，但抽签结果都是"名落孙山"。今年再报，幸而得中。

　　11月7日，自长春龙嘉机场飞至临汾尧唐，再坐动车抵达西安北站，地铁四号线下车来到大明宫遗址公园，这里是第四届西马参赛包领取处。

　　进入大明宫遗址公园，好像进入了梦幻蓝的世界，从场地外侧的引导牌，到场内背景布置再到志愿者服饰，清一色是青春靓丽的彩蓝色基调。西马入场一如西安公交及高铁站，入门要求扫码。进门后，先是领取参赛包，检测芯片后，再领取同样是梦幻蓝色的参赛T恤。西马的领物大厅堪称豪华，高大的棚厦，蓝白色调的天幕下，环绕四周的是一块块巨幅西马卡通造型的展示板，构成梦幻蓝色的背景墙。而为跑马人试衣设置的四面体穿衣镜竟有多个矗立于大厅中央。西马参赛包也很实惠，除了常规的参赛服、雨衣及手环外，还送两管能量胶、4颗盐丸，此外还有一副蓝精灵宝宝手套。

一周前在携程上订了距离开赛地永宁门一公里的南方酒店，公交钟楼南下车就到了酒店，房间干净舒适，服务员热情耐心。入住后，楼下寻一小馆点了西安小吃油泼面，鲜香适口，暗叫过瘾。饭后遛弯，西安作为十三朝帝都，宽阔的大街，一头是金碧辉煌的钟楼，另一侧是巍峨壮阔的永宁门连接着高大雄浑的古城墙，在神州华夏或许唯有北京可与之相较。

11月8日是西马开赛日。西安比东北天亮约晚一小时，接近早7点，天才蒙蒙亮，披挂整齐，宾馆退房，向永宁门方向进发。不到10分钟，来到永宁门前，照例扫码安检进入赛道。吸取了大型赛事的教训，头天晚上对赛道入场存包等认真研究了路线，结果入场后迎面而来的是滚滚的人流，多方打听知道存包地点后，逆着人流，跋涉一公里后才存上包，飞奔而回，此时已开幕环节，接着人潮涌动，比赛开始了。随着人流快走到古城门前的主席台了，奇怪怎么还不见旗门。不觉间已看到脚下的黄黑计时板了，人们这才纷纷驻足点开跑步软件，然后踏上西马之旅。

古皇城的道路太好了，宽阔平直，当天是10度上下阴凉的天气。道路两侧古色古香的建筑下，热情的西安市民沿途为跑马人呐喊加油，跑马人享受着这难得的马拉松盛宴。西马的补给太壮观了，5公里后，每隔两公里设补给站，每站先是饮料再是饮水，每站有二三十补给点，绵延足有300米长，跑马人毫无拥挤之虞。每个摊点倒满的水或饮料摆了两层，绝对是保障充分。这一点以我的经历属国内罕见。

赛前曾有报道说西马今年调整了全马后程赛道，坡路增加。正应了这句话，26公里后，逐渐出现缓坡，33公里，迈上一个约有20度的近一公里长的坡道，跑到尽头，凭经验以为该下坡了。哪知，拐弯过后，则是另一长坡，跑马人这时正是"撞墙"阶段，赛道上漫步大军不断壮大，目力所及，均在徒步。"悠着点儿啊，终点前还有坡。"38公里过后，一志愿者热情地嘱咐过往跑者。过了41公里路牌是城墙门，以为胜利在望，跑马人兴奋起来。哪知，过了五六十米长的门洞，抬眼望，一条长长的陡坡横亘在眼前，众人又都像泄了气的皮球，徒步大军迅即在终点前出现。

赛前曾左臀肌拉伤未愈，担心跑不下来。跑起来后，虽偶有反应，竟未成患。所以，半马跑得还算顺当，两小时下来的。只是，25公里后，腿部肌肉越来越紧张，到28公里不得不改跑为走，随着坡路越来越密，自己走得更加理直气壮，最终494艰难完赛。

赛后，网上几个著名的跑步公众号简要低调介绍了刚刚结束的西马，而跑友群里则是热议不断。从自己感觉来说，本届西马，首跑西安，十三朝帝都恢宏的古建筑、热情的西安市民、壮观的办赛规模和先进的办赛理念给人留下的印象是震撼性的。

此番西马不失为一场经典的大型赛事，时间紧迫，仓促备战，取得功效，殊为不易。下步赛事，如能以跑者为核心，完善细节，周密筹划，相信西马定不会辜负得天独厚的城市禀赋，让古老灿烂的华夏文明作为西安马拉松的精神内涵，以现代西安的雄浑气魄烘托赛事，那时的西安必然会傲视群雄，这样的西马定会更加火遍跑圈！

2020 年 11 月 9 日

常州马拉松精英排名赛纪行

中国马拉松精英排名赛，大约在一年前，中国田协在网上发布即将举办此赛的消息就引起了我的注意。跑马四年，参加国内举办的各类大型赛事几十场，国内举办如此高规格的赛事，吸引我的注意是情理之中，只是看到430为选手选拔起点，让我的热情瞬间冷却下来，原因是身为"跑渣"，全程配速430根本不是我所能企及的。

经过近一年的蛰伏，今年十一黄金周前后，随着一批赛事重启，又看到马拉松精英排名赛将在常州举办的消息，这次实实在在地吊起了我的胃口，缘由是一方面常州是我没去过的城市，跑马识城是参赛马拉松的一大动因；更重要的是430报名资格明确为是马拉松完赛时间，在我经历的40场全程马拉松赛事中，有4场是在430以内完赛的。于是，我壮着胆报了名，只是仅有5000人的参赛规模让我不出意外地落了选。幸运的是，过了不久，看到簇格运动群里有这个赛事报名的消息，我又去凑热闹，不想，竟得以报名成功。

11月20日晚上，登上了长春飞南京的飞机，两个半小时后，抵达南京机场，因买的机酒一体的机票，刚出机场就坐上宾馆接站车，入住20分钟车程的小店。早饭后，坐一小时动车抵达常州站。常州车站很江苏，大气而便捷的现代化交换站台让人身心舒畅，下了动车不用出站就坐上地铁。经过十几站车程，出了地铁站口拐个弯就到了一个叫环球港的商业综合体。综合体外搭建的简易大棚就是常马的领物大厅。经过检测体温、扫码等程序，最后进入领物大厅。常州马拉松精英排名赛，规格虽高，但5000参赛人员的规模较小众，取物场所周边没有赞助商展台。参赛包也很简单，单薄的布袋里，号码布、参赛T恤外仅有一卷肌肤贴，再无他物，甚至连程序册也省略了。

11月22日是常州马拉松精英排名赛开赛日。早上6点半，天刚蒙蒙亮，小雨淅沥，气温在5度左右，体感寒冷。从距离恐龙园附近起点处两公里多的宾馆出发，打车走了一公里就遇封路，下车又步行一公里，进入运动员集结区，身着运动装束，臂佩手环的跑者又经过身份证检验和测温才得以进入赛道。常州的道路宽阔而平坦，几千人的参赛规模在如此广袤的环境中竟有进入操场的感觉，只是赛道上连排厕所前又见候厕大军。常马按运动员报名成绩分为ABC三个参赛区，参赛号为C7088的我自然进入C区，微信中看到有跑友告诉C区可进入B区，这样，开赛前十几分钟，我挤入B区候赛。

零星小雨从早上开始一直持续，气温也未见回升，早上出门身上裹着塑料雨衣，赛前简单热身后，扔掉雨衣，仅着跨栏背心和紧身短裤。凄风冷雨中，常马开赛仪式不疾不徐地进行。

令枪过后，随着人流涌过旗门，前两公里都是5分四五十秒的配速，此后放缓脚步，5公里过后，感觉身体仍然没有热起来。心里一直担心近期的左臀肌拉伤被勾起，所以不敢加大步伐和步频。约2小时10分，过了半程，小腿开始紧张。放慢脚步，也不见缓解。此时赛道边一拨又一拨志愿者和市民在卖力地加油鼓励，加之常马此番为精英排名赛，能参加的都有报名入门限制，论成绩自己大概率是垫底队员，开赛以来，身边长久未见放缓掉队的跑马人，所以也不好意思改跑为走，以致一直是缓步小跑。只是小腿一直紧张，而且随着赛程的延展，紧张面不断扩散，慢慢地由小腿向大腿扩散，直至与臀和腰勾连，臀肌及腰腹肌也隐隐作痛，共同参与作怪。此时头脑中像水火不容的两派在激烈斗争，一派要牢牢撑住期待奇迹发生，另一派则不断地在暴力示威拼命叫停，每迈一步都要付出巨大代价。跑动中，尝试过各种方法：每个补给站补水，每5公里吃盐丸和能量胶。但是仍旧越来越困难，眼见415、430兔子队一拨拨过去，开始曾幻想跟随一段，随着脚步越来越沉重，最后跟随兔子的意念也都丧失，只能眼看着兔子招摇的头饰渐渐地淡出视野。25公里后，每迈一步都倍感艰辛，意念中恨不得马上停下。但是身前身后没见有掉队的，心里说自己绝不能当第一个。直到28公里后才见因伤步行的，自己终于在其身后走了一段。如此一公里后，试着跑跑，只是双腿没有任何缓解，根本跑不起来。走过30公里，已是开赛近3个半小时，就目前自己的境况，关门前注定回不到终点了。不多时，身边一位老年跑友缓慢地追上来，问其年龄，告诉我68了。伴随老者挺了一段，身后收容车跟随过来，路边市民风雨里还在热情加油鼓励，心想不能太丢脸，又咬牙挺过了这拨加油群，再挨过了里程碑，终于长出一口气，31公里里程牌了后，无奈地招手上了收容车。

收容车上已有十几个跑者，志愿者给拿来两条浴巾，一条披身上，一条盖腿上。又拿了饮料和食品。看到车下的老者仍然在坚持着，一直到终点，也没上车。途中，又见几个跑马人，到时间清场便走出赛道，但是仍然在辅路上继续跑。关门时间过了半小时后，收容车到了终点附近，车上的弃赛跑者相继下了车。这时冷风夹着细雨，袭向衣着单薄、心志落魄的人们，但是这一群人还是脚步蹒跚，牙齿冷得直打战，艰难地走向取包处。

跑马4年整5年初，历赛78，首次弃赛，首次上收容车，首次未领奖牌空手而归。车上的跑友说，这也是跑马过程的历练，丰富了阅历，只是心理准备不足，心有不甘。赛后曾有报道说2020常州马拉松精英赛完赛率是98.6%，就是说有70人未能取得成绩。微信中也看到一幅画面，近景为一个跑马人落寞地垂头在赛道上步行，远景是风雨中，一对母女分别举着两幅拼成"加油"的标语和热切期盼的眼神。看得出，跑马人深埋的头颅既有对自己体能或是意外受伤深深的无助，更有无法面对热情加油人的无奈。那情那景，活脱脱就是此番常马25公里以后赛道上的我呀！

从常州坐飞机到大连，刚下飞机，收到腾讯跑步客服葛萌萌电话问报名海南儋州马拉松是否能参加，回答可以。接着让我填表发去。这就意味着腾讯全国招聘两名免费提供机酒待遇的跑马名额我已取得了。

2020 年 12 月 7 日

精诚在儋州　精彩在儋马

　　冬季的海南是北方人的天堂，时近冬至，寒凝大地，人们开启了冬藏模式，一些"有闲"人士过起了候鸟生活，天一转冷便飞向海南，在椰风海韵中享受惬意的人生。"十一"黄金周一过，马拉松赛事在一些城市不疾不徐地铺展起来。进入 11 月，网上注意到儋州马拉松启动的消息，儋马绚丽的宣传画面，以及海南第一大赛事的影响力撩拨着我不断升腾的欲望。不久，腾讯体育招募儋州马拉松体验者的消息引起了我的兴趣。入选参赛儋马体验者免报名费，参赛行程机酒免费的优厚待遇简直让我不敢奢望。"没有场外的举人，"稍微平复心态后，脑海中这句厚脸皮说辞又让我增加了底气。"大不了再当回分母！"于是，网上填报了申请表。

　　"儋州马拉松你确定能参加，是吧？"11 月 22 日，马拉松精英排名赛后，从常州返程的飞机一落地，接到腾讯体育葛萌萌老师的电话。"那么，入选了，是吗？"我不敢相信耳朵了，怯怯地问。"当然，招募名额其中有你。""我需要做哪些准备？"我还是有些不踏实。"入选者参赛的所有费用，包括吃住行及参赛费用都由腾讯公司负责，不过参赛以外你在海南逗留游玩就只能自己承担了。"葛老师和蔼可亲的态度一下子拉近我们之间的距离。还有一件可喜的事接踵而至，那就是儋马组委会正式通知确定我为赛事 600 官方配速员，并在网上发布了配有精彩照片的招贴画。

进入 12 月，葛老师通过微信让我确定行程并把选定的航班发过去。12 月 19 日早晨，刚一坐上开往长春龙嘉机场的动车，一条短信传到手机上：

"尊敬的儋马贵宾，您乘坐的航班 CZ6527 将于 19 日下午 15:55 到达海口美兰机场，届时我们将会派专人在机场大厅出口等候您，请留意举着儋马问询牌的工作人员。收到此信息请回复已知晓，若未收到回复我们将拨打您的电话以确保您已知悉此消息，若有打扰请见谅！———路上有你，山河无恙！儋马组委会。"

"贵宾""机场专人等候""路上有你，山河无恙"，受到如此尊重，心里好温馨，好感动。

飞机一落地，手机铃声响起，"老师您好，我是儋马专程接您的，请您在机场出口留意举着儋马问询牌的就是我。"按照提示，取完行李后，顺利地找到儋马接机人，一个叫吴安邦的帅小伙儿。简单的交流中，小伙儿告诉我他来自山东临沂，在一所学校教英语，在儋马已连续做了几次志愿者。坐上丰田轿车，司机就要发动，"哎，怎么就送我一个人吗？"我诧异道。"是呀，这次就送您一人。""你不跟我一同回去吗？""不呀，还要接北京的韩乔生老师。""是央视体育频道的韩老师？""对呀。"与小吴互留微信后，车子沿环岛高速自海口驶向 150 公里外的儋州。

经过两小时车程，到达葛老师安排的儋州新天地酒店时已近晚 7点。一进大堂，就见右侧的接待展台，确认身份并填写登记表后，一位郭姓小妹把一件皮肤衣纪念品和一个写有"祝您'苹'安完赛"的盒装红苹果送给我，"您别叫我老师，叫小郭就行，这两天有啥事直接叫我就好！"

酒店房间里放下旅行箱，楼下餐厅吃完自助餐，就直奔距酒店两公里远的儋州文化广场——儋马参赛物品发放地。

夜色中的儋州，十几度的气温很是宜人。街道宽阔平直，路两旁高大建筑不多，不时看到路边带有脚手架的建筑。经过的街路，脚下人行道不算平整，见到的行人不多。看得出，儋州并非耀眼炫目的发达城市，而是尚待进一步开发的城市。

文化广场位于儋州市中心，这里既是参赛物发放地，也是赛会活动中心，广场外侧便是儋马起点和终点。来到广场中心的领物处，距领物结束时间已不及半小时，夜色里，尽管此时领物跑者寥寥，但劳累一天的志愿者仍然孜孜不倦，礼貌认真地接待每一位前来的跑马人。

走出文化广场，葛老师发来微信："晚上方便合个影吗？可以的话半小时后大堂会合。"15分钟后，腾讯体育的组委会老师与招募参赛选手十余人在酒店大堂陆续汇集，欣喜的是，竟然见到2018秦皇岛马拉松首次当官兔的兔友郭建丽和上年年底普洱马拉松当官兔时为我拍了精彩参赛照的大咖向东驰。"我认识您，我叫范弘罡，绍兴马拉松免费参赛名额就是经我给你办的。""啊，托你的福，我的越马赛记还获了奖呢！"经小范老师提示，联想起2018绍兴马拉松参赛经历，腾讯企鹅让我受益良多。

回到入住的3A20房间已过晚上9点半，同住的是腾讯体育技术人员马桂辉，一个干练的小伙子。马桂辉笑着说别叫小伙儿，我都快40了。收拾参赛包，拍定妆照，我这边正忙活，马桂辉已启动"发动机"模式，小伙子应该是太疲乏了，鼾声响亮且有节奏，具体分贝可以参考飞机起飞结合蒸汽火车经过的雄壮气势。

20日早上，闹铃定好5点，临近4点起夜一次，此后基本上进入假寐模式。不到5点，下床洗漱。5点半钟，披挂完毕。下楼步入酒店餐厅，该是顺应儋马节奏，此时外面虽是漆黑一片，但从人流和台面上看，早餐供应已近尾声，由于按组委会张秀霞老师要求，6点20在文化广场组织官兔发放气球和集体照相，匆匆自助吃了蛋粥和菜包，将要起身离席，"您是官兔?"不觉间，两位时尚靓女坐在旁边。"您会说英语吗?"当得知我还是腾讯公司国内招募的两名体验者之一后，面前海南广播电视总台的两名记者产生了兴趣，其中的灰衣女士告诉我她是海南广电总台国际部主持人，并现场打开手机采访我的跑马经历和对儋马的感受。

领取了配速气球，7点前官兔们步入赛道最前方的起点旗门下，此时天色渐渐由暗转明。几十位身着鲜明标志，头顶飘荡艳丽气球的兔子集群到来，稍显沉寂的赛道顿时焕发出生机。赛会主持人不失时机地借题发挥。从主持人的介绍了解到，儋州马拉松肇始于2010年，是国内第一个赴希腊参与马拉松圣火采集并进行传递的城市。经过10年的精心打造，儋马已成为文体旅产业融合发展的示范。这是海南岛内本年度唯一的一场大型马拉松赛事，今天是2020年12月20日，儋马选定今天的寓意就是：爱你爱你要爱你!

诚如主持人所言，儋州城市不算大，但是赛事组织、宣传各环节都严谨细致。从现场看，各功能区布置得当，主舞台气势恢宏。对面则是巨型大屏幕，正在实时滚动播放儋马实况。作为官方配速员站在万余跑马人队伍的排头，对赛事的气氛和组织体现出的质量会有更直观的感受。离发枪时间还有15分钟，主持人宣布开赛仪式正式开始，介绍完到场嘉宾，简短的领导致辞后，就进入全场共唱国歌环节。奇怪的是，近80场大型马拉松赛事经历，只有这次唱国歌时，唱着唱着，竟有种想要哭出来的冲动。5分钟倒计时的仪式感也很鲜明，礼仪小姐按每个计时分钟举着分数牌规范地向各个角度展示后退去。最后三秒钟，是全场跑马人与主持人共同喊出的。主席台嘉宾枪响过后，全体参赛者欢呼着，热烈而有序地奔出旗门。从事后网上流传的照片上看，开赛的第一秒钟，站在旗门下赛道中央的我竟然是第一个迈向计时板。

儋马当天是马拉松赛的梦幻温度，开赛时约10度出头，随着赛事展开，始终阴云密布，欲雨还休，直到下午赛事结束，天才放晴，不得不说2020儋马与老天真是旷世奇缘。当地人说今年这个季节是海南少见的寒流天气，但是对马拉松赛事绝对是求之不得的好天气。儋马的赛道较之大城市不属最宽，但是对万把人的规模算是绰绰有余，特别之处是赛道像尺子一样平直，全程马拉松42公里算上折返仅有22个弯路，中兴大街一段赛道竟达8公里直路，视野极佳，远方鲜红的里程牌一览无余，赛道向远方延伸，似与天际相接。

赛事设施布置让人耳目一新，路旁热带绿色乔木映衬着巨幅艳红里程牌，相对应的道路中央地面也贴着红色里程标识，甚至每个补给点地面都有半公里红色标识。赛事补给尤为丰富，作为600官兔，有充足的时间去观察。作为准"关门兔子"，一般的赛事也只能去领略"残汤剩饭"，有的场景则是人去台空。但是儋马赛道则彻底颠覆我的认知，经过的每个补给点均足量供应，且品种繁多，能量胶及盐丸半程就开始供应，食品有蛋糕、面包、榨菜，水果有西瓜、柚子、杨桃、小柿子，多处竟有炖鸡供应。几个补给点喝水纸杯短缺，志愿者便把整瓶水和饮料摆满桌台。事后群里有调侃说：儋马的补给把人都吃胖了。赛道厕所事小影响大，是衡量赛事水平的一把尺子。儋马赛道厕所布置及时且充分，每两公里半便结合补给点设一组卫生间。赛前起点处，去卫生间，看到配备的卫生卷纸让我惊奇。赛事中两次去方便，均看到有卷纸供应，其中一次地上有被污染的卷纸，但搁架上仍摆放着新的卷纸。

自 2016 年家乡吉林马拉松起，到今天的儋州马拉松，5 年中，已跑过了近 80 场大型马拉松赛事，担任过 20 多个城市马拉松赛事的官方配速员，其中"关门兔"已是第三次。两年前的漠河极光马拉松也是 600 兔子。此次不同上次的感觉是，上次跑起来基本上都是有劲使不上地绷着跑。而此次则事先备好配速手环，对照自己佩戴的智能手表，按照标准配速每公里都进行适时调整。600 组的另两个兔友也都严谨认真地配合并互相提醒，适时地对跟随或路遇的跑友给予鼓励或是提醒。最终，600 兔子组几乎是踩着钟点踏上计时线。赛后，组委会发布的成绩证书显示儋马配速 8：32，同标准配速分秒不差，而且全程马拉松 8 个 5 公里计时，每个计时均在 42 分之内，成绩精准得令我怀疑人生了。

儋马的处处细节都很走心，装着儋马生肖徽章的丰盛参赛包暂且不论，志愿者把完赛包交过来时，我诧异了，面对内容鼓鼓、精致大方的方形背包，说："这不是我的。"意念中是志愿者送错了对象。"恭喜完赛，这是您的完赛包！"年轻的志愿者微笑着说。拉开礼品包拉链，绚丽的儋马图案浴巾、白色厚底大号高档拖鞋、白色完赛戎装、鞋袜袋、退热贴、湿巾、纸巾以及两瓶饮料把这个大包撑得满满当当。这还不算，再看纪念品的包装袋，每个都印上儋马的标志，并写着温馨的问候语。

腾讯体育安排送机场的大巴订好发车时间是下午 3 点，所以领完完赛包就急着往酒店赶。"大哥，等等！"远远地兔友冯楚然赶来告诉我去主舞台后取奖杯。怪我臭脑筋，群里兔头王西西临来前曾通告过这事。唤来路边拉脚电动车，返回儋马主会场。此时，原来空出的儋马旗门竟然合上了，在主持人的互动中，远远看到最后一拨兔子及跑友正在舞台上接受颁奖。事后群里有议论说是儋州副市长为最后一位完赛跑友颁发纪念章。来到舞台后面，志愿者问过姓名，便从包装盒里取出镌刻着我的名字的官方配速员奖杯，像所有儋马纪念品一样，透明有机玻璃杯面及木底座的奖杯同样精美别致。热情的志愿者把奖杯细心地用包装盒装好，又送给我一把香蕉，并嘱："欢迎再来儋州啊！"

此时，经过近 8 小时飞行旅程，从绿意盎然的宝岛回到冰封雪裹的东北家中，边拾掇参赛物品，边浏览微信群里跑友的热议。每整理一个物品都能勾起一段温馨的回忆，拿起儋马号码布，布面标注开赛时间、地点及参赛助手扫码方式，背面竟密集印刷了自己的报名信息，如姓名、血型、电话号、紧急联系人及电话。我的天，上万跑马人每人一份，互不雷同，这要多大的工作量呀？

群里有兔友转来跑友帖子，大意是儋马坡大路难，但全国的跑友都爱来，因为跑儋马虽然不容易却是国内办得最好的，没跑过儋马的跑者就不算跑过马拉松。

跑马第 5 年，近 80 赛事，国内顶级赛事没跑过的已属个别。对比而言，儋州城市不大，名声不响，经济不算发达。但是把马拉松赛事办得走心、用心、专心、恒心，让马拉松真正成为城市盛事、百姓乐事，以跑友为中心，贴心服务，细致入微，因参赛而让跑马人铭记儋马，因儋马让儋州扬名天下，以此观之，窃以为儋州做得令人信服，儋马无可挑剔！

2020 年 12 月 22 日

衡水马拉松　感觉真不同

"与过去重逢，与现在相遇，与未来相约，期待与你共赴衡水湖马拉松赛的这场十年之约。"

9月中旬，网上推出2021衡水马拉松将要开启报名的帖子，激情的文字、热烈的画面不断撩拨我的内心。

2018、2019，我曾连续两年参赛，其中2018年被聘为赛会500官方配速员，领跑的画面通过中国邮政被制作成明信片传播，该画面衡马官网首页至今仍在醒目位置展示；2019年，再度被聘为急救跑者，同时还获得衡马"勇衡之星"称号及奖章。

"十一"长假期间，收到衡马组委会发来入选2021衡马急救跑者的确认邮件。由此，2018年以来，我将连续三届参赛衡马，连续三年官选。自2016年家乡吉林市马拉松首办开始跑马，6年历程，完赛80场大型赛事，除了吉林市和省会长春以及厦门外，衡水马拉松是我第四个连续参赛三次的马拉松赛事。

10月16日，进入深秋以来最冷的一天，下午3点，自龙嘉机场飞往石家庄，换乘动车到达衡水北站已是晚上6点半。走过出站口，夜幕下，衡水马拉松的巨幅欢迎栏豁然闯入眼帘。寒风中，仍在坚守的志愿者详细地告知去往参赛物品领取处的交通路线。按志愿者的指引，踏上了通往衡水体育馆的27线公交。奇怪的是公交车上提示"0元乘车"。看出我的疑惑，同车的衡水乘客告诉我，这是衡水市政府的保护环境利民举措，每年供暖期内，衡水公交所有乘客均可免费乘车。

半小时多的车程，抵达衡水体育馆，离参赛物品发放结束时间还剩不到两小时，前来领取参赛物品的人已不多，忙碌了一天的志愿者这时开始轮流吃盒饭。领取参赛物品及急救跑者装备后已是8点半多，打车来到衡水跑友帮忙联系的滏兴宾馆。入住后，宾馆楼下疙瘩汤和包子饱腹，上楼安歇。刚要入睡，有短信提示，起身翻看，衡马组委会通知由于冷空气影响，考虑比赛日清晨气温低，原定参赛接驳车早5：20发车，现调整为延后20分钟，并提示增加衣物和注意保暖。

17日早上4点半，不等闹铃声响，起床洗漱，披挂妥当，楼下"好滋味"饭店小米粥和面饼吃罢，出门踏上赛会接驳车。20多分钟后抵达赛事起点，零上4度的气温对于衣物单薄的跑马人显然是一道难题，一溜小跑中，回头看到百余辆接驳参赛者的新能源大客车在宽阔笔直的沿湖大道鱼贯而来，煞是壮观。向赛事起点行进中，沿途举着衡水各区、县以及党政各部门和诸如"优秀党员""民营企业家"旗子的志愿者分别依次站立。

来到赛事准备区，急救跑者合影后，再次排空。距开赛还有一刻钟，脱衣存包，经过检录走上赛道，简单拉伸后，眼见前方人流开始涌动，处于赛道C区的我意识到已枪响开赛。

迈过旗门后，打开手表和计时软件。此时，阳光已透过云层开始送暖，一公里后，撕掉御寒雨衣，钻过一簇簇后来居上的欢乐跑人流，迈开步幅有节奏地跑起来。担心近一段跑步左臀大肌拉伤偶有隐痛，所以不敢肆意放开。5公里后，补给站开始出现，长长的摊位让人绝无错失之虞，以致每个站点我都从容且规范地进补饮料。12公里过后，把参赛包里的能量胶吃掉，赛道边进补摊位的盐丸、香蕉，对参加半马赛事的我并没有太大吸引力。

衡马的赛道堪称扩大版运动场，道路宽阔、笔直，没有坡路。对，连一个立交桥都没有，除了前10公里赛道是绕到衡水中学附近折返外，余下均是在绿树掩映的衡水湖畔延展。如此规划，应属国内仅有吧，这也堪称最有利PB的马拉松跑者梦幻赛道。随着时间推移，气温逐渐升高，加之赛道边衡水中学师生及市民的卖力加油鼓劲，还有赛事完备的补给和医疗保障储备，赛道上的跑马人似乎都焕发出了极佳的竞技状态，整个赛程中，没有出现异常情况，甚至没有看到马拉松赛事中常见的疲态跑者。

按照赛事的安排和自己的状态，以轻松的姿态和心情迈过终点旗门，自己估计是两小时以内。拍罢完赛照后，在志愿者们列队夹道鼓掌声里被披上浴巾，领取了丰盛的完赛物品，志愿者又给挂上奖牌后，去恢复区由衡水学院的学生志愿者做了拉伸。临走前，再去急救群里指定处领取了急救跑者证书及纪念章，就匆匆赶往接驳车，踏上归程。

衡水北站月台上，一调度人员看到我的衡马背包，走过来热情地攀谈起来，告诉我他也是一个跑步爱好者，每个周末都开车到衡水湖赛道边上，跑上10公里，衡水政府规定，沿湖道路禁止机动车通行。我告诉他，你们有这么好的环境条件，有这么专注民生又务实干事的政府真是幸福。"可不，挺享受这样的生活啊！"

就要上车了，老哥憨憨地笑着挥手嘱我明年再来衡水。

在京津冀的一众城市群里，衡水不算显赫，从主街区沿街不时出现一些陈旧的二层楼来看，衡水经济也不像是很发达，但是衡水从最早响亮的"衡水老白干"，到近年的"衡水教育神话"，再到能在全国两百多城市马拉松中脱颖而出，力压杭州、南京、深圳等名头响亮的城市，以国内第九个的排位获国际田联授予金标赛事称号，衡水不能不让人刮目相看，衡水现象不能不促人深思。以我走马观花的浅见，首先，是衡水人能立足自身，把准定位，咬定目标，不遗余力。他们把眼睛瞄准衡水湖这一华北明珠、京津之肺，在保护自然上做文章，推出护鸟爱鸟举措、爱鸟心愿卡等，影响和吸引越来越多的参与者。其次是全员参与，推而广之，不留死角，齐心合力。赴赛过程中，从官员、志愿者、出租车司机到普通市民，都以质朴的热情对待远道而来的跑马人，没有华而不实的形式，质朴的乡音透露着真情实意。再一个就是细节让人动容，赛道边，热情的市民特别是衡水中学师生沿途连绵不绝的加油鼓劲让人由衷感到是发自内心的祝愿。赛后补给一改其他赛事给一根香蕉的惯例，衡马每人都给两根香蕉、两根黄瓜和两包果脯面包，连参赛包与完赛包都是清一色透明的大背包。衡马十年专门为参赛者分发纪念章，急救跑者也专有纪念章。还有鼓励在衡马创造PB的"衡马之星"评选，如此等等，衡水人把自己的马拉松办成了城市的名片和展示衡水的窗口，办成了全民的节庆和跑马人的舞台，衡水人办赛过程中展现出精湛的技艺、专注的精神以及无微不至的热情让人心动，让人暖心，令人难忘，促人回味！

　　走过十年的衡马，还会有更新、更贴心的衡马吗？我期待着！

2021 年 10 月 19 日

九月秋光好　畅享环潭跑

喜欢飞机起飞时，机体轰鸣着，一浪高过一浪地迸发出磅礴的能量，让雄伟的机体挣脱大地，倏尔直插苍穹。喜欢秋色，向往着在萧瑟舒爽的和风里，在五彩斑斓的枝叶间，嗅着甜丝丝的树香草味，奔跑中挥洒汗水，抛却疲惫。

自 2021 年起，国内已近两年停办大型马拉松赛事。此间，在居家这段时间，忧愁着不断抬升的体重，企盼着早日重返赛道。

虎年春节过后，终于盼来了国内部分城市重启马拉松赛事的消息，兴冲冲地报了几个赛事，只是伴随着炎炎夏日的消退，等来的是一个个赛事组委会或停办或延期的歉意公告。月前，微信里看到长春净月潭环潭跑精英赛招募启事，虽然不是大型赛事，但是离家乡吉林市不足百公里的距离，17.5 公里的赛程，权当体验一下气氛，于是不假思索报了名。开赛前三天收到组委会参赛提示短信。

9 月 17 日，是我人生中具有纪念意义的日子，18 岁那年的这一天，我曾背着行李包，第一次离开父母、离开家走进大学校园；20 岁那年的这一天，我又走进了挂着国徽的工作单位。此后经年，每到这一天，记忆里都是明朗祥光，都像过节，精神像被清水激灵过，会振奋、必昂扬。

今天又是 9 月 17 日，双休日第一天。组委会前日短信告知 6 点半检录，7 点开赛。昨晚睡前定了 4 点半闹钟，结果早上不到 4 点就醒了。排空洗漱，5 点钟驱车已驶入珲乌高速路口。6 点 15，到达长春净月潭停车场。来到短信告知的女神广场右侧，简单的工作台前已聚集了精神抖擞的各路跑友，不算多的参赛者中竟然有金发碧眼的外国人掺和其中。凭身份证领取号码布和计时手环，简单热身，赛前不到 10 分钟，起点十几米处卫生间再次排空，7 点一到，准时开赛。

这几天台风"梅花"光顾，东北地区阴雨绵绵，出门时特地带了雨衣、鞋套。赛程期间，不见太阳公公，仅见浓云高耸，跑友们享受着难得的悠悠凉爽，穿行在初秋的斑斓秀色中，好不惬意。一公里后，赛道伸向缓缓山路。说好的环潭跑呀，怎么改登山了？正寻思着，下了小坡又爬上更高更长的盘山路，目力尽头拐弯后仍是向上。我的乖乖，这场面对我这个大体重可不友好啊！爬到最后，近乎绝望，不得不改跑为走了。还好，还好，7 公里后，绿荫坡下，一泓清波豁然展现。好大的湖面，在深绿植物环绕下，清澈晶莹，望穿秋水该是从这儿来的吧？几个月来，江边晨练积攒了体能本钱，环潭平路上，始终能撩开步幅。70 多名参赛者中，12 公里时，一晨练路人告诉我：第 36。到接近终点时，开始撒欢大步跑，只是景区道路中，赛道无明显标志，每每需要向路人打听，终点时也不知把计时圈投向计时器，经工作人员喊回才得以回归正轨。最终排位 30，配速 5：26。赛事志愿者凭借手环当场打出计时条，并发了一瓶牛奶咖啡饮料，还给了两张吉视影城的一年期观影票。

女神广场边拉伸完毕，与邂逅的九台跑友张俊宝合个照，道别后，回到景区绿植丛外的停车场，此时刚刚 9 点半。平时这个时间工作刚进入状态，而今天小半马已完赛，情绪正激发，早起竟然如此美好。正想着，车已抵达出口，显示屏闪烁着车号，栏杆已抬起，停车竟然不收费！

　　亲友中，对于跑步锻炼，常有两种截然不同的态度，一种是羡慕和鼓励，听到这些常让我感动，自豪感油然而生。也有为数不少的亲朋不断地告诫：年岁渐长，运动不可过量啊！每逢此境，常常引发我内心的一场议论：跑马第 7 年，历赛 80，公里过万，乐此不疲，至今益然，跑步由开始艰难，到逐渐适应，再到成为位列日常生活的重要内容，其中必有甘苦，更有难以名状的愉悦与兴奋。高兴时跑步可以让这种感觉放大和延伸；郁闷时去跑步会让坏情绪随着汗水挥洒干净；头脑中混沌时去迈开脚步，不知不觉中会有顿开顿悟的功效；跑步以来，好多年没有感冒的记忆；遇几公里的出行，普通人差不多要开车或打车，跑步人二话不说拔腿就走；身体内外健康另加塑形更不用说。如果还要问最让我难以割舍的是啥？那就是每天早上起来，骑上单车驰骋松花江畔，然后水中畅游，再环绕栈道撒欢奔跑十公里。绿荫下拉伸筋骨，清水中洗去汗水，镜子里看看隆起的腹肌和脸上洋溢的兴奋。由此，整整一天，干什么都翘着嘴角！这样的生活，非跑步而不能，你信吗？

　　　　　　　　　　　　　　　　　　　　　　2022 年 9 月 17 日

辽源半程马拉松追记

辽源半程马拉松过去 4 天了，也没等来组委会人员说好的官方照片和急救跑者证书网上链接。还好，有志愿者在群里发了赛道辽源半程马拉松追记照片，我找到两张，赶快补记辽马赛记。

打去年开始，出于一些原因，曾经风起云涌的全国马拉松热潮不得不蛰伏下来。到了今年夏末，全国绝大部分地区情况好转，无意中看到了网上辽源首届半程马拉松办赛启事。省内地级城市首办，200公里距离，三小时车程，这些优选条件不由得让我心中长草，不假思索，网上报名交费。关注中，又中选赛事急救跑者。报名时定好的 9 月 17 日开赛，中途突然网上通知改为 9 月 24 日。好在距离不远，无更改酒店机票之虞。

9 月 23 日，伴随着一场大雨，踏上吉林开往辽源的大客车，三个小时多，抵达辽源客运总站。灰蒙蒙的天际，仍在飘洒凉飕飕的雨滴，楼宇虽不高耸、街道略显窄、行人也较稀疏，但错落有致的布局与安然自得的氛围，勾勒出一幅别具特色的小城画卷。

手机上，高德地图搜索辽源市南仁东广场——辽马参赛物发放地，提示乘公交 6 路环线。风雨中，公交站牌下等了十几分钟，

"会来的，6路冷线车少。"一撑伞老哥告诉我他也等这趟车。"谁坐6路车？"躲在站牌后超市门洞避雨的我听到呼唤赶紧跑出。原来撑伞老哥特地跑过来唤我，一同上车后，老哥听我说明来意，告诉我他刚好在我下车的后一站下车，临下车前又嘱回来时可要在道对面等车，不然错过了又要多等差不多半小时！

南仁东广场很宽阔，小雨初霁，绿树鲜花环绕，辽源市博物馆等崭新建筑坐落其中。走过刚刚搭建的辽源马拉松起点拱门和主席台，随着导引牌，看到一座方形建筑，这就是看起来刚启用的辽源市图书馆，也就是辽马参赛物发放处。沿着台阶走进二楼大厅，不算大的空间纵横摆了两条长台，靠门一侧是登记验证，另一侧是发放参赛包。包内仅有号码布、参赛T恤，另有一只口罩。同参赛包一样简约的是取包大厅，无赞助商展台，无商家展示，又无跑马人游逛，不大的空间略显空旷。

由于南仁东广场是新区，10公里外才能找到酒店。一周前，网上订了一家民宿，店家告诉钥匙位置。手机导航寻到，打开门，一室一厅住宅，榉木装潢，铝合金双窗。式样虽显老旧，但收拾得干净，设施周全，体验温馨。楼下小吃后，10点入睡，一夜安眠。

24日早晨醒来，刚好4点，排空洗漱，泡面蛋糕填腹，行头披挂整齐，手机收音机里《新闻联播》正开始。下楼后，心情大好：秋雨洗礼过的街容，干爽清洁，一列整洁的大客车打着双闪等候在马路边。原来我住的民宿坐落在东方广场西侧，而东方广场恰好是辽马设的4个点对点摆渡车站点之一。

摆渡车穿过市区，抵达南仁东广场已是20分钟后，又来到图书馆领包处领取了医疗包，换下外衣，存包完毕，步入赛场。

首届辽源半程马拉松，聚集了2000名半程跑另加4000名欢乐跑，总共6000跑者，可谓场面恢宏，吸引了东北三省及河北、山东等地跑马好手，从主持人介绍来看，辽源市的主要领导也悉数到场。赛前热舞拉伸中规中矩。8点半一到，伴随着发令枪响，五彩烟雾升腾，6000跑马人涌出拱门，辽马隆重开赛。

前一天的灰蒙蒙和丝丝细雨早不见踪影，瓦蓝的晴空点缀着俏皮的白云，暖融融的晨光伴着微风轻拂着欢欣的逐梦人。

辽源的赛道太棒了，平展宽阔，前5公里处于新区，抬眼可以看到几公里外。5公里后进入主城区，赛道两侧，人流如织，或许是首次举办，赛道横贯辽源市仅有的两个城区。似乎是全辽源市的人都走上大街欢呼庆贺这一盛大节日，赛道两侧，大人小孩儿满脸洋溢着喜庆，尽情地呐喊为奔跑者鼓劲加油。奔跑在如此情境的好处是，再苦再累也要挺着微笑奔跑，不能偷闲，不好意思辜负了观众欢迎你的热情。

辽马赛道除了10公里外有一段小慢坡，下穿一个立交桥外，其余尽数康庄大道。特别是终点前5公里，是回返出发时的路段，宽阔平坦且一览无余。这时尽管周身疲惫，但是心里畅快。19公里过后，路边市民喊：前面拐过弯就是终点了！果不其然，赛道过弯，赛道两旁引导牌林立，几百米外，艳红的终点拱门卜，计时钟闪烁；旗门下，人群在召唤。平日训练千般苦，都为眼前这一刻，跑马人的梦就在这里点燃。以此发端，每个跑马人瞬间都像上足发条，一鼓作气，奋力冲刺，奔进旗门。

从赛后跑马人的欢欣喜悦中，不断听到，相当大比例的参赛者都PB了。赛后组委会的成绩短信知知，我取得149，我的半马成绩也

PB，比三年前的最好成绩提高两分多。

　　完赛活动区领取奖牌和完赛包，愈感口渴难耐，恰好旁边有赞助商发放饮料，赶过去啜饮大杯"战马"，可喜的是商家竟然对前来跑者不限量，遂接连喝到满足。

　　简单拉伸后，找到归程点对点摆渡车。返程路上，跑友们志得意满地朗声交流着今天的参赛感受，众口一词地对辽源市政府能为市民和跑友奉献一场精彩的盛事赞不绝口，更为辽源市民的热情而啧啧称道。

　　　　　　　　　　　　　　　　　　2022 年 9 月 29 日

厦马二十届参赛记

2022 厦门马拉松已过去三天了，从花团锦簇、风光旖旎的海上花园飞回到冰封雪裹的北国，疲惫的身体已渐趋恢复。但参赛第二十届厦马撩拨起来亢奋的心境久久难以平复，翻看微信朋友圈好友晒出的火热照片，又看了央视五套厦马直播的回放，随着电视的转播历程，驿动的心潮又随着屏幕中赛事的延展而铺陈开来……

2022 年入秋以后，蛰伏近一年的马拉松赛事纷纷启动，然而不久又相继宣布延期或取消。还有一些大型赛事调整为参赛人员仅限当地人。10 月底，网上看到盼望已久的厦门马拉松发出官宣，面向全国招募报名。

厦门马拉松此番已是第二十届，是国内最具盛名的马拉松赛事之一，在连年获评国际田联及中国田协"双金"赛事的基础上，前一年又被国际田联评定为精英白金赛事，由此，厦门马拉松成为国内仅有的两个具有世界影响的马拉松赛事之一。具有海上花园鹭岛的美丽景致，又兼"马拉松城市"的浓厚氛围，还有套办本年度唯一的全国马拉松锦标赛的高规格，以致厦门马拉松成为国内专业运动员及大众跑友的必选赛事。

好像与厦马有缘，投身跑马以来，国内热门赛事抽签几乎十之八九充当分母的我，报名厦马竟然连报连中，此前自 2018 年起已连续跑过三届。9 月下旬，2022 厦马官宣报名启动。受厦门马拉松 20 年这一特定意义的感召，早就盼着重返赛道，便在第一时间果断报名。不出所料，10 天后，收到中选厦马参赛资格短信。开赛前一个月，收到厦马参赛号码。眼看着国内一些先期启动的马拉松赛纷纷延期、限制人员范围或干脆取消，心里默默地祈望厦马千万挺住。

数万人参加的比赛，当地住宿是个难题，几年前参加厦马时曾住在黄厝一个叫爱琴海的民宿，清新的格调和老板小田的和善热情让我在微信里记了下来。临近半夜，微信发过，很快小田就回复了，微信中热情欢迎，就我担心的事——作答，并告诉我如担心起早赴赛道路封闭可以用电动车送我过去。一番话顿时让我心里暖意融融。临出发前，又微信嘱告厦门近日连雨，带好雨具。

11 月 24 日，乘机自沈阳桃仙机场飞到厦门高崎机场，按手机定位冒雨打车来到黄厝。灯火辉煌的商业街道中，下车后，电话一接通，小田已在巷子里笑盈盈地迎出来。

两年前，曾参加了与厦马套办的全国警察马拉松邀请赛，此番临近比赛，微信中试探询问能否参加，负责组织警马赛的厦门警队陈伟热情爽快：可以参加，只是报名早已结束无法补订战袍，不行就穿我的上！

11 月 26 日，厦马组委会安排外地参赛者领取参赛物，上午领取了参赛包。下午 3 点，来到国际会议中心南侧与全国各地来厦门参加全国警察马拉松邀请赛的全体警马集中合影，领取了印有"厦门"字样的警马服装和纪念章。

连日阴雨，比赛前一天已彻底放晴。晚饭后，信步走到相距数百米，温润舒爽的黄厝海滨。岸上景致迷幻，海面渔火摇曳，20度的气温伴随着柔和悦耳的音乐让人流连忘返。遛弯归来已近10点，抓紧整理，洗漱后上床休息。奇怪的是，困意全无，索性翻看手机吧，警马群里这时更多的是因故未能赴赛外地战友的种种遗憾和羡慕，还有就是对参赛者的祝福，厦门警队的此番警马赛负责人康舍还在群里叮嘱各地参赛队员各种细节，其中说得最少的一句话让我记住了："咱们都是警察，明天该做的不用说了吧。"夜半已过，迷糊了三个小时后又醒了过来。差10分7点，小田微信问是否准备好，下楼随着小田走向停车场，看出我的疑惑，"还是开车吧，怕电动车不安全。"小田轻飘飘的话语让人暖上心头。

7点整，来到厦门国际会议中心附近的会展北路，多少年来，这里都是厦马的起、终点。第二十届厦马与此前经历过的三届厦门马拉松从整体上基本上一致，拱门、分区、参赛者以海洋蓝与纯白色为主色调的宣传栏都让人强烈地感受到厦门马拉松特有的魅力。

此番厦马占了一个很不错的天时，此前几天，厦门一直下雨，赛前一天雨才停下来，但是直至开赛前都是浓云密布的阴天。比赛当天，进入赛道前工作人员检查了号码布和手环。按照号码布标明来到所在分区，厦马按报名成绩设置了5枪出发，自己的号码属于第四枪，也就是第一枪过后20多分钟才出发，所以，我很从容地在所在"H"标牌下热身和拍照，近3万跑马人聚在一起，扬声器很难兼顾距起点百米外的区段，临近发枪，我才知道自己所处是赛道外衣物寄存区，于是赶紧冲进赛道，只是前面已挤满了层层叠叠的欢乐"绿跑"以及"亲子跑"的人流，奋力挤过去后，第四枪已发过，只好降档与最后一枪的队伍出发。

8点整，第五枪发出，"J"区参赛者与降档起跑的选手涌出起点拱门。一公里后，赛道到达环岛东路，道路两侧红花绿植；道路外侧，是高大椰子树环绕；更远则是浩渺烟波的台湾海峡。厦门被誉为海上花园，其精华应在于此。轻柔的海风吹拂着跑马人的脸庞，跑动的人流掠过路旁的一座座马拉松雕像，路边不断出现的赛道摄影师也激发起跑友摆出各种姿态，马拉松赛道是跑马人缓释压力的窗口，更是挥洒激情的舞台。

跑过98金钥匙，开始出现音乐加油站及观战助威的市民，担任赛事直播的直升机在赛道上盘旋，所有这些都不断撩拨跑马人的激情。厦马的赛道是在环岛路上折返，跑到厦门大学时开始看到第一拨出发的选手已折返过来，看到熟悉的跑马大咖从对面跑过，不断引起人们阵阵兴奋。

厦马的赛道坡不算多，但是不多的坡路却很长，赛事开始阶段感觉不明显，但后段体力下降则是面临考验。兴许是前夜睡眠不足，半程过后，大腿发沉。25公里爬上演武大桥，仰头看到长长的斜坡，绝望得只好改跑为走。

过了一段，试着想再跑起来，可是大腿像是安了绳子拽着，无法迈开步。坚持着来到一处医疗点，消炎喷雾后，稍有缓解。观察一下，当日厦马参赛者后半程抽筋的不在少数，间或有急救车在赛道边呼啸而过。过了胡里山炮台的一段坡路，目测赛道上的漫步者已十之六七。

32公里处，看见两个红马甲官方急救跑者在赛道边绿地上，一个红马甲站立着给躺着的红马甲拉伸。35公里后，随着赛道进入平缓路段，腿部不适稍有缓解，但仍然仅仅是不甚规范地向前迈步。直到41

公里，快没机会了，试着跑吧，腿迈不开就靠摆动双臂用惯性带着腿向前悠，最后终于冲进终点拱门。赛后组委会发来成绩短信：507。

尽管自己很不堪，但是能参加如此规模赛事，特别是厦门能在当下办成一届全国范围参赛者近 3 万人的马拉松大赛，确是难能可贵的。

跑马第 7 年，历赛 80 余，身倾神注，乐此不疲，若非特殊情况，赛事延宕，怕是已经参赛逾百了。可是，问起为何对参赛马拉松情有独钟，以我的感受，马拉松是个大考，可以全方位检测自身的身心状况和训练成效；马拉松是标杆，激励你向着目标努力前行；马拉松是舞台，可以充分地展示自己的能力，发挥专长。马拉松是减压舱，一群青春勃发、志同道合的热血跑友聚在一起，让人轻松愉快，从而忘记生活和工作琐事等压力，尽情释放激情，舒展胸怀。

跑下 42 公里，虽然疲惫不堪，累得怀疑人生，但是一遇新的赛事仍然激情满怀地踊跃参加，其缘由是跑马人胸中藏着一颗不服输的心，头脑中升腾着战胜自我的向上精神。

2022 年 12 月 2 日

（2022 年 12 月 4 日刊载于"自游人体育"公众号）

有缘跑儋州　不枉马拉松

　　2022 儋州马拉松赛过去 6 天了，6 天前 6 小时内的 42 公里奔跑带来的疲惫早已化解。但微信群里跑友们讨论参赛感受和不断晒出参赛图片所表现的热度似乎未见衰减，脑海中参赛儋马过程中那一幅幅激动人心的画面还在接连浮现。

　　此番儋马报名是缘于 2020 年曾作为腾讯公司选中的赛事体验官赴赛儋马，赛前又被儋马组委会聘为 600 官方配速员，儋马以其独具特色的推广艺术魅力、精湛的细节打磨和暖心的跑者体验深深地打动了我。已跑过 80 场大型马拉松赛事的我把儋马列入为数不多必跑的赛事。赛道上又结识了吉林老乡——儋州警队李书记。由此，2021 年的儋州马拉松我就成功报名警察护跑团。只是，某种原因，当年儋马未能举办。

　　进入 11 月份，网上看到 2022 儋州马拉松启动的消息，儋马特有灵动活泼的招贴画面及富有穿透力的话语，让我再次被深深吸引。旋即，儋马又发出招募官方配速员的推文，我不假思索直接填好表格网上发过去。

　　本来按自己的实际报了 530 配速，不久，组委会兔子负责人张秀霞老师微信征询确定我仍然担任 600 配速员。由此，人生 32 次官方配速员经历中，我将第三次担任 600 马拉松配速员。

儋州警队稍早建立的警马群很活跃，李杨书记和侯涛涛团长做事细致周到。兔子微信群结识了同为警马的小宋，经小宋联系，俩人一同坐上广州兔友甄珍的车，从海口美兰机场直接抵达儋州新落成保利云上运动员村儋马兔子驻地入住。

车行半路时，侯涛涛团长电话询问，今晚儋州市公安局召开儋马警察护跑团欢迎会，局领导到会，想邀请您在会上表态发言。"没说的，支持工作！"我当即慨然应允。

晚 5 点整，儋州市公安局大会议室，局主要领导及儋州市相关部门领导连同澳门特别行政区在内参赛儋马的全国各地警马队员悉数到场。作为外地赴儋警马代表，我被安排在儋州市局领导讲话后率先发言。

也许是我自己久经"战场"，也许是 12 届儋马赛事成熟使然，一走进儋州，就会被儋马宣传招贴所营造的浓烈氛围吸引，从领物环节到入住运动员村，从街头商业大厦大屏幕到寝室提示纸牌，儋马元素渗透到每个点滴细节中，让人不知不觉地融入其中，受其浸染。

第二天，也就是 12 月 18 日，凌晨 5 点，起床洗漱，楼下早点后，登上早已等候的接驳大巴，不到半小时车程来到儋马起终点儋州市文化广场。虽时间接近早上 6 点半钟，但天还没亮。领取兔子时段气球，存衣如厕，集中到起点拱门下，拍了官方配速员全家福。七点刚过，天也渐亮。此时，赛事主舞台上主持人开始激情调动全场人员的情绪，台上一出出活力动感的健美操表演，拱门下上万名参赛者群情振奋。头顶上，数十架无人机在赛事起点上空盘旋，将赛场上的每个细节尽览无余，而这一切又通过矗立在起点拱门前方的巨型展示屏滚动播放出来，每每看到屏幕里的人们欢欣的镜头，都让我激动不已。

儋州这几天接连下雨，开赛前一天仍飘落零星细雨。比赛当天，虽无雨，但仍然浓云密布，早晨气温零上10度出头的样子，海南当地人讲这样的温度是儋州一年中气温的最低值。但是对参赛马拉松来说这样的温度则是难得的天缘。7点半钟，随着令枪响起，儋马万余参赛跑手鱼贯涌出文化广场起点拱门。宽阔、平坦而笔直的赛道，花团锦簇的路畔绿植背靠着高大的热带乔木，神奇的自然禀赋本已激发跑马人向前奔跑的冲动，而路旁儋州市民热情的加油鼓劲更加助推人们的激情。中兴大街上，曾见近20位大叔大妈穿着黄衣白裤路边表演助力，场面令人难忘。

此番儋马官兔装饰上衣白底蓝花配上蓝色头套，再加上深蓝色配速气球，每组4人形成小集团在赛道上很是醒目。每每路过跑马人，作为配速员职责所在，我时常视情况提醒对方调整节奏、适时补给或者告诉坚持一下不行就等待收容车。赛道上的跑马人看到兔子群也自然地聚拢过来，形成一道风景线。600配速组的4只兔子也都互相提携，彼此鼓励，最终，圆满完成了儋马配速员使命。

对于儋州马拉松，跑马圈流传两句话，其一为："没跑过儋州马拉松，不算跑过马拉松。"其二为："儋州马拉松是国内马拉松的必跑赛选项。"连续两次参赛儋马，反思上述说法，自己觉得话说得虽然略显极端，但确有合理性。

首先从赛事组织看，上下协同，善始善终。从开赛全儋州各主要领导均到场，到赛事关门，七八个小时主持人及场内人员均热情有加。我作为最后一批完赛者即将返回运动员村之际，儋州警队的负责战友热情地邀请合影并送出，而此时仍能听到赛场主持广播还在进行中，儋马体贴关怀暖到最后一批离开赛场的跑马人。

其次，注重细节，丝丝动人。踏进儋州，就走进了儋马，从街道大屏幕、宣传引导牌到运动员村提示标语；从参赛包、号码布封袋到封袋胶贴，甚至是赛道边垃圾筒上都印满了淡蓝色儋马标志，让人们想忘掉儋马都不能。

最后，充分补给，充满人情味。儋马一以贯之地为参赛者预备优质参赛衣、完赛服，完全可以媲美时尚潮品的雪糕拖鞋、单肩包，以及完赛红地毯走廊，"苹"安果墙，让人终生难忘。而作为儋马兔子，每次都会得到一座精美的刻制奖杯，让人满足感爆棚。特别值得一提的是此番典雅大气的奖牌竟然暗含机关，既可设定完赛时间又可选定生肖年份，成为可观瞻可把玩的宝物。

此刻，2022儋马结束快一周了，但是儋马官宣始终未停歇，与跑友的互动仍然在继续。前天，组委会专门发出感谢信，信中分别对赛事跑者及所有儋马参与人员表达了诚挚的感谢。今天，儋马组委会又发出了征求意见函，列项分目地征求对此番儋马的意见和建议。由此便能洞悉儋马在全国众多城市马拉松比赛中出类拔萃的缘由所在，也让人们对下一届儋马充满无限憧憬和期待！

"跑一次马，识一座城"，儋马赛道旁这张不甚醒目的条幅或许诠释了儋州这个城市历经12年，举全市之力兢兢业业匠心打造精品赛事的良苦用心。同时，也为儋州的开放发展向全国敞开了大门，向世界开了窗户。以此助力，相信儋州这一古老文化名城必将更加焕发生机，成为自贸港建设的海南西部耀眼明珠。

2022 年 12 月 25 日

配速嘉陵江畔　领跑四川苍溪

开年三月，春光明媚，姹紫嫣红，鸟语花香，不错，但这是在四川，家乡北国吉林此时仍旧大雪皑皑，滑雪正旺。

春节过后，人们渐渐萌发了运动的热情，而蛰伏了两年的马拉松大赛也相继出笼。

像花朵在适宜的温度才能开放一样，马拉松也是具有属于春天的属性，太冷不行，太热也不行。自然，3月里温暖的四川，成了马拉松开赛集中的省份。

3月初，网上看到苍溪环嘉陵江马拉松招募兔子的推文，文中图片旖旎的景致，加之兔子安排住宿等待遇让我不由自主地报了名。一周后，组委会张丹老师打来电话，告知入选苍马官兔。

3月10日，自长春飞往成都，由于去苍溪是下午稍晚的动车，喜欢逛名家故里的我又去杜甫草堂转了大半天，傍晚抵达苍溪。走出车站，一片杏黄色的油菜花映入眼帘，远处间或明灿灿的粉红桃花、片片洁净如雪的梨花扑面而来，群山环拥下，玉带似的嘉陵江水镶嵌在稠密的广厦高楼之间，单从外观印象看，这个县城若放到东北，妥妥地是个中等规模的地级市。

第二天上午，来到组委会安排的广元商务酒店办理入住。接着，来到一公里外北武当山下的玄武广场，也就是苍马参赛物发放地。时间刚好9点半，志愿者刚刚上岗，我成了第一个领取参赛包的参赛选手。走出发放区，广场中间的一排展示板第一面赫然呈现着兔子的画面，处于头排居中位置是自己的跑步照片，千里之外看到自己的照片向自己招手很是让人兴奋！

　　下午3点半，按计划张丹召集兔子们开了会，发放专属装备。简单培训后，兔子们集体来到几百米外的嘉陵江畔，摄影师小木木变换不同场景，设计造型为兔子们留影。

　　12日是苍马开赛日。早上6点，与同寝的兔友邓鸿帮一起出门吃了早点，豆浆一杯加两个豆包。苍溪的天接近7点才开始见亮。兔子们7点从酒店出发，7点半，来到苍马起点旗门下。激越的音乐背景中，青春活泼的健身教练踩着明快的节奏带动全场跑马人共同热身。接着，苍溪县委书记上台简单讲话，全场高唱国歌。自己感觉离预定的8点开赛还有几分钟，这时一声长笛，没等我反应过来，身边的运动员们已冲出旗门，苍马就这样开始了。

　　十四五度的气温，三四级清爽的风，加之循着嘉陵江畔平缓的赛道，苍马带给跑友的是个梦幻般的自然条件。赛道边，苍溪百姓此起彼伏热情地加油鼓劲让人感动。赛事的补给也很充分，饮水饮料、蛋糕、香蕉、小柿子、葡萄干、榨菜等，丰富又充足。志愿者尽职尽责又热情。作为赛事官兔，身披230官兔标识，头顶鲜艳的配速气球，不时有跑马人前来咨询，更有一批不离不弃、忠实的追随者。配速组的两只兔子互相提醒，严格地按既定的配速行进。赛程的后段设计跑在通往梨花广场的健身步道上，规范的健身标志加上精心栽植的绿色植物营造舒缓的环境，让跑马人心情大好。不觉间，已迈过了终点计时板，一场轻松的半程马拉松完满结束。

赛后，组委会发来成绩短信，我们跑出的配速与标准时间仅有十几秒之差。

走出终点旗门，志愿者给我挂上亮晶晶的梨花图案奖牌，补充了完赛包里的功能饮品，随着导引牌指示走到体能恢复区接受了志愿者的拉伸按摩，又在赞助商展示板前拍了苍马标志照，这才意犹未尽地踏上了归程。

走出赛事服务区，看到梨花广场正在部署一场庆典活动，主会场上，"万树甜，花舞苍溪"为主题的第十八届苍溪梨花节标题分外醒目。不用说，这届苍马是为梨花节造势增辉，全国跑友在梨花节日跑在苍溪的嘉陵江畔，也是别有深意。可见，马拉松赛不仅是推动全民健身，彰显城市风貌的载体，也是搞活流通，拉动内需，撬动经济发展的源头活水。

跑马第 8 年，赛过 80 场，有过疲惫，偶有打退堂鼓的想法，但马拉松似乎有种魔力，一见网上推出赛事推文，便按捺不住勃发的激情。可能有几个不参赛的理由，但却有更多理由、更强烈的意志支持我参赛，向更多的完赛目标挺进。其中的缘由固然很多，但最重要的是马拉松运动能促进参与者自身自律，不断催人向上，并常做常新，不松不懈，由此带来那个不同于他人，同时不同于自己的你。

人们常讲，人生是场马拉松，可身在马拉松赛道的痴迷者，会把人生读得更别致，也更深刻，所以也更会珍惜时光，把握人生，不是吗？

2023 年 3 月 13 日

无锡马拉松初体验

桃红色推文主基调，樱花盛开的季节，最适合 PB 的绝佳跑道，国内外双金赛事，这些因素撩拨着我把无锡马拉松列入我为数不多的必报赛事。兔年春节后，网上看见锡马重启，今年首个国内外双金赛事，又兼办全国马拉松锦标赛以及世锦赛和亚锦赛选拔赛等五赛合一的空前规模，我不由得果断报名。赛前一个月，双双入选锡马参赛选手和赛会急救跑者。

兔年春节过后，国内又开启了马拉松赛井喷模式，进入 3 月，相继在四川苍溪和眉山当了两个半程马拉松的官方兔子。3 月 18 日，飞到南京，从南京南坐动车到了无锡东，二号线换四号线转了两程地铁抵达无锡太湖国际博览中心，到达时已接近晚 9 点，锡马领物最后时段。

一出地铁站口，醒目的粉色锡马指示牌映入眼帘，粉衣女志愿者热情指导路线。100 米后转入正门，此时前来领物的参赛者已寥寥可数，所以迅速领取了参赛包，返程又坐了一程地铁，出站后打车来到吉林跑友杨列元帮忙安排的酒店下榻。

19 日早 6 点 10 分，与杨列元从酒店出发，打车抵达无锡体育中心，锡马赛道起点。看得出无锡马拉松无愧为双金赛事，3 万余人的参赛规模，但人流密集而有序，这得宜于路边醒目的指示牌和恰到好处的志愿者引导，加之号码布已标注车号，所以一路顺畅地抵达所在的 C 区起跑段。由于是央视五套现场直播，直升飞机始终在头上盘旋，锡马比较国内同级别厦马、广马，缺少了主席台上大屏幕的实时转播，欠缺了临场气氛，却也留存了一点儿宁静。没有了万人一同共唱国歌和发令倒计时，等到 7 点半过后，赛道上人流开始涌动。7 点 40 分，C 区的参赛者开始迈出了起点计时线。

毕竟是国内顶级赛事，一出旗门，主持人激情的鼓动响彻耳畔，数不清的长枪短炮迎面开拍，欢呼的人潮激励着跑马人的热情。十三四度的气温和着早晨特有的雾气，让人好似在氧吧穿行。江南早春特有的生机，粉的樱花、白的梨花、红的蜡梅，在片片绿植的映衬下，让人好不惬意。分区起跑的好处，也充分体现出来：人们几乎步调一致，让锡马略显狭窄的赛道不那么拥塞，跑者可以尽情地享受畅跑。

近期连续跑马，让我的腿部肌肉一度紧张，跑起来后心里暗暗打鼓，所以始终压着速度。锡马赛道边是美丽的太湖景区，人们奔跑在风光旖旎的公园中，很多跑友忍不住驻足自拍，让自己的身姿融入这如诗若梦的境界中，可我的心情始终放松不下来。

锡马的赛道确实可圈可点，路边连绵不绝的独特粉色赛事标志构成锡马别具一格的元素，连同热情加油鼓劲的无锡市民不断鼓舞和激励着运动员。让人称奇的是，18 公里后，赛道进入江南大学校园，绵延 3 公里，路边尽是青春洋溢的莘莘学子不遗余力地呐喊，从接近校园到离开，远远地还能感受到传递过来的撼人心旌的动力。锡马赛道很不错，起伏很小，所以本次赛事出了大新闻，就是尘封 15 年的国内男子马拉松纪录被打破。但是说锡马赛道是最适合 PB 的赛道则言过其实，国内比锡马更平更直的赛道不在少数。

锡马的赛道补给很充分，补给点和医疗点设置合理，两侧道路的摊位很有创意。补给品和医疗设备从不断档，特别是一些企业和社会组织设置的多处私补点在赛道边屡屡出现，这些不穿粉色外罩的热情志愿者无疑增加了锡马的魅力。值得一提的还有锡马赛道上数不清的摄影师，他们的不时出现引起跑马人一阵阵的精神振奋，而他们喊出的"跑起来呀，跑起来拍得才好看！"则让人不由自主地调动自己的余力展示出最佳状态。

38 公里后，赛道来到贡湖湿地公园的马拉松体验中心，脚下彩蓝色漫步胶道，路边杨柳依依，眼前樱花吐艳，耳畔摄影师召唤，让疲惫不堪的跑马人顿时打起精神。不久，眼前又出现"距终点还有 1KM"的提示牌，再度激起人们的斗志，眼前是 42 公里大幅标志牌，引领人蹽开大步，标志牌到达后左转就是笔直通向锡马终点的旗门线，冲啊！胜利在望啦！

伴着主持人激情洋溢的鼓励，跑马人纷纷完成了心心念念的锡马之旅，本该呈现的 42 公里疲惫，已被内心的满足感以及领取完赛包被志愿者挂上奖牌的成功欲冲刷干净，而代之以掩饰不住的兴奋或愉悦。

此番锡马的成功不言而喻，疫情过后，3 万参赛人享受跑马乐趣、尽情狂欢，1200 人如愿"破三"，特别是国内马拉松纪录十几年后终于被两人双双打破，这些必然会为中国马拉松历史添最为浓重的一笔。

参赛此番锡马，体验了双金赛事的魅力，与打破中国马拉松纪录的好于同场竞技，领略了江南名城无锡最美季节的迷人风光，感受了全国马拉松跑友的热情和笑容，让我收获满满，不虚此行！未来的锡马，值得期待！

2023 年 3 月 20 日

眉山东坡马拉松参赛追记

跑过全国半程马拉松锦标赛（眉山站），未及换下浸透汗液的衣裤，为赴次日的全国马拉松锦标赛（无锡站）赛事，直奔动车站赶往成都天府机场，乘上飞向禄口机场的飞机。待到达无锡，就寝时已过深夜12点。19日，又跑完锡马全程。连续两天两马背靠背参赛，尽管身心处于巨大疲惫中，头脑中仍抹不去眉山东坡马拉松赛的印记，追记此项赛事的成果始终是令我不吐不快萦绕心头的执念。

"您是孙老师吗？"得到肯定答复后，"我是东马组委会的，您已入选东马官方配速员。"

3月8日下午，组委会蔡静老师打来这个电话让我蒙圈了，北马、厦马、广马都是以城市首字命名，可东马是……

"老师，对不起，能再说一下是哪个城市马拉松吗？""哦，我们是眉山东坡马拉松组委会。"

噢，我这才想起来两周前曾网上报名眉山马拉松兔子，可习惯上应称"眉马"呀！

17日上午，飞抵成都天府机场，按地图提示，从机场出口大厅乘上地铁十八线，然后换乘两段公交就已到达眉山市，10分钟后，步行抵达组委会安排的明月酒店入住,前后仅用两个多小时,花了14元车费。

一踏进眉山市区,眼前的景象好似刚刚清洗过硕大的盆景,早春温暖的气候中,整洁的街道、遍布每个街路的花卉及建筑小品让人有行走在花园的感觉。从公共汽车站到酒店,从酒店再到东坡湿地公园,几公里路程,街道一平如砥,路边地上的方砖光洁平整,造型独特的街边小品与鲜花绿植和谐相融,连同整洁而错落有致的各式建筑,在雅致的街容市貌中既有机共存又移步一景。

东马的参赛包发放处设在东坡湿地公园景区里,沿着东坡湖畔矗立着三幅马拉松宣传展示板。中间一幅就是东马兔子展示牌,千里之外又看到自己了,愉悦之情不禁油然而生。

紧邻参赛物发放区,则是长长的围成环形的各色眉山特产展销摊位。东坡肉、东坡鸡、龙眼酥、东坡春见橘等眉山美食在商家的热情招徕下,引得众人纷纷驻足品鉴。东马的参赛包可谓诚意满满,除了参赛服、号码布、雨衣及参赛须知册属常规标配外,另有眉山文旅地图、牛奶、奶糕、龙眼酥、泡椒豆、榨菜心、东坡橘子和两只盐丸。如此林林总总,既让跑马人饱了口腹又宣传展示了眉山的魅力。

按照蔡老师的要求,下午5点,全体东马兔子集中到湿地公园起点处,进行拍照。酒店晚宴后,兔子们分发了配速气球。

躺在酒店房间里,回味来眉山后的新鲜见闻,睡意全无,索性坐起来写了打油诗:

有缘参赛跑东马,领略福地美如画。

三苏故地留印记,无悔人生更潇洒。

又选了三幅东坡兔子合影照片发给眉山的官方 APP "东坡老家"。当晚，"东坡老家" 就在该公众号推送刊发，一夜间，阅读量已突破2000。

18 日早 6 点，眉山的天还漆黑一片，酒店一楼早餐后，打点行装，马路边骑上共享单车，10 分钟后来到两公里外的东马赛道起点。

到底是全国半程马拉松锦标赛规格，现场布置及人员组织都井然有序，头顶上直升机轰鸣盘旋代表着央视正在进行直播环节。东马兔子们站在旗门下大众跑者前排，照例是赛前热身和各种拍照。7 点 55分，万人共唱国歌后，倒计时开始，8 点发令枪一响，东马比赛在跑友的欢呼声中开始。

东马真有天缘，十三四度的气温伴着淡淡的晨雾，让跑马人在天然氧吧中穿行，而且这样的环境贯穿赛事始终。宽敞平直的公路赛道，全程找不到一处破损。两旁是花坛绿植环绕，栅栏外是热情的市民纵情呐喊加油。东马值得称道的是，赛道旁一处处身着统一服饰的志愿者舞蹈和鼓乐加油站，以及孩子们集体器乐演奏或演出节目，为赛道上的跑马人不断地鼓劲助威。这种场景出发时如此，赛事折返后，节目仍然进行。东马的赛道补给丰富而充足，一个半马比赛，竟然看到有两处供应能量胶和士力架。可称道的还有东马的兔子团队，每个配速组都齐心协力，坚守目标。我所在的 215 组 4 只兔子几乎踩着标准时间通过每个计时点直至终点旗门线。

由于要在第二天赶往江苏参加另一场马拉松赛，所以，就有了前面说的赛后领了奖牌和完赛包，连跑步穿的衣裤都未换就赶往火车站。幸好眉山给东马过后的赛道解封很迅速，让急火火的我及时打到出租车，从容地赶到车站，顺利地搭上预订的航班。

此番东马之旅的顺利还离不开热情的四川兔友相助。行程中语言不通，兔友张志刚不时地充当四川话翻译，每次出行都特地过来喊我。兔友戴哲骥耐心地告诉我如何出行更便利。离开眉山有一段时间了，兔友雷林特地加微信好友，嘱我有机会再来眉山，看看三苏祠！

　　我真孤陋寡闻，竟然对唐宋八大家的"三苏"出生地就在眉山浑然不知。来去匆匆，眉山的美食没能品味，特别是对这处千古诗书城、人文第一州未及充分领略，实属遗憾。

　　去往机场的车上，我忽然顿悟，城市观感格调高雅，规划有品位；所见之人高尚有礼；地方经济繁荣，得以成功办出具有东坡文化特色又融入当地经济与文旅内容的马拉松赛事，眉山的神奇就在于有深厚的文化根基，并且把这种豁达、乐观、进取的东坡文化不断开掘和发扬，由此才有了让人耳目一新的眉山。也正因此，人们才把眉山马拉松说成是"东马"而非"眉马"，不是吗？

　　短短一天，通过东马，让我有幸走进魅力眉山；时光匆匆，留下遗憾，带走思念！

　　祝福眉山，祝福东马，祝福兔友，想你会在梦里，但梦想一定会成真！

2023 年 3 月 21 日

杭州梦马　格调不凡

好像是同杭州有缘，此前曾报名杭州马拉松配速员，入选后因事错过。2021年杭州梦想小镇半程马拉松入选官方配速员，但开赛前停赛了。2023年春节后，杭州梦马重启，我又被选中此番官方配速员。

3月25日，自长春龙嘉机场飞抵杭州，地铁站里，大幅的宣传画面让梦马呼之欲出。一出良睦地铁站，街道两侧建筑物海蓝色玻璃幕墙背景下一排排绽放的樱花映入眼帘，灿烂的场景不由得调动起内心兴奋的情绪。

出地铁站向西步行几百米就到了杭州梦想小镇未来科技城交流中心——梦马参赛物发放处。远远地就看到有志愿者举着欢迎指示牌在拐角处。走进学术交流中心，是一处周围由古色古香的中式青砖小楼圈起，中间由鲜花环绕的水塘，在通向另外一侧通道中，由志愿者来发放参赛物资。由于已是下午，人不算多，领取也顺畅。

26日，是杭州梦马开赛日。早6点，酒店早餐后，兔子们乘大巴来到杭州未来科技城学术交流中心，存包集中照相后，就在学术交流中心高大宽敞的大厅里进行热身。离开赛还有15分钟，来到起点拱门下。主席台上，青春靓丽的领操员们伴着富有节奏感的乐曲带动全体跑马人热身。开赛前5分钟，领导和嘉宾上台，倒计时后，枪响开赛。

梦马的赛道位于杭州西部余杭区，整个赛程所到之处，均是高耸挺拔、外饰玻璃幕墙的新式建筑矗立两侧的宽广大道，路旁鲜花绿植则被更耀眼的排排盛放的樱花笼罩，加之比赛时，十几度的气温，以及阵阵清风送爽，万把跑马人个个满是欢欣和喜悦。

与众多马拉松赛不同的是，此番梦马开赛于即将开启的杭州亚运会半年前，具有为亚运热身和造势的意味，所以从赛事的筹划到部署实施，规格都远超中小赛事。比如，赛前两天，连续在梦马开赛起点处组织大型音乐节，赛会的安保以及志愿者规模、服务程式都有精心筹划操演的架势。赛道的服务可谓精心，大约每两公里就有长长的进补点，5公里就能看到连排卫生间。每100米就站立一名臂戴红十字标志的救护志愿者。相比之下，就显得赛道边观战加油的市民少了许多，这也许是作为阿里巴巴总部所在地的梦马赛道，起终点设置在学术交流中心，路线经过梦想小镇、杭州师范大学、国际会议中心、人工智能小镇、数字健康产业园、海创园等科研文教单位之间，故而主办者创意在于：在樱花盛开的春天，这条叠加科技与人文之美的"最美赛道"，让所有参赛者切身丈量并感受到一个宜居、宜业、宜游的未来科技城，以及一座迎面而来的、承载着无数梦想的杭州城市新中心。赛道上的参与者有很多是杭州所在地的院士与科研人员组成的跑团，马拉松的精髓在于不断努力和坚持，这与科技与创新的动力相通相融，只有如此，才会有理想的效果和令人瞩目的成绩。

我此次配速员的任务，是按组委会林惠敏老师安排担任245组配速。对于半程马拉松来说，这一时段的跑者，多是新手和业余跑马人。近8分钟的配速，对跑马老手来说近乎赛道上"漫步"，领跑人会有更多的机会与跑者交流。行程中，245组三只兔子不断地鼓励经过的跑马人，并根据观察到的跑姿与呼吸等状态适时地告诫或劝慰。兔子鲜明的标志也引起和带动一批批参赛选手随着兔子们稳定地前行。

赛程过半以后，太阳突破云层，气温逐渐升高，好在半程赛事，此时已接近终点。最终，按时轻松地完成了使命。赛后，我的手机接到组委会发来成绩短信：枪声成绩2小时45分03秒，净成绩2小时45分00秒，与标准成绩分秒不差。

常言说成败在于细节，梦马的用心不仅体现在人员部署和志愿者的精诚与热情，连奖牌和包装袋都值得称道。奖牌有一块酥饼大小，撩人金灿的颜色，表面是凸起的梦想英文字符，而侧面雕刻从2018到2023年份字样，代表对梦马的回顾及展望。参赛包是黑色网状透明提包，配了两条背带，包面和背带都带有杭州梦想小镇字样。完赛包则是白色帆布面配艳蓝色背带，外面饰绚丽梦想小镇图案，另一侧饰有"腾飞梦想，数智未来"字样的衬袋。"适用于跑步、健身、游泳、居家旅行""上可背书上学堂，下可出入菜市场"，让背包变成梦幻回忆的宣传语确属名不虚传。

3月26日，同一天全国范围开赛数十场大型马拉松赛事，这又开启了国内的一个马拉松"春运"日。杭州的"梦马"，以其特色鲜明迎亚运主题和满满的科技人才元素在众多赛事中卓尔不群，引领人们面向未来，崇尚创新，把健身同实干衔接、活动同教化相融，从而把杭州和梦马留在经历者记忆深处，并在努力和创造中面向未来。

人们有理由相信，梦马连同不断创新发展的杭州以及新亚运同样值得期盼！

2023年3月27日

跑马杨凌　意重情浓

杨凌，像个女孩儿的名字。西安跑友儿次跟我说起杨凌马拉松很值得跑，我才知道杨凌是个地名。此后，留意网上对杨凌马拉松介绍，了解到杨凌是国内唯一的农业高新技术产业示范区，而杨凌农科城马拉松则是陕西省首个中国田协的金牌赛事。

兔年春节过后，看到杨马重启的信息，网上不断刷新的杨马夺人眼球的宣传内容，一次次撩拨我的内心定力。2月底，杨马发出写留言赢名额活动，由此，在杨马公众号发出了自己的留言。三天后，杨马公众号推送了评选结果，在1000多人的留言中，选出30位留言者，奖励2023杨凌马拉松参赛名额，我被告知中选参赛资格。

4月8日，杨马开赛的前一天，从长春龙嘉机场飞到西安咸阳机场，动车到达杨凌，已是当日下午。

走出杨凌车站，粗略来看，城市规模不算大。但是，在通向农展广场的路上，仿佛走进花的世界，马路两侧的樱花树缀满了遮天蔽日绒嘟嘟的花苞，绽放的花瓣铺满了人行道，灿烂的样子让脚步变得迟疑，生怕破坏了这份美好。

还没到农展馆，就被扩音器里的歌声乐曲吸引，循着声音走过去，宽阔的会展中心南广场上，演出台正在进行各种节目演出，台下两侧是各商家摊位，中间则是两排五六十米的长桌子，约上百人在捧着一次性纸碗吃面，演出台上横幅写着：杨凌马拉松旅游节蘸水面大赛及万人品鉴活动。继续向东过了马路，就是农展广场，宽阔的广场对面是雄伟的展馆，也就是参赛物发放地。广场上竖立着4块巨幅的宣传栏。上面分别是全马和半马参赛人员名单、官方配速员以及医疗跑者名单及照片。杨马的参赛包是特步品牌，底部是带拉链的内衬，估计是用来装跑鞋的。包内除参赛服、口罩、雨衣和号码布外，还有参赛指南小册子、杨凌旅游图，另外还有巧克力、盐丸等等。

4月9日，是杨凌农科城马拉松开赛日。提前一个小时来到赛会起点，简单热身后，赛前20分钟，走进赛道，继续拉伸。赛前拍照后，广播里主持人介绍上台的领导和嘉宾，全场共唱国歌，接着倒计时，8点枪响，杨马准时开赛。

开赛初期，十八九度的气温，对跑马拉松还算可以。杨凌的赛道是四车道的马路，宽阔平直，万把人在上面跑，刚好不算拥挤。赛道补给很充足，特别是赛事后半程，香蕉和面包不用说，盐丸、能量胶不间断。据介绍杨马是第一个将大学校园设计到赛道中的。进行到20公里，赛道进入西北农林科技大学校园，一张张青春的面庞在赛道两旁高声呐喊，让人难以按捺内心的冲动，仿佛重回记忆深处那些难忘的青葱岁月。

赛道进入23公里，是个长长的大坡。尽管是慢坡，但此时太阳出来了，气温随之陡然升高，于是赛道上形成漫步大军。抽筋的人逐渐多了起来，行进中，看到三位官方兔子先后也加入到行走行列。37公里后，是连续的下坡，耳畔听到很多跑友在惋惜：白瞎了，要是不抽筋这下坡跑起来该多爽！

杨马的赛道标志牌很给力，补给站、医疗点每前100米都醒目提示。每一个提示都给艰难困苦中的跑马人带来新的希望和目标。路边的志愿者也不失时机地告知运动员：拐过弯就是下坡啦！由此，又不断唤起人们的希望。

赛事接近尾声，跑过一个公铁立交，上坡就是41公里，再拐过两个弯，就听到主持人激情的鼓励声，跑马人纷纷鼓起最后的勇气，冲进了拱门。

杨马的完赛包很充实，除了水和饮料，苹果、香蕉、小柿子，还有牛奶、奶油面包、酱鸭翅和能量棒，另外还配了一床厚实的毛巾被。赛后的冰水泡脚不仅席位充分，还有志愿者不停地加冰，以致不敢把脚放的时间过长。体能恢复则是每个跑马人由两位志愿者共同按摩拉伸。操作前，志愿者先问是哪不舒服，然后有针对性地变换手法。

返回酒店路上，已接近赛事结束。耳边听到广播里主持人还在鼓励最后的跑马者，接着是倒计时，宣布赛会结束。然后是组委会成员上台对运动员和赛事参与者以及志愿者鞠躬致谢！

路上，遇到的跑友差不多众口一词，大都是本来自己计划得很美满，哪想成绩却都很骨感。只是，大伙儿对杨凌马拉松却都出奇地一致认可，称杨马组委会赛事组织周密，对跑友太厚道了。

的确，杨凌城市不大，相比而言家底也许不丰，但是以个人浅见，杨凌马拉松的组织者站位高、不攀附、不跟风、接地气，挖掘当地潜力，发挥自身特色，马拉松搭台，让经济唱戏，多角度动员，全行业参与，让全民狂欢，让跑友满意，以致杨马惊艳出场，成为陕西省首个金牌赛事，并被授"自然生态特色赛事"，吸引了全国乃至世界跑马人慕名而来，有口皆碑，实属难能可贵，殊为不凡。

自己同大多数跑友一样，意气满满地期待从杨马赛道带回理想的成绩。结果 30 公里后小腿抽筋，跑鞋也磨脚，磨出一脚水泡，最后尴尬地取得 456。但是，此赛认识了樱花环绕的杨凌，体验诚意满满的杨马，验证了自己的训练成效，如此看还是不虚此行。一个字，值！

2023 年 4 月 10 日

有朋自远方来　不亦乐乎

"有朋友自远方来，不亦乐乎。"从动车上走进山东曲阜东站的地下通道，扑面而来的大幅标语提醒来往的旅人，这里是诞生伟大思想家孔子的地方。

"唯孔子之道，天下一天不可无焉。"两千年来，孔子的思想学说对世界，特别是对中华民族无与伦比的影响力早已深植于我们的灵魂深处，规范着行为举止。而曲阜，作为圣人生活和生长的圣城，无疑早已成为令人向往的地方。

早在去年秋天，网上看到曲阜马拉松启动的信息，我毫不犹豫第一时间报了名。只是由于一些原因，当年的曲马不得已取消，但是我坚定信念没要求退费。兔年春节后，曲马重启，又提交了曲马官兔报名申请。3月底，曲马公众号推送官兔当选结果并配发照片，由此，我入选215官方配速员，并被任命担当配速队长。这也是我第35次被城市马拉松组委会选聘为官方配速员，第5次担任配速队长。

4月15日，早上7点20，南航航班自长春龙嘉机场飞到济南遥墙机场，从济南西乘动车半小时抵达曲阜东站。按照高德地图导航，乘公交抵达曲马参赛包领取地孔子文化中心。宽敞的广场外，道路上的曲阜马拉松赛起点拱门和主席台已搭建完成。走进西展馆，志愿者查验身份证后要求参赛选手填写好责任书，发放了参赛包和兔子装备。手机上订了个车，送达三公里外的下榻宾馆，此时刚刚下午一点半。

曲阜市政府为回馈全国跑友，特地在曲马举办期间，对孔府、孔庙、孔林在内的市内 5A 级旅游景点，开展了长达 8 天的向跑友免费开放活动。看到时间尚早，宾馆内放下背包后，步行一公里，简略游览了孔府，其间，忽然狂风大作，骤雨突发。半小时后，雨过天晴，连续多天的灰蒙蒙扬尘天气为之一新。出了孔府，拐了三个弯，又走进孔庙，走马观花游览一番。

4 月 16 日是曲马开赛日。早上 6 点，登上组委会安排的大客车，全体曲马兔子乘车直接来到孔子文化中心赛会集中地，组委会刘惠玲老师为 30 位曲马配速员分发了蓝色配速气球，又组织配速员在兔子墙前照了全家福。开赛前 20 分钟，兔子们头上飘荡鲜艳的气球，站在曲马开赛起点拱门下运动员队伍最前面，成了赛事的一抹亮丽风景。

没有更多的繁文缛节，省去了领导讲话，赛前 10 分钟主持人登台，简单介绍了曲阜的人文地理概况，一个简短古装舞蹈表演后，济宁地区及曲阜市领导登台，全场共唱国歌，随着全场高涨的情绪，倒计时开始，7 点一到，枪响开赛。

在此应感谢曲阜市的领导，马拉松比赛由于涉及赛道封闭、志愿者组织等因素，一般是 8 点开赛，少部分是 7 点半。但是开赛前 5 天，当得知比赛当天气温将攀高到 20 多度时，组委会老师说曲阜市委书记考虑到跑友的身体健康，当即决定将开赛时间提前一小时。结果恰恰验证了这一惠民措施的英明之处，7 点钟开赛时气温 10 度，略有凉意，恰是马拉松比赛最适宜的温度，开赛以后，气温渐升，跑友们借着丝丝清风和路边树荫跑得也算舒服。赛事尾声，气温达到20度以上，待到阳光下已有灼热感的时候，跑友们已坐在返程车上了。

曲马的赛道在国内应属一流，宽阔平整不说，几乎尽是在秦砖汉瓦的名胜古迹或水畔湖边、桃明柳暗的园林绿地里奔跑。睹物思情，抚今追昔，人们的思绪伴着脚步在飞翔。赛道路边，着装齐整的曲阜市民有组织的加油助威不绝于耳。赛道上，耳畔是一阵阵欢快的乐曲声和跑友们的欢笑声。整个跑程中，没见到跑友有抽筋或其他伤病情况，医疗点和救护车是见过的赛事最悠闲的。

215配速组由3男2女5人组成。开赛前，几个兔子就建了小群，彼此互相沟通。开赛后，5个人做了分工，大家一致表示要做就做最好，给组委会和跑友一个满意的交代。行进中，大家互相提醒，严格踩着标准配速稳定前行，还不时地提醒和嘱咐遇到的跑友调整配速。由此，影响和带动了一批人跟从，在赛道上形成一波欢快的人潮。

此次曲马是中国田协认证的半程马拉松，万人参赛虽赛事规模不算大，但是组织精细，细节扎实，赛道上佩戴裁判标识的人寻常可见。赛道上补给点上饮料饮水充足，17公里处补给点有香蕉和面包供应。对比全马，也许不甚充分，但实际效果上，也算恰如其分。

赛后，曲马的完赛包里，除了香蕉、面包、饮料和饮水外，还发了一瓶酒。连同参赛包发过的一瓶，参赛的跑友们可以从曲马带回两瓶酒。曲马的恢复区设在孔子文化中心的西厅，由曲阜师范大学体育学院运动康复专业的学生为赛后的跑马人进行拉伸和按摩。无疑，专业的志愿者不但自己得心应手，被服务的跑马人也体会了不一样的感受。

"有朋自远方来，不亦乐乎。"返程一进曲阜东站候车大厅，古铜色孔子木雕底座上的明黄色题字映入眼帘。不算太大的动车站候车大厅，此时的候车人一大半都是背着浅蓝色曲马完赛包返程的跑马人。大家脸上看不到马拉松赛后常见的疲倦，代之以兴高采烈的谈笑和回味。

天时、地利、人和，一个事业的成就、一个赛事的成功都离不开这三个要素的和谐统一。2023曲阜马拉松完美诠释了这一规律，对于孔子在全国乃至全世界的千古盛名，曲阜不算大；从城市规模和外在感观上看，小城曲阜也不一定丰裕，相比而言曲马也属中小赛事。但是，短短两天的参赛经历，让来自全国乃至世界的跑友领略了中国传统文化的博大精深，体验了曲阜政府的宽广胸怀，感受了曲阜人的热情好客以及曲马组委会的眼光和境界。

曲马兔子群里，兔子头刘惠玲深情地对曲马兔子们的敬业精神和骄人成绩表示感谢，连连对没来得及跟兔子们合照感到遗憾。谈论中，当地兔友刘涛也对来曲阜的兔子们说，来曲阜不去逛一下尼山，看看第一批国家级非物质文化遗产的火龙钢花表演那就等于没来过曲阜。

是呀，跑过曲马，了却心愿，却又留遗憾；人离开了曲马，思念又回到曲阜。

再见曲阜，再见曲马，后会有期，当在不远。

2023 年 4 月 17 日

(刊载于 2023 年 5 月 8 日《江城晚报》)

共青春　同奔跑

共青城，单是冲着这个名字就有无可抗拒的诱惑力。年少时做过多年的共青团工作，那是个红彤彤的年代，赶上朝气蓬勃的年纪，浑身总有使不完的劲，有漫无边际的志向，把青春，把热情，把纯真，把记忆都留给了那个年代，这一切的记号就是共青团。以致多少年以后，一看到团旗、团徽，一看到共青团的字样，就不容分说地把神情，也把整个人拉回到那青春懵懂的岁月中。偶尔，看到过共青城这个名字，随之不由得产生无尽的联想。

3月底，网上看到江西省共青城马拉松启动的信息，自然地引起我的注意。随即，又看到共马招募赛事急救员的启事，就第一时间把自己的相关资料按要求发送过去。过了10天左右，共马组委会邵惠萍老师打来电话，问了我的马拉松配速情况，告知我已入选共青城马拉松急救跑者，并拉找进了急救跑者群。这是我第36次被城市马拉松组委会聘为赛事急救跑者，或称急救员。这也预示我即将开始人生第40场全程马拉松赛历程。

4月29日，踏上赴共马的旅程。走出南昌昌北机场，网上竟然因满员无法购到南昌去共青城的火车票。无奈，搭地铁到青山客运站，乘上开往共青城的城际客车。客车开出南昌城区，驶上高速路，大约过了一小时，客车经过一片片田野、湿地，又经过几个大学校园，用手机查了一下地图，客车刚好路过上海城售楼中心，也就是此番共马参赛物发放地。就近下车后，来到上海城售楼中心，这是一个高档欧式小区楼盘。走过高高的门楼，沿着绿篱环绕的甬道走了一段路，小区中心广场上布置了参赛物品发放区。领取了参赛包，在长长的参赛者姓名墙下留了影。小区门前，两幅共马急救跑者照片墙矗立在路旁，千里之外又看到自己神采飞扬的照片，欣慰之情油然而生。出了小区门口，公交站等车时，一辆铃木轿车停下，司机探出头问去哪儿，同行的跑友说去赛事起点，这位王姓赛事志愿者用自家车义务载我们三位外地跑友去看了赛事起点，又驱车十几公里分别送我们去了不同的酒店。

入住组委会安排的华远酒店，离吃饭时间还有点儿时间，同跑友匆匆游览了市区内的甘露寺景点。晚5点钟，组委会安排在湘小笼饭店吃了一桌湘味大餐。7点半，共马急救跑者在酒店大堂集体合照，接着，全体急救员在二楼会议室进行了急救知识和AED（自动体外除颤器）设备使用培训。

4月30日，共青城马拉松开赛日。早上4点，不等闹铃响起，床上起来，排空进补。披挂齐整后，5点15，踏上停在附近的接驳车。40分钟后，来到共青城市区的南昌大学科技学院南门。学院的北门，就是此番共马的起终点，走过校园又看到两幅共马急救员照片展示墙，被尊重的感觉瞬间油然温暖周身。共青城里校园的格局都很宏大，万把人穿行在校内道路上也不显得密集。毕竟是中国田协认证赛事，学院北门外宽阔的大路上，中规中矩搭建的起点拱门和主席台，已被现场热情的组织者和跑马人占满。拱门下，身着鲜艳头饰和配速气球的官兔们在摆出各种造型拍照，几个黑人选手则在紧张地热身。舞台上，两个女孩儿健美操热舞后，一组教练登台伴着明快的音乐带领跑马人热身。

7点一到，枪响开赛。共青城的赛道在国内应是一流的，整个城区内都是宽阔平直的路面，12公里后进入滨河橡塑步道，20公里后则是几公里环鄱阳湖步道。只是30公里后进入公园的路面有些坡路，而终点前两公里又回到南大科技学院北门前的宽阔平直路面，而且还是略略下坡。拐过最后一个弯道，是面对终点线300多米的平直大路，妥妥适合冲刺的设计。

共青城常住人口20万出头，所以仅在市区一小段有市民观战，却非常热情，加油鼓劲声此起彼伏。共马最令人称道的是志愿者组织，赛道上每100米就有一名志愿者，有一段路竟然两位志愿者相对站立。赛道12公里后转入三米宽的健身步道，跑马人与路旁志愿者几乎是擦身而过，每每经过时，年轻志愿者的加油声让人不好意思放慢脚步。共马的补给可圈可点，赛道多处设置喷淋点，香蕉、小面包、圣女果充分供应，22公里后，能量胶和盐丸多处摆放且数量充足。不同于众多大牌赛事中司空见惯的志愿者手持喷雾降温，每每喷雾告罄的情景，共马赛事里有很多志愿者主动持罐给跑马人喷洒降温。

由于开赛时间较早，十三四度的气温还很舒适。赛事过了三个小时后，太阳出来，气温上升，30公里后，偶尔看到有抽筋的跑友，但是医疗点很悠闲，赛道救护车也没有鸣叫急驰，说明没有突发危急情况，同理，此番共马我的急救使命又在平安顺利中完成。

赛前自己训练时曾跑过29公里，本想借共马难得的优秀赛道冲一下PB，哪知人算不如天算，赛中，跑到30公里后髋关节开始不适，随着时间推移，疼痛愈烈，以致不得不徒步近10公里，直到终点前小下坡，才象征性地跑了一段，终点前面对拱门咬着牙坚持下来，最终，以 452 的成绩踩上计时板。

痛并快乐着，应是对跑马拉松，特别是全程马拉松 30 多公里后体会的最恰当诠释。这时疲惫不堪的你，拖着酸楚难耐、快要抽筋的双腿，头脑中艰难地盘算，身体上顽强地挣扎。这时跑友间的交流一定是毫不掩饰、发自内心的话语，这时路边志愿者给你的鼓励也一定会润入心田，这时前面的一个个补给点、里程碑都是迈向目标的一个个希望。经过了这一段段苦熬、洒下了无尽的汗水，最终才能体验甩掉烦恼、放飞自我的喜悦。

历史上，曾经没有共青城这个地名抑或城市，此地原是江西德安县的一片荒芜之地。68 年前，98 名上海青年响应号召来此地开展垦荒养殖，进行了艰苦的创业。当时的团中央第一书记亲临现场，题写"共青社"命名。由此开来，不断发展。20 世纪七八十年代，养殖禽类产生的羽绒制成的"鸭鸭"羽绒服，让共青城享誉中外。直到 2010 年，正式设立共青城市。至今，共青城已发展成拥有 9 所高校、10 万大学生，城区人口逾 20 万的国家高新技术产业区、国家生态示范区和新型工业化示范基地。走在共青城，连绵的公园、校园让你感觉是在公园顾盼、在校园里徜徉。身边满眼穿梭的莘莘学子又会让你瞬间仿佛穿越到青春萌发的读书时光。随处可见的"共青"二字，更会让你沉浸在蓬勃旺盛的青葱岁月难以自拔。

"共青城"，返程时在共青城火车站前矗立，立体鲜红大字让我再一次记住这个最年轻的城市，也再一次勾连起记忆深处的那些美好回忆。

共青春，同奔跑，凭借这个美好的寓意，让我们开启新的旅程。

2023 年 5 月 2 日

文安京津冀企业家马拉松赛后记

　　热情、豪爽是跑马拉松人的共有特征，作为引领全国高质量发展动力源的京津冀地区企业家齐聚一堂，用奔跑和汗水诠释激情，用脚步和眼界去探寻城市发展的脉动和远景，无疑更具有超脱运动本身的深远意义。3月底，网上看京津冀企业家马拉松启动的消息，三人行必有我师焉，能与企业家们并肩同行，一起挥洒激情，逐梦赛道，该是让人兴奋的经历吧，想到这，网上填报了京津冀（文安）企业家马拉松比赛的报名单。4月底，组委会林老师打来电话。电话里感谢报名文安企业家马拉松，告知我已入选赛事急救跑者。加入急救跑者群之后，小林老师随即在网上推送了设计精巧的赛事急救跑者群像。五一劳动节过后，又收到了长城汽车智慧马拉松赛入选官方领跑员邮件，由于时间安排在5月14日与文安企业家马拉松赛同一天，只好遗憾地辞谢对方。

　　5月13日，坐了一宿卧铺车后，上午10点到达霸州车站，半小时后乘霸州一号线公交抵达霸州北动车站。站前小吃解决中饭后，乘上文安马拉组委会的接驳车，50分钟后，抵达文安县城西侧的红星美凯龙售楼处，这里的售楼处大厅是文安企业家马拉松参赛包发放处。

短暂停留后，步行一公里多，就抵达格林豪泰酒店——组委会安排的急救跑者下榻处。入住407单间，冲个凉，小憩一会儿。晚5点，酒店宴会厅出席了由组委会及文安当地跑团安排的欢迎晚宴。晚上7点半，酒店5楼会议室，组委会安排全体急救跑者进行了赛前集中培训，由邯郸跑团的尹佳悦讲师为全体与会人员讲解了院前救护及AED设备使用方法。紧接着，全体急救跑者分别上前就着模拟人进行了急救实操。

第二天，就是5月14日，文安企业家马拉松的开赛日。早上5点半，酒店早餐后，接驳车将全体急救跑者送到赛事起点。

赛事的起、终点均设在红星美凯龙门前兴文道马路上。宽阔的路边广场布置了参赛者姓名墙，官兔和急救跑者的巨幅照片墙也放在显眼的位置，百米之外就看到了自己的肖像，喜悦之情油然而生。驻足合照，存包完毕，进入赛道起点拱门下。三十几位官兔和医疗跑者在拱门下先后进行了合照。拱门后面是被志愿者隔离的密集的参赛者队伍。拱门前方道路左边是赛事主舞台。舞台上，几出文安地方的文艺节目过后，文安县领导发表简短致辞，随着主持人喊出倒计时。7点半钟，赛事开始。

感觉文安是个低调但是潜力丰厚、韧劲十足的城市，也许是我孤陋寡闻，此前未曾识得这一地名。在京津周边，燕赵大地一众名城中，贵为千年古城的文安显得默默无闻，甚至连火车站都没有，往来还要借道几十公里外的邻县霸州出行。但是此番跑马，匆匆一行，明显感到这是个不甘寂寞、蓄势待发的充满希望的兴旺之地。从文安人喊出"西有雄安，东有文安"的口号，到此番举办京津冀企业家论坛暨京津冀企业家马拉松比赛，再看到眼前恢宏壮阔的红星美凯龙商业综合体，都鲜明地表露出文安人的不凡眼界和博大气魄。

在我经历的90场国内马拉松赛事中，文安的赛道堪称上乘，宽阔的道路全程都感觉不到有坡度，整个赛程连一座立交桥都没有，21公里的赛道在兴文道、曙光路、政通道和迎宾大道四条街路安排。起点出发，6公里后由曙光路拐进迎宾大道，竟是长达6公里的笔直平展大路，折返后又是原路6公里，再一个折返三公里后就是终点拱门了，全程仅有8个弯道。

赛事当天，华北地区气温攀升，文安的天气还好，出发时十八九度，两个小时后气温突破20度，半程关门后，阳光仍未觉灼人。文安马拉松赛道远离城区，观战的人群不多，但看得出组织有序，人们都足够热情。所到之处，志愿者服务周到，整个赛程中未见伤痛人员，赛事环节安排紧凑。虽然是个5000人参加的小赛事，但是当地政府足够重视，运营方经营得当，给人感觉场面隆重，气氛热烈，参赛者舒心。

为返程赶路，没能体验赛后康复，匆匆回酒店冲个凉，再回赛事终点，搭上返程赴霸州接驳车。半小时后，组委会负责人核实全部登记搭乘人员到齐后才启动发车。

如今，文安马拉松已过去几天，但是文安马拉松的经历，组委会人员及急救跑友的殷殷热情和关爱始终温暖着我，赴赛期间难忘的场景也不时在脑海中浮现。

祝福文安，相信不久的将来会呈现令人欣喜的新面貌。也向跑友推荐，文安马拉松值得一跑再跑，会让经历过的你体会到不同的感觉。

2023 年 5 月 9 日

银川马拉松随记

啥叫成功？官方出面接待，出行道路封闭，安保医疗预案，前有警车开路，群众夹道欢迎，新闻媒介头条，肖像图片追踪。

这架势该是重要人物或国内外顶级名流。错，这是国内马拉松跑者的寻常赴赛经历。

银川马拉松赛后返程车上，翻看"云动力"和"跑步维生素"两个马拉松摄影网站推送的赛场照片，不由得浮生上述胡乱想法。选取几张照片连同上述想法发到朋友圈后，迅速得到几十跑友的一致点赞。

5月21日，又是个国内马拉松的"春运"日，本来已报名百公里外的省会长春马拉松，又接到太原马拉松组委会通知，上届参赛资格因特殊情况搁置保留，自动获得本届参赛资格。此前曾抱一试运气想法投送的银川马拉松，组委会也打来电话告知报名的赛事急救跑者已获聘请。偏偏这三场重要的国内比赛是同一天。纠结权衡，一事当前责任为重，最终毅然割长春和太原。

5月19日，从长春龙嘉机场经石家庄正定机场换机，抵达银川河东机场，在银川南门广场寻一家宾馆住下。次日上午入住组委会安排的艾依明珠酒店。酒店大堂办入住手续时，巧遇同样被银马组委会招募医疗跑者的南京跑友小和。闲聊中，相约赛前逛逛银川名胜。于是，客房扔下背包，二人骑共享单车7公里，分别登上位于解放东路的银川鼓楼和玉皇阁。临近中午，又乘公交车一小时，抵西夏区镇北堡的"中国一绝"西部影城开怀游历。

晚8点整，组委会负责人大白兔君召集全体急救跑者在酒店288会议室进行了培训，由王世成教官对大家进行了培训考核。

开赛日，早上5点半，酒店内简单早餐，6点整，全体赛事兔子和医护跑者乘一辆大客车奔赴设在银川亲水体育中心的银川马拉松起、终点。

赛前几天气温曾攀升，临近赛期，气温下降，看网上天气预报赛事当天温度在16度以下，恰是跑马的好天气。哪知，酒店出门后，竟然下起不算小的丝丝细雨来，衣着单薄的跑友们瑟瑟中跑向赛道。

银川马拉松的规格很高，现场主持人介绍，前任国家体育总局局长和现任中国田协副主席以及宁夏回族自治区和银川市相关领导均到场。随着赛事时间临近，淅沥的小雨知趣地停了。领操员在富有韵律的音乐中带领跑友热身后，银川市领导简短致辞，全场共唱国歌，进入三秒倒计时，比赛在万名跑马人欢呼中开始。

西北的生活节奏不同于东部，7点半钟，街道上基本没有行人，好像银川还在睡觉。笔直宽阔的马路上，清一色是衣着斑斓的跑马人，耳畔是刷刷的脚步声。银川的赛道起伏很小，赛道图上看落差在20米上下，又遇到难得的好天气，赛道上的跑友都难掩兴奋之情。行进中，看到多处喷淋降温设施，只是已无用武之地。赛事半程后，观战市民逐渐多了起来，虽然比较其他赛事人数偏少，但都很是热情。35公里后，还有一处私补点，志愿者把切好的西瓜块递到跑友手里，大快朵颐的跑友直呼过瘾。

如此难得的天时地利，自是急救跑者的幸事。赛道上看到前行中的跑者，后程有身体不支改跑为走的，但没见有抽筋拉伤，更没见发生救护意外的。作为跑者一员的自己同样体会了顺心如意，只是不知什么原因早上开始闹肚子，好在赛道上厕所充足及时，未影响大局。

银马赛道临近终点两公里是笔直的小下坡，此番银马全程与半程终点分设，全程跑者人不算多，跑向终点前，胸前的"救护"两个印字引发了主持人在赛场扩音器里一阵煽情，臊得我在几近生无可恋的疲惫中强打精神，奋力调动情绪迈上终点线。由于返程车时间尚可，赛后又体验了冰水泡脚和志愿者拉伸两个康复项目。离开赛场返程路上，赛事关门时间早已结束，远远还能听到赛场上传来主持人的播报声。

此时，已乘上返程的卧铺车。刚刚，急救跑者群里又看到银马组委会发来跑友问卷，征求对此番银马的感受和建议。办得好的赛事共性特点几乎是一致的，那就是立足于本地实际，深挖自身潜力，心中装着跑友，把办好赛事同发展地方经济、展示城市形象和播撒文旅魅力紧密切合，跑友在完美的赛事体验中潜移默化地让情感归属其中，培养出一批批义务宣传员，不断培植起城市形象及赛事良好的口碑。

宁夏，作为内陆西部体量小、人口少的偏远省级行政单位，此前从没来过也知之甚少，对于其首府银川市也是如此。此番赴赛，短短两天，走马观花，印象却是清新而独特的。首先是独具的自然景观。临近银川，飞机上向下俯瞰，周边尽是黄土高原一望无际的纵横沟壑，但是机场大巴一走出银川河东机场，满眼可爱的排排绿植，处处娇嫩欲滴。路过的河流尽是黄色，只是黄得干净，流得有序。进入银川市区，笔直宽阔的马路车辆不多，路两侧隔出宽得几乎可容两辆车并行的非机动车道。路边绿植则是清一色等高，干练洒脱的白杨树，像是人工雕琢，却又自然挺拔。银川市区的楼房特点鲜明，肉眼可见都是6层高的楼，没有过高，也没有过矮；建筑物样式也像是诞生在不太久远的时期，没有太新，也没有太旧，给人一种韵律美又兼怀乡愁的别样感受。银川的交通也很独特，作为省级自治区首府，虽然没有地铁，但主街设置BRT公交方便又快捷。各路公交车上乘客都不算多。主要街道两侧的共享单车摆放规范，竟有绿色青桔、黄色美团、天蓝哈啰三种样式遍布大街小巷。更让人惊叹的是，尽管远隔几千公里又兼口音差异，但沟通起来，银川人普遍流露出的直爽、憨厚和热情这种与北方人相似的性格特征，一下子让人拉近了感情上的距离。

听跑友介绍银川的怀远夜市很棒，里面的牛肉饼卖家白天都要排长队去等候，本打算去打卡一探，只是返程时间紧张，只能留待下次来了。

报名马拉松，是一个标杆，催促你不断完善自己，去追求更高更远的目标。参赛马拉松，也是对灵魂的一次洗礼，通过用脚步丈量城市，用眼睛去搜集那些更新更美的自然景观和人文风情，去不断增长见识，不断修正头脑中的固有概念，从而提升自己的见识，找到不一样的外部世界，也找回一个不一样的自己，让自己的人生更丰富，发现这个世界更多精彩。所以，42公里是终点，但马拉松却很长。

2023 年 5 月 23 日

吉林马拉松　想你好激动

"松花江，江水清，浩浩瀚瀚冲波行，云霞万里开澄泓。"300 多年前，康熙帝巡幸边疆重镇吉林乌拉，泛舟江上，举目四望，但见山明水秀，红霞远映，旌旗招展，风光无限，遂龙颜大悦，激情澎湃，挥笔写下脍炙人口的《松花江放船歌》。290 多年后，松花江畔一声巨响，一位天外来客造访吉林，成为吉林城的永久居民，这是世界最大的石陨石。30 年后，吉林人环绕松花江举办马拉松赛，北国江城林碧水秀优美的自然环境，蜿蜒延展的江畔赛道，加之精细的组织和热情的市民，使得赛事获得巨大成功。吉林市马拉松举办当年即获评中国田协铜牌赛事，此后连年获评金牌赛事，现今已成为国际田联"精英标牌"赛事，而其环松花江而设的赛道，则连年获得"最美赛道"佳誉。

蛰伏了三年之后，今年 3 月，官网推送吉林市马拉松即将重启的帖子。一石激起千层浪，随着赛事宣传推广的升温，城市面貌不断改观，人们的热情也被点燃。1.5 万个欢乐跑参赛名额，开始报名仅过了 4 天就已告罄，半马及全马名额也很快爆满。我所在的吉林法梁律师事务所，不足 50 人的团队，除报名参赛 20 人，余下的员工又成立了赛道太极拳表演队和擂鼓助威队，赛前一个月紧张地进行专班操练。

作为土生土长的吉林人，我是2016首届吉林市马拉松比赛时了解马拉松，并投身这项运动的。此前曾不知马拉松为何物。赛前一个月，同学聚会时，经学姐介绍，尝试着在吉林市马拉松赛中报名10公里项目。比赛中，受赛场气氛裹挟，完赛10公里后，意犹未尽，又重新挤进赛道，跑下赛前未敢企盼的半程马拉松。初次战胜自我，挑战极限的成功，撩拨起内心强烈的征服欲。此后，规律的跑步训练和参赛马拉松成了我生活中的重要内容。从参赛首届吉林市马拉松算起已跑马8年。8年来，完赛大型国内马拉松超过90场。其中，家乡吉林市马拉松是必报的赛事，首届报名10公里；第二届报名半程马拉松；第三届报名全程马拉松；第四届报名全程，并入选赛事急救跑者。2021年，被第五届吉林马拉松组委会聘为半程马拉松官方配速员，只是由于一些原因，赛事中止。年初，第五届吉马赛事重启，我选择填报了全程马拉松500官方配速员，并幸运当选。

吉林市马拉松作为东北地区现存的两个世界田联精英标牌赛事之一，重启以来，政府誓言高规格办好这一区域特色赛事。吉林市作为国家重点老工业基地，执行力令人刮目。杨家有女初长成，养在深闺人未识，仿佛一夜间，吉林市由灰姑娘变成了待嫁的新娘：主城区连同关联赛道全部重新铺装施划，路边绿植鲜花连同市区各个公园布置装饰一新。回眸一笑百媚生，六宫粉黛无颜色，初夏的吉林，美得如幻如梦，让人陶醉。

江苏有迈体育作为国内知名体育服务企业担纲第五届吉林马拉松运营，站位高远，环节扎实。从赛道口号征集、吉马形象大使评选、吉林精品旅游线路推送、吉林美食推荐，再到马拉松之夜狂欢，一浪推一浪地把吉马氛围烘托得让人无法自持。

此次第五届吉马规模为 3 万人，比以往增加了全程和半程人数，官方配速员也选配近 80 人，在经历的国内马拉松赛事中是最为壮观的一次。虽然人数不少，但是选拔一点儿不含糊，从名单上看，皆是国内知名官兔精英。6 月 10 日下午，也就是赛前一天，兔子头张定巍率领全体当选吉马官兔，身着统一装束，在风光旖旎的滨江公园操练拉伸，在松花江畔呈现了一道亮丽的风景。

6 月 11 日，比赛当天，全体官方配速员在入住的紫光苑达尔美酒店早餐后，集体乘坐大客车来到 10 公里外的桃源路，淅沥的阵雨中，走向人民广场的赛事起点。此番吉马，感觉突出的是红色，从发放参赛物再到赛事起、终点，无论全程、半程还是欢乐跑，3 万普通跑者均身着艳红 T 恤，起点拱门、摄像台是艳红，连同主席台也是一水儿的艳红，让人感觉好喜庆、好温馨，在嫩绿的吉林北山背景映衬下，更显鲜艳，而加持初夏细雨，又添了几多诗情、几分画意。

经过一夜阵雨的冲刷，吉马赛道连同路边的楼宇、树木，甚至天空也格外清新通透，跑马人也像刚刚沐浴完，个个清爽，人人喜悦。随着比赛时间临近，骤雨初歇。主席台前，两段精悍的团体操表演后，吉林市主要领导及来宾登场，5 分钟倒计时结束，7 点半钟，枪响开赛。

十三四度的温度是马拉松比赛的梦幻天气，跑马人跑在充满负氧离子的松花江畔，好不舒爽。赛道外，里三层外三层的吉林市民热情地向赛道跑者呐喊助威，间或还有锣鼓队喧嚣、铜管乐队的恢宏、秧歌队的缤纷；赛道上，跑马人洋溢着喜悦，激荡着心潮，挥洒着多巴胺，带动着飞快的脚步。10 公里后，风云再起，阵雨袭来，但丝毫没有影响人群的热情，赛道边，绿树下，观战人群举着五颜六色的雨伞随着赛道延展，映衬和拱卫着赛道滚滚的人潮。无人机航拍下，绚丽多彩的画风夺人眼目，令人赞叹。

吉马的赛道补给很充分，17公里后见到西瓜供应，真是解渴解热又解饿，大快朵颐后，以为只此一家，不想整个赛道多处供应。赛道边的商家、跑团的热茶、香蕉等食补也随处可见。赛事志愿者部署充分，尽职且热情，连同大雨中赛道边撑伞加油鼓劲的吉林人都让跑马人动容，更让人难忘。

此番吉马的兔子团队值得称道，兔子群里，赛前众兔友对技术环节展开广泛讨论，领队张帆老师经验丰富，认真解答兔友的疑虑。赛中，各配速组严格按配速行进。500配速组7只兔子每公里都互相提醒，共同协调。赛后的成绩上看，此次吉马的配速员成绩是最亮眼的一次。

好雨知时节，松江伴我行。沉云飘忽，阵雨霏霏，对普通出行带来不便，却是马拉松运动员千金难买的好天气。天然的大自然喷淋，让吉马赛道上的洒水降温设施失去了用武之地，最大程度地降低了运动员伤痛风险，提高了运动成绩。果不其然，赛后，吉林市马拉松赛会男女纪录双双被打破，见到的吉马参赛者几乎个个喜笑颜开地把自己的成绩PB了。

吉马赛后，从线上到线下，从跑者到业界，对此番吉林市马拉松一边倒的如潮好评不难看出，2023吉林市马拉松获得了巨大成功。成功之处在于政府和运营商高处站位，发掘潜力，以优扬优，以地方特色为前提，在深化细化服务上做文章，选择最适合比赛的时间段，把最美赛道变靓，调动全市各方面积极因素，全社会共同参与，把马拉松赛场变成城市舞台，全民节庆，最终使得跑者欢欣、观者振奋、业界惊叹、声名远播、影响深远。

作为经历 5 届吉林市马拉松的本土参赛者，吉林市马拉松把我从一个不知马拉松为何物、身体亚健康的跑步运动局外者，引领到今天把跑步作为生活内容，参赛马拉松已成周期节律的跑步痴迷"铁粉"。目前，在完赛大型马拉松赛事中，完成 37 场马拉松赛官方配速员和 38 场马拉松赛医疗跑者使命，身体状况在同龄人中"另类"得惯常与儿子一样年纪的人去论"哥们"。同时精神状态也恍若隔世，旺盛的精力和不间断的执行力让我朝气满满，曾经手笔生涩的我常常忍不住记录下跑步过程及与跑友交流中生发的所见所思及所知。至今写下百余篇马拉松诗文及赛记，多个著名公众号予以转载，并在绍兴、包头和家乡吉林等地征文赛中屡屡获奖。

浮云耀日何晶晶，乘流直下蛟龙惊，连樯接舰屯江城。300 多年前秀美壮丽的松花江曾让康熙帝赞叹不已，数年后按捺不住再次巡幸故地。2023 吉林马拉松已过去几天了，但吉林马拉松带来的激动人心的片段连同数不清的视频图像正在网络中广泛地流传，马拉松盛会激起的运动热情又将在吉林市这个古老关外名城掀起新的热潮。人们更有理由相信，下届吉马必将会同发展的城市一样，以更加振奋人心的面目揭开面纱，惊艳世人。

我们期待着，下次吉马见！

注：吉林乌拉是满语，为沿江之意。

2023 年 6 月 15 日

（刊载于 2023 年 7 月 24 日"有迈跑步""吉林市马拉松"公众号）

巴旗马拉松　赛小情谊浓

　　跑马第 8 年，历赛 90 多场，已经不再是随便什么赛都参加的阶段了。上半年重头戏是跑完 6 月中旬家乡吉林市第五届马拉松，而吉马之后就随意了。大约是 5 月底，网上看到赤峰巴林左旗马拉松是在吉马赛后一周开办，赛事又套办中国警跑马拉松赛中赛，自己心有所动。不久，公众号看到巴马警跑赛警兔招募帖子，随即报了名。吉马赛前，收到巴马警兔入选信息。吉马赛后，全国大范围气温高企，很多地方高温迫近历史高值，网上查阅巴林左旗马拉松赛期间气温，预报最高气温竟超 30 度，心里不禁暗暗叫苦。

　　17 日早，一夜卧铺车后，到达林东站，站前打车 6 公里多，抵达巴林左旗政府广场。清早，大街上基本没人，政府门前马路上，马拉松拱门已搭建完成。巴马全名称：辽上京巴林左旗半程马拉松赛。内蒙古赤峰市巴林左旗这片土地是古老契丹民族的祖源地之一。这里曾矗立着中国北方草原第一都——当年的辽朝首都上京。这里坐落着辽朝创立者辽太祖耶律阿保机的陵寝，是辽朝的根据地和契丹人的大本营。辽上京城是草原丝绸之路上的重要目的地，当年的辽朝享誉亚欧，驰骋中国北方草原 200 余年，对中国地疆开发及版图巩固做出重大贡献。不经意，我已踏上了千年古都，抚今追昔，让人感慨万端。

宾馆入住后，来到辽文化产业园契丹大剧院对面广场，这里是巴马参赛物领取处。宽阔的广场上，已经竖立起赛道图及官方配速员与急救跑者照片墙，志愿者们早早就来到现场，参赛跑者并不多，参赛物领取很顺畅。

晚6点半，警跑马拉松巴林左旗赛论坛在京蒙酒店会议室举行，中国警跑马拉松创始人涂涂介绍了该项赛事创建及发展历程，巴马警跑赛负责人董明明致欢迎词并介绍了巴林左旗的历史和自然情况，来自赤峰当地的警跑选手登台献歌献舞，让远道而来的各地警马选手在畅享当地美食之间，欣赏了精彩的娱乐节目。

18日是巴马开赛日，早上5点，警马选手在京蒙酒店自助餐后，集中进行了合影。随后，全体警马选手列队高呼口号进入赛场，高擎的警旗，整齐划一的队形，响亮的口号给赛事增色，也让身在其中的警跑选手荣誉感爆棚。

巴马赛事一万人规模，分为半程马拉松和5公里欢乐跑两个项目，现场气氛营造、卫生间布置等环节安排合理。开赛前，拱门前舞台上展演了两出节奏明快、富有蒙古族民族特色的舞蹈。赛前10分钟，巴林左旗主要领导和嘉宾登台，旗长致词后，全场共唱国歌，7点半一到，枪响开赛。

巴马确有天缘，比赛当日，开赛后，体感竟然不太热，应在十八九度的样子。巴马的赛道也很宽阔，整个赛程路面起伏不大。赛道补给值得称道，饮料和饮水充足供应，其中饮用水选用的是当地出产的"沐司甘泉"，小瓶装水，每瓶300毫升，跑者经过补给点可直接拿瓶，省去志愿者倒水时间。补给品中，10公里就开始供应香蕉和面包，赛程中多处供应盐丸。此外，还有能量胶、西瓜、香瓜、浓茶、奶茶、奶棒、牛肉干，等等。

值得一提的还有市民的热情加油鼓劲。以往的印象中，内蒙古地区应该是居民分散稀疏的，但是巴马赛道延伸到巴林左旗城区的时候，见到的城区建筑绝不比其他城市逊色，只是更富有民族特色。所到之处，居民密匝匝地围拢在赛道边观战和呐喊助威。

头上飘着配速气球，又身着警察标志战袍，赛道上自然吸引一些跑者跟从。不时有跑者过来咨询跑步相关问题，常常是有针对性地回复对方，也根据我的经验主动去提醒身边的跑者。听到跑友中途说："跟着你怎么一点儿都不累呢？"我告诉他这就是兔子的作用和双赢的效果。离终点还有 5 公里，身边跑友提醒我配速气球飞了，正懊恼间，215 兔友李久慧凑过来，"我的球给你一个吧！"两个球分给我一个后，抚平了我的沮丧。对我的感谢，小李淡淡一笑，兔子互帮当仁不让。交流起来才得知，无巧不成书，原来我俩是 2019 年乌海马拉松赛的同场兔友。

说话间，赛道转回旗政府广场，终点拱门就在眼前，迈过计时线后，组委会发来成绩短信：枪声成绩 2 小时 15 分 03 秒，净成绩 2 小时 15 分 00 秒，我再次分秒不差地完成了预计的配速任务。

走出完赛区，志愿者给我脖子上挂上奖牌，只是，领取完赛包时，被告知发完了，不够用了。看出我的为难，一旁的小女生说把我的包给你吧，说着把自己的东西倒出，又把一盒奶和火腿肠塞进我的包里。

由于要赶高铁返程，匆匆骑共享单车赶到宾馆，冲个凉后又返回赛事终点，只是找到了赛场边大客车却被告知是拉裁判员的。经运营商模样的工作人员询问，得知接驳车要去到4公里外的客运站去坐，无奈，重新骑上共享单车，20分钟后坐上了开往赤峰动车站的接驳车。

下了接驳车，瞬间进入灼人的阳光笼罩中，熟悉的烧烤模式又回归了。还好，还好啊，幸亏是在归途，不然刚刚的赛道上会有多么煎熬，又会增加多少伤痛！看起来，上天眷顾着运动的人和马拉松赛。

吉林市马拉松一周后，路程加赛程消费一个双休，参赛半马，配速6分多，气温不低也不高，锻炼了筋骨，延续了运动状态，体验和享受了赛事气氛，收获了警马和跑友间的情谊，更是领略了辽朝上京千年古都的历史，让我不虚此行，不枉双休。

借此感谢涂涂警马掌门，感谢赤峰和巴旗组委会及警马人员战友的辛勤操持！

2023 年 6 月 18 日

第五届哈尔滨马拉松参赛记

"哈马，我想跟你谈一场永不分别的恋爱！"

这是 2017 年参赛第二届哈尔滨马拉松，完成了人生第一场全程马拉松赛事后，发自内心的感慨。沐浴着夏末秋初和煦暖阳，穿过欧风古韵的中央大街，走进秋林公司旧址后身的江畔小学院内，五颜六色的巨幅宣传告示墙，熙熙攘攘兴高采烈的人潮，一下子就让你融进了欢乐的海洋。领取了参赛包，优雅的志愿者为你脖颈上系好红领巾，随着鲜艳的红绸在胸前飘飘，你的心儿也随之飞向云端。而哈马的震撼远不止于此，开赛后，赛道上连绵不绝的音乐加油站、每 5 公里一位俄罗斯美女的加油鼓劲、每两公里就出现的一处处一眼望不到头琳琅满目的补给水果小吃，还有赛后精制荷包袋里面的精美奖牌，如此等等不⸱而足，让这⸱偏远的东北冰城赛事在全国声名鹊起，"大排档马拉松""零差评口碑赛事"等热赞不胫而走，至今仍被全国跑马人口口相传。

首次参赛全程马拉松获得的完美体验，此后经年引领我坠入痴迷跑马拉松深坑无法自拔。首次哈尔滨全马参赛至今，已在全国范围完赛大型马拉松超过 90 场，哈马成了除家乡吉林市马拉松之外每年必报赛事。只是由于赛事太过火爆，我仅在 2019 年中签一次。

2023 年是马拉松赛事再度井喷之年。两个月前，第五届哈马启动消息甫一推出，立刻在跑马圈内引起了强烈反响。没有丝毫犹豫，网上看到消息后，我当即报了名。20 天过去，收到哈马组委会发来祝贺中签短信。

8 月 26 日上午，与二十几位吉林 UP 跑团的参赛者一同乘上赴哈马大巴。经过三个多小时车程，抵达哈尔滨太阳岛公园，也就是哈马参赛物发放地和哈马博览会所在地。

时值中午，头顶高悬的初秋丽日还残留着夏日的余威，匆匆领取了参赛物品，又在博览会的商家展台造型牌前拍了几张照片。下午 3 点半，入住跑团宋杨团长安排的锦江之星酒店。晚上 5 点半，跑团成员在酒店附近寻一家烧烤店开怀畅饮，两瓶“绿棒子”下肚，转回酒店行将就寝。洗漱完毕，整理参赛行头，蓦然发现号码布袋子里竟然没放别针。时值晚 10 点，临近半夜，明早 7 点半开赛鸣枪，时间根本容不得救急购买，总不能拎着号码布去跑马呀！情急之下，跑友群里求助。旋即，刘大勇和杨烈元两跑友群内秒回称可以帮忙。

推开锦江之星酒店同层斜对面的房门，意犹未尽的几个跑友还在推杯换盏。盛邀之下，喝下刘大勇的两瓶啤酒换回 4 只别针。解决了号码布的燃眉之急，代价是夜间多次起夜放水。

27 日早 5 点半，UP 跑团队员从酒店出发乘上地铁，经过两站地，下地铁后换乘站口等候的哈马赛事接驳车，10 分钟后抵达哈马赛事起点哈尔滨音乐长廊。跑团集体合影后，存包，如厕，赛道热身。7 点半一到，枪响开跑。

哈尔滨是个滨江城市，整个赛程也是环绕松花江布置，全部赛道平缓宽阔，是较为理想的马拉松比赛环境。此番哈马据称由于修地铁缘故，把赛事起点由原来的中央大街与松花江岸交汇处的防洪纪念塔移到友谊路上的音乐公园附近。这样的话，赛道在人流稠密的市区仅有开赛前段的 6 公里，余下的是 5 公里长的阳明滩大桥以及下桥后人烟稀少的江北新区，赛事大部分时段缺少热情市民的加油鼓劲，仅剩下空旷的赛道上跑马人匆匆前行。

哈马赛事当天，正值初秋，此前几日曾连日阴雨，以致开赛气温 20 度以内，开赛以后大多浓云相伴，鲜见阳光，恰是跑马拉松的适宜天气。

哈马的赛事补给比较充分，饮水饮料自不必提，黄瓜、香蕉、小柿子、菇蔫儿、山楂片、面点、葡萄干、盐丸全程充足。值得一提的是赞助商私补，里道斯切好的面包、红肠多处出现，赛道上冰镇后的一大杯格瓦斯对于全马后程的跑马人来说简直是雪中送炭，舒爽得无以名状。

赛道上 8 公里有一处音乐加油站，15 公里看到一处俄罗斯人歌舞车台。此后长长的赛程，包括著名的哈尔滨歌剧院广场也空空如也，此次哈马实在令以"音乐之城"著称的哈尔滨有所失色。

凭借优良的赛道、难得的天气，果不其然，赛后听到哈马纪录又被打破。只是身边的跑友差不多都是成绩平平，鲜有取得 PB 的实例。自己的表现也不争气，也许是休息不充分，30 公里后掉速严重，35 公里后，迈上松北大道，眼睁睁看着缓缓小下坡，就是没有体力迈开腿，直到太阳岛终点前的太阳大道才象征性地跑起来，最终以 436 这个让人不太满意的结果完成了人生第 50 场全程马拉松赛事。

哈马的赛后补给中规中矩，一条浴巾、饮料、酸奶、面包、香蕉、豆腐干、里道斯火腿肠。第五届哈马奖牌延续首届哈马奖牌椭圆形状，以雪花造型和哈尔滨地标为内容，以大红外套金色为主色调，形成连续 5 届哈马一脉相承的血统。

赛后恢复的冰水泡脚和志愿者拉伸也规模适中。恢复区入口处设点供应西瓜和锅包肉，不限次数，吃完可排队再领，很有特点。此外，赞助商摊位的水饺和饮水供应也很给力，一次排队，可以吃饱喝足。这一通下来，不仅体力恢复了，口腹之欲也得以满足。返程前又到哈马博览会照了临别相，下午两点，踏上归程。

此番哈马的一大亮点是赛事接驳，早上参赛来时，有大巴从地铁站口接到赛道，返程则直接从太阳岛哈马博览会现场地铁站上车。赛事当天可以凭号码布领取免费车票。

返程车上，大巴在哈尔滨宽阔的街道掠过一幢幢造型别致的建筑，看到街面上一处处"秋林里道斯""马迭尔"等商业招牌，跑友们不禁联想起两天来这个特色鲜明的北方名城及哈马的一幅幅美好画面。盛夏刚去，秋风乍起，风光无限，道路平缓，与一众志同道合好友肆意奔跑，挥洒激情，检验成果，是跑马人的向往之行、圆梦之旅。

总体感觉，第五届哈马是成功之作，从赛事组织、宣传氛围、跑友体验、取得成绩到社会反响都赢得了广泛赞许，这与其作为省会城市马拉松的地位是相称的。眼下，天高云淡，秋光正好，蛰伏已久的大批马拉松赛事又纷纷重启，期待哈马能在同各地赛事相竞相较中，发挥特色，再领风骚，也祝同好跑友和自己在收获的季节里再取满意成绩，开心畅跑，无悔当下！

2023 年 9 月 2 日

跑了枣马　圆了心愿

"爬上飞快的火车，像骑上奔驰的骏马，车站和铁道线上，是我们杀敌的好战场……"这首节奏明快，悠扬又抒情的歌曲连同游击队的传奇故事，陪伴过我难忘的童年时光。

"跑激情枣马，当飞虎英雄"，立秋一过，网上看到这一条山东枣庄马拉松的宣传主题。无疑，发端于枣庄的铁道游击队故事被移植到马拉松赛事中，让人们把脑海中的英雄故事同当今现实场景结合起来，赋予了这一传统赛事以更新颖深刻的现实意义。不久，又看到枣马套办中国警跑马拉松的报名启事，9月初恰是哈马赛后的空档期，就在警跑群里报了名。

9月上旬，暑气已消，气候宜人，可这是松花江畔的家乡吉林。枣马赛前几天，天气预报说华北地区连日最高气温三十几度，心里不禁暗暗叫苦。

9月8日，一宿卧铺车后来到山东省城济南。济南朋友在历山下的三义和酒店安排特色风味接待。席间，听说我为跑马拉松专程而来，"吃饱了撑的吧?"画家朋友笑喷了，随后驱车送至济南西站。

枣庄火车站，刚一出验票口，就看到三个举着枣庄马拉松欢迎牌的志愿者，见我稍有迟疑，一个志愿者走过来将我带出门外，迎着门前的"枣庄欢迎您"巨幅欢迎墙，志愿者指着对面马路BRT车站说：凭枣马选手短信可以免费乘车，凤鸣湖站下车抵达枣马领物点。

枣马物资发放处位于凤鸣湖北侧，隔着光明大道的枣庄市府广场。看得出，这里是一片新区，主车道双向八个车道宽的光明大道，两侧矗立着巍峨壮观的党政机关和银行、酒店大楼。宽敞的市府广场，马拉松物资发放连同马拉松博览会放在广场上竟显得很"丢秀"。由于领完参赛物品已是晚上6点多，赶不上5点半开始的"警跑论坛"，就简单在附近小吃晚餐，然后来到距枣庄马拉松起点一公里多的金尊大酒店洗漱就寝。

9月10日是枣马开赛日。早上5点半，与同寝的济南警马跑友来庆帅一同去酒店餐厅解决早餐。6点钟，酒店门前台阶上，来自全国各地的200余名警跑队员听取了警跑创始人"涂涂"的赛前动员，6点40分，全体警跑队员四列纵队高呼口号进入赛场。

枣马的开幕现场很有气势，市府广场两侧各有一个下面烈焰腾腾的硕大天蓝色热气球。广场上空不时飘过人工操作的滑翔伞，在湛蓝的天幕里恰似跃动的音符。今年春天，枣庄曾举办过一次马拉松比赛，此番再次举办，成为国内不多、华北唯一的一年两赛城市。而此次赛事是秋季华北城市马拉松第一赛。参赛人员名单上，枣马不仅有肯尼亚、埃塞俄比亚等8国外籍选手参加，而且套办了环大运河城市马拉松系列赛、北京大学校友赛、全国高校联赛以及全国警跑赛等赛中赛。赛道内外，一杆杆颜色各异的队旗下面汇聚了一簇簇来自四面八方的跑马人，欢声笑语里看得出此番枣马赢得了广泛的影响和声誉。

开赛前30分钟，激情洋溢的主持人介绍了枣马的举办宗旨，介绍了来自枣庄市及大运河系列赛城市的领导和嘉宾。接着，领操员带领跑马人拉伸热舞。而后，主席台上下齐声倒计时，7点半一到，枪响开跑。

迎着东方升起的旭日，逾万枣庄跑马人像涌动的潮水在宽阔平展的光明大道上疾速铺陈。这一带是枣庄新区，一幢幢新颖气派的现代化建筑彰显出城市的发展与进步。视野中居民不算密集，但仍有热情的市民在赛道外加油助威。值得一提的是，赛道边，不时出现的阵阵鲁南花鼓让跑马人心旌摇荡。

枣马的赛道补给可圈可点，饮料饮水自不必提，香蕉、圣女果、葡萄干、黄瓜、榨菜、煎饼、蛋糕连绵赛道，赛程后段多处供应能量胶、石榴汁，还有几处私补点的西瓜、雪糕。

枣马当日天气预报说气温在21度到30度，这个温度对跑马拉松来说十分不友好。但是枣马组委会对此做足了功课。赛道边一处处浅蓝色医护站遮阳棚随处可见；一个个手擎消炎喷雾瓶的志愿者恭迎着擦身而过的跑马人；几公里一处的降温喷淋、消防洒水车出现得恰当又及时；补给站设的冰水海绵此时更是派上用场。

保障措施的超前预判，还有艳阳丽日下的片片薄云，加上不时吹来的缕缕秋风，整个赛程竟没见刺耳的救护车掠过，赛后也没听说有中暑的跑友。

枣马每个里程牌后都设一组卫生间，这一点可谓用心良苦。跑马人苦如厕难久矣，这一点连国内的许多大牌马拉松比赛都解决得不好，枣马对跑马人的体贴可见一斑。

除了天气，枣马让人生畏的就是31公里以后的赛道了。从黄河东路的海拔最低点34米到榴园大道上最高点158米，大约6公里距离高差竟达 124 米，这种赛道在国内马拉松赛事中极为罕见。马拉松运动员跑过 30 公里后大抵要经历体能耗尽的"撞墙"阶段，而此时再让你爬上一眼望不到头的漫漫高岗，恰是考验跑马人心志的一道绝佳命题，以致赛后，跑友谑称这一段路程为"绝望坡"。好在这时的山路上，阵阵清风吹拂着跑马人疲惫的面颊，缓步翻山的人流中仍有意志坚定者跑步向前。

直到接近 40 公里，赛道转入下坡。41 公里后面向赛事终点，也就是枣庄体育中心，则是长长的大下坡。这时，所有的跑马人都振作起最后的精神奔向铺着红地毯通向体育馆的赛事终点线。同所有的枣马参赛人一样，虽然顶着最高 30 度的气温，经历后半程最难熬的崇峻赛道，自己还是尝到了历尽艰辛后的成果，第一赛道短信告知成绩为457，虽然成绩不亮眼，但是无伤无痛，也不太疲惫地完赛了枣马，抚着志愿者给挂上的五边形精美奖牌，心里还是涌起丝丝欣慰。

枣马的赛后补给很具特色，领取了装有香蕉、饮料和饮水的参赛包，在康复区冰水泡脚和志愿者拉伸后，走向接驳车路上，又接过志愿者递过来的馒头和煮鸡蛋。接着，是分别摆放着羊肉汤和辣子鸡的摊位，随吃随取。最后，是几台两款雪糕的冰柜，来者不拒。如此一通大快朵颐下来，从枣马比赛结束后一直到晚上都没觉得饿。

出发前在体育馆外的枣马造型台前拍了完赛照，按照离场指示牌来到百米开外的接驳车候车点，路旁矗立着接驳车停靠点路线图，返程路线一目了然。马路边十几辆崭新的黑色新能源大客车一溜排开。登上最前面的接驳车，人满即开，十几分钟后回到酒店。沐浴除汗、收拾东西，退房后，来到马路对面的公交车站。几分钟后登上快速公交。

公交车上望着掠过的街边造型和现代建筑，联想到这里曾在几十年前同外来侵略者进行的艰苦卓绝的浴血抗争，而今成就了红色基业，抚今追昔，真是沧海桑田的巨大变化。

正漫无边际地浮想着，突然察觉这个点该到车站了，再一看窗外，车子驰向老城区，忙问驾驶员，原来我是坐错车了，该乘 T1 路，而我上了 B1。按司机师傅的指点，急忙下车，回头返程在祁连山路站重新踏上 T1 路。这时离动车发车仅有不到 20 分钟，按 T1 路车年轻的驾驶员告诉我的一条最近的路线，跑进枣庄火车站。谢天谢地，刚好站内广播里播音员正在发布我所乘车次的高铁开始检票。过了安检，拎起传送带上刚通过安检的参赛包，疾步冲向进站闸口，刷过身份证后登上高铁。坐在座位上，蓦然发现参赛包号码不是我的，焦急中，电话打不通，千思万想后给枣马组委会 APP 留言。20 分钟后，接到一同参赛的北京跑友小叶打来电话，称组委会告知情况了，并嘱咐她的参赛包不着急用，方便的话快递把参赛包发给她就行。

经过一夜一天的车程，安然返家，身体的疲惫已渐趋恢复，但是枣庄、枣马以及马赛的一幕幕经历还像过电影一样在脑海里浮现，为了一场赛事，枣庄市政府和人民拿出十足的诚意，工作人员和志愿者顶着炎炎烈日，坚守岗位保障赛事圆满和各方参赛者的完美体验。赴赛过程中，颠覆了传统思维中红色老区的刻板印象，一次次地体验了枣庄人民的淳朴热情，感动于警跑负责人的倾情奉献，更体会了跑友间水乳交融的兄弟情谊。所有这些，都是体会运动快乐之余的额外惊喜和收获，这也是身在其外的人难以体会的。

枣庄政府和枣马组委会诚意满满，枣马赛期间，自 9 月 7 日至 11 日，参赛选手可享受枣庄市五区一市和环微山湖地区 7 个县（区）超过 27 家 3A 级以上景区免费游玩或门票优惠政策。在出行方面，参赛选手还可凭借参赛号码布免费乘坐公共交通工具，尽显枣庄作为"英雄城市"的亲善厚道。本打算看看枣庄的"铁道游击队纪念馆"，再走走中国三大古城之一、台儿庄战役故地——著名的台儿庄古城，只是时间冲突，留待下次了。

正是：跑了枣马，圆了心愿；离开枣庄，却又遗憾！

枣庄再见！枣马再见！跑友再见！

2023 年 9 月 12 日

（2023 年 9 月 15 日刊载于"枣马"公众号；

2023 年 9 月 25 日刊载于《江城晚报》）

秋色明媚　长春新马

9月17日，阳光暖暖，绿树婆娑，和风拂面，视野中，万物千景都好似镀上一层薄薄的金色，不由得让人的心态格外地通透和舒畅。几十年前的这一天，18岁的我背着行李包走进大学，由此，踏入一段崭新的人生，也改变了人生。此后，每年的9月17日，都变得特别，变成节日，变成美好。

今年的9月17日，恰逢周日，飒爽的早秋，是北方举办马拉松比赛的好时机。这一天举办的国内及省内十几场大小赛事中，我选报了区位中心城市的双金赛事——沈阳马拉松。本以为以我在中国田协记录中的几十场成绩中签沈马该是顺理成章，哪知赛前半月，被短信告知未中签。由此，离家百公里的长春新区半程马拉松赛就成了不二之选。

之所以如此，是因网上不断看到对长春新区及其马拉松赛的铺陈、渲染，特别是列入中国田协A1赛事，由第一赛道运营，让近在咫尺的人难以自持，又看到吉林大学在这个赛事套办赛中赛。于是，以吉大校友身份报了名，两天后，网上通过资格审核。不久又发了参赛号：A8099。

凌晨4点，床上爬起，整理行装，楼下粥铺打发早点。5点15，驾车驶上长吉高速。一小时后，抵达长春往德惠 102 国道间的鑫盛大街路口。这里距长春新区半程马拉松赛起点的长春奥林匹克公园还有 3.3 公里，但交警已为赛事在此设卡。步行半小时多，抵达赛道时，距开赛时间仅剩十几分钟，300 米外跑步存包，再跑回起点，远远地看见赛事起点拱门处已举起倒计时一分钟牌子，匆匆让身边跑友拍了参赛照，紧接着，随着欢快的人流涌出起点拱门，长春新区半马正式开赛。

此番长春新区半程马拉松赛是长春市首次开办。赛道路线从长春北部的奥林匹克公园出发，跑经长春工业大学新校区的大学城路，穿过繁花万丛的北湖花海，途经东北三省最大的皇家寺院万寿寺门前，沿着环绕北湖湿地公园的北湖大道前行，再到长春新晋网红打卡地之一的科创高地长新创谷，最后折返奥林匹克公园门前。

由于是新区，整个路线均是宽广平整的双向八车道。半程后，赛道有坡道起伏，从海拔 185 米到 205 米，20 米的高差尚属于可接受的范围。

到底是中国田协标准赛事，赛道布置规范，约 2.5 米高的蓝色里程牌连同补给点提示、折返提示、坡道提示在路边绿树掩映背景下鲜明醒目。众多折返点设置的红色电子计时表也昭示着这是一场高规格赛事。

虽然是新区，但是赛道沿途马路边，鼓劲加油的市民并不少，特别是多处出现北方难得一见的舞狮表演，给赛事增色添彩。

虽然是半程马拉松赛事，但是赛事补给一点儿不含糊，5 公里开始，饮料饮水补给站竟长达近百米。12.5 公里以后，多处补给点足量供应能量胶。降温方面多处有冰水海绵及喷淋点。

最大的亮点在完赛后，赛道后段从大学城路折返到中盛路，最后左转到终点拱门前 500 米长的中科大街，跑马人面向拱门踔开大步，纷纷拼尽所有的能量迈过终点线。拍过完赛照后，沿着退赛路线，志愿者递过两瓶矿泉水，痛快地喝下一瓶水后，下一站志愿者给挂上奖牌，然后按路线指示取回赛前存包，最后领取完赛包。完赛包里装有毛巾、饮料、矿泉水、香蕉、苹果、梨、面包、月饼、火腿肠、玉米汁，还有一袋免煮杂粮粥。

继续往前走，是一长排凉棚排档，第一组排档摆放一盒盒盛好的冰玉米粒、酸菜鸭血汤，另有每盒两块金灿灿的烤玉米饼。第二组排档是一盒盒热腾腾的羊肉汤，另有鸡胗等熟食随用随取。凉棚排档周边，加上附近赞助商展台，站满了脖子上挂着奖牌、端着餐盒大快朵颐、谈笑风生的赛后跑马人。

餐桌旁，赛后恢复区的冰池前、拉伸区，人们毫不吝啬地对刚刚参赛的长春新区马拉松给予高度赞扬，对赛会组织、志愿者的敬业、跑友的观感体验都表现了十足的满意。看得出，不出意外，东北地区又将产生一个新的无差评赛事。

赛后驱车到家，朋友找吃火锅，由于长春半马赛后的大排档流水席，加上离场前又到赞助商展台前喝了几小碗现煮的营养粥，直到晚上才想起吃饭。累吗？席间，朋友问。半程马拉松不设定目标，放松心情地跑，更像是一次晨练，跑完很轻松。

值吗？朋友又问。稍一停顿，不跑马拉松干吗呀？我反问。

能从浪费时间中获得乐趣就不是浪费时间，不是吗？

2023 年 9 月 18 日

（该文被赛事组委会评为优秀作品，2023 年 9 月 23 日刊载于"长春新区马拉松"公众号）

再赛和龙半程马拉松

如果有一首歌，让人百听不厌，那一定是《红太阳照边疆》，嘹亮铿锵、节奏明快又婉转动听的旋律诞生 50 多年来一直长盛不衰，引人入胜。如果有一个城市让你来了不想走，走了想再来，那么边陲小城延边和龙该是榜上有名。如果有个城市马拉松比赛跑过了让你意犹未尽，思念的潮水驱使你义无反顾，一跑再跑，那一准儿说的是和龙马拉松。

《红太阳照边疆》的词作者韩允浩，曲作者金凤浩都是和龙市人。50 多年前，两人在和龙市生活和工作期间完成了该曲的创作。歌曲反映了和龙人民的精神风貌和当地的风土人情，该曲曾获中国"最美城市音乐名片优秀歌曲奖"，并被确定为和龙市市歌。

2016 年，是我接触马拉松运动的头一年。家乡吉林市首次开办马拉松比赛，尝试着参加短程马拉松项目，报名 10 公里项目，竟然在赛道上跑下了从未想过的半程马拉松。初尝胜果后，激起了我对这项运动的浓厚兴趣。相继跑了几个周边的小型跑步比赛后，网上看到相距不远的和龙马拉松，这一中国田协 A1 类赛事即将开办的消息引起我的注意。只是此时报名已结束，尝试着打通组委会电话，想不到距离开赛仅5天竟然报名成功。因报名通道关闭，通过组委会朴老师直接交了报名费。由此，8年来跑了近百场大型马拉松赛的我，第一个中国田协官方网站的马拉松比赛成绩是在和龙马拉松比赛中取得的。

和龙是吉林省延边朝鲜族自治州下辖的一个全域人口仅有15万的边陲小县级城市，其县城市区常住仅约有5万人口。和龙周边大部被巍峨的长白山脉和中朝边境线隔绝。就是这样一个不起眼儿的偏僻地方，竟然是全国第一个成功举办国际马拉松比赛的县级市，并早早获评中国田协金牌赛事，中央电视台也多次对和龙半程马拉松赛进行现场直播。

2012年和龙首办半程马拉松赛事。今年早秋，网上又见和龙第七届半程马拉松的开办启事。消息一出，立即在周边跑圈引起了反响，我所在的吉林义工跑团在群里组织报名接龙，并联系好了往返大客车及参赛住宿酒店和民宿。

9月22日上午8点半，吉林义工跑团全体赴和龙马拉松参赛者乘坐大客车驶上珲乌高速公路，热心的团长姜丽艳为大家安排了装有面包、香肠、酱鸡爪和矿泉水的简单午餐袋。跑友们兴高采烈地交流跑步体会，憧憬着接下来的赛事。不觉间，经历5个小时的车程来到此程终点——和龙市中心的红太阳广场附近。

熟悉而亲切的《红太阳照边疆》乐曲中，与和龙全民运动中心一道之隔的红太阳广场呈现在人们面前，宽阔的广场中央矗立着一尊硕大红色圆环凤凰图案造型。广场西侧，由当地多个商家产品展台连同马拉松参赛物发放台环绕广场排开，形成和龙马拉松博览会。

两瓶啤酒、一小袋大米、一段米肠、一支人参、两支人参粥塑包、两支红枣粥塑包、一包鳗鱼丝、一袋桑黄切片、两袋滋补冲料、一册和龙手绘游览地图，还有一张歌舞演出会门票，这是和龙半程马拉松参赛包中除了参赛 T 恤、雨衣等常规备品外的赠品。义工跑团参赛人员分别领取和马参赛包，集中合影后，各自分散走向团里安排好的居住地。

我和王岩、刘军及小薛事先选的是位于和龙农业农村局附近的一处民宿。地图上看民宿离红太阳广场有一公里多，4 个人打车来到首旭名城二号居民楼下，正在踌躇间，房东大姐迎向前来，将 4 人领到单元门前，并关切询问还有什么要求。

打开房门，4 个人顿时眼睛一亮：崭新的刚刚装修好的房间、整齐的床褥、地面纤尘不染，卫生间里整齐摆放卫浴用品，房间里粉红色窗帘。打开房灯开关，明亮柔和的主灯外环是一圈红色的灯带。要是贴上红双喜字，简直就是新婚洞房。这个民宿住得太值了！几个人纷纷留下了房东的电话号码和微信号。

第二天，也就是 9 月 24 日清晨，楼下传来的嘹亮鸡鸣唤醒了熟睡的人们。几个人轮流排空洗漱，一同到楼下的粥铺打发了早点。8 点一刻，整装出发。

此番第七届和龙半程马拉松赛事起、终点仍是安排在红太阳广场与和龙全民体育中心间的道路上。虽然是小赛事，但是凭借中国田协 A1 赛事标准加持，又积此前 6 届马拉松赛事的经验，和龙马拉松的场面隆重而得体，热烈而有序。招展的彩旗下，热情的志愿者引导，半程马拉松和欢乐跑运动员顺畅地进入预定的区域，欢快地拉伸热舞。随着全场倒计时，9 点一到，发令枪声伴着五彩烟雾在起点拱门前升腾，第七届和龙半程马拉松开赛了。

"奔跑吧！向着目标，我们在这里等着你们凯旋！"跑过拱门边的主席台前，主持人暖心动人的话语说得跑马人眼眶发热。

由于地处长白山区，和龙的秋季比同纬度的北方城市来得早些，9月中下旬，几百公里外的吉林市仍是草木葱绿，而和龙则是五彩斑斓。尽管是阳光明媚，但体感温暖舒适，加之不时吹来缕缕清风，跑马人撒欢般跑在和龙平展的大街上，恰是梦幻般舒爽畅快。

不同于大城市的赛事，和龙马拉松赛道马路边上并没设隔栏，所以赛道上的运动员与赛道边热情的市民可以更顺畅地交流，赛道内外，跑步的与驻足的互动迎合，像久别重逢，又像老友相聚。整个市区仅有5万常住人口，但是赛道边早已形成了密匝匝鼓劲助威的人丛。赛道边不时有朝鲜族农乐舞、腰鼓、东北秧歌等独具特色热热闹闹的民俗表演烘托气氛。5公里后，赛道引出市区，郊外的路旁仍有学生队伍沿途列队欢呼。而赛道每50米就有一名值岗警察让我心生疑惑，如此小城哪来这么多警力，经询问后方知是延边周边警力来和龙充实力量。

米酒、啤酒、果酒、大米、人参、打糕、年糕、土豆、饺子、面包、蛋糕、泡菜、米肠、紫菜饭寿司、明太鱼条、鱿鱼丝，还有吱吱冒着香气的现烤羊肉串……这是夜市大排档？错！这是和龙马拉松的赛道补给。差不多不到两公里就出现一处赛道补给站，其中有赛事丰盛的标配，而更多的是驻和龙市的单位和企业设置的五花八门的私补点。"和马呀，你还想不想让我们正经跑了？"跑马人绽开笑脸与志愿者开心地戏谑着。

平缓的赛道、可人的天气、贴心的补给。灿烂的阳光映照着跑马人轻快的脚步和轻松的笑脸。没有伤病，没有沮丧，迈过终点大红拱门的跑马人个个都喜笑颜开。完赛后，走向存包点的路上，又见赞助商的米肠、米酒让完赛的跑马人放量享用。

今天已是和龙马拉松完赛后的第三天，晚餐中，和龙马拉松完赛包赠送的米酒和泡菜仍在享用中。

从资料上了解到，小小的和龙市是革命老区，是全国首批33个生态示范区之一，是联合国老龄组织认定的"世界长寿之乡""世界老年宜居宜游城市"。而"特色小城""零差评赛事"则是跑马人对和龙市及和龙马拉松赛的强烈感受。要深度了解一个城市的文化底蕴，领略其厚重内涵和精彩魅力，参赛当地马拉松赛事无疑是个恰当的契机。对比大城市的光怪陆离和高大巍峨，富有特色、别具风格，捧出内心赤诚的贴心关怀更显可贵，也更使人留恋。和龙如此，和龙马拉松更让人难以忘怀。

2023 年 9 月 27 日

九月秋风劲　跑马查干湖

　　跑马 8 年，历赛近百。之所以乐此不疲，领略各地自然风貌，感受异地风土人情，重塑头脑中的固有认知，是其动因之一。

　　暑去秋来，又到了各地开办马拉松比赛的旺季。进入 8 月，注意到网上关于查干湖马拉松赛启动的信息。距家乡吉林市 300 公里距离，环绕查干湖赛道，又是由 550 公司运营，这些因素让我未加思量就在官网的官方领跑员招募中报了名。

　　20 天后，查干湖马拉松组委会把我拉入全马兔子微信群，组委会的群主老师告知入群的 18 只兔子："在经过仔细选拔和评估后，我们很高兴地通知您，您已成功入选成为我们的官方配速员。您在报名过程中所展现的才华、经验和热情给我们留下了深刻的印象。我们对您能够加入我们的团队感到非常兴奋，相信您会为活动的顺利进行作出重要贡献。"

　　几天后，群主换成赛事运营商 550 公司的张文欣，自 2018 年的霍林郭勒马拉松赛被选为该赛事官方配速员起，我又先后在福建永定、江苏东台、上海崇明以及浙江平湖和上海金山间的浙沪半程马拉松赛事中被聘为官方配速员。此番再次入选，多次参赛 550 运营的赛事，每次都是以赛事的官方配速员出战，其中还多次被指定为配速队长。

9月23日下午，从吉林市乘动车在长春转车赴松原，下车后打车一个多小时，晚8点抵达查干湖畔的圣湖宾馆入住。先期到达的跑友谢劲松代领了装备，使我得以省去领物环节而专注休息备赛。

9月24日早晨，宾馆里早餐后，步行一公里多来到查干湖畔的引松广场。一走进广场，就汇入了欢乐的海洋。先是马拉松博览会，各路商家在五颜六色的招牌排档中各显其能地宣传展示产品，远远地看到起点海蓝色拱门和硕大的鲜花造型，还有五六个高过拱门的各色气球在广场中随风招摇。广场上，来自全国乃至世界各地的参赛者在情绪饱满地互动交流。广场北侧，醒目的官方配速员照片墙前，兔子们头戴粉色兔耳头饰和艳红的配速气球先后拍了合照和分组照。

按照张文欣老师的要求，全程马拉松兔子们站在拱门下第一排，身后是包括一众外国人在内的精英运动员，再往后是全程运动员和半程运动员。

查干湖马拉松富有特色，拱门前及主席台上的礼仪小姐均身着鲜艳的蒙古族节日服装。主席台上，蒙古族舞蹈、马头琴合奏、那达慕演出精彩纷呈，又经过领导登台、嘉宾介绍后，全场共唱国歌。十秒钟倒计时后，特有的笛声响起。当所有的跑马人都没反应过来的时候，镜头中看到，我是查马跑马人中率先领跑的人。

赛前听跑友说查干湖马拉松赛道没有树木遮挡，跑马会热得很难受，闻此言曾后悔报了查干湖的全马。不想比赛当天，天气清朗，秋风飒飒，劲风中夹杂着森森寒意，出发时十二三度的气温，始终没出现太大的升温，恰是跑马拉松的梦幻天气。

这才知道，朋友事先说的并不完全属实，从引松广场出发，经过南湖大路、海宽大路，再到查干湖大路折返，这一段 20 多公里的赛道两侧都是绿植茂盛，查干湖大路两侧高大的白杨树惹人喜爱。23 公里后，赛道进入安代路健身步道，这是一段 6 公里长的沿湖塑胶道路。红绿两色拼合，中间用白线相隔的塑胶跑道平展展地通向远方。左侧是随着季节已泛黄的芦苇荡，右侧是浩瀚无垠的查干湖面。若不是湖面上的一列快艇行进，大概率你会误以为到了某处海边。直到 30 公里后，通过玉龙湿地，迈上一公里多长横跨湖面的马营泡大桥。迈步桥面，但见眼前天际无垠，脚下烟波浩渺，令人生发出前无古人后无来者而念天地悠悠之感叹。大桥尽头处折返，再经过 6 公里长的安代路沿湖跑，向南转入圣水路。40 公里，左转进入路旁花团锦簇的运河东街。到了 41 公里，考验出现了，眼前蓦然出现个大上坡。跑了 40 公里沿湖平缓路面，体能几近耗尽，突然的变化让人快要绝望了。好在离终点还不算远，欲念驱动让人勉力前行。终点前 500 米，终于爬完了上坡，心心念念的终点蓝色拱门出现在眼前。

4 小时 59 分 51 秒，跨过终点线后，组委会发来成绩短信，又以不超过标准时间 10 秒的成绩完成了赛会 500 官方配速员使命。这是我人生中跑下的第 52 场全程马拉松赛事，也是第 44 次被选为大型马拉松赛事官方配速员。

查干湖马拉松是一场特色鲜明的赛事，最显著的是从始至终，从宏观到细节都体现生态理念。查干湖，蒙语为"查干淖尔"，意为白色圣洁的湖。查干湖马拉松并没有像其他马拉松赛事那样由知名企业冠名，而是冠以"生态查干湖，激情马拉松"名头。整个赛事，蓝色基调贯彻始终，从赛事起、终点拱门，到数千欢乐跑者参赛服，再到奖牌绶带，甚至是赛后赠品的牛肉干包装，都是蓝底白字的式样。浓厚的蒙古族民族特色是赛事的又一标志，从开幕式的蒙古那达慕演出、马头琴齐奏，到赛道设计途经成吉思汗召、大汗蒙古风情园、郭尔罗斯王爷府，都让人体会和感受到这个特有游牧民族的激越剽悍以及热情豪迈。

查马的另一突出特色是赛事组织细致，环节扎实，跑步舒心，感受暖心。这也是专注承办国内中小赛事的550体育的行事风格。设置在引松广场周边的赛事起、终点，与相距不足一公里广场另侧的马拉松博览会彼此呼应。中间设置的赛事宣传造型连同点缀其间的数个巨型热气球，既活跃空间，又让现场有序而热烈。赛事补给妥帖而实惠，一个相比而言的中小型赛事，补给品虽不花哨，但作为中国田协的A1类赛事，补给点设置得当，补给品充分。特别是像能量胶和盐丸这类马拉松赛的"硬通货"，在17.5公里以后，经常看到且足量供应。参赛赠品也让人印象深刻，先是领取参赛包时，赠送一盒"郭尔罗斯玉米组合"，内含鲜食玉米粒，另有黑、白、黄三种糯玉米。完赛时，又分别赠送一包前郭特色奶干和一包风干牛肉。由于急于赶返程火车，远远地看到"免费品鉴查干湖鱼餐"以及赛后恢复区招牌，也只好割爱了。

返程车上，看到完赛包里还放着两张查干湖景区门票，当时曾心生疑惑，不是已经在查干湖景区跑完了吗？静下来一想，这不正是组委会和查干湖人的良苦用心吗？环湖一赛，留下思念，变化的前郭尔罗斯以及美丽的查干湖，还有难忘的查干湖马拉松期待着你携亲带友，从头再来，不是吗？

再见，查马！

等着我，查干湖！

2023 年 9 月 30 日

襄阳马拉松参赛记

白日放歌须纵酒，青春做伴好还乡。

即从巴峡穿巫峡，便下襄阳向洛阳。

1200 年前，当饱受战乱之苦，国破家亡，颠沛流离，远走他乡已8 年之久的杜甫突然听到官军已平定叛乱，可以回到阔别已久的家乡时，欣喜若狂，涕泪满面地原地转了三圈，随后写下这首脍炙人口的千古绝句。诗中，巴峡、巫峡是归途路过的景观，洛阳是杜甫的家乡，而千里征程单单点出了襄阳这一地名令人印象深刻。感动于作者的激情快诗，作为土生土长的东北人，我头脑中印下了襄阳这一城市名字。

通过进一步拓展，认识到襄阳是国内响当当的历史文化名城，华夏民族人文始祖伏羲就在襄阳出生、成长、安葬；这里是楚国的发源地，是东汉皇帝刘秀的龙兴之地，是三国名臣诸葛亮的躬耕之地；这里还是唐朝著名诗人孟浩然、张继的家乡。唐朝杜甫、宋朝柳永等大文豪在此生活并留下大量流传千古的不朽诗篇。

近年来，襄阳马拉松开办的信息不断撩拨起内心的欲念。今年9月，刘桂明老师领衔的桂客学院发起全国律师刑事辩护论坛并参赛襄阳马拉松的活动吸引了我，帖子发布后，没有一丝犹疑，直接在网上报了名，不久，被告知襄阳马拉松幸运中签。

10月20日，从长春龙嘉机场飞抵郑州新郑机场。机场内动车一站地到达郑州东站，站内换乘两小时后到达襄阳东站。在通往参赛物发放地的快1路公交车上，巧遇同行的青岛律师王明杰。两人抵达襄马参赛物发放地襄阳诸葛亮广场时，已近晚6点半钟。夜色中，领取完参赛物品，两人寻一地方特色饭馆小酌一番，本来自己张罗却被王明杰抢先买了单。

按照襄马公众号的通知，马拉松赛事前后，襄阳地区几十家旅游景点对参赛者全部免费或优惠，公交车赛事结束前也对参赛者免费。21日早饭后，启程游览了襄阳古城和唐城景区。

下午2点30，来到榕城宾馆，参加桂客学院主导的律师刑事辩护论坛和桂客跑团讲坛。走进宾馆大门，绿树掩映中，巨幅蓝色背景的讲坛招贴宣传屏格外醒目。沿着指引，宾馆宴会厅已布置妥当。工作人员斟上茶水，片刻后，一群人簇拥着一位身着紫色中式外衣，笑容可掬的学者模样的人走进来。从座位前的姓名牌上才知道，这就是刘桂明老师，原《民主与法制》及《中国律师》总编，现《法治时代》编委会执行主任、法宣在线总编辑。刘老师身为国内法律界顶流大师却毫无盛气凌人的派头，更像一位和蔼可亲的邻家大哥。刘老师召集与会人员合影后，襄阳市律师协会骆修峰会长发表了热情洋溢的欢迎词，接着上海市律师协会副会长徐宗新律师、中山律师协会刑专委副主任彭磊律师、内蒙古草原狼刑辩创始人曹春风律师分别结合自己的办案经历传授了经验做法。接着，讲座又开办两组沙龙，按照不同课题，每组分别由六七名律师交流办案体会，最后，刘桂明老师对所有发言律师的主旨内容及主持人的主持风格都精准生动地做了精彩点评。整个论坛内容紧扣律师执业中的难题难点，切中要害，观点独到，醍醐灌顶。台上滔滔不绝，台下如饥似渴，真有听君一席话，胜读 3 年书之感。

10 月 22 日是襄马开赛日。早上 5 点半，宾馆楼下早餐后，收拾行装，距离开赛还有 50 分钟，下楼奔赴赛道，体感温度接近 20 度，因此一次性雨衣也没披。地图上看，宾馆离赛道不足两公里，走出十几分钟后，看到人流渐渐密集，接近赛事起点，按照工作人员的指引，走上赛道外侧不算短的小巷子，又上了一个阶梯阳台，穿过了一段森林公园，这一通差不多有两公里距离，才进入检录区。进入赛道后，又急急打听存衣处，在起点拱门路旁存完包后，距开赛仅剩 10 分钟时间。主席台上，听到正在介绍领导和嘉宾。7 点半到了，枪响开跑。

襄马的场面很是热烈，开赛起点，密匝匝的市民挤满道路两侧，"加油啊！""捞想闷（老乡们），假又（加油）！"各种口音呐喊助威连绵不绝，除了一段江堤赛道和两个大桥桥面，赛道两侧自始至终都站满了热情的市民。赛道边不时出现的音乐加油站，或歌声嘹亮，或器乐恢宏，不断激荡着跑马人的情绪。

襄马主打传统文化底牌，每个里程牌旁都有一古装美女举着"我命由我不由天""你是最棒的"等不同口号的小牌子与擦身而过的运动员互动加油。还有一群身着孙悟空、诸葛亮等《西游记》和《三国演义》剧目人物装束的志愿者在赛道边为赛事壮行。襄马赛道连接了襄阳古城、盛世唐城等著名景点，跑马人穿行在巍峨的古城墙下，奔跑在雕梁画栋的秦砖汉瓦巷子里，恍如穿行于时光隧道里。

赛道 4 公里处，即见长长的补给点，香蕉、圣女果、橘子、蛋糕、桃酥等补品从始至终足量供应。每个饮水点，常常是志愿者把盛满的水杯端到路过的跑马人面前。赛事医疗点充分，每公里均有医疗志愿者值守。引人注目的是，赛道两侧，差不多每20米就有一个红帽子志愿者侍立。

丰厚的传统文化底蕴，热情文明的古城市民，还有秀丽壮美的汉江风光，成为本届襄阳马拉松参赛体验者难以磨灭的记忆。

激情满满地跑过了终点线，志愿者给我挂上饱含襄阳元素的古铜色奖牌，赛后恢复区体验了冰水泡脚和专业味十足的拉伸按摩。返程前又领取了一碗现场烹煮的襄阳牛肉面，酣畅淋漓地填补了口腹之欲。

此次参赛襄阳马拉松，是我人生中完赛的第53场全程马拉松。今年以来，已参赛17场半程及以上的大型马拉松赛事。也许是身体未恢复，也许是训练不规范，此次参赛后程掉速，最终短信发布成绩4小时55分27秒，让我对一周以后的北京马拉松不敢有过高期待。

回过头来看此次襄阳马拉松，从组织角度来看是一次成功的赛事，赛事运营规范，城市形象展示充分，跑者体验完满。赛事结束后，看到还有一点儿时间，头天听襄阳律师朋友说来襄阳该去看看诸葛亮待的古隆中。宾馆冲个凉后，又搭上公交，一小时后，赶在景区下班前，参观了武侯祠和三顾堂。

一个双休，两场盛事，满身疲惫，收获满满。热衷于各地跑马拉松时，常常有朋友问起图个啥和值不值，说起跑马拉松的好处太多了，单从国内各地风起云涌般开办赛事，各地各类各年龄段的人争先恐后地报名参赛就不难理解马拉松运动对常人的无穷魅力。但是让我印象最深的，还是白岩松对话全球马拉松大神基普乔格时，对方说的一番话，大意是自由是人们渴望和向往的，参赛马拉松，奔跑在一望无垠、宽广平坦的道路上，放空自己，是纯属个人支配的空间，这种感觉是别处找不到的。看来这个皮肤黝黑的外籍人说出了全体跑马人的心声，跑在马拉松赛道上，可以天马行空地遐想，也可以什么都不想，可以物我相融，也可以物我两忘，放下昨天，放下过去，然后拖着疲惫的身体，香甜地睡个好觉，轻松地开启明天，这才是自由的意义，也正是跑马拉松的魅力所在。

2023 年 10 月 24 日

北京马拉松再赛记

淡定，这是对今年北京马拉松的突出感觉。

入秋以来，全国各大马拉松赛如雨后春笋般纷纷启动，中小城市也争先恐后地开办起马拉松，只是独不见北京马拉松消息，于是相继报了几个城市的马拉松。快到"十一"黄金周了，本以为北马今年似乎没戏了。哪知，9月底，突然看到北京马拉松启动报名的消息，而且从报名到开赛只有一个月时间。背负"国马"美誉的北京马拉松是万众瞩目的赛事，通常仅有两成上下的中签率，报名后抽不中签是大概率。所以网上报了名之后，也没放在心上。"十一"长假刚过，北马公布中签名额，我竟然幸运中签。此时离北马开赛仅剩20天时间，北马赛前一周，还有一个早已中签的襄阳马拉松全程项目要跑。纠结中，最后拿定主意：此番北马，享受过程，完赛为赢。

这次中签北马，将是我的二征北京马拉松。2019年曾经跑过一次，3万人长街共跑的壮观气势，在天安门广场集结的恢宏场面，特别是沿着天安门前的长安街，奔向北京奥运圣地国家体育场"鸟巢"这一经典路线前行所呈现出的震撼场景，足以让经历过的国人回味终生。

10月27日，晚9点半，坐上吉林开往北京的卧铺车，第二天上午 8 点半，北京站下车，地铁二号线坐三站，和平门下车，走了一公里多，到前门附近事先在网上订好的旅店里放好背包，又乘地铁八号线，抵达奥林匹克公园的国家会议中心，领取北马参赛包。

国家会议中心宽大的展厅里，北马的领物环节井然有序，与往年不同的是，今年发放参赛包的志愿者换成了一些四五十岁的中年志愿者而不是以往的大学生。参赛包里，除了号码布、参赛服，还有一盒盐丸、一罐雪花啤酒，另外还发放了被很多马拉松赛事取消的赛事官方手册。这一点很值得称道，官方手册包含所有赛事信息，可以让跑者直观迅速地了解组织者意图和赛前、赛中乃至赛后的要求和注意事项，让组委会和运动员以及与赛事相关人员达成一致。手册内容精要，其外观形式也可以多姿多彩，尽显城市赛事特色形象，是参赛者很有意义的一份纪念珍藏品。遗憾的是很多城市马拉松赛事取消了官方手册的发放，给参赛者带来赴赛的不便，也使参赛者少了一份珍贵的纪念物。

领了参赛包，再往里走就是马拉松博览会。今年的博览会，参展商明显减少，偌大的场馆，除了赞助商展台及运动类商品，展会把一些特色食品与农产品也拉了进来。尽管有这些与马拉松关联不大的品类来填补空缺，展厅仍有差不多四分之一的位置都空着。每年习惯性地到赞助商展台去"薅羊毛"，今年这样的场景也是少之又少。

29 日是北马开赛日，早上 4 点半，从床上爬起、排空洗漱完，一碗泡面就着昨天博览会购买的酱牛肉和五仁酥饼解决了早餐。打好背包存到宾馆吧台，踏上赴赛征程。15 分钟，来到前门地铁站，与如潮水般密集的北马跑友一同穿过地下通道，来到正阳门下，经过安检，刷脸进门，进入赛道已是 7 点 10 分。赛道照相，简单拉伸热身后，开赛枪响。

北马 3 万名运动员，按报名成绩，从 A 到 F 分为 6 个开赛集结区，我的报名成绩是 422，被分到最后的 F 出发组。北马的各组集结区并没有志愿者人墙来隔开，集结区标志也不明显，以致我所在的 F 组同 E 组几乎混成一团。随着广播里主持人播报赛事开始，赛道上的人流缓慢蠕动，我所在的 F 组走到拱门下时，已是开赛后 11 分钟。北马的起点拱门设在中国国家博物馆与毛主席纪念堂之间的广场东路上，出了拱门就看到天安门，左拐经过天安门前的长安街。这一经典路线旁集中了大批摄影师，激动的跑马人此时也忘记了去追逐 PB，纷纷对着天安门背景或是互拍，或是自拍，宽阔的赛道竟然形成了拥堵。

从早上开始，北京的天就雾气蒙蒙，湿漉漉的空气加上 14 度的气温，让跑马人在天然大氧吧中撒欢，好不舒爽。

也许是周日的缘故，开赛后，宽阔的赛道两侧很少看见市民观战，仅剩下路边的志愿者向跑过的运动员不时地加油鼓劲。直到 5 公里后，过了军事博物馆，才见有不算密集的市民观战。印象深刻的是，见一灰发稀疏的耄耋老者向赛道内举着自书"加油"两个红纸大字，让人动容。

北马的赛道确是国内的"南波万"，百米宽的长安街，半幅隔作赛道仍然绰绰有余。8 公里后，拐过新兴桥，进入一段辅道行进，人流才略见密集，但是也不是互相影响那种状况。赛道平整是北马的另一大特征，42 公里全程仅有 30 公里后的科荟立交桥有很短的一段很缓的上坡，其余都是平坦的康庄大道，此番北马将终点前进入奥林匹克公园的弯路取直，更利于运动员取得好成绩，说北京马拉松是国内最利于 PB 的赛事之一，此言不虚。

北马的赛道补给，相比中小赛事的热闹花哨，落实在经典实用上。品种不多，但是充分。饮料、矿泉水不用说，香蕉、蛋糕足量，能量胶每站都有，站站充足。

医疗保障设置也具特色，医疗点、固定急救员随处可见，急救车随着参赛者行进。几次看见躺在地上的运动员被急救跑者围住救护。

北京市民对于马拉松赛的淡定也是特色，整个 42 公里赛道两侧，没有节目表演，没有音乐加油站，没有企事业单位或团体的摆台助威。宽阔的马路中间隔开，一半是汹涌的跑马人，另一半正常运行，人们该上班上班，该逛街逛街。就连经过著名的海淀大学区，也没见个把学生出来观战加油。倒是 32 公里时，赛道外有吉林大学加油站横幅，但是既未摆台也无补给品，几个人在喊："吉大人，加油啊！"

北马的赛事终点区值得称道，38 公里后，进入国家奥林匹克体育中心旁的大道上，平直的赛道，近在咫尺的赛事终点调动起跑马人的信心。41 公里后，远远地看见终点拱门，而 10 座每隔 50 米一条的白色拱门醒目地展现在人们眼前。头上错落有致的白色线条恰是通向理想的桥梁，激励着疲惫的跑马人鼓起的勇气，冲向心心念念的终点线。

北马在"鸟巢"旁设置的终点区太有仪式感了，每个迈过终点拱门的人，挂上金灿灿的天坛和天安门样式的奖牌后，都一副得意满满的样子，除了僵硬的身姿和蹒跚的步履外，身上的疲惫已忘得光光的了。

赛后恢复是由第一防护团队进行，百米长的大棚里，百张瑜伽垫子由有经验的中年志愿者操作，赛后的运动员到此几乎随到随做。不同于其他赛事的学生志愿者，这里的中年志愿者的拉伸按摩感觉手法力度都十分到位。走出拉伸按摩大棚，挨着大棚墙外是一溜冰水泡脚区，志愿者不断地在旁边砸碎冰块放进水池中，让体验者自始至终享受舒爽畅快。

对比上届北马奖牌，这次奖牌仍然精工细做。枣红色高贵雅致的包装盒，内衬黑色泡沫模垫。奖牌金色牌面上，北京及中华民族的象征天坛和天安门雕刻其上。牌面是双层，中间夹层为开合的活动形态，此番北马奖牌又是一个经典之作。

对比以往北马赛后豪气的补给，此番北马完赛物品，抽绳包里仅是水和饮料、一个面包、一根香蕉，外加一条毛巾。对跑马完赛也完全可以接受。

北马当天，直到赛事结束，太阳公公仍然是休假状态，浓雾薄云，温度始终是在 20 度以内。这样的自然条件是马拉松的梦幻环境。果不其然，本届北马成绩大幅提升，"破三"人数竟达两千多人，开创了国内马拉松赛事的新纪元。

挟着上周襄马尚未恢复的疲惫，左臀肌时不时略有隐痛，开赛不久似乎小腿有些紧张。但得益于气温适宜，补给恰当，此番北马总体感觉很舒服，全程除了进补给站和 30 公里后的立交桥上坡走几步外均全程跑下，赛后成绩 4 小时 49 分 16 秒，连赛叠加，赛后身体轻松的情况下，还算可以接受的成绩。

得到我来北京跑马拉松的消息，好友微信里劝慰：跑了 100 场了，该收手了。是呀，让身体吃不消的疯跑该调整了，凡赛都报也该翻篇了。但是参赛马拉松是一项历练人生的运动，在这里，让我们锻炼身体的同时，扩大了视野，重新认识了世界，拓展了生活的广度，也重新塑造了真实的自己，适当地参加更有意义的马拉松赛事，不是更值得吗？

2023 年 10 月 30 日

南京马拉松历赛记

江南佳丽地，金陵帝王州。

逶迤带绿水，迢递起朱楼。

南京，作为六朝古都、十朝都会，从古至今，无论是人文历史还是地理环境对华夏民族都有着举足轻重的深远影响。作为一个历赛百场的跑马人，此前曾先后跑过江苏省内的扬州、泰州、苏州、常州、盐城、东台、句容以及南京的浦口区8场马拉松赛。今年初，又跑了国内外"双金"赛事无锡马拉松。这9场赛事从赛事组织到跑者体验都可圈可点，印象深刻，可以说江苏省的马拉松堪称是国内马拉松赛事高地，代表着国内的最高水平。而南京作为江苏的省会和领头羊，省城的马拉松赛必定是马拉松高地上的旗帜，一定会有更多的过人之处，更丰富的赛事体验。于是，我开始关注南京马拉松的办赛信息。又看到南马由操盘国内口碑爆棚的北京马拉松、广州马拉松赛事的中奥路跑来运营推广，更激起内心强烈的参赛冲动。从2019年起，我开始报名南马，只是由于太过热门，连年报名均未中签。今年，南马再启，幸运终于回报我的痴心，"十一"黄金周刚过，网上公布南马抽签结果，5年连报，终于得中 2023 南京马拉松参赛资格。

11 月 11 日，一宿卧铺车后，抵达南京站。站内换乘地铁，不到一小时，到达南马参赛物发放地南京国际博览中心。南京的马拉松氛围营造热烈，从南京站开始，街面露天广告、地铁车厢和站台都能看到紫色背景的南马宣传广告。走进南京国际博览中心宽广恢宏的展览厅，井然有序的领取程序让人心情坦然，凭身份证领取取包凭条，刷脸进场，领取参赛物。在长长的姓名墙拍照后，进入马拉松博览会。南马令人印象深刻的是特有的紫色背景，从宣传栏到参赛服都是与众不同的玫瑰紫色。参赛包内值得称道的还有参赛手册，从手册中可以具体全面地了解赛事的宗旨、组织、赛道路线图以及跑友须知等信息。一份手册既可以加强组织者与跑友的联系，让跑友明晰组织意图，少跑冤枉路，又可以作为参赛者人生履历中留存的一份美好纪念物品。这份手册本是前些年各类赛事的标配，近两年一些中小赛事取消了纸质手册而代之以网上推送。殊不知，由此给跑友带来诸多不便，也让赛事逊色减分。中奥路跑运营的北京马拉松、南京马拉松注重实效，方便跑友，坚持配发赛事手册值得点赞。

来南京前，本来想让在南京工作的妹妹寻一方便赴赛的宾馆下榻，但妹妹一定让住到她家里。取完参赛物后，妹妹又带我游览了与其家一道之隔的玄武湖公园和南京城墙。晚上，又下厨用南京板鸭、阳澄湖大闸蟹等当地土特食品热情款待一番。

11 月 12 日是南京马拉松开赛日。早上 6 点 20，妹妹家早餐后，出门不到一公里，从南京站登上地铁。7 点钟，抵达南马开赛地南京奥林匹克体育中心东门。南京奥体中心真大呀！事先在参赛手册上看得很清楚的路线，可是实际走起来好久看不到头，我是 C 区出发，等存完包转回到候赛区时，离开赛时间已所剩无几了。进入赛道拍照、简单拉伸后，听到主席台上广播开始倒计时，接着，枪响开赛。

南京马拉松又遇上了上等的梦幻天气，近几天连续降温，南京的气温直到开赛时仅为6摄氏度，昨夜下起的小雨，赛前竟然停了，地上低洼处存留了一汪汪水迹。本来以为会体感寒冷，没想到跑起来，恰到好处，缕缕秋风吹拂，让我这个"大汗民族"从始至终都舒爽无忧。阴凉的天气差不多贯穿整个赛程。开赛三个多小时后，太阳公公偶尔露了一下惺忪的睡眼，不一会儿又藏起来了。低温的好处显而易见：尽管赛事3万人参与，竞争激烈，但从始至终，未见有人倒地，未闻救护车呼啸。长长的水站，志愿者向赛道上举着过水海绵，路过的跑马人少有问津，几处喷淋点也成了摆设。然而，南马参赛者却大多取得了满意的成绩，赛后获悉南马纪录也被打破。

南京马拉松的组织可圈可点。志愿者人员充分，各环节布置周到，且尽职尽责。赛道上各补给点，志愿者都是把盛好的水和饮料、剥好的香蕉举到跑马人面前。每每经过路边的志愿者，都会听到："坚持住，你是最棒的！"类似的鼓励声。南马的赛道边群众队伍让人动容，从始至终，到处是稠密的人流和热情的加油鼓劲声，还见有市民举着自书的大字板"加油啊！"朝向跑马队伍。让人难忘的，还有赛道边形形色色的音乐加油站、太极表演队、舞龙舞狮队、擂鼓助威队，从头到尾，由始至终气势不减。赛道旁，驻宁各大学、各单位、各跑团的私补点屡见不鲜。30公里过后，我也喝到了私补点送来的红牛饮料。

南京马拉松的赛道设置展现了组织者的用心。南京的街路挟六朝古都风韵，整体平整宽阔不说，路面精致，路旁大部分是一排排高大而光洁圆润的法国梧桐环绕。除了开赛不久，市区段有几处坡度很缓的立交桥外，其余大部分路面没有起伏。让人惊喜的还在赛道后半部分，直到终点拱门，几乎尽是小下坡。这应该也是南马易出好成绩的一个重要原因吧。

从奥体中心起点出发，经过雨花路上的大中华门、报恩寺、夫子庙，再到白下路上的朝天宫、长江路上的总统府，环绕南京站前的玄武湖，拐上新模范马路，经过渡江胜利纪念馆，30公里后来到南京长江大桥公园。再沿着中国第一河长江跑下10公里，到达赛事终点燕子矶滨江公园。整个赛道几乎涵盖了南京城的精华景地，也让这次参赛南马成了一次民族自豪、爱国教育的生动历程。

南马的终点设计也颇具亮点。40公里过后，路旁赫然竖着一块招牌"离终点还有2公里"。接着，依顺序是1.5公里、1公里招牌。红色终点拱门前，赛道上大约每隔20米又设置五道白色拱门，好像给终点设置过渡带，又像是通往理想的桥梁。所有这些，无疑给拼力跋涉42公里，精疲力竭的跑马人注入鸡血，让人眼前一亮，顿时升腾起新的希望。

也许是赴赛卧铺车上休息不充分，加之赛前游览玄武湖，再加爬南京古城墙体力未恢复的缘故。此番南马，身体不在状态，赛程过半，腿部似有抽筋感觉，很难深度连跑，赛后短信告知成绩：459。事实再一次提醒我，马拉松来不得半点儿含糊。

终点线后南马组织整体的感觉是：大气且有序。迈过终点拱门，志愿者先送上一瓶矿泉水，接着是长长的年轻志愿者列队与每个完赛的跑马人击掌庆贺恭喜完赛。再经过完赛物资发放棚，领取两根香蕉，披上图案精美的大浴巾。发给装有南京特产樱桃鸭、桂花酥、马芬蛋糕及卫岗牛奶，还有一只保温毯的完赛双肩包。最后，志愿者再奉上塑封的精制盒装完赛奖牌。

奖牌是本届南马的一大亮点。牌面整体观感是南京市市花五瓣梅花形状，通体金灿灿的牌面上点缀彩色的图案，瑞兽貔貅、玄武门、玄武湖、古城墙、南京云锦等广为人知的南京城市地标及历史文化元素雕刻其上，展现了六朝古都丰厚的文化底蕴，更是南京人不可多得的历赛珍宝。

赛后恢复设置在跑友完赛前往地铁站的必经路上，百十张瑜伽垫旁由南京体育大学运动康复专业的大学生志愿者为跑马人进行规范的拉伸按摩。冰洗泡脚池则随到随就，并有志愿者现场指导。

返程车上，众多南马参赛人对此番南马众口一词，赞誉有加。更有一五旬跑马人因为意外"破三"，谈及此，竟然激动得泪流满面。

此番南马，举办成功，亮点不胜枚举。比方说，赛前出发地卫生间设置，这是很多高大上赛事也易出现的瑕疵，而南马出发前非但未见候厕长龙，竟然见一排卫生间随开随用。还有就是南马对参赛跑友提供赛事期间三天免费乘地铁、公交和免费参观全市 40 处名胜景点待遇，让跑马人乐不思蜀，直呼过瘾。

完赛南京马拉松后，远在外地的南京跑友小胡得知我来宁赴赛，发来微信邀我吃饭。告知已上返程车后，一再嘱我下次再来南京一定聚聚，我回复南京是我向往的地方，没待够也没跑够，一定会再来。

是呀，江南第一州的秀美山光水色，十朝都会的人文掌故，四通八达的便利交通，质朴淳厚的市井民风都让人流连忘返，口碑赛事的加持，更加跑友的盛情相邀，南京马拉松，值得一跑再跑；南京，日后定然再续前缘。

2023 年 11 月 13 日

奔跑义乌马　感受创新情

　　义乌，是近年来不断掠过耳畔和闯入眼帘的高频词。身为北方人也知道义乌作为改革开放以来成功的范例，是中国最富裕的地区之一，全球最大的小商品集散中心，被联合国、世界银行等国际权威机构确定为世界第一大市场，是中国通向世界的一张响亮的名片。作为改革开放的受益群体，亲历一下义乌的风貌和气息，早已成为头脑中成形的念头。

　　跑马八载，历赛近百，独缺义乌，梦圆中彩。10月20日，"跑步就是跑步"公众号上推出招募两名2023义乌马拉松体验官的启事后，我当即回帖申请应聘。几天后，就见公众号将我的回帖在公众号精选留言中置顶推送并附言已中选义马赛事体验官。这是继两年前被腾讯跑步聘为赛事体验官后第二次入选马拉松赛事体验官。差不多是同时，又收到运营义乌马拉松比赛的博润体育发来短信，告知入选2023义乌马拉松官方配速员，一时感到真是喜上加喜，双福临门。

　　"新丝路，跑起来"，11月23日晚上，登上长春龙嘉机场飞往义乌的航班，南航的飞机上提供的《义乌商报》，头版醒目位置开设"聚焦2023义乌马拉松比赛"通栏大篇幅介绍义乌马拉松的赛事信息。

两个半小时的航程，飞机从冰封雪裹的北国春城降落到鲜花绿草的江南义乌。"真是大气而整洁，顺畅又养眼！"搭上机场去往酒店的出租车，看到路边现代化的路网和交通设施，我不禁随口发出一番感慨。"别看我们义乌仅是县级市，但可是经商宝地。交通上我们还有城市轻轨呢，这里提出的口号是要把义乌打造成内地的香港。"看到我是外地人，出租车司机如数家珍地介绍起义乌的概貌。

不到20分钟，出租车抵达义马组委会安排的赛事人员下榻地义乌博览皇冠假日酒店。这是一座紧邻义乌国际博览中心和梅岭体育中心的五星级宾馆，富丽堂皇的大厅里，多个隆鼻窄脸的异域人士在悠闲踱步。进门左边是义乌马拉松接待处的大红背景墙，大厅正面则是"义乌马拉松欢迎您"大字招贴框和义乌马拉松路线图。

由于已是晚上近10点，杭州兔友黄哲事先代我领取了参赛物品和官方配速员装备，入寝室后，我在兔子群中浏览了配速员须知，同寝的兔友张锦也为远道而来的我介绍了相关要求。

11月25日，2023义乌马拉松正式开赛。早上6点，酒店一楼餐厅自助餐后，领取了兔友杨樟捎来的配速气球，转到酒店后几百米的梅湖体育中心，开启了义马参赛之旅。

大气义乌，出手不凡。本届"义马"牵手央视体育频道，通过央视全程直播和全媒体丰富多元的宣传，力图将马拉松赛事和义乌城市风采展现在亿万观众面前，实现"央视＋义乌＋马拉松"的品牌价值裂变，提升"义马"的品牌价值和影响力。15000名参赛者的规模，让整个梅湖体育中心现场热烈而不显拥挤。

由于义马是中国田协的A1类赛事，现场不仅有十几个小个子黑人运动员，临近开赛前，骚动的人们相继喊出"李子成""焦安静"。

看到这些熟悉的国内马拉松大神、女神跟自己同跑，跑马人激情爆表。焦安静是最后一个入场的，作为现场官兔，站在参赛队伍最前面的我也脱口喊声"安静"，"嗨！"正在弯腰系鞋带的小姑娘听到喊声歪头笑盈盈回应。

开赛前，义乌的气温是六七度的样子。等待开赛中，拱门下，人丛第二排的我眼见旁边身着薄薄背心短裤的小个子黑人跑友在瑟瑟发抖。7点半一到，倒计时三秒钟，枪响开赛。

义乌的城市建设配得上"现代商贸活力城"称号，颜色淡雅、形态各异的新颖建筑错落有致地排列在道路两侧，不算高大的绿树鲜花环绕间，平缓宽阔的新材料油漆路赛道伸向远方，跑马人奔跑在路上舒展而惬意。虽然仅是半程马拉松，义马在赛道沿途设置了7处富有地方特色的文化加油站，有身着黄色丝绸服装的擂鼓手组成的擂鼓方队，有身着戏曲装束的现场婺剧长腔短调，有整齐划一的少先队员合唱《歌唱祖国》。令人印象更为深刻的，是12公里商城大道上，跑过绿树掩映的下坡，抬眼一看泮塘水库大坝下，长达百米身着白衣白裤的太极拳手排着整齐规则的队形在《我爱你，中国》嘹亮歌曲背景下，统一马步站位，腰身舒展，蔚为壮观，让跑过的运动员无不为之激情振奋。

义乌马拉松的赛道设计富有特色，半程选手从梅湖体育中心出发，途经义乌档案馆、博物馆新馆、义乌江、国际商贸城、义乌港、植物园绿道、CBD金融商务区以及江滨公园这些义乌城市代表性景观。跑在义乌赛道上，像踏上赴义乌商贸之旅，深刻地感觉这里浓浓的商业意识和创新精神。跑进了义乌也跑进现代化殿堂，人性化城市风貌与现代化建筑的有机融合让你不由得肃然起敬，并催人奋发，扬起大步。

义马赛道上补给恰当，饮料饮水供给完备。虽然是半程马拉松，但是义马赛道医疗志愿者布置充分，赛道上差不多随处可见手举消炎喷雾瓶的志愿者向身边跑过的运动员招手。得益于赛事期间始终没有高企的温度，十几度的气温保持到赛事结束。整个赛程，没见伤病，没出意外，更无救护车呼啸，天时地利加人和，三全其美。

同赛事气氛相谐，所在的配速员小组各兔友的配速职责完成得也顺畅。行进中，赛道上不时有选手跟从，配速员小组配合默契，兔友互相提醒，协调一致。2 小时 15 分 09 秒，赛后组委会发到我手机上的成绩短信，提示圆满完成此番配速员使命。同时，也是我参加马拉松比赛以来，第 44 次被城市马拉松组委会招募履行官兔使命。

义乌半程马拉松不仅为参赛者提供了一个展示自我的平台，也为自己和众多参与者及观众带来了一场视觉盛宴。参赛者们的坚韧精神感染了观众，激发了人们对运动的热情和对生活的热爱。运动员们的精彩表现也让观众们感受到了运动的魅力和力量。奔跑在义乌，领略这一改革开放前沿高地的丰硕建设成果和创业精神，感受这片江南热土丰厚的文脉底蕴，激发起自身的运动热情和争先动因，确有其不菲的无形价值和无量的精神财富。

2023 年 11 月 27 日

南孔圣地　衢马有礼

衢州，好有气魄的名字。位居江南腹地，接连浙、闽、赣、皖四省，城中的南宗孔庙是国内仅有的两处孔氏家庙之一。近年来，以"南孔圣地，衢马有礼"为名号的衢州马拉松由于组织缜密、特色鲜明、跑友体验良好而在国内跑马人中声名鹊起。

11月1日，"42旅"微信公众号发出招募2023衢州马拉松赛评员启事。由于前不久已被与衢州相邻的义乌马拉松组委会聘为赛事体验官及官方配速员，加上两赛事相隔一天，时间上顺畅衔接不冲突，于是未加思索直接填报了应聘申请。第二天，42旅客服"小旅"微信里加好友告诉我已入选衢州马拉松赛评员，并按我的要求安排了衢州马拉松半程参赛名额。

11月25日，义乌半程马拉松赛毕，皇冠假日酒店简单沐浴后，打车来到义乌站，高铁两小时后到达衢州站。站前乘公交27路抵达衢州市文化艺术中心和便民服务中心B座，当地人称该地为"两中心"，这里就是衢州马拉松参赛物发放地。衢州市"两中心"外观好气派，五六层楼高、上百米长的恢宏建筑外形是银灰色巨大波浪形状，虽然已是夜色笼罩，远远看去，还是极具视觉冲击力。

走进领物大厅，先是扫码填写承诺书，接着凭身份证刷出领物小票，再凭小票分别领取号码布、参赛指南折页、T恤衫和装有雨衣、柚子汁饮料、能量胶和参赛手环的参赛包。衢马的参赛指南很有特点，折起来巴掌大小，折页内容包括赛事日程、起点集结流线图、赛道关门点及时间、赛前自测与提醒以及参赛选手免费游线上预约二维码等内容。摊开折页，则是一张马拉松赛道路线地图。整个指南折页简洁明了，涵盖了参赛选手几乎所有想了解和应知道的内容，里面却无一则广告、无一句空泛的口号类文字。

领取了参赛包，打车来到10公里外在衢州市区工作的外甥家。晚上一顿麻、辣、鲜、香的衢州卤味"三头一掌"，让我记住了明代旅游家徐霞客在这里留下"头头是道"题字的内涵。

26日是衢马开赛日。早餐后，外甥骑电瓶车将我送到紫薇中路上的衢马起点。衢州马拉松参赛者此番计有全程马拉松4000人、半程马拉松6000人，另有欢乐跑10000人。总体2万人的规模部署在衢州市演艺中心大剧院前宽阔的三江东路上，起点拱门前，场面热烈而不拥堵。与宽阔的广场及道路相比，参赛人员适中，志愿者设置合理，现场指示牌、路线图摆放醒目，参赛物品存处放及男女更衣室、卫生间沿着运动员行进路线恰当布置，以致让人感觉整个赴赛过程都是顺理成章又恰如其分。

相比国内动辄三五万人的超大型马拉松赛事，两万人参赛的衢州马拉松显得精致而典雅，一切又中规中矩。此番我以半程马拉松身份参赛，但是在赛道上，离起点拱门及主席台并不远，主持人与参赛者的激情互动、到会领导及嘉宾介绍也听得一清二楚。不同于以往的全程马拉松或者是充当官兔站在拱门下参赛队伍的头排，此次站在参赛队伍中段，等待征服的是 21 公里赛程，因此，心情也格外放松。

一如前一天义乌马拉松的梦幻天气，衢马开赛前，气温也在八九度之间，赛道上候赛人群渴盼着开赛时间尽早到来。随着主持人的三秒倒计时，8 点一到，枪响开赛。

衢州马拉松的赛道宽阔而平缓，起点出发后，沿着白云中大道跑向衢江大桥，然后沿着衢江南路跑进衢州的市标古建筑水亭门，穿过古香古色的老街区，11 公里，再拐向衢江北路，通过博雅路，跨过书院大桥，在仙霞路上半程和全程选手分开，从紫薇北路折返，回到衢州市文化艺术中心终点。

整个马拉松赛程赛道起伏不超过 40 米，半程马拉松大都是沿着衢江滨江道路奔跑。绿树碧水，和风送爽，跑起来舒适而惬意。

衢马的赛道补给品很充分，供应饮水饮料长长的摊位，志愿者举着纸杯迎候着跑马人。半程马拉松赛程中，多次遇到充水海绵供应，还有多处供应香蕉、蛋糕、圣女果、奶糖、巧克力等。

衢马突出的亮点在于赛后，跑过 21 公里，迈进终点拱门，成绩短信已发到手机中。走进完赛区，领取志愿者发来的一瓶渴可速天然水和一只香蕉。接着领取完赛包，包内装有：一条大浴巾、一个面包、一瓶饮料、一个柚子、一袋干脆面、两盒乳酸菌饮料、两根火腿肠，另有一张即刮式体育彩票。最后是领取奖牌，奖牌是装在与参赛服一样的海蓝色画面精美的包装盒中，内衬黑色的泡沫护垫。同样海蓝色的缎带下，雅金色扇形奖牌镌刻着衢州古城及流淌的衢江。奖牌正中，则是南孔家庙造型。画面中，凸出的南孔家庙是磁铁吸牢的双层结构。其玄妙之处还在于，此次衢马将 2023 年至 2025 年连续三年的奖牌进行了统一设计，连续三年参赛的选手可将自己获得的奖牌加上组委会额外赠送给连续三年参赛选手的"成就徽章",合成一个完整的大奖牌。

自己轻松地完成了比赛,赞助商设置的造型台上照了完赛相,行进在领取存包处的道路上。一家赞助商员工在分发热腾腾的肉包子,路旁则是一处供应姜汤和八宝粥的摊位。八宝粥连同姜汤接连几杯下肚,解饿解渴身子也暖和了。因急于赶返程火车,无暇赛后恢复区去拉伸按摩及冷水泡脚,直接在更衣棚里换上干衣服,踏上归程。

经过赛道终点附近,此时,全程马拉松选手还在兢兢业业地向终点跋涉,主持人洪亮的鼓励声伴随着归程久久回荡在耳畔。

沐浴着暖柔柔的阳光,徜徉在绿树鲜花环绕的返程路上,竟然感觉不到连续两天两个半程马拉松征程的疲惫,联想刚刚结束的赛事片段,思潮中不时涌出阵阵激情和丝丝暖意。衢州,值得再来!衢马,期待再圆!

2023 年 11 月 30 日

(2024 年 8 月 28 日刊载于"衢马"公众号)

深圳马拉松赴赛记

跑马第 8 年，经历大型赛事已超过百场。其中被聘官方配速员超过 40 场，被聘急救跑者也近 40 场，还多次被选为官方体验官及赛评员。因此，除了近地或没跑过的高级别口碑赛事，上一次单纯报名参赛马拉松已是久远的记忆了。

熬过了闷热的盛夏，9 月下旬，深圳马拉松启动报名的推文出现在网上。作为国内一线城市之一，全国经济中心城市、改革开放的窗口，深圳始终引领着全国改革和发展的风向，作为青春的城市、梦想的园地，这里也吸引着无数追梦者的目光。而深圳马拉松作为为数不多的国内外"双金"赛事，喊出对标对表国际"六大满贯"赛事和白金标赛事标准办赛的口号，让人们对这一赛事更加充满期待。基于此，深圳马拉松赛因未曾涉足而被自己纳入参赛目标。此前，报名两次均未中签。此番再度填报。"十一"黄金周后，深马组委会发来中选短信。又过一月，再发短信告知参赛号码。

12 月 2 日，走下长春开往广州的卧铺车，坐上广州去深圳东的动车。不到两小时，抵达坐落在布吉的深圳东站。下车后，步行不到一公里来到龙珠花园青年旅店入住。听说是远道专程来跑马拉松，热情的小老板特地为我安排了肃静的单人间。旅店放下背包后，出门乘十四线地铁过三站到岗厦站，换乘二号线坐一站到达市民中心站。出了地铁站口，就是深圳市市民中心广场。这里是 2023 深圳马拉松参赛物发放地，也是深马开赛起点。

位于深圳福中路与深南中路间的市民广场开阔而坦荡，从地铁站走出，绿树鲜花环绕的道路边，深蓝色背景的深马领物指示牌鲜明显眼。沿着指示路线，经过安检，出示身份证领取小票。凭小票来到号码对应的领物摊档，依次领取了号码布、参赛 T 恤和参赛包。抽绳参赛包里除了几张广告外，有一件一次性雨衣、4 颗盐丸、两支能量胶，还有个小参赛手册。

走出领物处，就是深圳马拉松博览会。广场正中，布置了主席台及各赞助商展示棚。广场上，赞助商展示棚虽不是太多，但大都布置精心，开展与跑友互动活动也各具特色。跑友通过现场照相发朋友圈、套圈等简单活动获得小礼物，拍下了参赛深马的第一批照片，也心意满满地薅了一把羊毛。赴赛前，中选深马急救跑者的宁波马拉松兔友张锦就邀我到深圳马拉松博览会。逛完博览会，被张锦喊来一同合了影，又在广场旁美食街设便宴款待一番。

12 月 3 日早上 6 点，旅店内简单早餐后，布吉地铁站乘车，半小时抵达岗厦站。 出站，门外道路两侧各站一列白衣志愿者在热情迎候。沿着志愿者指引的路线，找到赛前存衣车，在附近一家建筑工地卫生间如厕排空，大腿根、腋窝处涂了防磨凡士林后，存包赴赛。

深圳马拉松是 2013 年起创办的，经历 10 年的此番深马，仍然是 2 万人规模，但是已取消半程马拉松项目，成为全国城市马拉松比赛第四个仅有全程马拉松一个项目的纯马拉松比赛。此番深马，按参赛选手报名成绩，分 ABCD 四个候赛区，间隔 15 分钟两枪发令起跑。如此策划，避免了开赛时赛道过于拥堵，有利于参赛选手成绩发挥。

此番深圳马拉松套办全国马拉松锦标赛，并由央视五套全程直播。头顶直升飞机嗡嗡声中，高亢激情的主持人介绍自己曾主持过北京奥运会。

十八九度的气温，开赛前深圳的温度还算可以。随着全场共唱国歌，倒计时，7 点半钟，AB 两区枪响开赛。随着 AB 两区运动员出发腾出拱门下赛道，CD 两区参赛者缓慢移动到拱门前。AB 两区枪响 15 分钟后，CD 两区发令枪再次响起。

深圳马拉松的道路太好了，宽阔笔直的道路两侧，鲜花和绿树环绕。最具特点的还是深圳的城市建设，目力所及，映入眼帘的均是一幢幢玻璃幕墙的现代建筑。无处不花草，无楼不新颖，无厦不摩天。一座创新城、现代科技城活生生展现在面前。

舞龙舞狮、齐声擂鼓、吹打弹唱、青春律动、现代歌舞、花样跳绳……赛道边，差不多每两公里一处文化加油站连绵布满了 42 公里赛道。展台中，有红衣黄袍的华发老者，有青衣玄袄的俊男靓女，还有欢快活泼的少年儿童。不同风格，多种样式的纵情表演，充分展现了音乐之城丰厚的文化魅力，也极大调动了跑马人的拼搏激情。

蛋糕、华夫饼、士力架、葡萄、香蕉、圣女果、榨菜丝、盐丸等，深马的赛道补给充分且多样，饮料饮水更不必提。

目测一下，数公里一处的过水海绵供应点竟有几十处，差不多连绵有百米长。赛道上与饮食补给点相辅相成的医疗点布置充分，骑车及固定岗黄衣医疗志愿者随处可见。应对高温天气的赛道喷淋多处设置，特别是几台水雾罐车集中向赛道喷雾，连同路旁积水的树叶一同滴水，仿佛晴天下小雨，有效地减轻了高温带给跑马人的危害。

与其他城市比较来看，深马的观众不算太多，但是都足够热情，且足够文明。"南开加油！""清华加油！"从不间断的加油鼓劲声里就可以听出各大学校友会在自发助威。西瓜块、山楂糕、可乐、红牛饮料等，让人动容的是赛道外侧一处处很具规模的私补摊点。这些私补摊点见缝插针，既查漏补缺地充实了赛事，又雪中送炭地为跑马人救急。赛程中，我喝过私补的可乐，吃过西瓜，当问起是哪个单位组织，对方告诉我就是个人行为啊！

事先从赛事手册的赛道图中，看到仅二十几米的落差，曾认为深马的赛道比较平缓。哪知跑起来，也有多处很具规模的慢坡，特别是开赛一小时后，太阳开始眷顾，气温一路走高，半程过后，抽筋的人扎堆，越来越多的跑马人或是停顿赛道边扳脚自己拉伸，或是跑向医疗点寻求喷雾消炎。还多次看到跑友倒地被救护。无独有偶，不知是训练不到位还是旅途疲惫，开赛不久，左小腿肌肉紧张，熬过半程，27公里后，我也被抽筋所困，有心想跑，奈何一迈步就像腿里有绳在牵拉着，最后，只能接受512完赛的尴尬现实。

迈进终点线拱门，央人拍了完赛照。领取了志愿者发放的一瓶水和完赛包，志愿者又送来一根香蕉和一只橘子。出了物品发放区，眼看就要来到赛事领取存包处。"怎么没见到奖牌？"我忽生疑虑。"在完赛包里呢！"旁边的跑马人回应了我。

不同于组委会官方活动，深马的赞助商赛后节目仍在进行，我就势来到"全球通"参展棚做了拉伸按摩，排队等候期间还参与了奖牌刻字，进补了香蕉和圣女果。出了"全球通"，又转到"佳沃"展区领取了水果提兜，吸吮了分发的新鲜椰子汁。

跑马识城，交友悦身。20多年前，曾来过一次深圳，当时，来深圳之前还需要去公安机关办理边防通行证。到了深圳，从外部感观到人际交往，一切都让人新奇，让人称道。此番来跑深马，对比其他城市，深圳还是深圳，只是差距已不明显，个别之处，比如交通站点设施先进程度等，部分城市甚至超过深圳。但是作为全国改革开放的试验田，作为创造出"深圳速度"的"中国硅谷"，特别是作为市民平均年龄32岁的青春梦想之城，创造新的奇迹，实现更高理想势在必得，功在必成。而在此龙腾鹏飞之地，孕育生发出新的深圳马拉松，成果定将明艳，前景必将更令人看好。

2023 年 12 月 5 日

（2023 年 12 月 5 日刊载于"42 旅"公众号）

返璞归真　跑进山水

"返璞归真，跑进山水"是 2024 浦口马拉松的主题词。

返璞归真，好像是对我而说的。2019 年 3 月 24 日举办的第四届浦口马拉松，当时称为国内首个女子马拉松赛，我曾作为赛事护跑员参加比赛。彼时满赛道听不到高声喧哗，而代之以满眼的粉红色彩和浸透心脾的脂粉气息，周边点缀的女性元素曾让人耳目一新。赛场内外的热烈气氛，让人心潮澎湃，加之浦口马拉松平缓的赛道和早春江南宜人气候。所有这些让跑马人兴奋不已，以致此赛取得 151 的成绩，是我此前跑过的 26 场半程马拉松赛中成绩最好的。截至去年底年，跑马 7 年整，中国田协印证的大型马拉松赛事已达百场，现今的我早已过了逢赛就报的疯狂阶段。只是，龙年伊始，网上浦口马拉松即将重启的推文还是吸引了我。浏览帖子了解到，现今的浦马已不是先前单纯的女子马拉松，开办项目也在半马、短距离欢乐跑的基础上又增加了全程马拉松，特别是今年的浦马又升格为全国半程马拉松锦标赛。高标准的赛事，美好的回忆，让我不由自主地填报了急救跑者竞聘表格。

"大哥，恭喜你入选浦马急救跑者！"离浦马开赛还有不到 10 天了，本以为报名落空，脑海中差不多已淡忘了。忽然接到西安跑友王臻发微道贺。

"不会吧？没人通知过我呀！"我诧异道。

"你看看邮箱！"

打开邮箱，果真看到了自己入选浦马急救跑者的通知邮件。跑马第9年，如此入选通知还是第一遭。

3月9日，浦马开赛前一天。长春龙嘉机场直航两小时飞抵南京禄口机场。机场内上地铁，两次换乘。一个小时后，龙华站下车，步行几百米，到达浦口虹悦城——一个商业综合体。虹悦城楼下，用围挡搭建起浦马参赛物品发放处，参赛物发放入口是新搭建的检测领物人身份的凉棚。出口则通往商业综合体楼内入口。与上次参赛时发放物品直接设在商场处如出一辙。不得不佩服南京人的精明：体育参赛与经济无缝衔接。

"大哥，你在哪儿？"刚领完参赛包，一同被浦马选聘为急救跑者的吉林跑友杨列元就打来电话，先期到达的小杨已在赛前订好了酒店，硬是饿着肚子等我到下午一点半。选好的酒店离开赛起点仅两站地，让我惊喜的是离参赛物发放处仅有几百米远。刚出虹悦城，被赶来迎接的杨列元拉着走进梧桐花酒店入住后，又在楼下酒馆解决了午餐。借着酒劲，美美地睡了个下午觉。

晚上7点，在浦口区政务中心，浦马组委会组织全体急救员进行了集中培训。开心的是，王臻、张辉、冯立明……不但赛事招募的急救跑者有很多熟悉的人，连台上的主持人何鸣老师、培训师刘道萍都是老朋友，温暖的感觉不禁油然而生。图文并茂、双向交流式的培训结束后，又对50多名急救员进行了逐个心肺复苏实操考核，两个多小时的培训好有实效。

3 月 10 日是浦口马拉松开赛日。早 6 点，与杨列元楼下小店早点后，乘地铁十号线两站地，又步行不到一公里，来到兰溪公园外的兰源路，这里是此番浦马的开赛地。

不同于上一次浦口女子马拉松的满眼桃花粉红，此次浦马从场面上显得更加声势浩大。涵盖全程、半程和欢乐跑，超万跑马人密匝匝地塞满了赛道。进入检录区，不时地在人丛中出现举着欢迎牌，笑面盈盈的志愿者。道路两旁，热情的赞助商各显其能，或歌舞展演，或饮料相送，让路过的跑马人喜不自禁。此次浦马按运动员的配速分为 ABC 三个候赛区。随着大队人流进入候赛区，主席台上的领操员在激越的音乐背景下，正带领全场跑马人拉伸跳操。头顶上，为媒体传输现场实况的无人机不时引起兴奋的跑马人一阵阵躁动。全场国歌唱毕，进入倒计时，8 点一到，枪响开赛。

浦马当天，最高温度仅十几度，开赛时有七八度的样子，对马拉松比赛来说这可谓是梦幻一般的天气。浦马前半程的道路，宽阔、平直，没有一处说得出的坡路，甚至连立交桥都没有。我经历的百场马拉松赛事中，其优越程度可以说是无人可出其右。赛道 6 公里后，来到长江边上的滨江大道，徐徐的微风轻拂着一群追梦人的脸庞，让跑马人爽到极致。浦马赛道补给也充分，半程就有能量胶和盐丸。医疗点也布置充分及时。志愿者恰到好处地出现，所遇之人，感觉个个热情且敬业。卫生间布置也很贴心，候赛区几乎很少有人因内急排队。看得出，根植于马拉松大省江苏，积累多年设赛经验，又有全国半程马拉松锦标赛的高规格加持，让此番浦口马拉松又迈上了新台阶。

戴着急救跑者号牌，身负急救使命的我，自 2018 年起，至今被各地马拉松赛事聘为急救（医疗）跑者已达40次。近两小时的半程马拉松浦马赛程，身边未发生任何异常，更无伤痛出现。

19公里后，出现很短的一小段上坡，拐过弯来，直到半程终点，竟然都是缓缓的小下坡，浦口真是半程马拉松赛事赛道的绝佳之选。但是，据跑友介绍，浦马全程后半段，赛道起伏较大，有一段甚至达到虐人的程度。从赛道图上看，浦马全程与半程确有变化。只是，跑半程的我无从体会全马的艰辛了。

浦马的亮点之一是精美的奖牌。浦马奖牌整体是金色的船帆造型，牌面上点缀了色彩鲜艳的浦口地标图案，奖牌两侧设计了两个环形大红穗条，挂在胸前随风飘动，辉映着跑马人开怀的笑脸。

对于普通跑马人来说，浦马最大的亮点还在于赛后分发鼓鼓的完赛包。其中，一条大浴巾，香蕉、饮水饮料、面包自不必说，另有包装精美的蜂蜜汁、莲藕汁、盒装香米，还有一瓶菜籽油。

而完赛后，拉伸按摩、冰水泡脚恢复区后面的南京烤鸭足量供应，更让惊喜的跑马人大呼过瘾。

马拉松运动随着改革开放兴起，在中国大地开展40多年了。目前全国各地开发办赛已呈燎原之势，成规模赛事每年也有几百场。而浦口马拉松作为一个中小型赛事，在强手如林的竞争中，半程时能以特色独秀。发展到全马赛事以后，仍能组织缜密、以优扬优，让跑友称道，令世人刮目，殊为不易，实属不凡。

浦马，值得你我一赛再赛！

2024年3月14日

首尔马拉松韩国行

"该出去跑跑了！"国内马拉松比赛超百场了，除了武汉、重庆这几个难报的城市，国内各地大中型赛事跑得差不多了。于是，萌生了出境跑的念头。考虑距离、交流习惯等因素，原来曾打算报名平壤马拉松，只是，去年底，传出平壤今年不举办马拉松的消息。于是与平壤距离等因素差不多的首尔马拉松又成了不二之选。

由于平生从未有过办理护照出境经历，因此，境外报名、出境后语言交流等诸多困难让我很是费了心思，后来在最酷网上报了名。外甥女闻听后特地买来智能语音翻译机从青岛快递发来。在首尔工作回家探亲的同学小谢把自己的首尔交通卡送来，又把首尔的朋友电话告诉我以备接应。

3月15日，从青岛胶东国际机场进入边检通道，当验过护照，边检章盖过后，忽然觉得好神奇，好有仪式感：我要出境了，要暂时离开出生和成长的中华人民共和国？通往登机口的扶梯前，我怔怔地木了几分钟。

青岛胶东机场距韩国仁川机场有 580 公里，飞机一起一落仅一小时多航程。17 点 35 分青岛出发，20 点 10 分才到仁川机场，原来是两国间有一个小时时差，韩国比中国早一小时，手机上的时间也自动变为韩国时间。

走下飞机，窗外的停机坪并无二致，下机通道也属平常，只是到了航站楼前看到了一方白地八卦旗，方觉已临异邦。走过墙上绘满古装人物的甬道，拐进韩国的外籍人边检大厅。好家伙，长长的大厅满满的人，一眼望去，约有五六行七八十米长的队伍用隔离带隔开，整个队伍展开的话，足有一公里长。人丛中绝大多数是东方面孔，间或也夹杂一些白皮肤、棕色和黑皮肤面孔，人们都很守秩序地静静等候。

约有四五十分钟的样子，终于排到我挨近边检柜台。边检员是一个二十几岁的姑娘，我把护照和飞机上填好的《入境申报卡》呈上去，小姑娘对着护照看了我一眼，示意把双手食指放在闪着绿灯的仪器上，看我照做了就点点头，看我没反应，挥手示意进门。呀！我可以入境了？

出了边检区，人们急匆匆地提着行李向前奔赴，我傻傻地跟随走了一段，走到出境大厅，人流开始分散，看标识有多个方向，我又有些傻眼，因为标识文字都是韩文，我一个字母都不认识，好在我认识地铁标识。于是，又按地铁标识往前走。拐了几个弯，又到分岔处，两个方向都有地铁标，周边一个中国人也没有，路标文字也不认识，找路人问吧？人家也听不懂中国话！咋办？无奈，找到一个穿制服的服务人员，不管对方说了很多听了也不懂的韩国话，就把手机地图举过去，对方端详了一会儿手机，懂了我的意思，就指给我一个方向，又帮我使用同学送来的交通卡进了地铁站。

上得地铁，好像回到了中国，车厢里除了文字都是韩文外，剩下跟中国内地铁地并无二致：车厢形状及设置相同，满车厢或站立或落座的乘客穿衣打扮大体上也同中国人很像，只是都说着一句也不懂的语言。车里坐下，细细观察一下周边的韩国人，比例上看，年轻的多，年岁大的少，长相上看，并不像韩剧中的那么男帅女靓，反而大都扁平脸、眯眯眼，身材矮小，下身短，不如中国人受看。

机场专线坐了11站，将近一小时，又换乘三号线，坐了5站，到达安国地铁站，这里是目的地，地图上看，距离我事先预订的酒店仅有六七百米距离。出站时，又出现问题了，把交通卡放上去，一直闪红灯，踌躇间，站内一个工作人员过来用自己的卡刷过，我才得以出站口。

出得站来，站在大街上，我又发蒙了：时间已近午夜，十字路口，基本上没有行人，没见路牌儿，有路牌我也不认识字。我该怎么办？这一次我又陷入巨大的无助当中：再过一天就要跑全程马拉松了，我连个睡觉的地儿都找不到，浪费一天我还能跑下5小时关门的42公里了吗？

想到此，忧从中来。有些后悔当时唐突地报了境外马拉松。冷静下来又想，发愁不是办法，再继续问路吧。好在韩国的晚上毕竟还有些路人。心里想应找年轻点儿的男人问，找女人这么晚别吓着人家。又摸出兜里的翻译机，可是我还不太会用啊。只好又把手机地图打开，连续问了几个人。虽然听不明白，但按内心确定的方向走进了一条巷子里。这个巷子很深，还七拐八拐的。

行走间，恰好看一家店铺打烊，店主人在往店内搬运架在街边的商品。我连忙凑过去把手机里的地图举给她看。对方是一个年迈的老太太。她认真地给我讲了半天，我也认真地听了。但是她越说我越不明白，我越听不明白她也越着急。后来我只好摆摆手，意思是我继续走吧。哪知老太太也连连摆手，然后跑进屋里。我以为她回去找她老伴儿帮忙，跟进去后，见她拿出一张纸在上面画些什么。我凑过去看，原来她在画地图，标注了几个建筑物形状。然后用笔画着重点，告诉我哪里拐弯，通向哪里。

3月17日是首尔马拉松开赛日。当日早晨，床上爬起，泡面和面包解决了早餐。穿好行头，披上一次性雨衣，下楼离开酒店，奔向一公里外的开赛地光化门广场。从湿漉漉的地面看，昨夜里刚刚下过小雨，此时应是小雨初霁。只是韩国不宽的路面上，连一汪积水都没有。临近光华门广场，就听到广场上传来震撼人心的音乐声。

宽广的光华门广场前，此时早已被来自全世界70个国家的38000名运动员塞满。热情洋溢的人们或热身跑动，或互相拍照。赛道连排卫生间前排起了长长的候厕大军。与中国马拉松不同的是，整个广场竟然没有隔离栏，没有安检，也没有赞助商摊位及宣传栏。近4万人活动，地上竟没有垃圾。首尔马拉松按运动成绩安排运动员们分区站位。8点一到，一声枪响，S区及A区发枪开赛，随后依次分批逐次开赛。

首尔马拉松比赛起始于1931年，至今已举办第94届，是亚洲最早开办的马拉松赛事，被誉为亚洲第一马拉松，是世界田联的白金标赛事。

首尔马拉松开赛时气温是8度，对马拉松比赛来说，这个气温是出速度的梦幻温度。首尔的赛道是在首尔市区街道上穿行。路线经过雅致的清溪川、恢宏的首尔市政厅、耳熟能详的东大门历史文化公园。35公里后，跨过秀丽的汉江。从古色古香的市中心，经过现代繁华的江南，最后冲进 1988 年汉城奥运会的田径场。整个赛道设计，好像是循着韩国发展的历史脉搏在跃动，从挑檐画栋、秦砖汉瓦的中式建筑，到二三层低矮的老旧楼房，再到高大宏伟的现代建筑，错落杂陈又有机结合在道路两旁，好像是在诉说着时代的沧桑，抒写着奋斗的艰辛，也描绘着社会的跃进。又像是告诉人们，只有脚踏实地，在奋斗中憧憬目标，才有机会取得成功，赢得未来。

首尔的赛道异常平整。赛事开始，市区往返清溪川两岸，好像都是在下坡。只是在 30 公里之后，才见几个平缓的上坡。而到了 39 公里，跨过蚕室大桥，一直到终点前 3 公里，则清一色是宽阔平展的下坡路。可以说，广泛流传首尔马拉松是亚洲首屈一指的极速赛道，此言不虚。自己还有个突出的感觉，就是首尔马拉松进行过程中，赛事从始至终，都是在顺风跑。不管是跑在哪个方向，也不管是前段还是后段。都有一股不大不小的清风在后面吹着你，让你兴奋，催你前行。

对比国内赛事，首尔马拉松从始至终，起点到终点，从出发到结束，没有一处隔离栏。赛道对行人也不特殊限制，比赛当中有的跑友直接去路边厕所，或是道旁超市，甚至看到有的跑友竟然躺在路边的候车亭中休息。还有就是首尔马拉松仅是每 5 公里才有一处供水，全程仅 30 公里和 35 公里处，才有两处食品供给。而食品也仅仅是香蕉和巧克力蛋糕。赛道上没有摄影师。据韩国朋友说赛后如果要取得赛道照片，还要付 5000 韩元（1000 韩元大约等于 5 元人民币）。

整个首尔马拉松，全程没有军警维持秩序，连工作人员都很少。起初阶段，赛道边很少有观众，更没有国内常见的赛道歌舞和群众鼓动加油站。只是赛事后半段临近中午，道路两边，市民才开始多起来。到场的韩国人非常热情，很多人自带扩音设备用韩国人特有的张扬姿态，为运动员加油助威。还有很多市民端来饮料、食品还有果汁，送给跑过的运动员。

大概率是因休息不足，开赛以后，我一度很兴奋，前半段跑得很顺利，还曾梦想取得 PB 成绩。只是 25 公里以后，感到体力逐渐不支。连续吃几次能量胶和盐丸，多次接受赛道边市民递过的饮料和果汁，终于维持到最后。赛后官方发布的成绩是 4 小时 48 分。

首尔马拉松的完赛包低调简约，两小瓶饮料、一瓶饮水、两个小面包，再就是一根香蕉。连个毛巾也不给。完赛奖牌素头素面，铅灰色金属牌面上。刻上字符了事。就这还敢称亚洲第一赛事，简直连国内的县级马拉松都比不上。

由于航班延误，完赛后，换了不算太远的一家酒店。只是手机里国内的地图在韩国无法使用，当地的地图语言上又不顺畅。因为有一站地的距离，酒店吧台服务员特地为我画了地图。凭着服务员的手绘地图，加上用翻译机一路打听，终于到了预订酒店附近。只是酒店位于一条弯弯绕绕的巷子里。

有了头一天的经验，我打算找个明白人问清楚再行动。在十字街道口，一家基督教堂走出的女士被我拦住。经询问，对方告诉我路线后，我接着又问每段路的距离有多少。看出我的疑惑后，这位 20 多岁的女士当即表示要带我去。这哪好意思呢？我一再推辞，表示只要听清，自己走就行。可对方手一挥，摆出不容分辩的姿态，我只好顺从地跟着向前走去。此时，已是晚上近 7 点，这位女士领我拐了几个弯。走进几乎没有人的巷子里，转得连这位女士都蒙了。最后。终于找到被挡在一幢建筑物之后的酒店。暮色中，两个人终于都长出了一口气。

返程的航班是 3 月 18 日下午。出发时朋友告诉我，仁川机场很大，边检可能会烦琐，安检过后，机场内还要坐地铁去登机口。有鉴于此，我打消了去逛街景的念头。上午简单收拾一下，走上钟路五地铁站，一号线坐到首尔站，换乘机场专线，一小时后，抵达仁川机场。仁川机场候机楼，好像世界都装在这个现代化建筑里，宏大的殿堂里，宽广的显示屏，便捷的扶梯让你毫无疲惫困顿之感，前提是要看懂标示的语言。

找到位于4楼的中国南航值机台，无须排队办理了登机手续。验证、验指纹过了安检，乘坐机场地铁来到候机大厅，时间已过中午。离登机时间还有一个多小时，准备去候机厅里的食品超市买泡面，打发午餐。走进超市，货架上的商品与首尔胡同街面超市品种差不多，细看一下，连价格也一样，最便宜的盒装辛拉面还是1400韩元。可是，又不能买，旁边贴一中文字条："机场内不提供开水。"

还未出超市，一阵鼓乐传来。出得店门，候机厅空旷处，一台古装戏剧正在开演。凑过去细看，无论演出装备和演员气质颜值，绝对是国字号专业团体。能赶上一出韩剧排演，真该庆幸不虚此行。想到此，心里涌出一阵满足感。只是，看了半天，现场竟然没有导演，更无摄录团队。原来这场正儿八经的演出，就是为不多的候机人员献艺解闷啊！

来韩两天半，住两家店，跑一场赛，走马观花，跑马看韩。没来时对这里充满疑惑，来了以后又没觉得怎么样：从人的长相、穿着，到地铁、街道、候机楼，都与国内无二致，甚至街巷狭窄、楼房老旧，都比不上国内的大中城市光鲜。但是，走近了，看细了，却看出差别了。

传说中的东大门购物，没时间也没心思去，但从周边超市、菜市场看，一把香菜都要 6000 韩元，几个苹果、橘子也要四五千韩元。国内几乎一样的方便碗面，这儿要 2000 韩元上下，而且要另发双筷子，只是这里的食品都标明阳光生长、进口地等，买来的速食品吃起来，口感普遍比较好。

在韩国三天内，从入境到出境，除了赛前一天，光化门广场边的使馆区看见几辆警车和几个警察外，其他地方竟然没见过警察，连穿制服的都没有。

虽然首尔多数街巷狭小，房舍老旧，但走在任何一地，无不让人惊叹这里的干净，哪管僻巷抑或角落。那房、那路、那电线杆，不用特地修饰就是韩剧的外景地，走到那里，你就是韩剧的主人公。

地铁车厢内有老年和妇女专用座席，但十余次乘坐地铁经历，我注意观察，尽管人满为患，人们宁可背着大包站在旁边，也无人去光顾那些白白空着的坐席。

还有就是上下楼梯，人们都自觉靠右行走，让出左边空道留给急行的人。机场的便捷通道标明是工作人员及特殊人群使用，而这个特殊人群指的是残疾及行动不便的人。

还有，街上过横道等红绿灯，尽管没有车辆来往，人们也默默地等待绿灯亮起，才动身过斑马线。地铁出站，根本看不到工作人员值守，出站口旁，有一残疾、孕妇、老者专用通道敞开着，但人们还是排队去刷卡进出口。

还有，还有……

两天多的韩国，你让我看不透了。

2024 年 3 月 19 日

宿迁马拉松赴赛走笔

宿迁是江苏省最年轻的城市，宿迁马拉松也是开办比较晚的马拉松赛事。只是，迁马在跑友中口碑不错。今年以来，"宿迁马拉松赛道口号征集""宿迁马拉松主题歌征集"，2024宿迁马拉松一轮又一轮的赛事暖场活动吸引了没去过宿迁的我。由此，春节一过就在网上迁马招募急救跑者帖子上报了名。3月初，迁马公众号推送了连同我在内的80名官方急救跑者彩色形象照。

"跑进水美酒乡，因你而闪耀""京东宿迁马拉松欢迎您"。

从徐州东乘高铁抵达宿迁站，正忧虑出站后如何搭车去取宿迁马拉松参赛包。还没出站口，突然出现三个手持宿迁马拉松欢迎牌的大头卡通人。与三个宿迁马拉松吉祥物的卡通人合影后，沿着每50米一处引导牌的指引，径直来到迁马接驳车上。

不等人坐满，接驳车就驶向宿迁国际体育会展中心——此番宿迁马拉松参赛包发放处。3月底的宿迁，街道旁桃红梨白、绿草如茵，宽阔的会展中心广场彩旗飘飘，蓝色背景的迁马欢迎墙格外醒目。走进会展中心二号馆，向志愿者递交身份证后，进行了刷脸印证，在领物现场直接匹配出号码布。

走出领物区，出口通向马拉松博览会。各家迁马赞助商，连同宿迁当地的特色商旅产品展台依次布满了展馆大厅。

走出展馆，来到马路对面的公交站，打算乘公交去组委会安排的汉庭酒店。刚好一辆贴着宿迁马拉松标识的大客车停在路旁，经询问，开车师傅告知就是接送参赛跑友的。被这辆载着我和另一跑友的大客车送到酒店后，睡了一个下午觉。

下午3点，迁马组委会召集80名来自全国各地的急救跑者，进行了培训。随后，现场指导老师又采用新式的心肺复苏练习仪，对全体参训人员进行了逐人考核。

3月31日是2024宿迁马拉松开赛日。早上5点20，酒店内用过早餐。6点钟，全体急救跑者门前合影，分乘两辆大客车驶往项王故里——此次宿迁马拉松的起点。

此番迁马，设置全程、半程和欢乐跑（亲子跑）三个项目，总计超过万人规模。项王故里西侧的黄河路上，跑马人通过刷脸进入赛事起点，从检录区前到存包处，均有连排卫生间布置在路旁，始终未见其他赛事惯常见的候厕大军。

7点15分，赛事主持人开始第二轮赛前拉伸热舞引导。接着是热情洋溢的欢迎词。全场国歌唱罢，进入倒计时。7点半一到，令枪响起，蓝色彩练升腾，迁马开赛。

比较而言，宿迁的赛道不算很宽，但四车道的路面对于分区出发的万人规模也算中规中矩。开赛时的气温是10度上下，加上三四级的晨风，对跑步来说，是恰到好处的天气。

宿迁的市民太热情了，从赛道开始到市区阶段，到处是密匝匝的人群。人们尽情地为赛道上的跑马人加油，拐弯处，纷纷伸手与跑过的运动员击掌，还有的市民端来食品饮料，暖心场面让人动容。

迁马的赛道加油站别具一格，饶有特色。几乎每 5 公里就有民乐演出团队，或是悠扬的传统音乐，或是激动人心的现代歌舞，让人振奋，催人前行。

赛道一过两公里，路旁就出现长达几十米的饮料饮水补给站。12 公里过后，食品补给出现，香蕉、蛋糕、能量胶和盐丸，几乎每个摊位都能看到。赛道连排卫生间与补给点衔接，整个赛程看不到马拉松赛事常见的排队候厕现象。赛道医疗点布置周全，赛道降温喷淋多处设置，救护车经常看到。

迁马的赛道路线设计，是从项王故里出发，通过市政府广场短暂进入市区道路，10 公里后进入通湖大道跑上浩瀚的骆马湖畔，全马阶段跑过繁花绽放的三台山国家森林公园，最后半马和全马选手一同跑进奥体中心的馆内跑道运动场终点。这是一条思古怀今，涵盖宿迁古今发展变迁的路线，也是把城市自然景观与人文成果相互联结的道路，而最终跑进现代运动场馆，在猩红的塑胶跑道绕场半周，迈进终点拱门，对跋涉几十公里的跑马人来说，更有振奋人心的特殊意义。

像同场的跑友一样，在天赐良缘的梦幻赛道上挥洒激情，作为半程的急救跑者，一路上跟随追逐 PB 梦想的严肃跑者奔跑，全程并无异样情境出现，最终以 153 的成绩完成了人生第 46 场半程马拉松赛事，也成就了第 30 场急救跑者使命。

走出赛道后，志愿者为每个完赛者挂上精美的奖牌，又领取了完赛 T 恤和盛满赠品鼓鼓的完赛包。

返程接驳车上，刚刚完赛马拉松的跑友，都看不出跋涉几十公里的疲惫，反倒是一个个脸上抑制不住的兴奋，大家回味着刚刚结束赛事的暖心细节，议论着宿迁赛道的绝美景致，盛赞着宿迁市民的热烈情怀……

"豪横！"

赛事刚结束，网上各大主流马拉松运动公众号突出位置，众口一词地对此番宿迁马拉松的服务及补给毫不保留地给予极高评价。

看看迁马的赠品，赛前，大塑料袋内：参赛服、空顶帽、雨衣、参赛指南、游览图、卡通行李牌、好运来卡通片、奖牌刻字铭牌、坚果八珍丸、山楂条、果汁、鸭蛋、稻米油、能量胶、盐丸。赛后，特色帆布袋内：完赛 T 恤、大浴巾、拖鞋、早餐包、酸奶、油心蛋、饮料、饮用水、雪花啤酒、香蕉。赞助商又赠送一小瓶"海之蓝"精装白酒。

迁马这些赛前、赛后赠品连同组委会规定的宿迁境内的八大景区对参赛者三天免费、公交车凭号码布免费、参赛者赛事当天旅店结算延迟到下午 4 点。还有赴赛、去赛，以及领完参赛包都有 5 条专车线路送达，可谓对跑马人的需求照顾得细致入微。还有音乐歌舞暖场，就连赛后赞助商展台旁都有歌手献唱。

城市不论大小，办赛不分先后。宿迁马拉松之所以从默默无闻到一飞冲天，短短时间就在全国跑圈声名鹊起，众人称道，绝非偶然。这与当地主办方立意高远，充分发掘本地传统人文资源，把宝贵的自然禀赋、文旅资源同促进商贸流通、推动地方发展有机联系起来，通过办赛马拉松启发民智，扩大影响，撬动经济振兴的雄才大略是分不开的。

短短的一天赛事和赴赛过程，领略了西楚霸王故里的春光无限，欣赏了千年酒乡的英姿秀貌，沐浴了水韵泽郡的旖旎风光。更在如画的赛道中挥洒汗水，验证了训练成效，追逐了理想，完成了又一个人生小目标。

匆匆离别时，同寝的连云港急救跑友王彦生不无惋惜地对我说："现在正值宿迁三台山国家公园白色的梨花与紫色的二月兰交相辉映，春天是宿迁的'梨兰会'，最美的季节，你来一趟，该留下几天好好感受一下。"

是呀，跑友说得对，宿迁的美自不必说，急救跑者群里跑友不断推送照片的妖媚多姿已让我艳羡不已。连乾隆皇帝六下江南五次驻跸于此，都赞叹宿迁为"第一江山春好处"。只是，我觉得宿迁的美不仅在表，还美在其里，美在细节，美在脑海，美在对她的无尽留恋和思念中，不是吗？

2024 年 4 月 1 日

第 二 编

跑马感悟

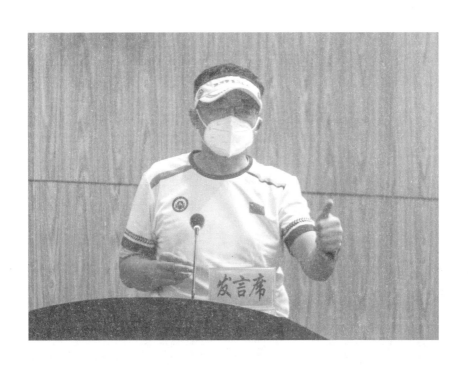

又到跑马季

进入 5 月，随着气温转暖并稳定上升，近年来兴起并不断升温的马拉松比赛活动在吉林周边不断铺陈开来。昨天，大连结束了自己的三十马；下周，长春首马正式亮相；下个月，吉林二马将登场；7 月，查干湖首马；9 月，和龙五马、蛟河二马。

马拉松比赛在增加举办城市的知名度和影响力，为举办城市营造节庆气氛，改变城市形象的同时，也引领和推动越来越多的人走出家门，卸下精神负担，投身到火热的跑步活动中，去体会运动带来的快乐和满足。

将于下个月发枪的第二届吉林市国际马拉松比赛，线上报名开张不到一个月。其中部分热门项目早在开赛前两个月，就已报名额满，关闭了报名通道，引得一些手脚慢没报上名的跑马迷扼腕顿足，悔不当初。

虽然从小学、中学、大学直到工作以后，我参加各种类型的跑步不算少。但对马拉松比赛，心中一直认为是遥不可及的事。原因是几十年前上大学时，5 公里上下的越野跑都累得够呛。马拉松比赛的四十几公里赛程，于我而言简直不是一个星球上的较量。

转机来自 2016 年吉林举办首马前不到两个月的一次同学聚会，一位大学期间不喜好运动的学姐鼓动我去报名参加吉林市马拉松比赛。当时嘴上说不敢想，但喜好运动的我回来后真有些动心。从报纸上看到吉林首马为扩大比赛参与面，赛制设置了半程马拉松、10 公里和 5 公里等短距离项目，又旁听了业余跑团教练的讲解。其中，教练解答关于无法坚持长距离跑动时，可以走跑。即比赛中，跑累了，就走一会儿，缓解了，再接着跑，这让我信心大增。于是，我果断报了吉马比赛的 10 公里项目，并跟随跑团定期参加训练。

开始训练时，由于几十年办公室工作，跟着跑队跑上两公里就开始气短。跑回来后，经向教练请教，跑友们的主动支招，自己开始逐渐调整节奏，特别是跑前跑后跑团引领的热身拉伸，身体机能不断打开，跑程也不断延长，有了一定的速度提高。在首次参加的吉马比赛中，跑过了报名的 10 公里，意犹未尽，接着又挤进赛道，跑下了一个月前梦都没做过的，20 多公里赛程的半程马拉松。

回想参加首马比赛，至今难以忘怀。比赛中虽然过程艰难，特别是马拉松比赛中，参赛者人体遭遇的几个"封顶"阶段，对人的意志确实是个考验。但受心中意念支配，受赛道两侧热情啦啦队的鼓舞，还有赛道上组织者的科学补给，大多数人都顽强地走出完赛彩门。当双脚踏过完赛线时，瞬间，好像整个人的身心都腾空了。是兴奋？是喜悦？是满足？是自豪？我怎么会完赛半程马拉松？我怎么会一气儿跑下二十几公里？这是真的？是真的！挑战自我、实现自我、完善自我、升华自我，堪称人生一大喜。这大概就是马拉松的魅力所在吧。

比赛当天，赶上泳友儿子举办婚礼。比赛一结束，领取完赛包和奖牌后，直接打车来到婚礼现场，穿着带着号码布的比赛服，脖子上挂着金灿灿奖牌的我一下子成了关注的焦点。大家争着合影，心中的满足感顿时爆棚，泳友的喜事更增添了一抹喜色。

首次参加吉林市马拉松比赛的成功，激起了我的运动激情。此后，我又先后跑下了花海森林马拉松、吉林大学校园马拉松、延边和龙马拉松、蛟河红叶马拉松等大型比赛，还参加了全民健身线上马拉松比赛。直到去年秋天，由于跑量过大，加之不注意保护而诱发半月板炎症，才不得不停下跑马历程。

现今，我几乎成了"跑马控"。目前，正在为下周的长春首次马拉松比赛和下月的吉林市第二届马拉松比赛做准备。在跑步训练中，也结交了一批同好跑友。而同学、朋友相聚，介绍跑步经验和体会也成了我的保留节目。在我的带动和影响下，一批批好友加入到跑步和跑马的行列中。

跑马一年来，对于马拉松比赛的观念有了更新，跑量和跑程不断刷新，由跑马盲变成"跑马控"，体重也掉了十几斤，精神面貌也随之变化。现在，正是适宜户外运动的季节。每天工作之外，最向往的是晚上来到跑团集合地，与跑友们一同拉伸、交流、切磋、挥汗、再拉伸，回家洗漱后，香甜地睡去。

当久违的亲朋见面后，一句"你又瘦了"；当与儿子同龄的跑友身前身后叫哥的时候；当轻松地走到工作场所，回首道路上拥挤不堪车流的时候；当随意拣起一件衣裤套上，都合身又有型的时候；当体检时，医者用惊诧的眼光打量你的时候，你会觉得你的心底是软软的，你会深切地体会到天蓝花艳，空气舒适，环境舒心，人心良善，生活是如此美好。

2017 年 5 月 14 日

（刊载于 2017 年 5 月 20 日《江城日报》）

再见，我的 2017 绍兴马拉松

自 2016 年，我的家乡吉林市举办首届国际马拉松比赛，我初尝了跑马拉松的乐趣，从报名的迷你跑而实际完成了半程马拉松以来，一年多的时间我几乎跑遍了东北三省一区（内蒙古）的所有大型比赛，累积成绩十余次。跑一场马，识一座城，写一篇记，交一批友，成了我的乐趣源和兴奋点。

可能是因为我的全马成绩少的原因，向往参加的北马、上马、广马抽签相继落空，与上马"撞车"的绍兴马拉松宣传牢牢地吸引了我。

从小学开始，我们这一代是读着鲁迅作品成长起来的，鲁迅作品描述过的"百草园""三味书屋"及其"咸亨酒店"等场景已在脑海中浮现过无数次，后来，又知道秋瑾、王羲之等如雷贯耳的名家皆出自绍兴，无形中，绍兴便成为我神往的圣地。看到网上介绍绍兴首办马拉松赛事，并将当地名胜用马拉松赛道贯穿起来，这更加让我心旌摇动，于是，我一分钟也没犹疑，即刻在网上报了名，不幸的是，这次报名再次抽签落空。

幸福有时会不期而至。国庆节前，最喜欢的最酷网推出了招募2017 绍兴马拉松比赛体验跑者活动。看到启事，要求是有过跑马拉松比赛经历，并能写出参赛经历赛记。衡量一下，自己真是太符合了，简直是量身定做，于是，国庆节当晚，松花江畔夜跑一回来，就急不可待地把自己的简历详尽地填报上去。过了几天就接到最酷网站王老师打来的电话，告知我：你的情况太符合我们的要求了，你可以准备参赛了。一听到这个消息，我心花怒放，最让我心仪的马拉松资格获准了，而且还是免费的体验名额，真是喜从天降，太完美了！

于是，关注绍兴马拉松比赛、关注绍兴的一切，成了我每天的功课。最酷网的召集人王老师还组建了一个绍兴马拉松最酷体验跑者微信群，同我一样有幸成为体验跑者的 10 个小伙伴每天在群里兴高采烈地交流跑马经验和筹备绍兴马拉松比赛的想法和动向。此外，我还在手机里下载了绍兴马拉松的赛道图，没事就拿出来看看，离比赛时间越近，心情越激动。

幸福和意外都是相随相伴，正在我要联系绍兴马拉松比赛出发点附近的住宿酒店和浏览由长春飞往杭州的航班机票时，收到了法院的开庭传票，开庭时间正是 11 月 9 日，也就是绍兴马拉松比赛的前两天。能不能是搞错了？电话打过去，对方法院告诉了更不幸的消息：这个刑事案件规模大、被告人多、影响面广，院里安排连开 4 天庭，也就是从 11 月 9 日一直开到 11 月 12 日，问对方为何双休日也开庭，回答说：你以为我愿意双休开庭呀？我们也难得盼来个休息日呀。太怪了，我做了几十年律师，从没遇到过要占两个休息日开庭的。最喜欢、最盼望的，又是马上要开赛的绍兴马拉松比赛居然被挤占了。还有就是已经答应最酷网参赛并提交赛记的承诺也兑现不了了。盼望、期待换来了失望。只是心底还不死心，幻想会不会有变化，比如因某些原因换日子开庭，或者因本案关键证人突发疾病而无法出庭作证，被要求改期审理。于是，我又暗暗在网上找寻飞往绍兴的便捷航班。然而，随着时间的临近，我的希望再次落空，法院依约顺利开庭，于是，我的注意力只好转移到庭审和辩护中。

依我的性格，做事就要尽力做好而不留遗憾，4天的庭审，由于几个月前充分的准备，庭审前又与我的委托人进行了紧锣密鼓的沟通和筹划，与支持公诉的检察官及当庭法官沟通得也相当融洽，开庭效果出奇地好，以我从业多年的经验，结果应是静候佳音，指日可待。达到了委托人满意，委托人家属放心，自己也坦然的目标。庭审的间隙，我还是不由自主地抽空浏览绍兴马拉松比赛的消息。绍兴马拉松组委会的工作也做得细致，不断地给我的手机发送问候短信，从领取参赛包，到接站车时段再到参赛路线，都环环相扣，精心而到位，只是对于这时的我，无异于一针针的刺痛，真是欲哭无泪啊。

直到绍兴马拉松比赛后，我仍是一如既往地关注这场赛事精彩的后续报道，不断地浏览我们2017绍兴马拉松最酷小分队微信群小伙伴们在赛场中的点滴花絮和矫健英姿，每每听到他们神采飞扬的议论，我都看得如醉如痴，就像我身临其境那样舒心畅快。只是静下心来，觉得对不住最酷网站给予的机会，特别是对不住王老师的一片热心，让人家失望是我挥之不去的隐疾。

这几天，王老师又在微信群里提醒大家按时提交体验赛评，并嘱咐不按时提交只能按招募要求，直接清除名单并且今后也无法申请其他名额了。王老师的要求是正确的，最酷网有规定在先，令行禁止，无规矩不方圆。最酷网一旦离开了我，对我是损失，最酷网也少了一个忠实会员啊！于是，我抱着试试看的想法，向王老师坦陈了自己的情况，并询问，我把参加其他跑马赛记报上可以吗？没想到王老师诚恳而开明，二话没说就同意我的建议。让我感动非常，有这样的大度和敬业精神，必然会容纳吸引贤达之士聚拢，有此资本，迅猛发展指日可待。

2017 绍兴马拉松比赛已告结束，但是，作为一个有丰富文化底蕴的历史名城举办的首届盛事，必定会给人们带来无尽的留恋，也会在千千万万赛会亲历者心目中留下不可磨灭的印记。对于我这个热切盼望者再次与参赛失之交臂，接续着遗憾，苦则苦矣。只是又一想，人生不如意十之八九，我等凡人，又有哪个人会事事如意呢？

与其纠结当下，不如把目光放远，凝神聚力，期待下一次。好在时不久远，南宁马拉松，我还是最酷的体验者，12 月 3 日，我们不见不散！2018 绍兴马拉松，我们不见不散！

2017 年 12 月 1 日

迷上跑马图个啥

周日参加马拉松训练营回来，朋友来咨询法律问题，当谈到我跑马拉松时说，一次比赛，奔跑 40 多公里，耗时整半天，这应该算是极限运动，又拿不上得奖金名次，路费也没人报销，你休息时间都花在这上面，图个啥呀？上瘾！我想也没想就脱口说出两个字。

是呀，若在两年前，我根本想不到会跟马拉松运动结缘。2016 年，吉林市首届国际马拉松比赛，在同学的鼓动下，我尝试着参加，并顺利完成了人生中的首个半程马拉松比赛，此后一发不可收，在不足两年的时间里，参加并完成了国内举办的 20 多个大型马拉松比赛。其中马拉松全程比赛 7 个，由原来不懂马拉松运动为何物，跑上两公里都坚持不下来，到去年底马拉松比赛跑出个人全马和半马最好成绩，按中国田径协会的标准，分别达到大众二级运动员水平。现在的工余双休，除了去训练，就是去参加各地举办的马拉松赛事，感觉时间过得好快，上一个赛事刚结束，就进入下一个赛事的准备中，真正是跑马乐此不疲，跑马痴心不改。看样子，我是走上了马拉松运动的不归路。正是由于马拉松运动在拉动地方经济联动发展、彰显城市形象、凝聚民心民力、增强民众精神和身体素质等方面有立竿见影又无可替代的作用，近年来，国内各城市的马拉松比赛呈现风起云涌态势，参赛人数也屡创新高。说起马拉松运动的魅力，因每个人的感受不同，可能会见仁见智，依我的感受，大体是：

震撼身心的精神熏陶。一踏上马拉松赛道起点旗门下，等待发令期间，满眼彩色旗帜，到处都是身着各式各色运动装束欢快悦动的跑友，周边巨型低音炮播放富有节奏的乐曲，撼人心魄的旋律，牵动每一根毛发，浸透周身骨髓，身临其境，你整个人都醉了。这时的你，早已宠辱皆忘，神志若仙，这样的经历绝对是马拉松赛场所仅有。

无微不至的人文尊重。马拉松比赛对绝大多数跑者来说更像一场狂欢，而这个狂欢更有宽敞的舞台、充裕的时光和众星捧月般的氛围。42 公里的舞台，无虞平时见惯不怪的车人拥堵，面对的是洁净宽敞赛道，路两端充满热情人群的加油鼓励及欢快的歌舞，志愿者则在每一个你需要的时候主动提供你想到或没想到的细致入微的服务。

耳目一新的身心体验。举办马拉松比赛的城市大都是当地经济发达、特色鲜明的中心城市；举办马拉松的时间通常选在温度宜人、物丰景明时节；马拉松赛道也都选择当地最富历史人文特色和最有代表性的地标景观；赛后补给也尽可能选择地方特产，所以一场马拉松比赛也是认识一城、亲近一地的最佳方式。

刻骨铭心的人生历练。跑步运动看似简单的两腿交替前行，其实跑过马拉松赛你会有深刻的体会，那绝对是一次灵魂的远行。高兴时，两腿跑起来会让你的心情长出翅膀；郁闷时跑起来，当你揩去额头的汗珠时，会发现坏心情早已飘出九霄云外，代之以周身的愉悦和满足。漫长的路途中，你可以不断地与心灵对话，内心里埋藏的纠结和曾经理不清的头绪，这时候都一一对号入座，宗宗豁然开朗。

心心相印的跑友情谊。跑马拉松的人都有一句口头禅：天下跑友是一家。人生半百，历人无数，我总结起来，最容易沟通的人群是在跑友之间，最主动助人的是在马拉松赛道上。迄今为止，每年全国开展千余场大型马拉松比赛，500万人参与其中，你听到过跑友间发生过恶性事件吗？

说走就走的洒脱运动。不同于球类比赛，需要场地、器材以及棋逢对手的条件。跑步是没有门槛的运动，只要有个向往运动的心态，穿上一双运动鞋，哪怕下雨天，也可以有诗和远方，而且国内的马拉松比赛日，均选在双休或节假日，让你在不影响工作的时段，尽享运动的乐趣。在马拉松的赛道上，专业顶尖选手，哪怕是世界级的跑界大咖，在几万人的比赛中，都是跟草根跑友同场竞技，这一点，又是马拉松比赛所仅有的。

一位泳友对刚出大学校门走上社会的女儿说，如果你有机会碰到一个有运动习惯的人，比如经常跑马拉松，那你就大胆地跟他相处，因为这样的人意志过关，思想阳光，形体过关，身体健康，眼光长远，勇于担当，懂得理解人，知道关心人，在这样的人身边，你不会错，我也会放心。

不跑马拉松的人也理解马拉松，这是让跑马人欣慰的，也或许是马拉松运动的希望吧！

2018 年 5 月 21 日

苦乐甘甜　跑马三年

6月23日，万众瞩目的第四届吉林市国际马拉松比赛即将鸣枪开幕。自2016年6月，首届"吉马"，自己首次报名参赛，至今跑马整三年。

20世纪70年代，我在一所厂矿子弟学校上学，学校规模不大，中、小学在一起才几百个学生，那个特殊年代，整个社会物资贫乏，全校只有一个篮球、一个足球，教学秩序也极不规范，跑步就成了最常规的运动科目和娱乐形式，当年学校组织的越野长跑中，我时常取得年级第一、二名的名次。

大学毕业后，生活环境改变，案头工作成了常规，加之琐事越来越多，运动越来越少了。随着年龄渐长，往来应酬饭局也频繁起来，以致体重逐渐增加，衣裤越来越瘦，腰带越来越短，下班后上楼犯愁，连低头弯腰都不灵便。更兼40岁以后，体检报告"三高"成了标配，脂肪肝也由轻度转为中度。就此现状，医生告诫，家人劝慰，自己也尝试参加游泳、骑自行车、打乒乓球和羽毛球等运动，身体状况有了一定改观，但是总体上收效不大。

转机来自2016年4月初，那时，吉林市首届马拉松赛事的宣传正热热闹闹声势浩大。一次同学聚会上，一位大学期间最不喜欢运动的学姐鼓动我报名吉林市马拉松，说是她在加拿大的妹妹在网上看到吉林市马拉松的宣传，感到这么好的赛事在国外报名都不容易，打来电话鼓励她报名。那个时候，自己头脑中对马拉松比赛还没有清晰的概念，原因是年轻时在学校跑 5 公里越野都累够呛，马拉松比赛的 40 多公里于我而言简直不是一个星球的较量。可嘴上说不行，爱好运动的我回来后还真有些动心。从报纸上看到，首届吉林市马拉松赛事为兼顾各层次的跑者，除了全程马拉松项目外，还设置了半程、10 公里和 5 公里等短距离项目，这让我增强了信心，自己在网上加入了业余跑团，并参加了例行的环江跑。

只是，多年坐办公室的案头工作，严重缺乏锻炼，使得头脑中年轻时的跑步状态变成了追忆，随着跑团例跑仅仅跑出大约两公里，就开始气短和"拉风匣"。看到这种情况，身边的跑友们纷纷支招告诉要放慢节奏，不能急于求成。按跑友们建议的跑步方法，坚持一段时间后，身体慢慢地开始适应，肺活量逐渐增强，跑得开始顺畅，距离也不断加长。吉林市马拉松比赛报名时，最初曾想报名 5 公里，填表时犹豫一会儿，因为当时训练的跑步距离已经突破 5 公里了。最终，狠狠心填报了 10 公里项目。此时，距比赛日还有一个月时间。

6 月 26 日，首届吉林市马拉松比赛正式开赛，从未参加过此类大型比赛的我，走进赛道，看到家乡熟悉的山水街道被满眼的彩旗、横幅、鲜花装点得隆重热烈，成千上万来自天南地北操着不同口音以及不同肤色、穿着各异的跑马人兴高采烈地汇聚到一起，不知不觉被现场浓烈的气氛感染。万人共唱《义勇军进行曲》更让人热血沸腾，8 点一到，令枪响起，伴随着五彩烟雾升腾，万把人涌出旗门，接受道路两旁数万市民的夹道欢呼加油。跑动中，不时听到熟悉的声音在耳畔飘过，周身不断涌起股股热流。赛道两旁，原本熟悉得不能再熟悉的街道、山水和建筑，这时好像新鲜的成分大于亲切。脑海中，既有美好的回味，更有灿烂的联想。

不觉间，10公里的终点到了。走出赛道后，自己纳闷了，今天的10公里怎么这么轻松呢？回望赛道，全程和半程项目的大批跑马人还在奋力地向前奔跑。眼里羡慕而心有不甘，沿着赛道边随着赛道上的跑马人走了一段，恰巧有一跑友拉开隔栏出去方便，我趁机又重新挤进赛道，随着人流又跑起来。毕竟从未跑过如此远的距离，接近15公里后，脚步越来越沉重，膝关节也逐渐僵硬，恰巧跑团补给站就在路边，饮料和盐丸补充后，身体好似充过了电又涌起一股力量，就势跑了起来。只是过了一两公里，又有些支持不住。这时，路边父老乡亲的加油鼓劲又让我支撑起不灵便的双腿向前迈去。

终于，看到终点旗门了，在赛道边人们的鼓掌加油和摄影师们的咔嚓声中，艰难地挪近终点旗门。当双脚踩上黄黑相间的计时板，心儿已经腾空了，自己的思想好像在此时定格了：这是真的吗？21公里呀，这么远的距离此前别说没跑过，甚至从来没想过呀！我跑下了半程马拉松，这是梦吗？回家的路上，虽然拖着"半残"腿，迈出的是"螃蟹"步，但心情无比轻快。走到自家楼下单元门前，望着眼前熟悉的台阶，扶着路边的栏杆靠住身子，迈一步的动力也没有，但此时的心好像在天上升腾飘荡，天边灿烂的晚霞恰是我的豪情在抒发！

首次跑马成功，燃起内在的运动激情，自此，跑步更加有动力，跑程也不断延长。一有空闲，则着迷似的找寻附近能参加的比赛去过瘾。此后三个月，我连续参加了森林花海马拉松、吉林大学建校七十周年马拉松、和龙马拉松以及蛟河红叶谷马拉松等周边的马拉松赛事。由于缺乏必要的跑步知识和经验，不懂得自我保护，入秋以后，短时间持续大运动量，诱发了膝盖半月板二度损伤。开始只是略有痛感，挺了一段时间，病情越发严重，最重时关节疼得连走路都费劲。经医嘱后，不得不停下跑步。但对跑步的热爱让我难以割舍，随后，我坚持有针对性地康复训练，并注意增强核心力量。

经过一冬天的恢复，第二年开春，我接连在长春跑了长春马拉松和净月森林马拉松两个半程马拉松。由于比赛前做了充分的热身，比赛中，戴上护膝，仔细地按照身体的感受去发挥，两场马拉松赛跑得都很顺利。每次赛后，我都按照资料上学到的方法，按部就班地做肢体拉伸，以保证身体机能及时恢复。接着，我又跑下了第二届吉林市马拉松比赛的半程项目。两年中，5个大型马拉松比赛半程项目的完赛，让我燃起冲击全程马拉松的欲望。

2017年8月26日，我参加了哈尔滨第二届马拉松比赛的全程项目，哈马在国内跑马圈中号称是零差评赛事，赛场边丰富多彩的艺术表演，赛道上诱人的多种补给品，再加上哈尔滨主城多种艺术风格的市容风貌，足以让每个跑马人收获满满，流连忘返。然而，正应了跑马老鸟们的话：马拉松是在跑完了半程以后才真正开始。由于没有长距离的体能储备，首次参赛全马也不知道自身力量的合理分配，刚跑过半程赛事，身体就支撑不住了，只能改跑为走。一两公里后，身体有所缓解，就再跑一会儿，如此反复，最终，花了5个半小时，总算把赛程挨了下来。

当步履蹒跚地走过终点旗门，取来完赛包，胸前挂上奖牌，心里和脸上充溢着兴奋和满足。晚上到家后，看到双脚已磨出6个亮晶晶的大小水泡，但头脑中还是抑制不住收获的喜悦。

马拉松比赛说到底对绝大多数参赛人来说，是同自己比赛。多数马拉松赛事都是6小时关门，精英选手两个多小时就可以潇洒地完赛，而大众选手甚至直到6小时"关门"前还在赛道上兢兢业业前行。因为每个参赛人都有自己的目标，每场赛事都在向刷新自己的成绩而努力。这一点在外行人看来微不足道，因为得不到奖金，又没有显赫的成绩，有什么值得的呢？但跑马人自身则十分看重战胜自我的快乐。每当创造了新的PB（个人最好成绩），都难掩喜悦之情。这时，每个跑马人都会因先前为之付出的一切努力和艰辛最终得以回报而满足。首个全马完成后，我又把目标放在"破五进四"上，当年，接连又跑下盘锦、青岛和苏州三个城市全程马拉松赛事，其中，苏州太湖马拉松比赛，跑下4小时38分，终于"破五"，把三个月前的首个全马成绩提高了一小时。

跑步的过程，是心灵对话的过程，平时心中解不开的扣，多数在跑步的某一瞬间，豁然开朗。坚持30年跑步锻炼的日本作家村上春树对此的体会是："唯有读书和跑步不能辜负。"每一次跑步，都经历一次从灵魂到肉体的激荡，都不由自主地产生不同的感受和萌发新的思想。三年来，我把跑步中的所见所闻所感所思，用文字记录下来，形成诗文和赛记，养成每赛一记习惯。《江城日报》《江城晚报》等报刊以及智美体育、最酷、跑步众议院等国内有影响的业内微信公众号都刊出了我的马拉松体会文章，《吉林名人》杂志也介绍了我的跑步经历。

平日里，亲友相聚、同学相逢等场合，介绍马拉松经历和跑步体会是我的保留节目，在我的带动和影响下，同事、同学、亲属乃至运动和业余爱好圈子都有我的"粉丝"，他们在惊叹我变化的同时也不由自主地投入到跑步活动中。

2018年，我尝试报名担当马拉松赛事的官方配速员（领跑员），秦皇岛马拉松组委会录用了我，5月12日，戴着兔子头饰，背着配速刀旗，赛道上带领一群跑友踩着既定的时速奔跑时，自豪感和荣誉感包围着我，以此为激励，当年我又担任了7个城市马拉松赛事的官方配速员。

马拉松作为一种极限运动，运动员的伤痛甚至死亡偶有发生，抱着对己负责对人帮助的想法，我参加了红十字会举办的急救员培训，并经考核，取得了红十字急救员证。今年，我又取得了美国心脏协会认证的第一急救和心肺复苏资格证书。

眼下，我已跑下国内举办的大型马拉松赛事51场，其中全程23场，半程28场。在去年吉林市马拉松协会成立大会上，我被聘为协会理事。

自去年以来，我已在沈阳、成都、苏州、秦皇岛、临沂、衡水、霍林郭勒、抚松、平舆、永定、乌海、东台、句容等13个城市马拉松赛事中担任官方配速员。被青岛、泰兴、宜昌、大连、吉林、贵阳等6个城市马拉松组委会选定担任赛事官方急救跑者。

跑马三年，至今为止，体重减下20斤，体检中，原来的"三高"、脂肪肝早已无处觅踪，衣柜里随手拿来一件衣服套上都合体又有型。每天早上起来，出门沿松花江上市区段的三座大桥环绕跑一周，恰好是10公里，用时一小时。回家后，冲去汗水，看到镜子里原来的"将军肚"变成越来越明显的腹肌块块，心里满足感油然而生。

现如今，跑步运动之所以如火如荼地在国内铺展开来，与国力日盛、人民富足息息相关，也离不开马拉松比赛"井喷"式发展的引领和带动。作为享受这种"红利"的跑马人，三年的跑马经历重塑了我的外在，改变了我的观念，其中，最让我难忘的是每每大型马拉松赛事开赛之际，万人齐唱国歌的那种撼人心魄的场景。特别是赛程当中，路旁群众向你高喊：中国队，加油！中国人，加油！每每如此，不但让我热血沸腾、陡增动力，更让我热泪盈眶、豪情满怀。在这一刻，我一个普通大众跑者，能同伟大的祖国联系在一起，似乎身负祖国的重托，承载民族的期望，站在时代的前列。人生如此，无憾无悔。是跑步改变了我，马拉松运动让我重新认识人生，找到真实可爱的自己。

2019 年 6 月 5 日

马拉松江湖

　　当下，马拉松跑步运动，无疑是最受欢迎的一项大众体育活动，从三十多年前的 1981 年北京马拉松，国内第一个具有广泛影响力的城市马拉松比赛，那届赛事，算上国际友人，总共不到百人参赛。到了 2018 年，全国仅中国田协认证的规模赛事已达 1500 余场，累计参赛人数已突破 580 万之巨。马拉松赛事的井喷式增长，引领着越来越多的跑马人走出家门，投身到火热的运动中来，通过亲身经历一个又一个赛事去发掘和证明更棒的自己。

　　尽管马拉松运动是个过程艰苦、挑战自我的极限运动，但是经历其中的跑者仍然是乐此不疲、兴致盎然。个中因由，有的为塑形减肥，有的为缓解生活压力，有的为磨砺意志，也有人为摆脱喧嚣，在历经磨砺中，与自我内心展开深度对话，寻求打开心结的钥匙。

　　自首届吉林市马拉松比赛涉足，迄今已"入坑"三年，历赛 50 余场，其中苦辣酸甜，所见所闻，所思所想，可谓书不尽言，而最让我难忘的，是跑马人之间浓浓的亲情氛围和家人般的体贴互助风气。

　　2017 年，是我参赛马拉松的第二年。到了上半年，已经累计跑过 5 个大型半程马拉松赛事。8 月 26 日的哈尔滨马拉松，是我人生第一次冲击42.195公里的全程马拉松。赛前毫无经验，训练不够，准备不足。不出意外地"跑崩"，还没过半程就进入跑走、走跑的苦撑苦熬阶段，作为全马赛道上的"跑渣"，难受的不仅仅是后半程"撞墙"的考验，还要经受中午以后烈日的炙烤。脚上已磨出6个大小水泡，历经赛道上的千辛万苦，蹒跚着终于迈过了太阳岛上的终点旗门。此时，午后的骄阳更盛，浑身汗涔涔的我早已焦渴难耐。蓦地，视野中，前方树荫里出现了一方天蓝色冷饮棚。真是久旱遇甘霖，三步并两步奔将过去，不管三七二十一，抓过雪糕大快朵颐，两个马迭尔下肚，始觉神清气爽。吃过了，摊主告诉5元一支，一共10元。可要命的是一摸短裤口袋，湿漉漉的口袋已空空如也，赛前备好的百十元纸钞何时跑丢竟毫无觉察。正跟摊主解释中，"给我大哥的钱收了！"一个红衣小伙掏出20元钱交给摊主。"别客气，天下跑友是一家！"本想拉着小伙子一同去取参赛包，再把钱补上，小伙子说跑团的人在等他就匆匆跑开。简短谈话，仅知道35岁的帅哥是齐齐哈尔人。事后，自己为没追问帅哥电话号自责良久。自此，对齐齐哈尔跑友多了一层特殊的亲近。

　　一个月后，第三届沈阳马拉松，是我正式参赛的第二个全程马拉松，开赛后，经过5个多小时的奔跑、坚持及最后的苦撑，熬到终点旗门后又是艳阳当头，正踅摸冷饮点时，恰遇推车冰棍大妈，喊来大妈，抓起冰棍又是尽享口腹之欢。末了，掏出手机支付，大妈摇头不允。原因是大妈没有手机，商量大妈有没有亲戚家人电话加好友，大妈没辙。"把我哥的钱收了！"身后不知何时又冒出个白净眼镜后生，"那就再拿两根给兄弟。"这回我也学聪明了，赶紧加了这个叫大冰的江西跑友的微信。一年后，在另一场马拉松赛事中再次邂逅大冰，"还认识吗?"我问。"你是?"这个小伙子竟然把我忘了。"你给我付的冰棍钱,在沈阳!""哦!你还给我冰棍吃了呢!"两个人拉着手哈哈大笑起来。

2016 年 8 月,哈尔滨马拉松赛前一晚,防洪纪念塔附近,傍晚刚领取参赛包,饭后逛完松花江畔斯大林公园,返回酒店路上,夜色中看到同行的一个中年女子也手拿哈马参赛包,就攀谈起来,由对哈马的印象到跑步的技术和体会,两公里多路程,半个多小时时间,两个陌生人竟有聊不完的话题,分手时,双方互加微信好友。朋友圈里又有了这个叫暖暖阳光的齐齐哈尔跑友。两年后,听说齐市有红十字会开办急救员培训。冒昧联系暖暖阳光,回话说报名已结束了,再回电话说联系了朋友的朋友,刚好有人报名后因故放弃,我可以去。于是,我的红十字会急救员资格培训在黑龙江省完成。

2018 年 12 月,广州马拉松开赛,南国花城此时正是气候宜人的季节,双金赛事让广州街容更加美丽动人。10 公里赛道,时值猎德大桥桥面,近处是雄伟挺拔的大桥斜拉索塔,远处是美丽妖娆的"小蛮腰"广州塔,现代化穹庐框架下涌动着衣着鲜艳的欢快跑马人流,难得一见的场景让很多跑马人驻足路边,掏出手机留下美好的一瞬。本来正激情奔跑的我,受场景感染,也不由自地掏出手机,"需要我帮忙吗?"跑道上,一个已经跑过身边的慈祥大哥停下脚步回头望着我,"谢谢啦!不用!"要知道,我跑步开始都比较快,而此时配速是 5 分多,开赛不久,跑在这个时段的运动员都是争分夺秒的严肃跑者,这些人甚至赛道上厕所都舍不得去,喝水进补都在掐算时间,而为一个陌生跑友去打乱自己的节奏,牺牲宝贵的时间,注定是大爱情怀的展示。

参赛马拉松过程中，让人感动的人和事太多太多。场上场下，乘过一趟车，搭上一句话，结识过的跑马人，就成了好朋友。赛内赛外，如果需要别人帮助，只要你开口，绝对会有99%的成功率，余下那1%，会真诚地向你道歉解释，反倒像他做错了什么似的，而绝不会让你有受冷落的感觉。

　　赛道上，情同手足；路上碰见，恰似兄弟姐妹；再次相见，好像亲人重逢。没有繁文缛节，没有尊卑贵贱，要说敬重或膜拜，只是对跑界大神，或是对跑友集体默默奉献的人才会众口一词地赞誉。而世俗的名流、大款或权贵，在这里根本无人提及。我极力设想，如果在跑友中想把话题往这儿引，说上一言半句，那你就等着体会嗤之以鼻吧，相信人设立马倾覆，跑际关系也要折扣了。这就是马拉松江湖，跟这个社会远远看去有些相同，走近了又感觉远远不同的那么一群人。

2019 年 6 月 13 日

（刊载于 2019 年 6 月 28 日《江城晚报》）

吉林马拉松　引领我成长

　　昨天中饭刚过，手机朋友圈里就开锅了，随着 2021 吉林市马拉松抽签结果短信的纷纷接到，跑友们或欢呼雀跃、喜大普奔，或兴高采烈、互相祝贺，而抽签没中的则懊恼满屏、苦不堪言。12 点 08 分，我手机里收到短信：很遗憾您未中签。只是我已不为之担忧，两天前曾接到吉马组委会短信，告知已入选吉林市马拉松官方配速员，并已加入配速员微信群。

　　自 2016 年，家乡吉林市首次开始举办国际马拉松比赛，除去上年停办一届以外，至今，吉林马拉松已是第五届。遥想当年，孤陋寡闻的我，曾经不知马拉松为何物，因为大学期间，学校每年组织的越野长跑，仅仅是区区 5 公里多，跑下来就已经累得够呛，一口气跑下 40 多公里的马拉松赛，简直是不可想象。同学聚会中，在学姐的鼓动下，尝试着参加了业余跑团的训练，一个月后，犹豫再三，仗着胆报名参加了首届吉林马拉松比赛的 10 公里项目。开赛当天，来到赛场，扑面而来的彩旗、横幅营造的隆重气氛，来自五湖四海，操着各种口音的万把名运动员把宽阔的马路变成了欢乐的海洋，每个人脸上洋溢出的激动喜悦心情瞬间融化了我。令枪响过，内心随着汹涌的人潮澎湃起来。赛道两侧，声势浩大又各具特色的歌舞表演不断撩拨向前的欲望，热情加油鼓劲的群众让人无暇缓步偷闲。而每两公里设置的一处处赛道食饮补给点，分明是在召唤赛道上的我不断迈向一个又一个新的向上阶梯。转眼间，10公里终点到了。走出旗门的我，望着赛道上仍在向半程和全程目标奔涌的人流，竟然身上疲倦全无，心中却百般不甘。不由自主地在马路边栅栏外随着赛道上的运动员人流跟跑起来。老天有眼，两公里后，有参赛者，打开隔离栅栏走向赛道外的卫生间，趁此良机，我不假思索地迈进赛道，重新又欢欣鼓舞地跑起来。热烈的气氛下，家乡吉林市生活几十年，眼前熟悉得不能再熟悉的远山近水、楼宇建筑乃至脚下的马路都变得可爱、亲切，一幕幕美好的愿景不断在脑海里升腾，一幅幅绚丽的画面也在眼前一一浮现。只是，虽然意念在不断飘浮，脚步却越来越沉重，好在公里牌显示离半程终点还有两公里，这时怎么感到腿好像不是自己的了？想跑，腿拎不起来，那就走吧，只是，走出的步子迈不到想去的地方不说，反而总是旁斜逸出，在别人看应该是八字步或鸭子步吧。就这样，跟跄着，一点一点地向前挪。终于，看到半程终点旗门了，在赛道边众人的欢呼声中，挪上了终点计时板，这时浑身再也没有一点儿力气往前走了。只好扶着旗门后的电线杆勉强站住，但是心情却无比畅快，因为我做了自己的英雄，做成了自己一生中想都没敢想的事。

首届吉林马拉松尝试的意外成功，激起了我对跑步及参赛马拉松的内心动力，由此，到松花江边跑步成了作息主旋律，每天早上起来，跑步、吃饭、上班，是我的生活内容。兴之所至，从家门出来，环绕江上两座桥，跑上一圈是5公里多，用时几十分钟。时间稍宽裕，跑过三座桥，距离10公里，用时恰好一小时，随着淋漓热汗从身上溢出，扬弃了倦意和疲惫，挥洒出的更有周身的舒爽和喜悦，这种感觉是外人无法体验到的美妙。长期跑步也让我从内心到外在都有了脱胎换骨般的转变。曾经的我，由于社会交往应酬加之忽视运动，眼见体重渐趋增长，腰带越来越短，上楼和弯腰都费劲，体检"三高"成常态，脂肪肝也由轻度转为中度。刚开始跑步时，跑上两三公里就难以为继，喉咙里开始"拉风匣"。后来，随着跑友指点，自身也不断领悟和改进，跑量渐渐增加，以至多次马拉松参赛历练，如今体重较之以往掉下20斤。行动脚步轻盈，形体健硕，随手抓起一件衣服披上都合身有型。出门上下火车，别人大都去挤扶梯，而我常常一个人飞快地爬步行梯，为的是借此强化腿部力量。前不久去医院体检，小我10岁的科主任拿着化验单看了一遍又一遍，惊叹道："所有指标，没有一项不正常啊！我都比不上！"

跑步带来的，更多的是思想的净化和精神的积极向上。碰到开心事的时候，松花江畔跑上一程，和着微风，赏着美景，奔腾的脚步抒发的是豪情壮志，体味的是柔情蜜意，这种情绪会影响一整天的心境。而遇到让你郁闷难解的矛盾时，出去跑步吧，心中的症结会随着汗水湋湋渐渐排解，心情逐渐轻松乃至豁然开朗，办法也会接踵而来。常常是当跑出10公里开外，竟然忘记了此前还有让你愁眉笼罩、百思不解的纠结故事。

"唯有读书和跑步不能辜负。"常年跑步的我，体会最深的是运动完之后，你会感觉整个人轻松自如，飘然若仙，大脑和身体都很有活力。而在跑步过程中，是思想最活跃、思路最开阔的时候，在每次跑步或马拉松比赛过程中，原本手笔生涩的我都抑制不住内心的激动，而把跑步过程中的所见、所闻、所思、所感记录下来，至今已形成上百篇诗文及赛记，这些文章除了自己平素闲暇时，拿出来回味当初那一幕幕激动人心的场景外，更有些是在网上被编辑发现而第一时间在公众号上推送。记得河南平舆、海南儋州、江苏盐城等城市马拉松赛事举办的第二天，我的赛记就在组委会公众号上以头题或放显要处推送。这类文章还在浙江绍兴、内蒙古包头等城市马拉松征文中获奖，仅上届吉林市马拉松公众号就曾两次推送我的跑步经历和体会。

跑步和参赛马拉松也让人更加关心社会发展，更加注重生活品位和与周围的人团结互助。为了让自己跑得更健康，也帮助同行的跑友。我参加了多个急救知识技能培训，并分别获得了中国红十字会的急救员资格证以及美国心脏协会的急救技能资格证书。平素的亲友交往或是朋友聚餐，宣传跑步体会、发布健康忠告是我的保留节目，在我的言传身教和影响带动下，身边的亲友、同事、同学、邻居等，从男到女，从老到少，一批批地走进了跑步行列，不断地充实和壮大了马拉松参赛大军。

6年来，我已被沈阳、成都、苏州等28个城市马拉松组委会聘为官方配速（领跑）员，并多次被任命为官兔配速队长。去年还接受石家庄马拉松组委会聘请，在家乡松花江畔通过视频连线为1000公里外的石家庄女子马拉松比赛担当现场云上领跑员；被大连、东莞、贵阳等22个城市马拉松组委会聘为赛事急救跑者；被雄安、泰兴、南京浦口等城市马拉松赛事聘为赛事护跑员。去年底，还被腾讯跑步选为赛事体验官，享受了海南儋州马拉松参赛及赴赛过程吃住行均免费提供的荣誉跑者待遇。

松花江水环绕的家乡吉林市是我的出生地和生长生活的怀抱。吉林市马拉松是让我认识马拉松并痴迷跑步的航标和灯塔。迄今为止，5

年来，我已参赛国内大型马拉松赛事80场，但凡举办马拉松比赛的城市，大都是地理位置优越、文化底蕴深厚、经济成就斐然；赛道选择城市或乡村中最有代表性的各个地标建筑及精华地段，并像珍珠项链一样串连起来；比赛时间也选在植物茂盛、气候宜人的春秋季节，加上所在地政府的大力支持，当地单位和市民的热情奉献和积极参与，参赛马拉松实在是开阔眼界之游、愉悦身心之旅。

参赛跑步过程中，见证了祖国改革开放后翻天覆地的建设成就，领略了让人叹为观止的山川壮美，体味了博大精深的华夏文明和淳厚质朴的风土人情，每每至此都让内心的感慨和自豪油然而生。而运动中的人心更是相互融通，每到一地，跑友们亲切的交流互动也是令跑马人乐此不疲的动力之一。每当此时，宣传家乡，宣传吉林市马拉松，自是话题应有之义，言谈之中，吉林市马拉松的参赛体验以及北国江城优美的城市风貌都是让全国各地跑友津津乐道的内容。

常年的跑步和参赛马拉松，使我经历了诸多变化，然而也有一些恒定的美好，比如，各城市马拉松组委会和志愿者们对赛事组织的竞竞业业，参赛地市民对参赛者的殷殷关爱和热情鼓励总是未曾改变，让人动容。更难忘的是，每每站在旗门下，赛事即将发枪，场内场外数万人齐声高唱国歌的震撼场面，每当此时，总是抑制不住内心涌起的滚滚热流，眼眶也不住地发热，更是激起身体将要爆发的澎湃力量。

平日里，常听人们说人生是场马拉松，可马拉松是什么？

我跑马5年，80场参赛经历，从非锦标竞速型普通跑者的角度看，对参赛马拉松的绝大多数人来说，马拉松是自强自立，厚积薄发。要在几小时内成就一场42公里的赛程，要有完成目标的强烈愿望，要持续不断地蓄积体能和提高技能。

马拉松是坚持不懈，尊重规律。一场赛事，要在各种道路上迈出四五十万步，对任何人都是严峻的考验，特别是赛程后半段经历的苦痛时时在煎熬着精神，拷问着意志，此时，调整好步幅，适时补给饮料能量，坚持一段就可以度过困难期，重新恢复状态。

　　马拉松是不攀不比，快乐享受。一场马拉松赛事，参与者动辄上万，但是精英跑者两小时多就可完赛，而大部分跑马人要四五个小时，甚至 6 小时关门时刚抵达终点，所以，马拉松对绝大多数参赛者来说是自己同自己比赛。在马拉松赛道上笑到最后的，都是那些胸怀目标，积累丰富，坚韧踏实的人。

　　从首届吉林市马拉松，报名 10 公里项目，跑下半程；第二届吉林市马拉松，报名半程项目；第三届吉林市马拉松，报名全程项目，及至第四届，报名全程项目并入选急救跑者，再到本届，报名全程项目并入选赛会的官方配速员，吉林市马拉松引领我走上了命运向上的通道，也见证了我逐渐成长，不断进步，获得开挂人生的历程。

2021 年 5 月 22 日

我给马拉松当兔子

再有十几天，兔年就来敲门了，理当说点儿和兔子相关的事。可这一不属兔，二不宠兔，一时还不太好关联。实在要找的话，说说给马拉松当官方配速员，俗话叫官兔，权当应景充数。

进入 12 月，大雪节气这天，海南儋州马拉松官网发布官方消息，今年儋州马拉松比赛我再次被聘担当 600 官方配速员，这是我连续第二次入选儋马官兔，也是自 2018 年以来第 32 次被沈阳、成都、苏州等 31 个城市马拉松组委会选定为官方配速员。

就像马拉松运动是国外引进一样，马拉松兔子，也即马拉松配速员，或是称定速员、领跑员，也是由国外发起。作为兔子的这批人，在赛道上与参赛者一同起跑，依照固定的速度前进，帮助和带动赛道上的跑者了解自己的速度，按事先预设的时间，不能过快，也不能过慢，最终稳妥地实现目标。

相传，兔子的发明是受猎人追逐野兔场景启发，因为马拉松比赛匀速运动是最省力最安全的方式，比赛中设置配速员为追随标的，让参赛选手们保持在一个速度的频道上，借前面的人做目标，激励选手们向更高级的标杆行进，积极稳妥地冲击新的完赛成绩。

配速员，是马拉松赛道上的"移动计时器"。就是说他跑下来的时间同标准时间基本上相一致，而且要全程速度匀速稳定，引领、带动跟从的竞赛者安全顺利地实现目标，使配速员这个"小我"同竞赛大局联通配合、协调一致。要达到这样的要求，需要配速员必须具备扎实的跑步功底、合理的运行节奏、丰富的社会生活经验、顺畅的沟通表达能力、热忱的奉献精神、深远的洞察力和大局观念。官兔是竞赛组织的一环，对跑友来说又是带来暖意和唤醒激情的使者。刚开始参赛马拉松那个阶段，自己对自身实力难以把握，掌握不好频率，常常是开始时疯跑，随着赛事进行，体力不断衰减，特别是临近终点的后半段，精神也进入"撞墙"阶段，不得不跑走结合。

这个时段是放弃和坚持在斗争，坚持的过程则是在不断盘算，还有多少时间别被关门。此时，赛道内涌过一批头顶鲜艳配速气球或是旗帜，精神抖擞的人，在旁边热情地鼓励，或是谆谆告诫你，身后追随着大批参赛选手，这样的场景对于此时的你绝对是迷茫中的一股清流，会再次激发起斗志，勾起内心深处的渴望，鼓励自己向更高的目标迈进，并在终点线拱门下收获意外的惊喜。有过几次这样的经历，让我产生了向往担当马拉松配速员的执念。能提高自己，又可以带动他人，还有免除报名费等礼遇让我暗下决心。

跑马一年多，跑马成绩比刚跑步的时候明显提高，足足缩短了一个多小时，按中国田径协会的标准早已进入大众二级的水平。这时机会来了，网上看到即将开启的秦皇岛马拉松招募官方配速员。按招募的表格，把自己的各方面情况填写进去，按自己最好的成绩降低20多分钟报名500配速员。

也许是诚恳态度打动了组委会，秦马官兔报名获得了通过。2018

年5月12日，这时节家乡吉林还是春寒料峭，可是此时处于关里的秦皇岛早已暖意融融。马拉松比赛的适宜温度是在十几度，略低些跑一段时间身体会逐渐热起来，有助于提高成绩。但是超过20度则是个考验，长期大运动量加上大量出汗，影响成绩不说，还会发生抽筋、虚脱等影响健康甚至是危及生命的情况。当天比赛的气温，随着赛事行进不断攀高，气温陡升到26度，以致自己开始的兴奋随着汗水不断流尽，30公里过后，肚子开始翻腾，两条腿相继抽筋，最终无奈地放弃了职责。虽然赛后同组的兔友安慰，赛道上得到跑友的关爱，沮丧的结果始终让我羞愧难当。自己总结，失败的结果与天气不无关系，但是重要的还是自身能力不强，跑量不足致使后程崩溃。

此后，自己按计划加强训练，同时又听从跑友的建议注意核心力量训练。随着跑量加大，身体素质提高明显，自信心也不断增强。两个月后，经报名又中选霍林郭勒半程马拉松官方配速员。

初夏的内蒙古草原温润凉爽，连绵的绿地，平缓的赛道，让人充分地享受了跑步的乐趣。按照跑步手表提示的时间，我严格踩着稳定的配速，其间还不断提醒同组新手配速员稳定情绪，赛道上稳定的配速标志得到跟随跑友的赞许和感谢，顺利地完成了配速使命。

同年9月，沈阳马拉松启动并在网上招募官方配速员，作为东北区域行政中心，沈马在全国影响不言而喻。上一年曾参赛沈马，平整的沿河林荫赛道及热烈而精细的办赛环节都让人难忘。能在这样的赛事担当官兔自是又一重要跑步标志，想到此，自己又报了名。

不出所料，盛名赫赫的沈阳马拉松吸引了全国几千人报名竞聘官方配速员，为了精准选拔，沈马组委会多次在沈阳体育学院开办训练营对官兔人选进行多轮测试竞赛。最终，在百余人参加的训练营中，我进入了36位沈马官方配速员正式名单，担任530官方配速员。比赛前一天，组委会特地在参赛物发放地沈阳奥体中心召开跑友见面会。穿戴从头到脚由特步赞助运动装束的官方配速员们逐个登台与跑友们互动，场面让人激动。赛前，还收到微信好友传过来在官兔展示墙前与墙上自己形象照合影的照片。

在组委会安排的宾馆休息后，第二天，在北方初秋凉爽的天气里，官方配速员们头顶鲜艳的配速气球，站在两万名参赛选手最前面，在秋阳和煦、绿荫婆娑的平缓赛道中领跑。正像实时直播中央电视台播音员说的那样，两万名身着鲜艳服饰的跑友涌动在公园马拉松赛道上。伴随着路边市民的加油鼓劲和激昂的鼓乐，我又以与标准时间 20 秒之差圆满完成了全马官兔使命。

此后，我又相继被临沂、衡水湖、苏州、成都双遗等国内有影响的中国田协 A1 赛事聘为官方配速员。550 体育举办的马拉松赛事参加过三次，都是以官方配速员身份参加，后两次还被确定为配速队长。2020 年 5 月，石家庄举办女子马拉松比赛，我被邀请在家乡松花江畔实时连线，云上领跑了 1000 公里外的大型赛事。

共同的爱好，相同的经历，总是会彼此融通，相互感染。以多年的跑马经历和社会生活经验，我在马拉松赛道上常常观察到周围跑者表现出的状态，适时给予几句鼓励或提醒、劝慰，让跑者调整节奏、松弛情绪，或是及时补给、补充能量，或是就近就医直至劝其等待收容、避免伤身等等，以此计跑者平安顺畅地完成赛事。而自己看起来微不足道的话语或行动，让赛道上经验不足、半程过后心力交瘁的跑友受到莫大的鼓舞，去完成自己难以企及的目标。

湖北舞钢首届马拉松比赛，半程后看到几个落单的跑友，一个严重抽筋了，我告诉他听从身体召唤，不能逞强伤身。终点前几公里又见一年轻跑友，想要弃赛，经询问，他告诉我原来只跑过半程马拉松，没想到全程这么难跑，我说，你试试跟一下我吧。这样，我一路鼓励加引导，终于带领他迈过终点拱门。赛后，这个叫肖彦超的小伙子拉着我一定要照个相，"没有你的鼓励就不会有我的成功！""不光全马成功开荒，比赛还你还超过一个人呢！""谁呀？就是我这个关门兔呗！"

每次赛后，看到跑友们对身为官方配速员的感想留言都让我感动。2018年，福建永定土楼马拉松，刚开始跑马的龙岩小伙田勇在官兔墙上看到我的展示照片，听了组委会人员介绍后，打听到我住的宾馆，央求宾馆老板花高价住到我的房间，第二天随同我顺利跑下了人生第一个半程马拉松。小伙子踌躇满志，表示将来向全程破四努力。分别后，仍然一直网上互动。一年后，听说我来厦门跑马拉松，小伙子向单位请了假，赛道外等了大半天，一定要见见面，陪着吃过饭又把我送上返程汽车。

感人的场面，激动的心情，驱使我拿起笔来记录起赛事经历。在河南平舆、内蒙古乌海，自己写的赛事经历在微信发布后，赛后第二天就被地方官微刊发。在浙江绍兴、内蒙古包头，投发的赛记相继在当地获奖。

因为自己的跑步经历，保定首届马拉松选聘我为赛事代言人。2020年底，我被腾讯公司聘为赛事体验官赴赛儋州马拉松，享受了同央视主持人一样的参赛优越待遇。

锻炼自己，照亮他人，共同成长，社会向上。这是我当马拉松兔子的理想，5年多30多次的实践让我充实，也驱使我不断增加使命感，并乐此不疲，走向人生的下一个目标。

2022 年 12 月 13 日

办好"吉马"之我见

芳菲四月，桃红柳绿，北国江城吉林已是最美的季节。天刚破晓，人们早就按捺不住运动的激情，纷纷走出家门，投入大自然的怀抱。北山脚下、松江两岸，晨练跑步的人已是络绎不绝。而且从早到晚，习惯跑步练习的人不分长幼、无论男女，遍布吉林市区的每条街道、每个角落。这个场景的出现应该是始于 2016 年肇始的吉林市首届国际马拉松赛，这场波澜壮阔的大型赛事，在运营商的引导和吉林市政府的扎实运作下，不但使吉林城焕发了光彩照人的魅力，更让成千上万的吉林人对跑步运动着了魔，加之连续举办 4 届马拉松比赛，不断助燃吉林大地人们的跑步热情。

吉林马拉松间断三年，今年即将重启，迎来第五届赛事。作为全面贯彻落实"二十大"精神的举措，我市提出"提高大众运动项目普及率，积极打造赛事高地和赛事集聚区，推动优势体育项目发展，提高城市知名度和影响力"的发展目标，并提出以赛为媒，营造商贸、文旅消费新热点，引领运动风潮，展示城市形象，将本届吉马赛事打造成特色鲜明、亮点突出，国内一流、国际知名的精品赛事。吉林马拉松如此定位和规划，站位高、定位准，振奋精神，催人奋进。

吉马曾经走过鲜艳辉煌的历程，以山水相依的城市背景、全程环江的优美赛道、热情洋溢的江城市民、周密的赛事组织，完美地展示了独特的城市魅力，为来自全国乃至世界的马拉松好手奉献了丰盛的马拉松大餐，使吉林市马拉松在全国众多马拉松赛事中脱颖而出。赛事举办当年，获得中国田协授予的铜牌赛事称号，次年的第二届吉马赛事越银升金，获得中国田协授予的金牌赛事，此后，在保持金牌赛事基础上，跨出国门，成为国际田联认证的铜标赛事和"精英标牌"赛事。在强手如林的城市马拉松赛事中傲视群雄，在赛事组织和影响上把众多省会城市远远甩在后面。

笔者作为参加吉林马拉松全部4届赛事的本土跑马人，在汗水和体验中见证了吉马的雄起、辉煌及发展。从曾经根本不了解马拉松，到尝试参加了首届吉林市马拉松，由此深爱上了这项运动。以此为发端，已参加包括亚洲及全国马拉松锦标赛在内的全国大型马拉松赛80余场，被沈阳、苏州、成都等70多个城市马拉松组委会聘为官方配速（领跑）员、急救跑者、赛事体验官或形象代言人。

通过与各地跑友交流以及与亲身历赛的国内其他赛事相比较，深深感到面对风起云涌的马拉松赛事发展大潮，吉林市马拉松比起先进地区，特别是东南沿海地区的一些城市新兴赛事，发展后劲不足的情况日趋显露，对比"国内一流、国际知名，高质量办好第五届吉林国际马拉松"的目标要求，还有广泛的上升空间，也面临一些困难和挑战，需要做出艰巨的努力。

跑马8年，经历了全国70多个城市马拉松赛事，特别是作为马拉松组委会聘用的履职者，结合自己的体会及与各地跑马人交流中的见解，吉马给人留下深刻的印象大体有以下几点：

一是全程沿江赛道，四跨江桥，远山近水，风光旖旎，赛道平缓。

二是赛事摄影团队国内主流团队云集，阵容强大，堪比大牌赛事。

三是志愿者队伍服务周全、热情、敬业。

四是赛道边市民热情、节目组织丰富多彩。

五是吉林市地方跑团组织有序，近年来队伍日益壮大。

但是，随着近年来国内马拉松运动"井喷"式发展，各城市马拉松竞赛不断开办及争先，相比之下，吉林市马拉松竞赛除了首届惊艳亮相之外，此后历届让人感觉每况愈下，乏善可陈。虽然蝉联国内金牌赛事，此后又跻身国际铜标队列。曾见人民网评选的 2019 国内最具影响的马拉松赛事中，吉马列榜单第 26 位，作为吉林跑人的内心喜悦自不待言。

但是，客观地说，受开办时间和地域等因素影响，吉林市马拉松在全国跑友口中，距离众人追捧的"口碑"赛事还有相当距离。虽贵为国内金牌赛事，但是没有体量大的国内企业赞助，地方企业参与积极性也不高。

一场赛事赢得一份荣耀，一次盛会改变一座城市，要高质量办好吉林马拉松赛事，窃以为应抓好以下工作环节：

一、全方位动员，全行业参与，马拉松搭台，让经济唱戏，给驻吉各县（市）、区及各企业在赛道沿途两侧划分加油助威地段，鼓励参与赞助及展示企业形象。对在赛事过程及赛道节目中特色鲜明、形式灵活、影响深远的活动和单位赛后给予嘉奖。

二、扩大赛事全马、半马参赛规模，可以考虑各扩展至 30000 人规模，把吉马办成纯全马和半马赛事。迷你跑、大众跑与马拉松赛错开举办，或是支持县（市）、区级举办。

三、在赛事设立"吉林市本地参赛者名次奖"和"吉林地区跑团名次奖"。让吉林市马拉松地域性更鲜明，打牢"吉马"群众基础。

四、自本届吉林市马拉松赛事起，设立连续 5 次报名并参赛的运动员给予吉马终生号码，并享受永久免予抽签或参赛资格待遇。以培树参赛骨干，扩大赛事影响。

五、领导干部下场参赛领跑，赛事组织人员善始善终守候到赛事全部结束。对关门前最后到达的跑者给予绶带或献花礼遇。鼓励"坚韧不拔、永不放弃"的马拉松精神，烘托比赛现场气氛。

六、科学预估、精准供给，保证赛道补给丰富、充分。

七、调整比赛时间，根据吉林地区的气温特点，应坚持把办赛时间固定在每年 5 月 20 日至 6 月 10 日之间，此时气温适合马拉松赛事出成绩，而且利于最大程度避免发生赛事健康事故。

八、开展"我心中的吉马"参赛征文作品竞赛和短视频、摄影作品竞赛，为吉马造势，宣传好吉林，扩大吉林的美誉度和影响力。

九、让吉马同文旅结合、同推介吉林特优产品结合，向跑友推介吉林特产、特色餐饮、住宿酒店及周边旅游线路，并制定赛事期间凭赛事号码布免费乘坐公交、免费游览旅游景点，惠及参赛人员，并防止赛事期间酒店坐地起价等影响我市声誉的情况发生。

我市刚刚结束的信息发布会，就办好新一届吉马明确了目标，提出了举措，相信在此前提下，全市动员，全行业参与，全民调动，集思广益、群策群力，重启的第五届"吉马"必将再度惊艳世人。"超越自我，挑战极限"的马拉松精神必将渗透到整个城市，从而再次点亮吉马新名片，也必将为振兴吉林增添新动力。

2023 年 4 月 20 日

春风吹又生　吉马跑八年

　　芳菲四月，北国吉林，桃红柳绿，一派生机。蛰伏两年的吉林马拉松再度重启，消息在官网一经推出，一石激起千层浪，跑马人渴盼已久的激情为之点燃。此番吉马虽然比上届增加 5000 个参赛名额，还是被跑友高涨的热情吞没，无须抽签的 5 公里欢乐跑 13000 个名额仅三天就已报名满额。我就职的律师事务所，40 多位在册员工，直接报名参赛的就达 25 位，余下的分别成立太极表演队和擂鼓助威队，所里制订了专项方案，三支队伍热火朝天地投入备赛迎战行动中。

　　从 2016 年首届吉林马拉松比赛开始，吉马已走过了 8 个年头。今天的吉林城区，天一破晓，北山脚下，松江两岸，晨练的人早已络绎不绝。从早到晚，习惯跑步的人不分长幼，无论男女，遍布吉林市区的每条街道、每个角落。

　　遥想当年，吉林马拉松办赛之前，街路上晨练跑步的人寥寥无几，曾经对体育运动有些偏好的我，对马拉松这项运动项目也都近乎一无所知。直到吉林马拉松开赛前一个多月，同学聚会中议论起吉马报名。在同学半开玩笑的鼓动下，自己尝试着开始了规律跑步。忐忑中，报名了吉林马拉松 10 公里欢乐跑。

吉马开赛时，跑上赛道的我好像瞬间被现场的热烈气氛感染。装饰一新的街道、热情的观战鼓劲市民以及南来北往的跑马人都让耳目一新的我兴奋不已。不知不觉中，10公里已跑到头了。意犹未尽的我随着参赛者的人潮不由自主地在赛道边跟跑，竟然跑下了当初想都没想过的21公里半程马拉松。由此，一发不可收，迄今已经跑下国内80多场大型马拉松赛事。

当年的我，曾经疲于交际应酬，忽视身体健康，以致身材过早发福，裤带越来越短，连弯腰都费劲。体检时，"三高"不缺项，脂肪肝也由轻度变中度。以致刚开始练习跑步时，步履稍快，嗓子眼就开始"拉风匣"，膝关节由于体重过大而致损伤，不得不暂时停下训练的步伐。此后，经过一段时间的系统综合锻炼，经跑友们的指点和自己琢磨，慢慢地摸到门道，开始逐渐适应这项运动，身体一点点变得健硕起来，脂肪肝以及"三高"指标全部正常，原来年年复发的风湿顽症也在记忆中淡忘了。

跑步是人类的本能，跑步运动是伴随人类发展的一项最古老的运动。像空气和水虽价廉但生命须臾不可离开一样，跑步运动虽然技术含量低，不需要特别的器械和装备，入门容易，但是回馈人们的益处却是不可胜数、无穷无尽。

首先是减肥塑形。健美挺拔是跑步人群的突出特征。经常跑步的人自律性强，规律性的跑步运动必然约束自身的日常起居，健康节制的饮食是运动的第一要素。树立这一观念，自然也会远离了空泛的酒局麻坛，身上的浮膘赘肉也会随着经年累月不断的汗水挥洒消失得无影无踪。所以，跑步运动与不去运动的人过的是不一样的人生。年过半百的同龄人中，坚持跑步的人比不跑步运动的人，从体态和面容上看起来大概率会年轻十岁。

跑步运动促进血液循环，增强心肺功能，防病祛湿，增进食欲，改善睡眠，远离便秘，延年益寿。这些结论国内外已有无数活生生的资料和数据反复印证。

我自投身跑步运动以来，从精神面貌到外在形态都变化明显，从一度常去医院到身轻体健，几年来，症状很轻的感冒都很少发生。跑步运动可以调节情绪，旺盛意志。医学上称，跑步过程中，身体内可以促进分泌内啡肽和多巴胺，这种物质让人兴奋，促进情绪高涨。

从我的跑步经历中，具体体会是，开心的时候出去跑步，会让心情更加轻松愉快；郁闷的时候推门出去开跑，跑着跑着，不知什么时候，心境豁然开朗。回来拂汗沐浴之后，早已释怀了内心的纠结，忘记了为什么出去跑。跑步中也给头脑投放了广阔的空间，激发出的兴奋还会产生创造的灵感。这种难以抑制的感动，让手笔生涩的我忍不住写下一篇篇跑步感想，这些文章多次被各大公众号发表，并在绍兴、包头等多地获奖。

近年来，随着我国国力日渐强盛，人民生活水平不断提高，马拉松赛事在全国各地"井喷"式开办。从国家和政府层面上看，开办马拉松赛事是开展全民健身、建设体育强国策略的方法和途径。

从大众跑者角度看，马拉松比赛是跑步运动爱好者认识自我、检验自身、提高自己的最佳平台。马拉松赛事通常容纳上万人规模，赛事安排在平坦宽敞的城市街路，安保、计时、救护、补给、恢复等环节措施完备，国内甚至是国际顶尖精英同普通大众选手同场竞技。比赛时间又多是在双休日，对公共秩序、对参与者都可以从容应对。所有这些，都是其他任何运动项目无法比拟的，这也是国内马拉松运动短期内得以迅猛兴起的主要原因。

马拉松比赛是追赶春天的运动，10到20度的气温是适合马拉松运动员的温度。所以每到春暖花开的季节，一些经济繁荣、影响深远的城市，会在最能体现当地特色和魅力的地标地段开办马拉松赛事。赛事当天，由当地主要领导到会，各族各界市民乡邻表演助阵，营造庄重热烈的现场气氛，吸引大批运动员和马拉松爱好者前来。

因此，马拉松爱好者参赛各地马拉松还是领略不同的城市形象、认识当地风土人情、亲近祖国大好河山的最佳途径。马拉松比赛是人类发展、社会进步的产物。现今国内的马拉松比赛，通过赛道设计、现场布置、志愿者表演，展现的都是改革开放的成就和当地社会发展的成果。

比赛的过程，通过赛场内外参赛者与市民观众交流互动，体现厚重的人文关怀和大家庭的温暖。特别是开赛前全场万人合唱"起来，不愿做奴隶的人们！"那场那景，每次都让我心潮汹涌，眼眶湿润。如此震撼效应，不仅为即将发枪的跑马比赛提壮行色，更是难以忘怀的爱国主义感召和集体主义激励。

吉林市马拉松已经走过8年，吉马引领我在马拉松运动中不断进步，从首届吉林市马拉松报名10公里而艰难跑下半程；第二届吉马报名半程，关门前50多分完赛；第三届吉马报名全程马拉松；第四届吉马再次报名全程并入选赛会急救跑者，直至上届报名全程，而入选赛会官方配速员。

马拉松的精髓是坚持不懈，挑战自我，不断创新，共同提高。吉林市马拉松的成功，点燃我的跑步运动激情，让我把眼光投向更高更远的目标。为了帮助和带动更多的人投身这项运动，我积极参加各项公益活动，还参加了中国红十字会的急救员资格培训和美国心脏协会的急救员资格培训，并双双获得急救资格证书。至今，我已被沈阳、苏州、成都等 35 个城市马拉松组委会聘为官方配速（领跑）员，被大连、青岛、东莞（亚洲马拉松锦标赛）等 36 个城市马拉松赛事聘为急救跑者（急救员），被厦门、雄安等 10 个马拉松赛聘为护跑员，被腾讯公司选为赛事体验官，被首届保定马拉松选为代言人。还曾受聘在松花江畔连线，为千里之外的石家庄女子马拉松比赛云上领跑。我写的马拉松赛记诗文在湖北宜昌、河南平舆等公众号发表，还在浙江绍兴、内蒙古包头等地获奖，《人民日报》介绍了我的跑步经历，央视新闻播放过我的参赛身影，中国邮政明信片也展示过我的参赛形象，还被中国田径协会注册为试跑员。

美丽的吉林养育了我，吉林市马拉松培育了我，宣传跑步运动，宣传吉林，宣传吉林市马拉松也是我的应尽义务。8 年来，赛里赛外，向各地跑友介绍家乡、介绍吉林市马拉松是我的保留节目。我已写下逾百篇马拉松运动诗文、随笔和赛记，发表在各大公众号或报刊、作品集中，中国田径协会公众号推送了我撰写的介绍吉林风光和松花江畔健身步道的推荐文章。得知 2023 吉马启动的信息后，在家庭群、同学群、冬泳群等我所在的范围内都推送了吉马报名链接，又在朋友圈里向全国跑友发出邀请，欢迎全国各地跑友和马拉松爱好者莅临北国江城参赛吉马，希望吉林市马拉松带动更多的人投身马拉松运动，享受跑步带来的快乐。

2023 年 5 月 4 日

该给自己一个交代（代后记）

从 2016 年家乡吉林市首届马拉松比赛懵懵懂懂地参加，出乎意料地完赛，到今年年末，跑下深圳马拉松，跑马已 8 年。8 年间，参加大型马拉松赛事，全程马拉松参赛 56 场，半程马拉松完赛 44 场，恰好参赛整整 100 场。

8 年间，自己由起初的对马拉松比赛不明就里，到逐渐把跑步变成了日常内容，把规律参赛马拉松融入生活节奏中。

8 年来，自己身体从亚健康状态，一个阶段曾惯常"三高"、脂肪肝低度变中度，变成体重掉下 20 斤、体态轻盈的健硕身材。

独乐乐不如众乐乐，跑马之初，我是被赛事感召，被跑友裹挟加入跑步队伍中的。跑步参赛过程中，自己身体和精神状态的不断变化，加之持续不断地抒发和传播跑步健身以及参赛跑马的乐趣和益处，影响和带动了身边一批批的同事、邻居和好友参加到规律跑步队伍中来。

跑步，特别是参赛马拉松是个竞速过程，也是跑友互动交流的过程。跑步催生激情，跑步也创造热情和传递友爱。几年间，我多次参加医疗救护培训，先后取得中国红十字会的急救员资格和美国心脏协会的救助员资格。自 2018 年以来，被 41 个城市马拉松组委会聘为马拉松赛事急救跑者，45次被城市马拉松组委会选定为官方配速员。3次被选为马拉松赛事体验官，1次被确定为赛事代言人。《人民日报》曾报道我的跑步历程，央视新闻见到过我的马拉松参赛影像，中国邮政明信片上也展示了我的跑步图片。今年4月，中国田径协会还确定我为中国田径协会健康步道试跑员。

跑步作为运动项目，入门门槛极低，又是自主性极强、自由空间极为开放的运动形式。跑步可以释放荷尔蒙，开拓思路。每每参赛马拉松，常常是跑着跑着，兴奋过程中会冒出很多思绪，手笔生涩的我常常在马拉松赛后，在返程航班或火车上，把参赛过程及所见所闻所感所思记录下来。

马拉松赛事在世界范围内历史悠久。而传入我国则是伴随改革开放的不断推进、社会的发展、文明的进步以及人民生活水平的节节提升顺势而来。目前，全国各地开办马拉松赛事，以拉动地方经济，彰显城市形象与魅力，带动全民健身的突出成效，使得这项运动正如火如荼地展开。

8年来，随着参赛各地的马拉松赛会，我已经涉足全国28个省、市、自治区。通过参赛，实地感受了改革开放以来，祖国翻天覆地的建设成就，领略了各地不同的名山大川、历史典故及风土人情。马拉松比赛通常都是在当地最宜人的季节，选择最能代表当地特色的地标建筑、风景名胜，传统或新建的著名街区、道路来设置赛道。因此，要想短时间、近距离地了解当地风貌，领略城市精华，跑一场马拉松是最恰当的方式。

一场马拉松赛事，从媒体宣传、氛围营造、社会动员、赛事组织，市民观赛……方方面面，从参赛运动员历赛过程可以直观感受当地政府的站位和胸怀，也可以体会马拉松运营公司的眼界和能力，所有这些，我都记录在8年来参赛留下的百余篇赛记随笔中。

每场赛事，都有政府相关部门精心细致的总体把握，也有运营商的对赛事全面深入的推介。而从作为马拉松爱好者的跑马人个体视角来审视每个城市、每个赛事的风格特点以及跑友的参赛历程和感受，则只是在朋友圈和个别公众号零散地看到。从这个角度上看，把自己8年来的马拉松历赛观感记录下来的随笔散文，归纳整理出来，给自己留存一份美好的记忆。也期待与千百万奔跑在马拉松赛道上的普通跑马人、跑步爱好者共同切磋交流跑步的乐趣和感受，引发共鸣。而组织马拉松赛事的各级政府和运营商能从中了解赛事的成效和参赛者的反馈，为下一步部署和运营赛事提供借鉴，完善办赛各环节和措施，更多更好地办出精品马拉松赛事，为繁荣大众竞技赛事、扩大全民健身的参与面作出贡献，那就更令人欣慰了。

基于这些想法浅见，把自己历年来参加马拉松比赛的见闻和感受拙文整理编辑出来，算是给8年跑百马的自己一个交代。

作 者

2023 年 12 月 31 日

补记：

书稿整理过程中，得到师长、同学、朋友的大力支持和鼓励，荣幸地得到原《民主与法制》总编辑、《中国律师》总编辑，现中国民主与法治出版社《法治时代》编委会执行主任（总编辑）刘桂明以及作家、文学评论家、剧作家王波为本书作序，吉林省公安文联副主席、吉林市作家协会副主席李金龙给予精心编排校对，在此深表感谢！

书稿整理过程中，进入龙年，又参赛国内南京浦口和宿迁马拉松，并完成了急救跑者使命，还第一次跨出国门参赛韩国首尔马拉松，这三个马拉松赛记也收入本书中。

报刊及官方公众号刊载部分马拉松文章索引

1.《又到跑马季》

　　——《江城日报》2017 年 5 月 20 日

2.《跑马情怀》

　　——《江城晚报》2017 年 10 月 25 日

3.《沿着家乡的赛道，跑出最好的自己》

　　——"吉林市马拉松" 2018 年 5 月 3 日

4.《他 55 岁开始跑步，减肥 20 斤，2 年跑了 20 多场马拉松》

　　——"全民跑步" 2018 年 5 月 20 日

5.《一男子带动全民马拉松》

　　——"人民日报社" 2018 年 5 月 22 日

6.《沿着家乡的赛道，跑出最好的自己》

　　——《吉林名人》2018 年第三期

7.《跑者故事 | 沿着家乡的赛道跑出最好的自己》

　　——"智美体育集团" 2018 年 5 月 22 日，2019 年 3 月 1 日再次刊发

8.《难忘霍林郭勒》

　　——"550 体育"2018 年 7 月 12 日

9.《宜昌环江跑马，情醉何止三峡》

　　——"宜昌马拉松"2018 年 11 月 24 日

10.《平马不平，一鸣惊人》

　　——"云上平舆"2018 年 12 月 5 日

11.《身心兼修，领跑土楼》

　　——"550 体育"2018 年 12 月 18 日

12.《跑马整三年》

　　——《江城晚报》2019 年 6 月 21 日

13.《马拉松江湖》

　　——《江城晚报》2019 年 6 月 28 日

14.《乐享贵马，平安到达》

　　——"贵阳马拉松"2019 年 6 月 29 日

15.《跑马四年》

　　——《江城日报》2019 年 6 月 29 日

16.《马拉松赛事的小家碧玉》

　　——"550 体育"2019 年 11 月 20 日

17.《盐马，明年见》

　　——"盐城马拉松"2020 年 10 月 26 日

18.《吉马见证我成长》

　　——《江城晚报》2021 年 5 月 28 日

19.《保马代言人 | 孙春生：唯有跑步和读书不能辜负》

　　——"野人体育"2021 年 9 月 19 日

20.《保马代言人 | 孙春生：唯有跑步和读书不能辜负》

　　——"保定马拉松" 2021 年 9 月 19 日

21.《感受广马，感动广州》

　　——《羊城晚报》2021 年 9 月 23 日

22.《第二十届厦门马拉松跑友参赛记》

　　——"自游人体育" 2022 年 12 月 2 日

23.《健身步道打卡赛（第二轮）第二周战报》

　　——"中田印证服务中心" 2023 年 4 月 7 日

24.《曲阜跑马》

　　——《江城晚报》2023 年 5 月 8 日

25.《八年跑马带我健康过人生》

　　——《江城晚报》2023 年 6 月 17 日

26.《在家门口跑一场马拉松，圆一个"官兔"的梦》

　　——"有迈跑步" 2023 年 7 月 24 日

27.《在家门口跑一场马拉松，圆一个"官兔"的梦》

　　——"吉林市马拉松" 2023 年 7 月 24 日

28.《中国警跑，护卫枣马》

　　——"枣马" 2023 年 9 月 15 日

29.《秋色明媚，长春新马》

　　——"长春新区马拉松" 2023 年 9 月 17 日

30.《跑马圆梦》

　　——《江城晚报》2023 年 9 月 25 日

31.《独家视角 | "龙腾鹏飞"深圳马拉松完赛记》

　　——"42 旅" 2023 年 12 月 5 日